世界文化シリーズ 4

Germany

ドイツ文化55のキーワード

宮田眞治
畠山　寛
濱中　春 編著

ミネルヴァ書房

まえがき

東西ドイツが統一されて今年（二〇一五年）で二五年になる。その前年、一九八九年一一月九日にベルリンの壁が崩壊したときには本当に驚かされたものだが、いまでは「分断国家ドイツ」といってもピンとこない世代も増えている。マスメディアをつねに賑わすわけではないが、時に大胆なふるまいであっといわせる存在——ドイツにそんなイメージをお持ちの読者もいらっしゃるのではないか。最近では原発からの撤退とエネルギー政策の全面的な転換で世界を驚かせた。

ユーロ圏のなかで突出した経済の強さは、ビジネス誌や国際情報誌で繰り返し特集のテーマとして取り上げられている。ライフスタイル・マガジンやカルチャー・マガジンでドイツといえばまずベルリンである。文化を発信し続けるエネルギーあふれる大都市として、ベルリンはさまざまな世代の人々を引き付ける。テレビの旅行番組にもドイツはよく登場する。クラシック音楽に乗せて車窓を流れる平原やライン河畔の風景は定番となっている。

ドイツ文化は、多彩な顔を持っている。文化のそうした多様な相に接してもらいたいというのが、本書を編むにあたっての第一の願いだった。

本書は「〈ドイツ〉とは」「社会制度」「記憶と記録」「ことばと思考」「メディアと技芸（クンスト）」「暮らしと文化」の六章から構成されている。キーワードのなかには「ビール」や「クリスマス」といった日常生活でなじみのものもあれば、「ポリツァイ」といった多くの読者にとって初めて目にするであろうことばもある。

入り口はいまのドイツである。さまざまなメディアを通じて現れてくるドイツ、私たちの暮らしのなかにもさまざまな形で入り込んでいるドイツの「モノ」と「コト」を出発点とする。そこから過去へ遡ったり、現代への道筋を大きな歩幅で辿ったりするなかで、そうした「モノ」や「コト」のさまざまな相貌が浮かび上がってくる。広く流布している〈ドイツ〉のイメージをひっくり返すような指摘もいろいろなところでなされている。「ドイツの森」が近代の産物であるとか、「ロマンチック街道」といった観光街道が第二次世界大戦後に整備されたものだとか、意外に思われる方も多いのではなかろうか。

本書は、いろいろな関心にこたえられるはずである。旅行や滞在の準備をしている人。旅行してドイツのことがもっと知りたくなった人。音楽、美術、映画や文学の愛好家。原発問題や移民問題といったアクチュアルな問題からドイツに関心を持った人。ナチズム・「過去の克服」・ドイツ分割と再統一といった現代史の大きなトピックについて考える手がかりを探している人――多様な読者像を思い描きながら編集にあたった。もちろん、講義や授業のテキストとしても活用していただけるはずである。

それぞれの項目は密接に絡み合っている。歴史を遡ることで、そうした関連が見えてくることも多い。そうした関連の一端を眼に見えるものにするために、本書では、本文の傍らに、矢印と関連する項目の番号が記されている。煩雑になるのを避けるため、このクロス・リファレンスは最小限に抑えてある。実際にはもっと数多くの関連が存在している。読みながらそれを発見していただければと思う。

第一線の研究者の方々に執筆いただけたことは大きな喜びである。どの項目も、現在の研究状況が反映されたものとなっている。興味をひかれたら、ぜひ参考文献に紹介された本や執筆者の著書も読んでいただきたい。

企画を立ち上げてからかなりの時間が過ぎた。そのため、ドイツ統一から四半世紀という、ひとつの区切りの年の出版となった。お待ちいただいた執筆者の方々にお詫び申し上げます。またミネルヴァ書房編集部の河野菜穂さんには辛抱強くサポートいただきました。あらためて御礼申し上げます。

編者一同

目次

地図1　ドイツ語圏の国々の地図
（ドイツ・オーストリア・スイス・リヒテンシュタイン）

地図２　ドイツ連邦共和国を構成する16の州

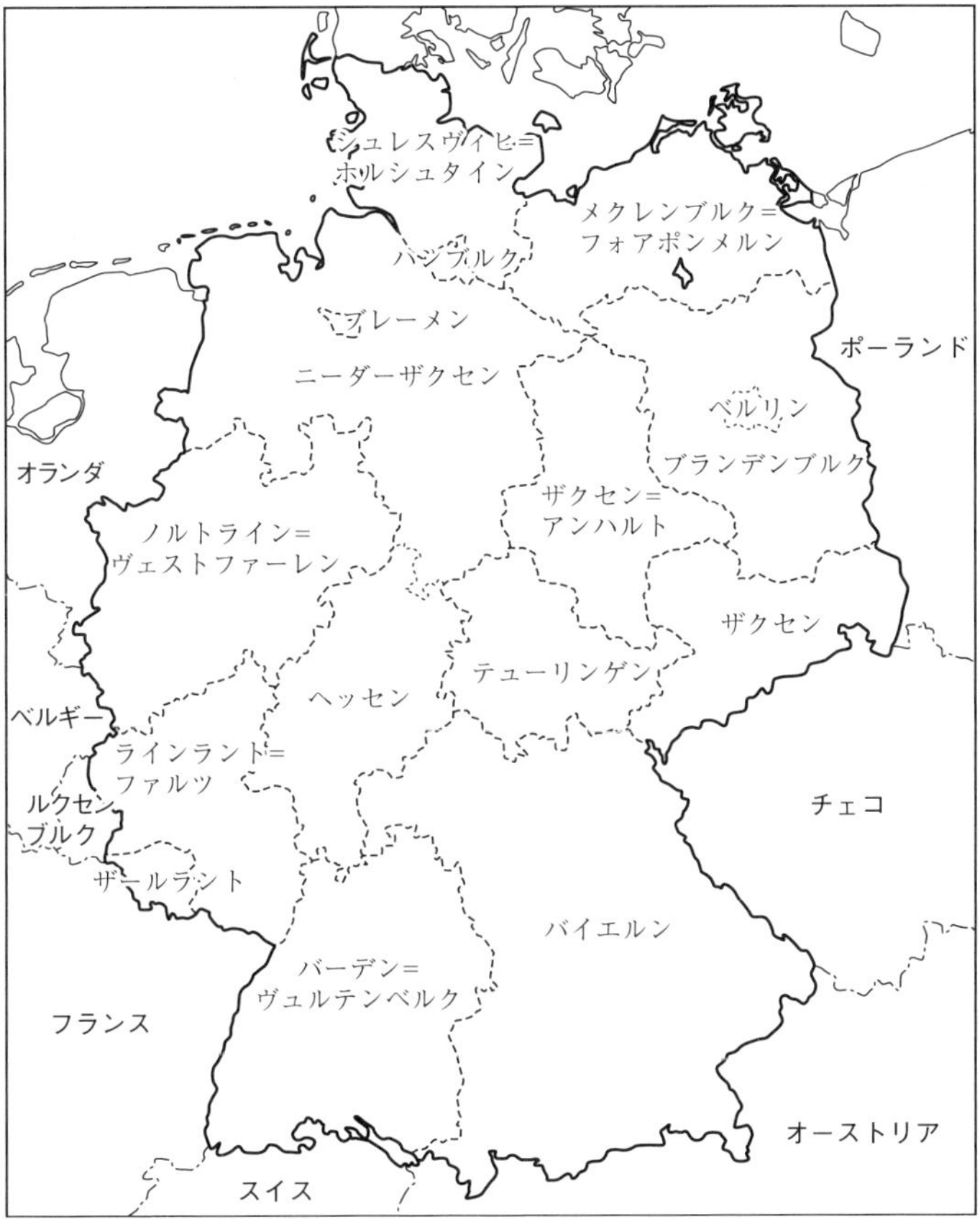

第1章

〈ドイツ〉とは——アイデンティティと多様性

市民や報道陣に見守られながら，ブランデンブルク門に隣接した「ベルリンの壁」が撤去された（1990年２月20日）

くり返し引き直されてきた国境線

ドイツ文化は、国としてのドイツ（現在であればドイツ連邦共和国）の文化ではない。例えばモーツァルトやマーラーといったオーストリアの作曲家の作品をドイツ音楽に入れないのは不自然だろう。現在、ドイツ文化圏（以下、〈ドイツ〉）といえば、一般にドイツ連邦共和国、オーストリア、リヒテンシュタイン、スイスのドイツ語地域を指す。

これは一九九〇年一〇月三日からのことであり、それ以前にはドイツ民主共和国が存在していた。ベルリンの壁の崩壊と一つの国家の消滅は多くの人々に驚きをもって受け止められたが、そもそも〈ドイツ〉では、歴史のなかで数多くの国境線が引かれては引き直されてきた。

例えば一八世紀末のヨーロッパ歴史地図を眺めてみる。ほぼ現在とおなじ領土を占めるフランスの東側には、細かく区切られたなかにヘッセン＝カッセル、ハノーファー、プロイセンなどの国名が書き込まれている。その南東、現在のウクライナ南西部にまで達する広大な地域にオーストリア、ハンガリーといったハプスブルク家領がひろがっている。

ナポレオン戦争によって一八〇六年に解体するまで、これらの地域のかなりの部分は「神聖ローマ帝国」という大きなまとまりをなしていた。帝国といっても権力の集中はなく、それを構成していたのは、一六四八年のウェストファリア条約以降、ほぼ完全な国家主権を認められた三百余りの領邦国家と帝国都市だった。

ナポレオン戦争終結後、国家としてのドイツ統一をめざすなか、オーストリアとの主導権争いに勝利したプロイセンを中核としてドイツ帝国が成立する（一八七一）。その四年前、オーストリア帝国はハンガリーと共に二重君主国を形成していた。この二つの帝国はいずれも一九一八年、第一次世界大戦の敗戦によって解体し、ヴァイマル共和国の成立と民族自決の原則にもとづいた中欧・東欧諸国の独立に至る。ヒトラー政権樹立後、オーストリアはドイツに併合されるが、第二次世界大戦後、ドイツは東西に分断、オーストリアは一九五五年に国家主権を取戻した。一九九〇年にもう一度大きく地図が書き換えられたのはすでに述べたとおりである。

ドイツ語と言語ナショナリズム

例えばドイツからオーストリアへ国境を越えてみる。どちら側でも用いられているのはドイツ語である。国を超えたまとまりを考えるとき、言語に注目するのはある意味自然なことだろう。一九世紀初頭、ナポレオン戦争という激動のなかで、ドイツ語こそ、解体した神聖ローマ帝国にかわる、そしてなにより実体をそなえたまとまりの基盤であるという思想が力をもった。ヨハン・ゴットリープ・フィヒテ（1762-1814）の『ドイツ国民に告ぐ』がその代表である。こうした言語ナショナリズムとドイツ語の関係は、けっして単純なものではなかった。例えば多くの民族集団から構成されていたオーストリア＝ハンガリー二重君主国において、ドイツ語は公用語だったが、それぞれの民族集団においては独自の言語が用いられ、多言語併用や階層間の言語障壁という事態が生じていた。そのような状況において、言語ナショナリズムは、政治的支配と結びつくことで広範なまとまりを作り出していたドイツ語に対抗するものとして、帝国に対し解体的に作用したのである。

現在のドイツにおいても、ドイツ語と他の言語の関係は大きなテーマである。移民のドイツ社会への「統合」を政府は推進しているが、そこで力点が置かれるドイツ語習得のあり方が問題とされるのだ。ドイツ語の早期教育は「母語」の放棄につながらないか、逆に、どれだけ早期教育に力を入れても、コミュニティの言語環境によっては「統合」は達成困難ではないか、そもそも「統合」をどのようなものとして考えるべきなのか――、議論は尽きない。

セルフ・イメージ、そして〈はざま〉からのまなざし

自然や日々の暮らし、行政のあり方や地方独特の気風のようなもの、そして言語に関して、〈ドイツ〉は多様性に富んでいる。その多くが歴史のなかで培われてきたものだ。ドイツ帝国から現在のドイツまで、中断をはさみ形を変えながら受け継がれてきた連邦制はその顕著な例である。その内部にあって、多様性の根底にあるもの、多様をまとめあげるものが探し求められ、それらをもとに〈ドイツとドイツ人〉についてさまざまなセルフ・イメージが生み出されてきた。本書のあちらこちらで、読者はそれを確認するだろう。

さらに、国境を越え、ことばの通じない異国へ逃れた人々がいる。逃れることができなかった人々がいる。別のことばが語られていた場所から、国境を越えてやってきた人々もいる。本書の「ユダヤ人」「亡命」「移民」「暗い時代の人々」にあげられた作家や詩人、哲学者たちの本を読むとき、そうした人々の、いわば〈はざま〉からのまなざしがとらえた〈ドイツ〉に、私たちは出会うことになる。

（宮田眞治）

図1　ライプニッツ

1

ドイツ語——造語力に裏打ちされた文化言語

ラテン語との対峙

今からおよそ三〇〇年と少し前、当時のヨーロッパを代表する哲学者・数学者・神学者であったライプニッツ[↓20]（1646-1716）は、自らの思想と認識を母語のドイツ語ではなく、ラテン語またはフランス語で書かねばならなかった。そのころのドイツ語にはまだ学問を不足なく表現する力がなく、ドイツ語は十分には「文化的」ではなかったのである。

ドイツ語が文化言語として歩み始めるためには、ラテン語という、超えるべき高いハードルが立ちはだかっていた。中世に広く用いられたラテン語入門書『ドナートゥス小文法』のなかで、はじめドイツ語は行間に書かれる注釈として遠慮がちに姿をみせていた。ラテン語とドイツ語が数百年をかけて向かい合っていくうちに、ラテン語と等しいものをドイツ語でもなんとか表現することができるのだと、人々は実感しだした。一五世紀になるころには、例えばラテン語の legens「読んでいる」（現在分詞）をドイツ語の lesende で、legendus「読まれるべき」（未来受動分詞）を ze lesende（= zu lesend）で表すといったように、ラテン語のさまざまな屈折変化にドイツ語もきちんと屈折変化してみせている。一五世紀の末になって書かれたドイツ人用のラテン語文法入門書『日々の研鑽による青少年の文法訓練』（一四九一）では、ラテン語をドイツ語に訳すときに必要となるドイツ語特有の文法的要素

図2　ショッテル

が「ドイツ語の符号」と呼ばれ、これに注意喚起されている。例えば、ラテン語の名詞をドイツ語に訳す際に必要となる冠詞、完了形を訳す際の haben がそうである。

意識化された造語力

そもそもヘブライ語・古典ギリシア語・ラテン語という「神聖な」言語だけでなく、「平俗な」母語にも価値があるとはじめて認識されたのは、イタリアにおいてである。一四世紀はじめにダンテが→29『俗語論』で母語の価値を根拠づけたのが刺激となって、他のヨーロッパ諸国でも母語に対する評価の目が開かれ、その波が一六世紀にドイツにもおよんでドイツ語に対する意識に変革が生まれた。ルターの聖書→6・20・35・54翻訳によって、ドイツ語も神のことばを言い表すことができることが実証され、三つの神聖言語と同等の地位がドイツ語に保証された。

一七世紀になると、ドイツ語が造語力の強い言語であることが明確に意識された。詩人で文学理論家であったオーピッツ（1597-1639）が一六二六年に『ドイツ詩学の書』で、ドイツ語の表現を豊かにする方法として複合語による新語形成に言及している。一七世紀を代表する文法家ショッテル（1612-76）が注目したのも、ドイツ語の造語力であった。例えばドイツ語で Bauholz「建築用材」、Laufholz「流木」のように一語で表現できるものをラテン語で言い表そうとすると、lignum aedificii「建物の木材」、lignum currens「流れる木材」のように語群で表現するほかなく、その点でラテン語はドイツ語に劣っているとショッテルは考えた。ショッテルは、「語幹」「派生語尾」「屈折語尾」という語構成の概念を中心に置いてドイツ語の文

図3　ヴォルフ

法全体を著した。ドイツ語を「造語言語」としてとらえ直すことによって、「屈折言語」として卓越しているラテン語に対するそれまでのコンプレックスが一気に打ち破られた。ラテン語と同等であるという従属的なあり方ではなく、ドイツ語の特徴にもとづいてドイツ語を規則化する主体的なあり方が標榜されたのである。

文化言語化のシナリオ

しかしながら、政治的・文化的な中心地を欠き、宗教的にも分裂[6]していたドイツにおいては一七世紀が終わりに近づいてもなお、文化言語としてのドイツ語の形成が先進諸国と比べて出遅れていた。ライプニッツはこの惨状をみかね、『ドイツ語の鍛錬と改良に関する私見』（一六九七年ごろ執筆、一七一七年公刊）のなかで、ドイツ語を文化言語化するシナリオを描いてみせた。ライプニッツによれば、事物の認識はそもそも単語が存在してはじめて可能になる。したがって、ドイツ人が自前の言語を用いてヨーロッパ的レベルの学問をおこなえるためには、すべての事物に対して的確な単語をあてがい、語彙を拡充する必要がある。ライプニッツのみるところ、日常生活で接する事物や手工業・技術関連の語彙に関しては、ドイツ語はすでに十分に豊かである。しかし、「抽象的で高尚な認識を表現するとき、ドイツ語の欠陥が目に付く」とライプニッツは告白する。そして高級語彙を拡充する方法としてライプニッツは、古今の良質な単語を採用したり外来語を受け入れたりすることができない事例において、造語による新語形成を提案した。ライプニッツは自ら、例外的にドイツ語で書いたこの『私見』のなかで、哲学関連の用語を工夫してドイツ語化している。例えば、「形而上学」をWesenlehre（＝「本質」＋「論」）、「範疇」をHauptstück（＝「主要」＋「項目」）といった具合である。

ドイツ語化の実行

一八世紀前半に、ライプニッツ哲学の継承者であるヴォルフ（1679–1754）はライプニッツの用語形成の理論を組織的に実行に移した。ヴォルフが確立させたものとしては、例えばBrennpunkt「焦点」（＝「燃焼」＋「点」）、Schwerpunkt「重点」（「重い」＋「点」）、Abstand「距離」（＝「隔たった」＋「位置」）がある。一九世紀はじめにはカンペ（1746–1818）が、Minorität に代えて Minderheit「少数派」（＝「より少ない」＋「こと」）、konsequent に代えて folgerichtig「首尾一貫した」（＝「帰結」＋「合っている」）のように、現代ドイツ語↓17で欠かせない単語を提案した。一八七一年にドイツ帝国が成立すると、郵便用語や鉄道用語などが組織的にドイツ語に置き換えられた。一八八二年の『ドイツ語化辞典』を開くと、例えば Telephon に代わる Fernsprecher「電話」（＝「遠く」＋「話すもの」）、recommandieren に代わる einschreiben「書留便にする」（「中へ」＋「書く」）、Passagierbillet に代わる Fahrschein「乗車券」（＝「乗る」＋「証明書」）が記載されている。

日本に国語学を樹立すべく一八九〇年（明治二三）にドイツ留学↓コラム3した上田萬年（1867–1937）は帰国後、ドイツが専門用語を広く自国語で表現できていることを驚嘆とともに報告した。明治維新のあと日本人が模範として憧れの目で眺めたのは、まさにこの文化言語として鍛錬されたドイツ語であったわけである。（高田博行）

図4　カンペ

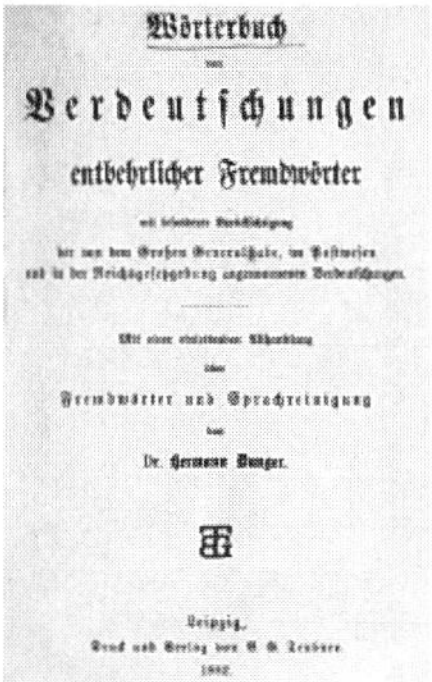

Wörterbuch
von
Verdeutschungen
entbehrlicher Fremdwörter
Fremdwörter und Sprachreinigung
von
Dr. Hermann Dunger.
Leipzig,
1882.

図5　ヘルマン・ドゥンガー編『ドイツ語化辞典』（1882）

2
河川と海——結びつける・隔てる

図1　ライン川と観光船（マインツ）

結びつけ、隔てる大河

ライン川、エルベ川、ドナウ川のように、ドイツにはヨーロッパの名だたる河川が流れている。このような大河は、国と国、人と人を結びつけ、ときに隔てるものとして、歴史や文化のなかで大きな役割をはたしてきた。

とりわけライン、ドナウ両河川は、世界各国の船舶が自由に航行できる国際河川として、ドイツのみならず、ヨーロッパ中の水運を支えている。輸送の大動脈としての歴史はローマ帝国の時代↓23・52にまでさかのぼり、ボン、フランクフルトのように交通、交易の要として発展した都市も多い。ヨーロッパ各地が川により結びつくことは、そのまま人々の生活圏、文化圏が拡大することを意味していた。黒海から北海まで、ライン、マイン、ドナウをつなぐ一大水運網の建設も古くから試みられ、一九九二年にようやく完成した。

他方、河川が隔てる役割を担うこともある。ローマ帝国時代、ローマ軍は帝国の領土をライン川からエルベ川へ推し進めることを狙ったが、ゲルマン諸族の強い抵抗にあい後退した結果、ライン川とドナウ川は長きにわたりローマ帝国の西の国境線となった。ローマ軍がここに築いた堡塁壁はリーメスと呼ばれ、今日でも各地にその遺跡が点在し、イギリスに残る部分と合わせて、「ローマ帝国の国境線」としてユネスコの世界遺産に登録されている。現在でもライン川の一部はフランスとの

図2　かつてのライン川監視塔

国境をなし、他にもオーデル川とナイセ川（いわゆるオーデル＝ナイセ線）はポーランドとドイツの国境である。しかしこの隔てる役割を逆手に取り、ルイ一四世はライン川西岸をフランスの領土だと主張し侵略を正当化しようとした（「自然国境説」）。国境としての河川は、両岸の国々の利害がぶつかりあう舞台でもある。

父なるラインとローレライ

全長約一三二〇キロにわたるライン川は、その悠然とした流れと豊富な水量から、「父なるライン」と呼ばれ、ドイツ人の心の故郷とされてきた。とりわけ中部流域にあたるマインツからコブレンツの間は風光明媚な景観で知られ、世界中からの旅行者がライン川クルーズを楽しむドイツ有数の観光名所となっている。流域にはかつて諸侯たちが船の通行税を目当てに建てた関所や、彼らが築いた古城が点在しており、中世の面影が残っている。とりわけ名所中の名所といえるのは、コブレンツの北約三五キロに位置する高さ一三二メートルの岩山「ローレライ」である。この付近は川幅が狭く、S字カーブをなす航行の難所であったことから、ここに聳《そび》えたつ岩山を船乗りたちは「待ち伏せする岩」（＝ルールライ）と呼び警戒していた。それを、ブレンターノ↓22・36やハイネ↓10・35が魔女のイメージと結びつけ、妖しい歌声で船乗りを惑わし船を座礁させる魔性の乙女ローレライが誕生した。ハイネの詩にジルヒャー↓36が曲をつけたローレライの歌は、近藤朔風の名訳「なじかは知らねど／心わびて」によって日本でも多くの人々に知られ、愛されている。

堂々たる父としてのライン川と、魔性の乙女ローレライの組み合わせは一見不釣

図3　「ドナウの真珠」（ブダペスト）

り合いだが、合理的精神を重んじる一方で、不合理なものの魅力に抗しがたく惹かれてゆくドイツ精神の二面性がここに現れているとみることができるだろう。

母なるドナウと多様性

ライン川がまさしくドイツの川とみなされているのに対し、約二八五七キロの長さを誇るドナウ川は、特定の一国を象徴する印象を与えない。ウィーンの「美しく青きドナウ」の優雅なイメージや、「ドナウの真珠」と呼ばれるブダペストの繊細なイメージのように、流域各国でそれぞれに異なる表情をみせてくれるため、どの国も所有権を声高に主張しないからだ。ドナウのこの多様性は、かつてその流域を領土としたハプスブルク帝国[→7・39]の多文化主義、超国家主義と関連づけて説明されることが多い。かつてその領土には、ドイツ系、スラヴ系、マジャール[→6]（ハンガリー）系、ユダヤ系[→8]、ラテン系の人々が共存し、それにともなってカトリック、ルター派、カルヴァン派、東方正教、ユダヤ教など宗教も多彩に存在していた。ドナウ川は、これらの多様な文化を包みこむ柔軟で寛容な精神の象徴として、「母なるドナウ」と称される。

父、母という呼称からもわかるように、ラインとドナウはドイツ性とオーストリア性の対比[→39]に用いられることが多い。オーストリア研究者クラウディオ・マグリスは著書『ドナウ』（一九八六）において、ライン川が人種の純血を守る世界であるのに対し、ドナウ川流域は多様な人々が交わる「ヒンターナショナル」であると述べた。「ネイション」にこだわるドイツの「ヒンター（ドイツ語で「背後」という意味）」

図5　ケーニヒスベルクの風景

図4　自由ハンザ都市ブレーメンの市庁舎

で「インターナショナル」であり続けたこの多文化世界は、第一次世界大戦後ハプスブルク帝国の終焉とともに姿を消した。

自由ハンザ都市とバルト海ドイツ文化圏

ドイツは北方において北海とバルト海に面している。デンマークとの国境近くに位置するズィルト島や、北海に浮かぶヘルゴラント島もリゾート地として名高いが、北ドイツ沿岸地域特有の開放的な雰囲気を生み出しているのは、ハンブルク、ブレーメン、リューベックなどのかつてのハンザ同盟都市である。ハンザ同盟とは、一二世紀ごろに北海、バルト海沿岸の貿易を独占するためにドイツ商人たちが結んだ同盟が、次第に都市同盟へと発展したもので、リューベックはその盟主であった。一時期は織物やニシンなどの取引で栄え、多くの都市が加盟したが、その後北方のバルト海沿岸諸国の勃興によって衰退していった。北ドイツ特有の赤煉瓦の建物や、海とつながる運河が特徴的であるこれらの都市では、ハンザ商人に由来する自主独立の精神が今なお健在で、都市の正式名称には「自由ハンザ都市」の称号が残る。

ドイツと海の関係では、現ポーランド、リトアニアのバルト海沿岸地域にかつて存在していた東プロイセンの存在を忘れてはならない。この地域は、一三世紀ドイツ騎士団の東方植民以来、首都ケーニヒスベルク（現カリーニングラード）を中心に栄えた。第二次世界大戦後、解体され消滅したが、ケーニヒスベルクは、イマヌエル・カント→28（1724-1804）、E・T・A・ホフマン→29・36（1776-1822）の生地で知られ、ドイツ文化の北方の飛び地として、興味深い地域である。

（福間具子）

図1　ラインハルトの森にあるザバブルク原生林にたたずむオークの古木。洞には大人3～4人は入れる

3

森――ドイツ人の心の故郷

「森の死」あるいは現実の森

「ドイツの森」にはふたつの意味がある。第一に、ドイツ国土の三一パーセント（約一一〇〇万ヘクタール）を占める地理的かつ現実的な森林地帯のことである。例えば、ドイツ中部に位置するブナやオークに覆われたラインハルトの森（約二〇〇平方キロメートル）の一角にはザバブルク原生林自然保護区が存在し、森歩きを好むドイツ人の格好の散策スポットとなっている。また、「黒い森」という意味のシュヴァルツ・ヴァルト（約五一八〇平方キロメートル）は、その多くを覆う植林による常緑針葉樹トウヒの暗く黒っぽい緑がその名の由来といわれる（ブナなども生育）。一九八〇年代に、酸性雨や大気汚染による「森の死（Waldsterben）」とともに脚光を浴び、現代ドイツの環境意識↓49に多大なる影響を与えただけでなく、旧西ドイツの森の枯渇の危機に警鐘を鳴らす、プロパガンダとして利用された森でもある。

「森のノスタルジー」あるいは表象の森

さて、この二〇世紀後半の自然環境に対する意識改革の際に、立ち戻るべき心の故郷として引き合いに出されたもののひとつが、一九世紀ロマン派↓29文学に好んで描かれた「ノスタルジックで神話的な森」とその牧歌的風景であった。例えばルートヴィヒ・ティーク↓29（1773-1853）やヨーゼフ・フォン・アイヒェンドルフ↓23（1788-

図2　ハルツ山地の針葉樹。手前の木々が枯れているのがみて取れる

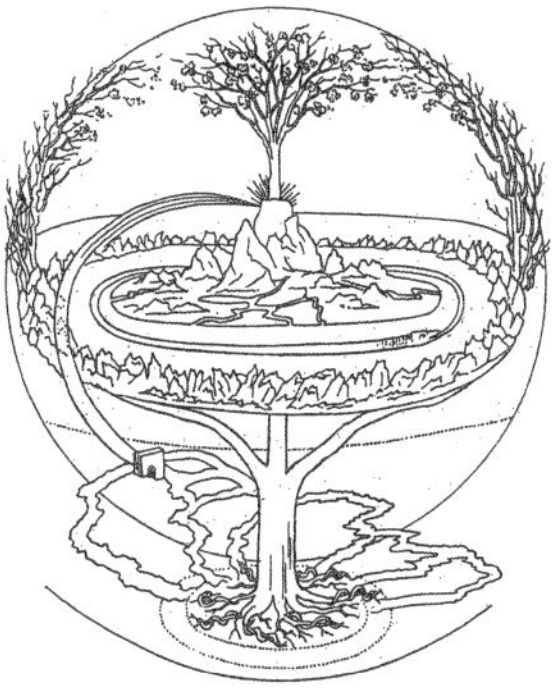

図3　北欧・ゲルマン神話の世界樹ユグドラシルの一例。他にもさまざまなイメージで描かれる

1857）の作品に詠われる「森の孤独（Waldeinsamkeit）」とは、いうなれば過去への郷愁と未知なる無限への憧憬が入り混じった麗しき時空でもあり、異質な世界として非現実的な意味合いをも帯びる。風景と心情の入り混じった「森の静寂《しじま》」とも訳されるこの境地は、ティークの創作童話『金髪のエックベルト』（一七九六）では、ときとして、日常から疎外された非日常的空間、憧憬の対象、死の世界（への変容）を象徴する時空ともなる。また、アイヒェンドルフ作品の随所にみられる美しい森は、彼の郷愁《ノスタルジー》のなかに立ち現れ、そこに住まう異教の女神とともに読者を普遍的な原風景へと誘《いざな》う。「ドイツの森」の第二の意味とはこのように、現実の森から乖離し昇華した、感覚的かつ理念的な表象としての森のことなのだ。また、ロマン派詩人と深く交流したグリム兄弟↓22が収集した『グリム童話』（一八一二、一五）に多数登場する鬱蒼とした森、魔女や小人が住む「異界」の森も、「古《いにしえ》のドイツ」を想起させ、愛すべき心の故郷へと誘うものであり、ドイツ人が自他ともに認める「森への愛（Waldliebe）」にも深く関わっているといえよう。

聖域としての森

ロマン派の好んだ無限への憧憬の一部は、遠く神話世界へと遡及する。北欧・ゲルマン神話において世界というものは、宇宙樹ユグドラシルというトネリコの巨木で表され、その三本の根が神々の世界、巨人の世界、死者の世界をつないでいた。神々は人間の男（アスク）と女（エンブラ）を、トネリコとニレの木からつくったとされる。キリスト教布教以前の古ゲルマンの自然信仰にも関心をもっていたグリム

図4　フライブルクの大聖堂。ゴシック様式の外部は針葉樹の森を思わせる。「寺院とは森でもある」「〔……〕独特なドイツの建築物は〔……〕まさに上方へと伸び高まろうとする，森の木々の模倣を試みたのではないか」（J. グリム『ドイツ神話学』より）

兄弟、とりわけ兄のヤーコプ・グリム（1785-1863）は、例えば研究書『ドイツ神話学』[22]（一八三五）にて、聖域としての森、木々に囲まれた聖地という概念に言及する。このような想起すべき「太古の森」としてロマン派は、ローマの歴史家タキトゥス（55頃-120頃）の『ゲルマーニア』（西暦九八）を好んで典拠とした。そこには、ヘルキュニアの森に代表される広大な大森林地帯と、そこに息づく古代ゲルマン諸民族の神々の住まう森をめぐる諸々の儀礼が記されていたのだ。一八世紀には啓蒙[28]の対象にたとえられた、ほの暗く蒙昧なる森の前近代的かつ非合理的でネガティヴな印象が、一九世紀前半のロマン派において、憧憬や郷愁といったポジティヴな対象物へ反転したともいえる。

森の非連続性――森林の不在と森の存在

ところでドイツ語では、物理的空間および理念的な憧憬の対象も含め大きな概念でとらえるときにはWald《ヴァルト》（森）という語を用い、人の管理下にある物理的広がりとしてのみとらえるときのForst《フォルスト》（森林、営林）と使い分ける傾向にある。実は、ロマン派の「森への愛」は、実際のドイツ森林史になんの根拠ももたない非歴史的なものでもあった。民族大移動以降定住化したゲルマン諸族が農業面積を拡大させた結果、森林面積は減少していく。フランク王国時代に定住地内を流れる川を分配することで、森林史上初の特別使用権が成立したものの、森（林）は少なくとも一二二〇年代のザクセン法鑑《シュピーゲル》成立期にはまだ共有の財産だった。その後、国王や領主の森林および自然資源への特権行使、森林史的にいえば一〇〇〇年ごろから一八世

図５　プラハの聖ビート大聖堂。ゴシック様式の内部は，木々の幹や枝が映じているようでもある。例えばケルン大聖堂（同じくゴシック様式）の内部を博物学者ゲオルク・フォルスターは，「太古の森の樹木」にたとえている。フリードリヒ・シュレーゲルやゲーテもそれに似た考えをもっていたようだ

紀にかけての開墾により、森林は荒廃の一途をたどる。森林学者および森林官が植林をおこないその再生に尽くした↓49のは、一八世紀後半になってようやくのことだった。つまり、詩人が詠う美的でノスタルジックな「ドイツの森」が「太古の森」を想起させたとしても、また、現代ドイツの国土に瑞々しい森林地帯が広がっているとしても、その多くはUrwald（原生の森）ではなく、近代において成立した人工林なのである。森という存在の、太古から現代にいたるまでの物理的連続性は幻想だったのだ。とはいえ、ドイツ中世森林乱伐期により生じたこのような物理的非連続性がむしろ、植林という社会実践を生み出し、失われた森へ思いを馳せる指向性に寄与したととらえるならば、そこに一種の歴史のパラドクスを垣間みることができよう。

森が、ロマン派や伝承文芸などの影響により今日にいたるまで、その神話的特性をくり返し更新していることは事実である。そこに、例えばナチスドイツにおける国民意識の扇動に利用されたような、いわゆる「森の↓49イデオロギー」とも称すべき政治的に危険な側面↓49が存在したことも忘れてはならない。「豊かな森」のユートピアや自らの根源とのつながりを模索し、「森のノスタルジー」を描いた一九世紀ドイツ・ロマン派と、そのようなロマン派作品に表れる「森への愛」に憧憬の念を抱き、破壊された森林を再生しつつ自らのアイデンティティを再発見しようとした現代のドイツ人。時代は違えど、失われたものを「森」という表象（不在の森）に求めるという意味において、同じ指向性を有しているともいえる。現実の森林が危機に瀕したとき、憧憬あるいは郷愁の対象としての理念の森が、ドイツ人の、否、人間の心のなかに、自らの根源を象徴しつつ立ち現れるのであろう。（大野寿子）

4 連邦制――中心のない国

原発政策の転換と州議会選挙

二〇一一年三月一一日の東日本大震災の後に起きた福島第一原子力発電所の爆発事故からわずか二日後、メルケル首相は原発稼働延長の一時停止を発表した。↓49メルケルにこの決断を促した要因のひとつには、彼女の選挙戦術があったといわれている。というのは、原発事故から三月末までのわずか半月の間にザクセン＝アンハルト、ラインラント＝ファルツ、バーデン＝ヴュルテンベルクの三つの州で州議会選挙が予定されていたからだ。ドイツの州議会選挙は、単なる地方選挙にとどまるものではない。その結果は制度上、中央の連邦政府の政権運営に大きく作用しうる力をもっている。そして、その背景にはドイツ特有の連邦制の仕組みがある。

ドイツの連邦制

連邦制とは、強い権限をもつ地方政府（州や都市）から構成される国家制度のことである。一九世紀ビスマルクの時代に、それまで主権をもっていた複数の君主国がまとまることで国家の統一を成し遂げたドイツでは、連邦制の伝統が強い。ナチス時代に一時中央集権化が試みられたこともあったが、第二次世界大戦後建国されたドイツ連邦共和国（西ドイツ）↓5では連邦制が復活し、「民主的連邦国家」として再出発することになった。現在は一六州から構成されている。各州はそれぞれ独自の

表1　連邦参議院の構成と州選挙

州（アルファベット順）	票数	前回の州選挙	規定任期	与党（○は第一党）
ノルトライン＝ヴェストファーレン	6	2012年5月13日	5年	○SPD，緑の党
ラインラント＝ファルツ	4	2011年3月27日	5年	○SPD，緑の党
ザールラント	3	2012年3月25日	5年	○CDU，SPD
ザクセン	4	2009年8月30日	5年	○CDU，FDP
ザクセン＝アンハルト	4	2011年3月20日	5年	○CDU，SPD
シュレスヴィヒ＝ホルシュタイン	4	2012年5月6日	5年	○SPD，緑の党，SSW
テューリンゲン	4	2009年8月30日	5年	○CDU，SPD
合計票数	69			

（2014年7月31日現在）

州（アルファベット順）	票数	前回の州選挙	規定任期	与　党（○は第一党）
バーデン＝ヴュルテンベルク	6	2011年3月27日	5年	○緑の党，SPD
バイエルン	6	2013年9月15日	5年	○CSU
ベルリン	4	2011年9月18日	5年	○SPD，CDU
ブランデンブルク	4	2009年9月27日	5年	○SPD，左翼党
ブレーメン	3	2011年5月22日	4年	○SPD，緑の党
ハンブルク	3	2011年2月20日	4年	○SPD
ヘッセン	5	2013年9月22日	4年	○CDU，緑の党
メクレンブルク＝フォアポンメルン	3	2011年9月4日	5年	○SPD，CDU
ニーダーザクセン	6	2013年1月20日	5年	○SPD，緑の党

議会、裁判所、憲法、州旗をもっている。基本法第三〇条では「特別の定めがない限り国家の権限行使および任務の遂行は州の業務である」と定められている。

しかし基本法は、連邦政府にも大きな権限を与えている。その結果、連邦と州の間には複雑な役割分担がつくりだされてきた。外交や安全保障は連邦、↓14・15教育や警察↓18は州の役割とされるが、その他多くの事項に関しては両者の権限と責任が重複し競合しあっている。また立法過程、法の実施、税の徴収と配分の方法などをめぐり、連邦と州はさまざまな回路を通じて協調と調停の関係を形成してきた。このような中央と地方の複雑な連携関係が、現在のドイツ連邦制の特徴とみなされている。

連邦参議院という制度

そうしたドイツ特有の連邦制を表す代表的な制度のひとつが連邦参議院である。ドイツは連邦議会と連邦参議院からなる二院制をとっている。だが、連邦参議院の構成員は日本の参議院議員のように直接選挙で選ばれるのではなく、ドイツ全一六州の各州政府からの代表（首相、閣僚など）によって成り立っている（表1参照）。

連邦参議院では、全部で六九の投票権が人口の数に応じて各州に三票から六票の数で配分されている。州の一体性を保つため、各州の票は分割することができない。例えば人口の多いバイエルン州には六票が割り当てられているが、議決においては、そのすべてを賛成か反対か棄権で投じなければならないことになっている。

実施にあたって州の権限が関わるような法律に関しては、必ず連邦参議院の同意を得なければならない。そのため連邦政府が何か新しい法律を制定しようとした場

（表1の注）
＊州選挙は2013年に3回，2012年に3回，2011年に7回（そのうち3回が3月下旬），2010年に1回（前々回のノルトライン=ヴェストファーレン州），2009年に6回（前々回のザールラント州，シュレスヴィヒ=ホルシュタイン州を含む）などとなっている。2014年には8月と9月に3回の選挙が予定されていた。
＊「与党」の列の下線は連邦政府の与党以外の政党が州政府の与党になっている場合（連邦政府の与党は2014年7月現在CDU/CSUとSPD）。現在，FDPとSSWは連邦議会に議席をもっていない。
＊政党名の略称
CDU…キリスト教民主同盟
CSU…キリスト教社会同盟
FDP…自由民主党
SPD…社会民主党
SSW…南シュレスヴィヒ選挙人同盟

合、連邦参議院の勢力分布はきわめて重要な意味をもつ。連邦参議院で連邦政府与党が多数派を失っている場合、与党の提出した法案が仮に連邦議会は通過したとしても、連邦参議院で否決されてしまうことになりかねないからだ。

しかも各州政府の政権は、連邦議会の野党によって担われている場合が少なくない。二〇一四年七月現在、連邦政府はCDU／CSUとSPDの二大政党による大連立であり、連邦での与党がまったく政権に関わっていない州はない（表1参照）。しかし、連邦と同様に大連立を組んでいる州政府は一六のうち七つしかない。緑の党が政権に加わっている州が七つあり、連邦政府には議席のないFDPや少数民族政党の南シュレスヴィヒ選挙人同盟（SSW）までもが政権に参加している州もある。そのため、連邦政府が大連立でない場合（例えばSPDと緑の党の連立）、連邦参議院での多数派形成ははるかに困難になる。

州議会選挙の結果によって政権が交代すれば、連邦参議院の勢力分布にも変化が生じる。そのため、選挙の結果は決定的に重要だ。選挙は各州で別々におこなわれ、規定任期は五年ないし四年だが、任期満了する前に選挙がおこなわれる場合も多い。そのため州議会選挙は頻繁におこなわれることになり、連邦政府は、絶えず州議会選挙に向けて準備していかなければならない。逆に野党の側からみれば、州議会選挙は連邦政府の政策運営にダメージを与えることのできる格好の機会になる。

原発事故以後のメルケルの素早い政策転換の背景にはこうした事情がある。当時の連邦政府はCDU／CSUとFDPとの連立によって成り立っていた。連立与党はすでに事故の前年五月のノルトライン＝ヴェストファーレン州の選挙で連邦参議

図１　ベルリンにある連邦参議院の建物

院での多数派を失っていた。そのためメルケル政権にとって、これ以上州レベルでの勢力を失うことは避けたいという政治的配慮があったことは間違いない。

連邦制改革の試み

ドイツの連邦制には長所と短所がある。長所はなんといっても民主的であること。連邦政府は州選挙のたびごとに州住民からのチェックを受けることになる。しかし政治的に効率が悪く時間がかかり、責任の所在が明らかでなく、政策的一貫性が維持しにくいこと、また政治的決定が不透明になってしまうことなどの短所もある。例えばメルケルのエネルギー政策の転換も、確かに原子力発電に反対する国民の世論変化に即応したものだった。環境のうえで好ましいものとして、国民の多くはそれを歓迎した。だが、原発継続を理由にメルケル政権を支持してきた産業界の側からすれば、この政策転換は一貫性を欠いた「裏切り」行為に思えたであろう。

一九九〇年代以来、連邦制の短所が問題にされ、それをより「近代的」なものへ改革しようという議論が続けられてきた。改革には反対も多い（とくに財源を連邦からの配分に頼っている小規模な州では）。だが二〇〇六年にようやく改革が実施され、連邦と州の権限・責任の区別がより明確にされた。その結果連邦参議院の同意を必要とする法案の数は減少した。しかし、それでも福祉や税制に関わる重要法案は依然として連邦参議院の議決を必要としている。建国以来の伝統をもつ連邦制→コラム2を一新することは容易でない。連邦制は現在、グローバル化とヨーロッパ統合が進むなかでドイツの国家の将来像を左右する重要な争点のひとつになっている。（佐藤成基）

図１　アデナウアー首相。1957年のキリスト教民主同盟 CDU の選挙ポスター。「実験などゴメンだ！」というスローガンは，1990年統一に向けた選挙で，社会主義政党を揶揄する目的で再利用された

5 西ドイツと東ドイツ——再統一まで

「戦後」はいつから？

「戦後」はいつ始まったのか。少なくともドイツでその答は一九四五年ではない。ナチスの敗北の後、将来のドイツをどのような国家体制にしていくかについて、米ソを中心とする戦勝国の間でさまざまな駆け引きがおこなわれ、一九四九年の東西分裂独立まで流動的な状態がつづいていた。戦争による荒廃、経済的混乱から立ち直ろうとするドイツは、ドイツ人自身の意志とかかわりなく、当時の苛烈な政治上の条件に拘束され、共産主義陣営と資本主義陣営の世界戦略の一部に組み込まれていた。そのことは敗戦を方や「解放」と呼び、方や「壊滅」と呼んだことからもうかがえる。

ただ再出発にあたって東西ドイツに共通していたのは、「反ナチ」「非ナチ」国家を建設することだった。独立の年一九四九年に迎えた文豪ゲーテ↓30生誕二〇〇周年には、両国がこぞって「わが国こそナチスを克服する真の文化国家である」という大々的なキャンペーンを展開した。

ドイツ連邦共和国（西ドイツ）

日本人にとって長らく「ドイツ」といえば西ドイツ↓16を指していた。ベンツなど自動車↓47、ステッドラー、ラミーといった文房具、医薬品そして音楽↓39・40・41やサッカー↓46といっ

図2　ワルシャワ・ゲットー蜂起の記念碑に跪くブラント西ドイツ首相，1970年。ポーランド人が蜂起した1944年のワルシャワ蜂起とは別

た文化をとおして西ドイツに親しみを覚えてきた人は多いだろう。

アメリカからの経済支援（マーシャルプラン）を受け、アデナウアー[→コラム2]政権下奇蹟の復興を遂げた西ドイツ。西側陣営の意向を汲みいれて、「反共」を国是としはやばやと再軍備に踏み切った西ドイツ。同じ資本主義陣営の一員として、戦後の歩みも日本と似ている。

歴史との取組み[→26]については、「過去に目を閉ざす者は結局のところ現在にも盲目になります」という演説（一九八五）で有名なヴァイツゼッカー大統領、あるいはワルシャワ・ゲットーの犠牲者記念碑の前に跪いたブラント首相[→10・26]（一九七〇）の存在が象徴するように、西ドイツは歴史上の過ちに真摯に向かいあってきたとのイメージが強い。西ドイツでは強制収容所の存在を否定したりナチスを讃美することは法律上処罰の対象となる。しかし西ドイツがナチスの過去に対する反省から、歴史の清算をおこない戦後新たなスタートを切ったのかといえば疑問が残る。

近年日本でもベストセラーになったベルンハルト・シュリンクの小説『朗読者』（一九九五）に登場する主人公の父親、法曹界の重鎮の姿は、戦後もドイツの市民道徳がなんら変わっていないことを印象づける。ドイツの学生運動[→26・37]の特徴は、親の世代の保守的で偽善的なメンタリティーがナチス時代と地続きであることに無自覚であることへの叛乱だった点だ。現在は連立与党に参加することもある緑の党も七〇年代のそうした時代背景に生まれた。環境問題[→49]だけではない。不当な家賃高騰に抗議して、空き家を占拠する運動も社会に風穴をあけるための実力行使だった。バーダー・マインホーフらドイツ赤軍の行為も、権威主義的な社会への抗議だった。こ

図３　社会の規範やタブーへの挑発

図４　ベルリンの壁

うした叛乱を国家権力が鎮圧する際の強権的暴力は映画『カタリーナ・ブルームの失われた名誉』（一九七五）に生々しく描かれている。死刑制度がない西ドイツでは、逮捕した政治囚を自殺にみせかけて殺すことさえしたとの説もある。

　八〇年代に入っても、ヒトラーの犯罪をスターリンやポル・ポトの犯罪と比較して、ドイツの罪を二〇世紀の悲劇として相対化、軽減しようとする動き（歴史家論争）↓26が起こるなど、過去の後遺症を引きずりながら統一を迎えた。

　とはいえ、西ドイツ時代そして統一後も近隣諸国との対話に力を入れ、自国の歴史を直視する粘り強い歩みが、今日EUにおけるドイツの存在感を高め↓コラム2、信頼を勝ち得た理由であることはまちがいない。国内で外国人やイスラム教排斥↓9が絶えないとはいえ、経済力だけがドイツに繁栄をもたらしているのではないことは確かだ。

ドイツ民主共和国（東ドイツ）

「自由とは異なる意見を持つ者の自由である。」ローザ・ルクセンブルクの有名な言葉だ。ドイツ民主共和国（Deutsche Demokratische Republik、略してDDR）。文字どおり訳すと「ドイツの民主的な共和国」。戦争の災厄の後、荒れ果てた祖国に貧富の差のない、農民も労働者も知識人も対等で民主的な国をドイツの地にはじめて築こうという理想に燃えた人々が存在した。しかし地上戦の戦場になった国土には地雷や不発弾が残り、農地を耕すのも命がけ、空襲の被害をかろうじてまぬがれた工場の機械や鉄道の線路は、戦争の賠償としてソ連に持ち去られ工業生産もままならない。経済支援を受けることができた西ドイツとは対照的な、多難な建国の道の

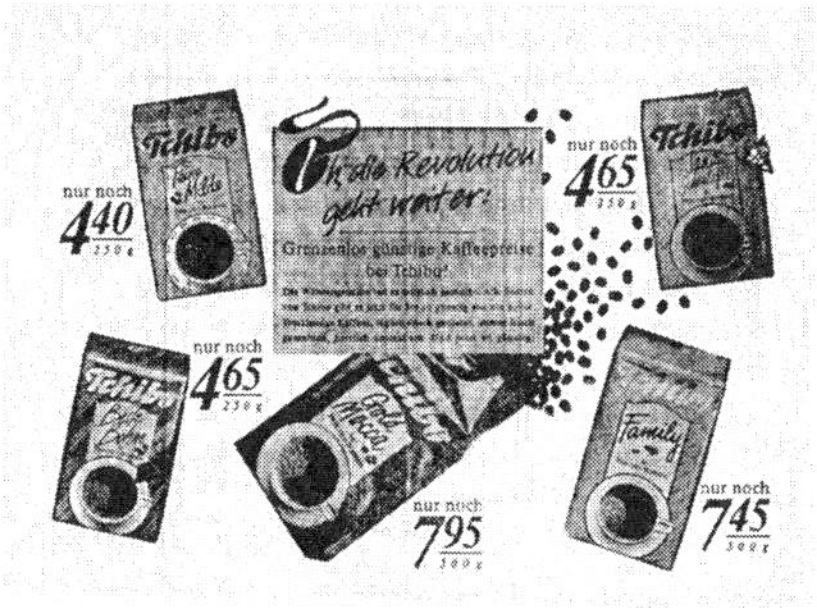

図５　「革命はさらに進展する」といううたい文句が添えられたインスタント・コーヒーの広告

りだった。

西ドイツ同様、東ドイツも大国の思惑から自由ではいられなかった。モスクワ帰り[10]の共産主義者が、国内にとどまり抵抗運動を続けてきた闘士らを権力闘争のすえ駆逐し、権力の座にすわった。ドイツ民主共和国が建国の理想とは裏腹に、スターリン主義の傀儡国家に陥るのに時間はかからなかった。反対派を封じ込めるための警察国家[↓18]は、巨大な監視社会だった。建国から間もなく発生したベルリン蜂起（一九五三）は、計画経済の失敗が直接の原因だが、自由のない社会への不満の爆発でもあった。医師や技術師そして若者を中心に多くの国民が故郷を去って行った。政府はベルリンに壁を建設することで人口の流出を食い止めようとした。一九六一年のことだ。息詰まる監視社会[↓18]の空気は、現実にイギリスの諜報部員だったル・カレのスパイ小説『寒い国から帰ってきたスパイ』（一九六三）を読めば、肌で感じることができるだろう。

言論や報道の自由はない。選挙もあらかじめ党によって仕組まれた出来レース。職場には実力とは関係なく党から天下ってきた党員が幅を利かし、意欲的になればかえって周囲から浮いてしまう。ただ計画経済ゆえインフレも失業もなく、とりあえず衣食住は国家によって保証されている。たまにドル・ショップに行けば贅沢も味わえるから、自由がなくてもそこそこ幸せにやっていける……。

いや、それが本当にドイツの民主的な共和国のあるべき姿なのだろうか？　一九八九年ドイツの人々はついに声をあげた[↓27]。デモの横断幕には「自由とは異なる意見を持つ者の自由である」というルクセンブルクの言葉が掲げられていた。（國重　裕）

6 キリスト教——生活・社会・文化の基盤

図1　壮年期ルターの肖像

図2　ヴィッテンベルク市庁舎前のルター像

教会と日常生活

ケルンやウルムのゴシック大聖堂の雄姿を観光写真で見たことがあるかもしれない。列車でドイツの町に到着すると、町の大小を問わず、まずはじめに教会の塔が目に映る。駅はたいてい町外れにあるので、塔の聳える辺りをめざしていくと旧市街の中心に出る。そこには泉を備えた広場↓52があり、土曜には市場が開かれている。教会は、市役所（町役場）と向かい合うようにして、広場に臨んでいる。その雰囲気は、ここが町の発展の起点であることを窺わせる。教会の呼び方には二通りあって、建物としての教会、またルター派教会などと宗派を指す場合はキルヒェ、それに対して、日曜ごとに集まる人の交わりとしての教会はゲマインデと呼ばれる。

現在では、他の欧州諸国と同様、礼拝に臨む自覚的な信徒の数は減少しているが、相変わらず教会は単なる宗教施設以上の存在である。誕生したら幼児洗礼を受け、青年期のはじめに堅信礼を経て教会の一員となる。それは一人前の市民となる通過儀礼である。さらに結婚から埋葬にいたるまで、教会は社会生活に根を下ろしている。生活のなにげない営みにも教会起源のものが多い。中世には各地に修道院が建てられたが、宗教改革（一五一七年以降）を経てローマの教権からプロテスタントが離脱すると、施設の多くは営みを終えた。ただ元来は修道士たちの断食時の栄養源として醸造された麦酒《ビール》↓54には、今日なお修道院の名を冠するものがある。かつては高

図3　バッハ教会（アルンシュタット）。バッハ23歳にしてはじめてこの教会の音楽監督（カントール）に就任

図4　トーマス教会（ライプツィヒ）のバッハ銅像。この教会の祭壇前にバッハは眠っている

価であったロウソクの使用も元来は教会と深く結びついていた。カトリックの教会を訪れると、側廊に据えられた縁《ゆかり》の聖人の祭壇に沢山のロウソクが灯されているのが目に入る。子どもの誕生日にロウソクを灯す習慣は、本来このような習俗の世俗化したもの。教会は当初、誕生日のロウソク使用に批判的で、そもそも個人を特筆する誕生日よりも、洗礼名として授けられた聖人の日を祝うように推奨した。

カトリックとプロテスタント・教会と社会

信仰の深さの如何にかかわらず、また外国人であっても、教会との関わりから免れることはない。ドイツに長期滞在をする際には住民登録をするが、用紙には宗教の申告欄があり、カトリックかプロテスタントという項目をチェックする。日本人の多くは、「その他」欄に仏教とでも記すことになろう。公教育に宗教の教科がある国である。無宗教と書くと自覚的な無神論者と思われる。

伝統的に、南ドイツやオーストリア、あるいはフルダやミュンスターなど司教座のあった町ではカトリックが盛んである。二〇一二年に退位した前の教皇もバイエルン州レーゲンスブルクの出身であり、その就任後はじめて郷里でおこなわれたミサには、感激した多数の若者たちが集った。一方、ルター派福音教会は、宗教改革に縁のあるドイツ東北部に広まったが、旧東ドイツ時代↓5には抑圧を忍ばねばならなかった。しかし、東西↓27統一の契機となったライプツィヒ・ニコライ教会に集った↓27人々の灯火行進のように、教会は現代史を牽引する重要な役割を担ってきた。政治との関わりも深く、ナチスの時代、体制に迎合する「ドイツ的キリスト信徒」の動

図５　ニコライ教会(ベルリン)。ここでゲルハルトは音楽家クリューガーと讃美歌を共作した

図６　リュッベンのゲルハルト銅像。ゲルハルトが最後に赴任した教会の前に立つ

きもあったが、「告白教会」に集った牧師・神学者たちは信仰の良心を拠り所として闘った。ルター派のボンヘッファー、また改革派のカール・バルト他の人々は、「バルメン宣言」(一九三四)を抵抗の証とし、戦後はいち早く「シュトゥットガルト罪責宣言」(一九四五)を告白するなど、社会の歩みに大きな影響を与えてきた。

東西統一以降も、政権を担う政党、ＣＤＵ(キリスト教民主同盟)[↓27]やバイエルン州のＣＳＵ(キリスト教社会同盟)のように、キリスト教の名を冠した政党の動向は、刻々報道されている。学問や思想の世界でも、キリスト教近代が培ってきた価値観のはたす役割は大きく、人権や平和の問題を論議するときに、知識人の代表として神学者や大学の神学部は今なお大きな社会的発言力をもっている。

ドイツ・キリスト教史と芸術・文化

ローマ時代、修道士出身のボニファティウスは、ゲルマン民族のあいだにキリスト教を広めた。「ドイツの聖人」と敬われた彼の遺骸はフルダ大聖堂の地下に安置されている。しかし、ドイツはなんといってもマルティン・ルター[↓1・6・20・35・54]を生んだ「宗教改革」の国で、その点で「ルネサンス」のイタリア[↓55]と対比される。画家のデューラーやクラナッハはルターの改革に深い共感を抱いていた。改革以前に建造された会堂では、聖人祭壇や告悔室などが取り払われたが、ステンドグラスや祭壇画などは時代を超えて受け継がれた。コルマル(今日のフランス領アルザス)にあるグリューネヴァルトの「キリスト磔刑図」や、仏像を想わせるリーメンシュナイダーの精緻な木彫の祭壇レリーフ(ローテンブルク)など、今日も訪れる人の心を惹きつける。

図7　ウルム大聖堂。ケルン大聖堂に尖塔の高さで勝る

図8　パッサウ大聖堂のオルガン。その規模においてヨーロッパ随一

会堂入口の上に設置されたオルガンは、教会建築に不可欠であるが、その楽曲はベーム、パッヘルベル、ブクステフーデ、さらにバッハを経て今日に連なり、音楽史に重要な位置を占めている。後にアフリカの聖者と唱えられたシュヴァイツァーの前半生は気鋭の神学者であったが、オルガン奏者としてもすでに高名であった。声楽においても、教会音楽はシュッツのモテットに始まり、バッハの受難曲において頂点を迎え、さらにベートーヴェン、モーツァルト、メンデルスゾーン他のミサ曲、宗教オラトリオに連なっていく。それらの曲は、今日では一般のホールでも演奏される。バッハの音楽に不可欠なコラールの伝統は、ルターの讃美歌を起源とする。宗教改革による教会分裂は不幸な三十年戦争（一六一八―四八）を導いたが、惨禍のなかにも詩人パウル・ゲルハルトは純真な信仰を歌った。その伝統はクラウディウスの自然への眼差しを経てゲーテの抒情詩↓30に連なっていく。また戦後の荒廃のなかからルターへの回帰を志し、教養よりも信仰心を重んじた敬虔主義↓36は告白文学を導き、これはゲーテの『若きヴェルターの悩み』に始まる近代小説へと続いていく。

　ヘルマン・ヘッセの出自も敬虔主義の伝統と深く関わり、その親戚グンデルトは、内村鑑三↓コラム3の著作を翻訳出版した後に宣教師として来日し、帰国後はハンブルク大学で日本学の基礎を築いた。華厳経の翻訳も彼の手になるもの。日本とドイツ・キリスト教との関わりは深く、明治期以降、日本の思想や宗教界にバルトなどドイツ神学界は多大な影響を与えた。かつてバッハが指導したライプツィヒ・トーマス教会合唱団や、ドレスデン十字架合唱団、カトリックのウィーン少年合唱団は、度々来日しているが、こうした少年合唱団の発展も教会の伝統に起因する。（川中子義勝）

7 カカーニエン——諸民族の方舟、オーストリア

図1　1905年ごろの紋章例。「力を合わせて」とある

国家と名称

カカーニエン（Kakanien）とは、オーストリアの作家ローベルト・ムージル[↓33]が、ハプスブルク家による今は亡きオーストリア＝ハンガリー二重君主国を呼ぶのに用いた造語である。一九一〇年の時点でハプスブルク帝国[↓2・39]の領域は以下のような地域を含んでいた。すなわち、オーストリア、チェコ、スロヴァキア、ハンガリー、スロヴェニア、クロアチア、ボスニア＝ヘルツェゴヴィナ、ルーマニアの西部、ポーランドの南部、ウクライナの西部、イタリアの一部である。言語集団はドイツ語をはじめとして主なものだけでも一二にのぼった。この多民族国家は、オーストリア皇帝（Kaiser）がハンガリー国王（König）としても王冠を受ける、複合的な国家体制をしいていた。ドイツ語でk（カー）をふたつ重ねた国という意味をもつカカーニエンは、時代の変化とともにハプスブルク帝国が抱えることになった本質的な奇妙さを表しているのである。しかしそれがいかに奇妙なのかについて詳しく触れる前に、ハプスブルク帝国（君主国）というよく知られた表現[↓11・23]に注目したい。というのも、この名称自体あくまで通称だからだ。ハプスブルク家という王朝の名が国家の正式名称に使用されたことは一度もない。つまり、カカーニエンにせよ、ハプスブルク帝国にせよ、この国家には通称で呼ぶほかない事情があったのである。

図２　ルドルフ・フォン・ハプスブルク

図３　オーストリア皇帝フランツ１世

神聖ローマ帝国とハプスブルク家領

ハプスブルク家は元来ライン川上流↓2（現スイス）に領地をもつドイツの地方領主にすぎなかった。オーストリア一帯に基盤を移したのは、一二七三年にルドルフがドイツ王に選ばれたのがきっかけである。その後一四五二年のフリードリヒ三世の皇帝戴冠からおよそ三五〇年にわたって歴代の神聖ローマ皇帝を輩出したのはよく知られている。だが、神聖ローマ帝国＝ハプスブルク帝国ではない。神聖ローマ帝国は一五一二年に「ドイツ国民の神聖ローマ帝国」と国号を改めたことからも明らかなように、実際はドイツの諸王国や諸邦のゆるやかな連合体だった。ハプスブルク家の拠点であるオーストリア諸邦も帝国の一部にすぎない。しかしハプスブルク家はドイツ人のいない地域にも広大な領土を有していた。なかでも一五二六年にボヘミア王国とハンガリー王国を手に入れたことは、後のオーストリア帝国が形成されるうえで重要である。このようにハプスブルク家の領土は神聖ローマ帝国と部分的に重なりつつも、その国境からはみ出して広がっていったが、支配下の諸王国や諸邦全体をまとめて呼ぶ名称は、それからほぼ三〇〇年にわたって存在しなかった。

k.k.（カー・カー）

一八〇六年、神聖ローマ帝国は解体した。最後の皇帝フランツ二世は、先立つこと二年前、自らオーストリア皇帝フランツ一世↓17を名のり、オーストリア帝国を樹立している。この帝国は、神聖ローマ帝国の双頭の鷲の国章こそ受け継いだものの、その領土はハプスブルク家領のみで構成されていた。それまで曖昧な形で併存して

図4　ハンガリー王国での戴冠式（1867）

いたハプスブルク家の諸王国や諸邦は、ここではじめて一律にオーストリア帝国の名で呼ばれるようになる。オーストリア皇帝（Kaiser）は支配下のそれぞれの王国の国王（König）として治世をおこなったが、このような国家体制を、kaiserlich-königlich（帝＝王の）、略してk.k.と呼ぶ。しかし一九世紀のナショナリズムの時代にハプスブルク家という王朝による支配はもはや時代遅れだった。結局オーストリア帝国は一世紀ともたなかった。諸民族の春と呼ばれた一八四八年、ハンガリーは帝国とは別に自立した議会制内閣を要求し、独立を企てる。このときはフランツ・ヨーゼフ一世率いる帝国軍がハンガリーを圧さえこんだが、帝国の弱体化は免れず、各地で民族独立運動がさかんになる。その後一八六六年の普墺戦争で敗戦して統一ドイツ構想からはじき出されたオーストリアは、翌年、ハンガリーに実質的な自治を認める妥協（アウスグライヒ）を余儀なくされる。こうして生まれたのが、ムージルがカカーニエンと呼ぶオーストリア＝ハンガリー二重君主国である。

k.u.k.（カー・ウント・カー）

二重君主国は、従来の行政機構（k.k.）を維持した「帝国議会に代表を送る諸王国と諸邦（オーストリア）」と、独自の議会をもつ「聖ハンガリー王冠の諸邦（ハンガリー）」からなる同君連合である。ただし、その連合のあり方については双方で見解が異なった。オーストリア側は諸王国や諸邦の上位に位置する帝国という中世以来の国家体制の維持にこだわっていた。そのため帝国からハンガリーを除いた地域を「オーストリア」とひとつの国のように名づけるのには消極的で、あくまで帝

図５　ザッハートルテで知られるデメルの看板。「k. u. k. 王宮御用達菓子匠」とある

図６　ローベルト・ムージル

国の一部とみなした。そのためこの地域は「帝国議会に代表を送る諸王国と諸邦」であるとか「ライタ川のこちら側」という呼び方しかされなかった。一方ハンガリー側はオーストリア帝国からハンガリー王国を分離したうえで、帝国と王国との対等な同君連合を要求していた。その結果がk. k.とは異なるk. u. k.すなわちkaiserlich und königlich（皇帝にして国王の）という、皇帝と国王を並置した表記にみてとることができる。しかし両者の明確な区別はきわめて困難であった。

ムージルは長編小説『特性のない男』（一九三〇／未完）で、二重君主国が成立したことによって生まれた混乱とその帰結を記述している。彼によると、一八六七年にオーストリアという国号を廃してオーストリア＝ハンガリーとして以来、君主国の住人は公には自らをオーストリア人と呼べなくなった。あえて呼ぶならばオーストリア＝ハンガリー人だったが、ハンガリー側の住人が自らをハンガリー人と呼ぶようになった結果、残りの領域に住む「オーストリア＝ハンガリー・マイナス・ハンガリー」の人々は、自らを呼ぶ適切な名称を失ってしまったのである。「したがって彼らは、私はポーランド人であるとか、チェコ人、イタリア人〔……〕スロヴェニア人、クロアチア人〔……〕などというのを好んだのである。そして、これがいわゆるナショナリズムだった」。

このように、ハプスブルク帝国の本質的な奇妙さとは、どの時代もひとつの名称で自らを明示できない点にある。一九一八年に二重君主国は崩壊したが、ムージルは名づけ得ぬものが人々にもたらす「存在に対する確固とした根拠のなさ」に帝国滅亡の一因を見いだし、カカーニエンという造語で示したのである。（桂　元嗣）

8

ユダヤ人——ドイツ文化の陰画

ユダヤ人とドイツ文化

ユダヤ人とドイツ文化の関係を考える場合、大きく分けて三つの時代区分が必要である。第一は、古代から一九世紀のユダヤ人解放にいたるまでの時代、すなわちユダヤ教がキリスト教(→6)の母体でありながら長らく差別の対象となっていた時代である。第二は一九世紀以降、ユダヤ啓蒙主義の進展によって、ユダヤ人がドイツ人社会への同化を進め、やがてドイツ語圏の文化の中心的担い手へと成長した時代である。そして第三はナチス政権時代以後現在にいたるまで、ヒトラーによるユダヤ人大量虐殺の結果、ドイツ文化が、「アウシュヴィッツ以後の文化とは何か」という問いに直面せざるを得なくなっている時代である。

図１　トーラーの巻物

ユダヤ人解放以前

「ユダヤ人」とは、一般にはユダヤ教徒を指す。ユダヤ教は、約四〇〇〇年前セム系諸族の族長アブラハムが、土地と子孫繁栄を約束する代わりに神（ヤハウェ）を唯一絶対として信仰するという契約を交わしたのが始まりとされる。ユダヤ教の律法はトーラーとその解説であるタルムードから成る。紀元七〇年に、ローマ軍の攻撃によりエルサレムの第二神殿が破壊されると、ユダヤ人はヨーロッパやアフリカ大陸へと離散していった。これをディアスポラと呼ぶ。やがてユダヤ教の流派の

図２　襲撃されるフランクフルトのゲットー

図３　モーゼス・メンデルスゾーン

ひとつであったキリスト教が、四世紀にローマ帝国の国教になるまでに発展すると、キリスト教はユダヤ教をイエス・キリストの殺害者として批判し始め、以後中世を通じて差別の対象とみなし、職業や日常生活に厳しい制限を与えた。

ドイツにおいて、ユダヤ人たちはライン沿岸[2]のヴォルムス、マインツ、ボン、ケルンなどに多く居住していた。彼らはしばしばゲットーと呼ばれる区域に居住を制限され、劣悪な環境のもと、キリスト教社会と遮断されていた。もっとも、その閉鎖性ゆえに、ユダヤ教の伝統と習慣にもとづく生活を送ることができた。彼らは、トーラーとタルムードを熱心に学び、選ばれた民として（選民思想）、日々シナゴーグと呼ばれる教会堂で祈りを捧げ、民族の祭日を祝った。金曜の日没から土曜の日没まで一切の労働を禁じる安息日の習慣や、反芻しひづめが分かれている動物しか食べないなどの食物規定（カシュルート）は今日でも広く遵守されている。

キリスト教社会から排除されていた彼らが文化の表舞台に出ることはこの時期にはなかったが、学問を尊び厳しい戒律に従う生活が守られたことで、のちにユダヤ・ドイツ文化として花開くユダヤ的精神性の土壌が培われたとみることができる。

同化の時代

一八世紀になると、モーゼス・メンデルスゾーン（1729-86）に代表されるユダヤ人知識人のなかから、閉鎖的なゲットーを出て積極的にドイツ市民社会に同化すべきという主張がなされるようになる。これがハスカラと呼ばれるユダヤ人の啓蒙運動[28]である。やがてフランス革命の平等の理念がナポレオン戦争を契機にドイツにも

図4　フランツ・カフカ

図5　ヨーゼフ・ロート

伝播し、ユダヤ教徒はキリスト教徒と同等の市民的権利と自由を保障されることとなった。これにより居住地や職業選択の制限も撤廃され、商機を求めるユダヤ人たちはドイツ人社会への同化を強めた。彼らはユダヤ教の厳しい戒律から離れ、家庭ではドイツ語を話しドイツ風の生活を送った。一九世紀後半になると、その子弟たちが豊かな経済力を背景に高い教養を身につけ、学問や芸術の分野で活躍するようになった。流麗な文体で知られるフーゴー・フォン・ホーフマンスタール[→32]（1874-1929）は曾祖父の時代に同化をはたし、ほとんどユダヤ人としての意識はなかったといわれる。森鷗外の翻訳『みれん』（一九一三）によって日本でも有名なアルトゥール・シュニッツラー（1862-1931）や、商店経営者の父との確執で知られるフランツ・カフカ[→17・48・コラム4]（1883-1924）もまた、同化ユダヤ人であった。

しかし、西欧社会への同化をはたしたブルジョワ階級のユダヤ人がいる一方で、大多数は中世の迫害以来東欧に移住したいわゆる東方ユダヤ人であった。彼らはシュテートルと呼ばれる貧しいユダヤ人村をつくり、イディッシュ語という独自の言語を話し、近代化することなくユダヤ教の伝統のなかで生活していた。シュテートル出身の作家ヨーゼフ・ロート（1894-1939）は、随筆『放浪のユダヤ人』（一九二七）のなかで東方ユダヤ世界を愛憎の入り混じった筆致で描きだしている。

同化が進み、もはや「ユダヤ人」ではなく「ユダヤ系ドイツ人」「ユダヤ系オーストリア人」と呼ばれるようになっても、何世紀にもわたる差別がもたらした「差異」に対する敏感さや、ゲットーやシュテートルの閉じられた空間のなかで培われた高度な思弁、民族の歴史を記憶する能力は、豊かな表現へと結実し、今でも彼ら

図６　アウシュヴィッツ＝ビルケナウ強制収容所

の作品の特徴となっている。また、「自分は何者なのか」というアイデンティティへの問いを含む作品も多いことから、時代や地域を問わず人々の心を惹きつけている。

アウシュヴィッツ以後

第一次世界大戦敗北後、賠償金や領土割譲で厳しい状況下に置かれたドイツ国民のあいだで、富裕層のユダヤ人たちや難民として都市に流入してきた東方ユダヤ人への反感が高まった。この反ユダヤ感情を利用し政権を掌握したヒトラーにより、ユダヤ人隔離政策↓10が始まり、一九四二年ヴァンゼー会議での「ユダヤ人問題の最終的解決」と呼ばれる決定をもって、アウシュヴィッツなどの絶滅収容所における組織的大虐殺がおこなわれることになった。第二次世界大戦終結後この恐るべき犯罪が全世界に向けて明らかになると↓26、その衝撃は激しい議論を呼び起こした。同化ユダヤ人であるハンナ・アーレント↓10・33（1906–75）は『全体主義の起源』（一九五一）で近代社会に潜む全体主義への道を指摘し、同じくユダヤ系のテーオドア・アドルノ↓10（1903–69）は、そうした行為を生み出す背景に啓蒙↓28の暴力をみて、「アウシュヴィッツの後に詩を書くことは野蛮である」という有名なテーゼを著した。理性による同一化の原理が、異質な他者としてのユダヤ人の絶滅政策につながることを示唆したものだが、一般には、誰もが沈黙する惨劇の前ではたしてどんな芸術がなお意味をもつかという問いとして受け取られた。それに対しては、ナチスの手↓コラム4を逃れて生き延びたネリ・ザックス（1891–1970）の苦悩を湛えた詩や、パウル・ツェラン（1920–70）の言語表現の限界で絞り出した呻きのような詩が反証としてあげられた。（福間具子）

9

移民——多様化する社会と文化

ドイツの街でみられる多文化

「ベルリンはトルコ第三の都市である」というジョークがある。これはもちろん誇張された表現だが、実際、トルコ語の看板、多彩な地域の料理を出す店が並ぶ地区がある。また、この地区の小劇場や映画館、クラブは、多文化性に重点をおいた文化発信で観客を集めており、行きかう人々の姿も多彩である。このような「移民街」が具現している多文化性を、「多文化主義」の象徴として歓迎する見方がある一方、「異質になりすぎた」「ドイツ語が通じない」地区（もちろんこれも極端な誇張である）の存在を問題視する声も近年大きくなっている。

図1　トルコ出身の弁護士人権活動家セイラン・アテシュの自伝『炎に至る壮大な旅』

「移民の背景をもつ市民」

ドイツ連邦統計局のデータによると、二〇一二年末現在、ドイツ連邦共和国の全人口約八二〇〇万人のうち、約二〇パーセントの一六三〇万人が「移民の背景をもつ住民」だとされている。「移民の背景をもつ者」とは、現在の国籍にかかわらず、「一九四九年以降、現在のドイツ領に移住した者、ドイツで生まれた外国籍の者、あるいはドイツ国籍所有者のうち、親の少なくとも一人が移住者であるかドイツで生まれた際に外国籍だった者」である。このようなデータをドイツ政府が包括的に公表し始めたのは、公式に「移民受入国」であることを認め、「移民法」を施行した二〇〇五年のことである。移民背景、移住経験、ドイツ国籍の有無、年齢、性別、家族構成、学歴、職業などの分布について詳細なデータが発表されており、「移民政策」が現在のドイツの重要なテーマのひとつであることがわかる。一九九九年に国籍法が改正され、それまでの血統主義を一部変更し、ドイツで生まれた者にも一定の条件で国籍取得の道をひらいたことも大きな転換であった。

戦後ドイツに移住した移民たち

政策変更以前から、ドイツには多くの移民が生活しており、多文化社会を形成していた。最も大きなグループは、ドイツの経済成長を底辺で支えた外国人労働者とその家族たちである。第二次世界大戦後の経済復興[↓5]途上にあった連邦共和国は、労働力を補充するために、一九五五年にイタリア、一九六〇年にスペイン、ギリシア、一九六一年にトルコなど、全九か国と労働者募集協定を結び、労働者を呼び寄せた。一九七三年のオイルショックを契機にこの労働者募集は打ち切られたが、多くの人々は、家族を呼び寄せドイツに定住した。なかでも最も多かったのがトルコ出身者であり、現在でも「移民の背景をもつ市民」のなかで最大のグループであるが、そのなかには、クルド人など、トルコのなかの少数民族も含まれている。

そのほか、旧ソ連、東欧諸国からの移住者も多い。彼らは、冷戦中には亡命庇護を求め、一九九〇年のソ連崩壊および東欧諸国の民主化後は、仕事や教育の機会を求めてドイツに移住した。なかでも、もともとドイツから東方へと移植したドイツ人の子孫である「ドイツ系住民」は、国籍法改正以前からドイツへの移住および国

図２　ファティ・アキン監督の映画『愛より強く』(2004)

図３　エミネ・セヴギ・エヅダマ

籍の取得が認められた。EU拡大後→コラム2は、ポーランドやルーマニアからの移住者が多く、さらに、ユーロ危機以降、ギリシアやスペインからの移住者も増えている。

政府が移民政策に本格的に取り組む以前から、地方自治体、市民団体や移民たちの団体によって、移民たちの社会生活を支援し、また、移民の文化を保護する活動は、継続しておこなわれてきた。しかし一方で、体系的な対策がおこなわれなかったことで、多くの「問題」が放置されてきたことも事実である。

「多文化社会」か、「文化の衝突」か

「移民問題」として主に想定されるのは、宗教や文化習慣の違いが大きいトルコ系住民たちとの共生の問題である。ドイツ統一にともなうナショナルな意識の高まり、二〇〇一年連続テロ事件以降の世界的な反イスラムの動き、グローバル化にともなう経済構造の変化や社会の右傾化などを背景に、「移民問題」はしばしば標的となり、ドイツでも「多文化主義の失敗」が標榜された。二〇〇〇年前後には、保守派の政治家が、ドイツのなかに別の社会として存在する「平行社会」を批判し、移民もドイツの「指導文化」を守るべきだと主張して賛否両論が巻き起こった。とくに、移民の背景をもつ子どもたちの低学力、低学歴、女性の「自由」の問題、またイスラム団体の活動などが、「文化の衝突」の例として指摘されやすい。しかし、このような問題の多くは、教育機会の不平等などの社会格差の問題でもある。二〇〇五年の移民法制定への議論では、これまで、文化相対主義の立場から社会的、文化的な「同化政策」に慎重であったドイツ社会民主党や緑の党も、「統合政策」の

図４　フェリドゥン・ザイモグル

図５　フェリドゥン・ザイモグル『カナーケの言葉』（1995）。「カナーケ」と自称するトルコ系若者の生活を，スラングで集めたエスノグラフィーとして注目を集めた

必要性を認めるようになった。現在では、対策のひとつとして、移住および国籍取得の際、最低限のドイツ語能力と民主主義憲法の知識が条件となっており、そのための講座も提供されている。また、政府は、二〇〇六年以降毎年、財界や文化団体、移民団体、宗教団体などとの議論の場として「統合サミット」を開催し、首相自ら出席することで移民の統合をめざす姿勢を示しているが、実践的な対策が取られていないという批判も多い。

多様なドイツ人が発信する文化

「移民」という概念については、「問題」ばかりが語られがちであるが、近年、ドイツから発信される文化では、移民の背景をもつアーティストたちの活躍が目立っている。二〇〇四年に『愛より強く』でベルリン映画祭↓42金熊賞を、二〇〇七年に『そして私たちは愛に帰る』でカンヌ最優秀脚本賞を受賞したトルコ系ドイツ人の映画監督ファティ・アキン（1973-）の名は、日本でも映画ファンには知られているだろう。二〇〇九年にノーベル文学賞を受賞した作家ヘルタ・ミュラー（1953-）は、ルーマニアでドイツ系マイノリティとして生まれ、ドイツに移住した作家である。また、ドイツには、一九八五年に設立された「シャミッソー賞」という、移民の背景をもつ作家に与えられる文学賞がある。トルコ出身のエヅダマ（1946-）やザイモグル（1964-）、日独両言語で書く多和田葉子（1960-）、ボスニア・ヘルツェゴヴィナ出身のサーシャ・スタニシチ（1978-）などの受賞作家たちの活躍は、現代のドイツ語文学が、多様性をもったものであることの証左となっている。（浜崎桂子）

10

亡命——国を追われた人々

図1　ハンナ・アーレント

「異国にて」——ハインリヒ・ハイネが亡命した時代

デュッセルドルフ生まれの詩人ハインリヒ・ハイネ[↓2・35]（1797–1856）は、亡命先のパリで「むかし　ぼくには美しい祖国があった／〔……〕／ああ　あれは夢だった」（『異国にて』一八三四）と書いた。ウィーン体制下のドイツ領における言論統制と反ユダヤ主義[↓8]を嫌ったハイネは、一八三〇年七月革命の翌年、パリに住まいを移した。当初、『アウクスブルク・アルゲマイネ』紙パリ特派員として、革命後のパリ事情を伝える連載記事を書いたが、記事は差し止められ、さらにドイツ連邦全地域において全著作の出版が禁止された。結局、ハイネはその死までパリで過ごした。

「三月前期」と呼ばれる一八四八年革命前のこの時期、自由思想や革命思想を危険視された者たちは、チューリヒやバーゼル、ブリュッセルなどに亡命した。なかでもパリは重要な亡命先となり、ドイツ語の出版活動もおこなわれた。マルクス（1818–83）がかかわった『独仏年誌』や『フォアヴェルツ（前進）』誌に、ハイネも寄稿している。マルクス[↓33]の社会主義思想は、亡命先パリにおいて、都市化、産業化と労働者の問題に直面し、また思想家たちと交流するなかで成立したといわれている。一八四八年[↓37]、フランクフルトで国民議会[↓22]が招集され、表現の自由を一定の範囲で保障する帝国憲法が成立したが、思想・出版統制はむしろ厳しくなり、亡命者が増大した。それを受けてパリやブリュッセルでは亡命者受け入れを制限するように

図２　パリにある国立図書館でのヴァルター・ベンヤミン

Scientist Suicide in Spain

Many Refugees Believed Victims of Mountain Gangs

LISBON, Oct. 7 (ONA.) — The suicide of Prof. *Walter Benjamin*, a well-known psychologist, and the mysterious disappearance of many refugees in the mountainous Franco-Spanish frontier zone were reported by reliable sources here today.

The professor, during recent years attached to the faculty of the Sorbonne at Paris and to the Institute for Social Research at N. Y. Columbia University, committed suicide by poison at the Franco-Spanish frontier town of Port Bou after Spanish authorities forbade him to continue his projected journey to Lisbon and the United States, according to four women friends who said they witnessed his death.

At the same time it was reported that many refugees who succeeded in getting into Spain from France had disappeared without trace during recent weeks. It was feared here that they had been killed in the mountainous frontier area by gangs of bandits who had promised to smuggle them across the border.

Prof. Benjamin, who had been granted a visa by the United States but had not been granted an exit permit by the French authorities, succeeded in slipping across the border.

The Spanish police chief at Port Bou, however, took them sternly to task for their getaway over the border and told them he would not permit them to continue their journey. The refugees asked for permission to rest a couple of hours and discuss their next move, a request which was granted. During this period of waiting, the professor, despairing of completing his journey, took a strong dose of poison from a phial he carried and died before the horrified eyes of his four women companions.

The professor was buried in the Catholic cemetery at Port Bou, although he was a Jew, because officials found on his person a note from a prominent French Catholic clergyman to Spanish Catholic church notables urging them to help the professor complete his trip.

図３　ニューヨークの亡命者新聞「Aufbau」のヴァルター・ベンヤミンの死を伝える記事

なり、亡命者の行き先は、ロンドンやニューヨークへと移動していった。

ナチス時代の亡命者たち

ドイツ史において最も多くの亡命者が国を追われたのは、ナチス時代（一九三三―四五）である。ナチ党は、出版と集会の自由を制限し、社会の「強制的同質化[→37・43]（Gleichschaltung）」によって「異分子」を弾圧し、徹底的な反ユダヤ政策をおこなった。一九四五年までに、約二八万人のユダヤ系住民が出国し、約三万人が政治的理由で、約一万人の作家、芸術家、研究者が思想的理由で亡命したという。

ユダヤ系の政治学者ハンナ・アーレント[→8・33]（1906–75）は、一九三三年当時、ベルリンで、研究の傍らシオニズム団体にかかわる活動をおこない、同年七月に秘密警察[→18]に拘留された。危険を感じてパリに移った彼女は、ユダヤ人救助活動と研究活動をおこなっていたが、一九四〇年五月にドイツがフランスに侵攻すると、フランス政府は「敵国外国人」であるドイツ出身者を収容所に拘留した。南仏ギュールの収容所に入れられたアーレントはしかし、ドイツ軍の占領による混乱期に脱出し、リサボンを経由して最終的にニューヨークへと亡命した。一方、同時期にパリに亡命し、アーレントに原稿の一部を託していた思想家ヴァルター・ベンヤミン[→29・33]（1892–1940）は、南仏、スペインへと逃亡したものの、アメリカへの亡命をはたせず途上で自死した。

図4　アメリカへ渡航する直前，仙台でのカール・レーヴィット

亡命者の旅

ドイツを追われた人々の当初の主な亡命先は、スイス[→11]、フランスやベネルクス諸国、チェコやソ連で、パリ、モスクワ、プラハなどでは、亡命者のための新聞、雑誌が出版された。しかし、ナチスのヨーロッパ諸国への侵攻により、彼らはヨーロッパを追われ、アメリカ、南米、パレスチナなどをめざすことになった。

日本は当時ドイツの同盟国であったが、東北帝国大学で教えたユダヤ系の哲学者カール・レーヴィット[→55]（1897–1973）、桂離宮など日本の建築美を発見したブルーノ・タウト[→コラム3]（1880–1938）のように、一時期日本に滞在した亡命者もいた。タウトは、後にトルコ建築アカデミーの招聘を受け移住し、レーヴィットは、開戦後の一九四一年にアメリカに渡った。日本を通過して第三国に向かうユダヤ人亡命者たちにとっては、ユダヤ人協会のあった神戸がひとつの拠点となっていた。ただし、彼らのほとんどが、一九四一年に、アメリカ、上海などへ渡った。

亡命知識人たち

各地でユダヤ人団体や市民団体が亡命者救援のために活動したが、例えばアメリカでは、「亡命学者援助緊急委員会」[→32・33・コラム4・48・51・55]が、学者や知識人たちの入国や生活を援助した。その援助を受けたトーマス・マン（1875–1955）は、亡命中、積極的にドイツに向けての発言をおこなった。また、アドルノ[→8]（1903–69）、ホルクハイマー（1895–1973）などが活躍したフランクフルト社会研究所の学者たちは、コロンビア大学が提供した研究室を活動拠点とし、大学やニューヨークの「新社会研究所」で教えた。

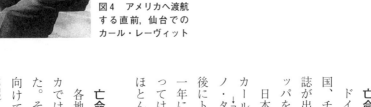

この間、分野を問わず、ドイツやオーストリアからの亡命知識人たちが、アメリカの大学や文化に与えた影響は大きい。しかし、環境や文化、亡命前との社会的立場の違いに馴染めず、周囲との接触をもたずに生活した亡命作家や知識人たちも少なくない。また、亡命作家たちはほとんど、亡命先でもドイツ語で執筆を続けた。アメリカの読者に向けて英語でも執筆したクラウス・マン（1906–49）は、むしろ例外である。イギリスに戦後も長く住み続けた作家・思想家エリアス・カネッティ（1905–94）もまた、生涯ドイツ語で執筆し続けた。アメリカにとどまり市民権も得たアーレントは、英語で講義、執筆をしたが、後にインタビューで、「つねに意識して母語を失うことを拒んできた」と答えている。

戦後ドイツと亡命者

政治亡命者たちの多くは、戦後帰国した。東ドイツ最初の書記長ウルブリヒト↓5（1893–1973）は、ナチを逃れた共産党員であった。また、西ドイツ元首相ヴィリー・ブラント↓5・26（1913–92）も、戦時中ノルウェーで地下運動をおこなった社民党員であった。一方、ユダヤ系の亡命者でドイツに帰国した者は多くはない。

現在のドイツ憲法「基本法」では、法の前の平等（第三条）、信仰の自由（第四条）、また表現の自由（第五条）が基本的人権として保障されている。戦後の西ドイツ、そして現在の連邦共和国は、民主主義国家として、冷戦時代の東ドイツを含む東欧諸国や、軍事政権国家などからの政治的亡命者を受け入れる国となっている。

（浜崎桂子）

11 スイス――ウィリアム・テルの末裔の国

図1　スイス・アルプスの風景

ドイツ文化とスイス

スイスはドイツ語を公用語とする国のひとつであり、その意味ではドイツ語文化圏に属しているが、現実の状況はそんなに単純ではない。ドイツ語が使われている地域はスイスの一部でしかなく、さらにそのドイツ語もいわゆる標準ドイツ語とは大きく異なっているからである。『ドイツ文化』という本のなかに「スイス」の項目があるとスイス人が知ったら、同じ漢字文化圏だからという理由で『中国文化』のなかに「日本」の項目があるのを日本人が知ったときと同じくらい驚くだろう、ということを断ったうえで、おなじみの『アルプスの少女ハイジ』とは一味違う側面からスイスを紹介したい。

スイスの言語と連邦制

スイスは日本の九州ほどの面積しかない小国でありながら、憲法でドイツ語、フランス語、イタリア語、レトロマン語（ロマンシュ語）の四言語を国語と定める多言語併用の国である。二〇〇〇年におこなわれた国勢調査では、定住者のうち六三・七パーセントがドイツ語を主要言語（最もよく習得していて、思考するときに使う言語）としてあげており、続いてフランス語が二〇・四パーセント、イタリア語が六・五パーセント、レトロマン語が〇・五パーセントとなっている。このようなス

図2　100フラン紙幣。4つの国語で記載がある

イスの多言語状況は強固な地方主義をとる政治システムと密接に関係している。

スイスは二三のカントンからなる連邦国家である。↓4 カントンは通常「州」と訳されるが、実際には「州」という言葉でイメージされるものよりはるかに自立していて、日本が都道府県に分かれているようにスイスがカントンに分かれているのではなく、独立国家として機能するカントンの集合体がスイスなのだと考える方が実情に即している。スイス人はスイス国内で普通に生活している限り、スイスという国に帰属意識をもつことは稀で、彼らはあくまでもチューリヒ人、ベルン人、あるいはジュネーブ人等々としてのアイデンティティをもっている。このような各カントンの独自性を損なうことなくスイス国家の一体性を維持できるよう導入された連邦制が、文化の領域では多言語・多文化主義となって現れているのである。スイスが憲法で多言語主義の立場を定めたのは一九世紀半ばのことだが、当時ヨーロッパではナショナリズムが高揚し、同一の言語の使用こそがネイションの証とみなされて、そのことが政治的な統一を正当化していたことを考えると、スイスの決断は非常にユニークなものだったといえるだろう。

ウィリアム・テルの伝説

このような徹底した地方主義の起源は建国の精神に求めることができる。スイスの建国は一二九一年八月一日、それぞれ主権をもった三つの原初カントンの住民がこの土地で支配力を強めてきたハプスブルク家↓7・23 に対抗し、自分たちの自由と自治を守るため、リュトリの丘に集まって相互扶助の同盟を結び、盟約者団を結成したことにさかのぼる。現在でもスイスの正式名称はドイツ語ではSchweizerische Eidgenossenschaft（スイス盟約者団）で、中世以来の歴史がそのまま生かされている。スイス建国の英雄として有名なのがウィリアム・テル（ドイツ語の発音ではヴィルヘルム・テル）で、今日では伝説上の人物というのが定説になっているが、テルが実在しなかったからといってリュトリの誓いの価値が下がるわけでもなく、大方のスイス人にとってテルは、建国の精神を象徴する存在であり続けている。

注目すべきなのは、テルが騎士ではなく農民で、さらに弓の名人だったという点である。農民テルはいつも持ち歩いている弓で息子の頭にのせたりんごを射抜き、さらにハプスブルクの悪代官を射殺して、スイスを独立へと導く。テルはいわば民兵なのだ。スイスにおいて連邦制と並ぶ国是とされているのが永世武装中立の原則で、兵役義務が憲法で定められている。スイス人男性は二〇歳になったら初年兵学校へ行くことが義務づけられ、その後も兵役義務年限を迎えるまで定期的に再訓練を受けなければならない。女性の兵役は志願制だが、非常時に備えた食糧や日用品の備蓄など、民間防衛に関する義務がある。武装によって永世中立を守ろうとするスイスの平和のイメージは、ハトではなくハリネズミなのである。

図３　アルトドルフにあるウィリアム・テル像

軍隊の廃止を問う国民投票

スイスでは職業軍人の数はきわめて少なく、一般市民が軍人を兼ねる民兵制をとっているので、銃や軍服その他の装備は各家庭で保管されている。ところが近年、これらの武器を使用した自殺や殺人事件が増加して社会問題となり、武器を家庭に

図 4　フリッシュの『軍隊なきスイス？』（1989）

置くべきではない、あるいはそもそも軍隊を廃止すべきではないかという議論が高まっている。スイスにはこのような議論に関して民意を問う独自の直接民主主義的システムが存在する。これがスイスを支える三つ目の原則で、スイス国民は連邦憲法の改正を提案する権利（国民発議権）をもち、発議された議題は国民投票によって審議されることになっている。

平和運動を展開する市民団体「軍隊なきスイスのためのグループ」は、一九八九年にはじめて軍隊の廃止を発議して、国民投票にもち込んだ。このとき、著名な作家のマックス・フリッシュ→コラム4（1911-91）は『軍隊なきスイス？』という作品を発表して、軍廃止を訴えた。結局この発議は否決されたのだが、賛成票が三五・六パーセントもあったことに政治家たちは大きなショックを受け、以後、兵役義務年限の引き下げなど、軍の改革が進められることになった。二〇〇一年にも軍隊廃止をめぐって再び国民投票がおこなわれたが、そのときの賛成票は二六パーセントしかなかった。

すでに述べたように、スイス人のアイデンティティは国ではなくカントンにある。そのようなスイス人にスイス国民としての自覚をもたせる役割をはたしているのが実は軍隊なのだ。国防はカントンではなく、連邦の管轄だからである。軍隊がナショナル・アイデンティティに関わるものである以上、「軍隊なきスイス」は一種の形容矛盾でしかなく、多くのスイス人にとって軍隊のないスイスはスイスではない。スイスが第二次世界大戦の戦禍を免れたのは、スイス軍がヒトラーも恐れをなすほど強かったからだという神話は、今でもまことしやかに語り継がれている。

（増本浩子）

Column 1

ソルブ人

ベルリン市内を流れるシュプレー川の上流、チェコおよびポーランドとの国境付近（旧東独）には、スラブ系少数民族「ソルブ人（die Sorben）」が住む言語的に特殊な地域がある。国籍はもちろんドイツ。しかしながらこの地域のソルブ人たちはソルブ語とドイツ語のバイリンガルであり、駅などの公共施設の表示もすべて二言語表示なのだ。この地域はラウジッツ（ソルブ語でウジツァ）と呼ばれ、チェコ語に似た高地（上）ソルブ語を話す高地ラウジッツ地域（中心都市バウツェン）と、ポーランド語に似た低地（下）ソルブ語の低地ラウジッツ地域（中心都市コトブス）の二つに分かれている。歴史上は「ヴェンド人」とも呼ばれてきたこの少数民族の多くはプロテスタントだが、高地ラウジッツにはカトリック地域もある。ソルブ語話者は現在では二〜三万人といわれ、ドイツ人との婚姻や、その子どものドイツ語化による話者数の減少に歯止めがかからない。

シュプレーの森の内部に保存してあるソルブ民族の伝統家屋には、日本の神殿建築の千木にあたる箇所が存在し、しかもそれが頭をもたげ王冠を配した二匹のヘビの形をしている。キリスト教改宗以前には森のヘビも崇められていたようで、「ヘビの王さま」に関する民話も存在する。湿地帯であるこの地域にはまた、ソルブ固有の三弦のバイオリンを奏でる「バイオリン奏者と水男」伝説、野や森を司る「真昼女」伝説、ソルブのファウストといわれるクラバート伝説もある。とくに後者は、チェコ出身の児童文学作家オットフリート・プロイスラー（1923-2013）の児童文学『クラバート』（一九七一）で名をはせた。当該作品の一モティーフが、ジブリ映画『千と千尋の神隠し』（二〇〇一）で参考にされたことでも知られている。

シュプレーの森（レーデ地区）にある古民家。冠を戴いた２匹のヘビが頭をもたげている

また伝統工芸としては、イースターの卵細工が有名であり、そのデザインと筆運びの繊細さには目を見張るものがある。民族の独立とアイデンティティをもとめ、歴史のなかで翻弄されてきたソルブ民族の存在を知らないドイツ人も多いが、このような少数民族の伝統文化が今後いかに継承されていくか、注視する必要があるだろう。（大野寿子）

第2章

社会制度——変わるもの，変わらないもの

ドイツの連邦議会議事堂。19世紀末に建てられた帝国議会の建物に，東西ドイツの統一後，ガラスのドームがかぶせられた

変わりゆくドイツ社会

戦後（西）ドイツは、社会を支える制度やシステムという点では比較的安定した枠組みのもとで発展してきた。しかし、二〇世紀末以降、東西ドイツの再統一、ヨーロッパ統合、グローバル化など、現代ドイツを取り巻く環境が大きく変化するなかで、家族のあり方や社会保障制度、教育制度、労働市場政策などは転機をむかえ、さまざまな変革を経験しつつある。

少子高齢化対策と教育制度

日本と同様にドイツでも、近年、家族の形態が多様化するとともに、少子高齢化が深刻な問題となっている。ドイツの出生率は一・三程度と先進国のあいだでも低く、少子化対策として、児童手当や育児休暇の充実、保育施設の増設などの支援策が現在、次々に実施・強化されている。その効果はまだ十分には明らかになっていないが、育児休暇をとる父親の割合が増加していることは確かである。

また、日本では二〇〇〇年に介護保険制度が発足したが、このときに参考にされたのが、ドイツで一九九五年に世界ではじめて導入された公的介護保険制度である。財源の五〇パーセントが税収でまかなわれている日本の介護保険と違い、ドイツでは全額が保険料によって運営されている。しかし、少子高齢化の進行を前に、この制度もまた現在、抜本的な見直しをせまられていることも事実である。

一方、二〇〇一年に発表されたＯＥＣＤ（経済協力開発機構）の国際的な学習到達度調査（ＰＩＳＡ）の結果は、ドイツ社会に大きな衝撃を与え、教育制度の改革が重大な課題とされた。とくに上位と下位の学力の差や、社会的・経済的なバックグラウンドと成績との相関関係が明らかになったことから、移民家庭や単親家庭など社会的・経済的に弱い立場の子どもの教育環境を改善する試みが始まった。例えば、従来、ドイツの学校は午前中で終わっていたのにたいして、最近では全日制をとる学校が増加している。

また、連邦制をとるドイツでは、教育は州の権限とされているため、学校の種類、指導要領、ギムナジウムの卒業試験（アビトゥーア）なども各州で異なる。しかし、近年、ヨーロッパ統合とグローバル化の流れのなかで、州ごとに異なる制度を統一するとともに、他国の教育制度と足並みをそろえようとする動きが出てきた。従来は九年制が主流だったギムナジウムが二〇一一年前後に大半の州で八年制に変わり、大学入学までの学校教育期間が国際的に標準的な一二年になったこともその一例である。

そして、大学もまた改革の波にさらされている。ドイツでは伝統的に大学はアカデミックな研究の場ととらえられていた。大半を占める国立の大学は授業料がなく、大学生はさまざまな特権を与えられて、在学期間も長かった。しかし、進学率の上昇やグローバル化のなかで大学行政も見直しをせまられ、二〇〇〇年代に入ると一時、授業料が徴収されるようになった（現在では再び廃止されている）ほか、特定の大学への研究資金の重点的な配分によって国際的競争力の強化をはかる政策なども導入された。

また、一九九九年にEU加盟国のあいだで高等教育システムを共通化するために採択されたボローニャ宣言も、ドイツの大学制度に変化をもたらした。従来のマギスター（人文社会科学系）とディプロム（工学・自然科学系）の学位が、ヨーロッパ共通のバチュラー（学士）とマスター（修士）という段階的な学位に切りかえられたほか、在籍期間の上限も定められて、学生たちは単位の取得に追われるようになった。ドイツの大学でかつてみられたゆったりとした学生生活は、この数年で様変わりしつつある。

職業教育と労働市場政策

一方、ギムナジウム以外の学校を卒業した若者には、職業学校に通いながら企業で実務訓練を受けるという二元制の職業教育制度が用意されている。この課程を修了後、さらに継続教育を受ければ、最終的にはマイスターの資格を取得することもできる。理論と実践を並行して学ぶ二元制職業教育は、中世の職人教育に端を発し、ドイツのものづくりを支えてきたが、二〇〇二年に始まったEU加盟国の職業教育の統一をはかるコペンハーゲン・プロセスへの対応も求められている。

また、労働市場政策としては、シュレーダー政権（一九九八―二〇〇五）下でハルツ改革と呼ばれる大胆な改革がおこなわれ、旧東独地域を中心に雇用状況が悪化するとともに、従来、労働者を守ることに重点が置かれて流動性を欠いていた労働市場にメスが入れられた。失業者の早期就業を促す政策がとられた結果、失業給付金の受給者数や失業率の減少がみられたが、他方で非正規雇用や低賃金労働が増加し、社会格差が拡大したという批判もある。

このようにみてくると、現代ドイツ社会が直面している問題のなかには、日本と共通するものも少なくない。そのため、日本ではドイツの改革や政策にヒントを探ろうという声が聞かれることもある。しかし、再統一や連邦制、EUなど、問題や改革の背景にある日独の根本的な相違も見逃してはならないだろう。ドイツ社会から日本がなんらかの示唆を得ようとする際には、双方の共通点と違いとを見極めることが不可欠である。

（濱中　春）

12 家族——近代家族を超えて

図１　18世紀の農民の家族

ドイツの家族の現在

「家族」というキーワードで現在のドイツをながめると、多様化の傾向が目につく。日本と同じように、戦後の経済成長期には「働く夫と専業主婦、子ども」という近代的な家族のモデルが浸透していたのだが、徐々にこのモデルは影響力を弱めて、今は非婚カップルや子連れ同士で再婚したパッチワークファミリーなど、いろいろなかたちが併存している。多様化の背景には、個人の選択の自由が定着したこともあるのだろうが、それだけではなく、近代的な家族のモデルそれ自体が問題をはらんでいたことも関係している。この家族像はドイツでは啓蒙時代↓28に育まれ、文学や教育などさまざまな分野と連動しながら発展して市民文化を強く刻印した。以下では近代家族のモデルがドイツで広まった過程を概観してみたい。

啓蒙時代の新しい家族観

近代的な市民社会が始まる前のヨーロッパでは、家族のあり方が今とはずいぶんちがっていたとされる。家内手工業や農業が中心の社会において、家族は何よりも生産活動の拠点であり、経済的な営みの基本単位だった。

啓蒙時代に入ると、そうした経済単位としての家族とは異なる家族像がつむがれるようになる。その媒体は主に文芸の領域だった。一八世紀半ばごろから、イギリ

図２　18世紀末に人気だった家庭劇の一場面

図３　19世紀半ばの市民家族

スからの影響をきっかけにして新しく市民悲劇というジャンルが流行する。それは市民知識層が新しく文化の担い手になり始めたことを背景に、偉人でも権力者でもないごく普通の人間を主人公として、子どもの非行や結婚問題などの家庭的なモチーフを道徳的な調子で描いたものだった。そこでは家族の愛のつながりが感傷的に描かれており、それまでの、経済的な共同体としての家族像とは一線を画する新しい家族像が提示されていた。

この市民悲劇をはじめとして、道徳週刊誌や小説などのなかで優しい情愛を強調した家族の描写が広められていった。それは当時の実態をそのまま映していたわけではなく、封建的な身分社会からの脱皮という歴史的な過程と関わる現象だった。G・E・レッシング[20・28]（1729-81）の『エミーリア・ガロッティ[20]』（一七七二）やF・シラー[24]（1759-1805）の『たくらみと恋』（一七八四）などの市民悲劇では、感傷的な愛で彩られた家族が市民的な領域として描かれ、この領域に、打算うずまく貴族社会が対置されている。そして家庭的な愛の世界が貴族社会との対比において美化され、人間的な領域として強調されている。まだ政治的な基盤の弱かった市民知識層にとって、そうした家族の描写は、自らの文化的な発言力を高めるための足がかりにほかならなかった。新しい家族像においては、家族の関係性が、経済的な必要性でも家長の権威でもなく、個々人の愛情で自発的に維持されるものとして強調された。個々人の自発的な意思を前面に出しているという点で、それは「自由」や「人間性」といった市民的な理想とも呼応していたのである。

その一方で、家族をめぐる市民知識層の言説は、家父長的な権威秩序をも「自発

図４　靴屋の家族。19世紀は階層の差が大きかった

図５　19世紀後半の市民層主婦によく読まれた雑誌

的」なものとして絶対化してしまう、という問題性をはらんでいた。一八世紀の後期になると、男女の性差をめぐる観念があらためて整備されて、妻は夫に従うといった性別役割のシステムが、男女の「自然な」性質にもとづくものとしてとらえなおされる。この「自然な」性差という観念も、家父長的な権威関係を「自然な」ものにみせて、「自由な個人による愛の共同体」という家族のイメージを支えたのだった。「愛の場としての家族」という観念が近代市民社会の構造に実際に組み込まれるとともに、そうした市民的な家族の抑圧的な側面が問題視されることになる。

近代家族の浸透と家族批判

資本主義的な経済活動が活発化して市民の社会活動の場が広がると、「愛と人間性の場」という市民的な家族像が近代社会の構造のなかで本格的に機能し始めた。つまり、仕事の場が家庭の外に移るとともに家族は他の社会的な領域とは区別される独自の愛の空間として明確に位置づけられ、仕事に参加できない子どもや高齢者のケアをにないつつ、外の世界では得られない情緒的な満足を提供する役目を負うことになった。そして、女性はそこに住まうのが「自然」であるとされた。

父親が外で働き、母親が主婦として家庭にこもり、子どもに愛情をそそぐ――そんな近代家族のモデルは、ドイツでは一九世紀を通して影響力を強めてゆく。同時に、これに対する批判の声も目立つようになった。まず問題にされたのは、「愛」や「自然」の名のもとに女性の生があまりにもせばめられていたことである。一九世紀後半になると、Ａ・ベーベルら社会主義の論者が市民的な家族制度の抑圧性を

図６　部屋で編み物をする女性

批判し、文学の領域でも、Ｔ・フォンターネ（1819-1898）の『エフィ・ブリースト』（一八九四／九五）などの作品が、市民社会における女性の生き難さを描いた。また、男女が別々の領域に居場所を与えられる社会では、それぞれにほどこされる教育も不均衡になる。[↓14] 男の子が立身出世のために厳しく教育される一方で、女の子には安らぎの場としての家庭にふさわしい純粋さや無垢ばかりが求められた。そうした教育のあり方はこの時期のフェミニズム運動で批判されたし、文学でも、Ｆ・ヴェーデキント（1864-1918）の『春の目覚め』（一八九一）で問題にされている。

近代家族を超えて

近年のドイツでは、フェミニズム運動や雇用と教育における男女平等の広まりとともに、冒頭にみたように近代家族のモデルも絶対的なものではなくなった。さらに「少子化」という現実も、このモデルのより徹底した修正を迫っている。この場合、問題は男女の性別役割というよりも家族と社会の関係性の方である。男女がともに外で働くようになると、子育てをもっぱら隔離された「愛の領域」にまかせた社会構造そのものに無理が生じてくる。現在ドイツ政府は、全日制の保育所[↓13]の増設や企業の意識改革など、家庭と仕事の両立を推進する政策を次々と打ち出している。ヨーロッパでもとくに少子化が深刻なドイツの現状を受けて、家族とともに社会を変化させるための本格的な取組みが始まっているのである。

（菅　利恵）

13 幼稚園《キンダーガルテン》──「子どもの庭」の社会史

図１　親の留守中安全のため桶に入れられた子ども

幼児教育施設の誕生前

ゲーテ（1749-1832）の小説『若きヴェルターの悩み』[30]（一七七四）には、主人公のヴェルターが農家の庭先でくつろぐ場面がある。野良に出かけたのか農家の人たちはいない。庭に、まだ四つくらいの男の子がぽつんと残されていて、生後半年くらいの赤ん坊と一緒に地べたに座っている。現在の感覚で読むと、小さな子どもたちを戸外に放置して大丈夫かと心配になる人もいるだろう。しかし作中のヴェルターはまったく気にかけていない。のんきに子どものスケッチを始め、親が帰って来るまでの二時間ほど、すっかり牧歌的な気分にひたっている。

この場面から想像できるように、一八世紀には小さな子どもたちが留守宅に取り残されている光景もまったくめずらしくはなかった。幼児をあずかる施設も皆無ではなく、「遊戯学校（Spielschule）」などと呼ばれる小規模の幼児教室が各地にあって、小さな子どもらを遊ばせたり、縫い物や編み物、宗教や読み書きなどを教えていた。ゲーテも三歳のころにそうした教室に通っている。小学校でも、子どもたちが連れてくる小さな弟や妹たちを受け入れていた。けれども身近にそうした受け入れ先がない場合、親が家を空けると子どもらはそのまま置いていかれた。

図2　18世紀末の農村の子守り風景

図3　はじめて「子どもの庭」につくられた庭

新しい子ども観と幼児教育の変化

『ヴェルター』に描かれた子どもの情景には、子どもにまつわる現在とは異なる感覚が表されている。その一方で、そこには現在につながる新しい子ども観の端緒を見いだすこともできる。ちょうど『ヴェルター』が書かれた少し前に、フランスのジャン＝ジャック・ルソー↓49（1712-78）が『エミール』（一七六二）という書物を発表した。ここでルソーは、子どもをそれまでのように未熟で未完成の存在とみなすのではなく、まだ文明によって人間の「自然な」本性をゆがめられていない無垢なる存在として位置づけた。そしてそのような子どものうちに、大人の失った人間本来の可能性をみようとしたのである。この新しい子ども観は、ドイツ語圏に大きな影響を与えた。先にみた『ヴェルター』の一場面でも、子どもが牧歌的な風景に溶かしこまれて人間らしい自然な世界の象徴とされており、子どもを無垢なる「自然」として理想化するルソー的なまなざしが取り入れられている。

　一八世紀末から、『エミール』の刺激がひとつの駆動力となって、新しい幼児教育の取組みが急速にうながされていった。教育思想が活発化し、幼児教育の意義にも注目が集められたのである。さらに、近代化にともなう産業構造の変化も、幼児教育の新たな需要を生み出すことになった。すでに産業革命を迎えたイギリスでは、一九世紀の初頭から家庭と仕事場の分離や工場における女性労働の増加が進み、それにともなって社会福祉の観点から新しい幼児教育施設が発展し始めた。それがドイツにも影響を与えたのである。ドイツもほどなくしてイギリスと同じ産業化の時代をむかえ、子どもをめぐる新たな社会福祉への要請が高められていった。

図4　フレーベル考案の遊具（恩物）で遊ばせる教員

図5　19世紀末のキリスト教系幼児施設

フレーベルの「子どもの庭」

教育界と産業界の変化にうながされて、一九世紀前半には幼児のための施設が徐々に数を増やした。そうしたなかで、ドイツにおける幼児教育の発展を決定的に後押ししたひとつの出来事が起こる。一八四〇年、フリードリヒ・フレーベル（1782–1852）の手によって「キンダーガルテン（Kindergarten：子どもの庭）」と名づけられた新しい幼児教育施設が生まれたのである。

「子どもの庭」は、先にみたルソー的な子どもへのまなざし、つまり、子どものうちに文明によって失われた人間本来の可能性をみようとするまなざしを、そのまま受け継ぎ、これを実践的に発展させようとするものであった。「子どもの庭」では、子どもが植物に、教員が園丁にたとえられる。子どもとはフレーベルにとって、植物の種子のように自然に花開く力を内部にそなえた存在であり、あらかじめ神の法則を宿した存在であった。そして教員は、この法則の邪魔をすることなく、園丁が水や日光に配慮するように子どもの環境を整えながら、彼らの開花を見守るべきとされた。具体的な教育内容としては、遊びや作業によって体験を重ね、体験のなかで創造力を高めることが重視されている。フレーベルはそのための遊具や玩具を考案し、「子どもの庭」のなかに、子どもたちが庭仕事を体験するための花壇や菜園を設けた。

フレーベルの理念にもとづく「子どもの庭」は、その思想性を警戒したプロイセン政府により禁止された時期もあったが、後継者たちによってドイツ各地に急速に広められた。一九世紀後期には、産業の発展にうながされて幼児教育施設そのもの

図6　19世紀末の機械織物工場の幼児施設

図7　夕方5時半に廊下でお迎えを待つ子どもたち

の数も全体的に伸びた。当初「子どもの庭」のほかに「幼児学校（Kleinkinder-schule)」「幼児保護施設（Kleinkinderbewahr-Anstalt)」などと呼ばれる施設があったが、第一次世界大戦後には"Kindergarten"が一般的に幼児教育施設を指す言葉として定着した。

「子どもの庭」の現在

「キンダーガルテン」という名称はそのまま英語でも使われているし、日本の「幼稚園」の原語でもある。ただ、日本では「幼稚園」がもっぱら教育機関として位置づけられ、働く親のためには「保育園」が用意されているのに対して、ドイツのキンダーガルテンは、教育的な側面と、働く親にかわって子どもをみるという社会福祉的な側面とをあわせもっている。先にみたように、教育と産業という二つの分野からの要請をうけて発展したドイツの幼児教育においては、当初から二つの側面が混在していたのである。法的には、一九二〇年代以降キンダーガルテンは児童福祉施設とされている。

現在、ドイツのキンダーガルテンはひとつの転換期にある。少子化対策↓12の一環として「福祉」面の充実が急がれるとともに、「教育」機関としての質の向上も求められている。また、↓9移民国家となったドイツの現状を受けて、就学前の言語教育の場としても重要視されている。現代の「子どもの庭」は、ただ子どもの開花を見守るだけではなく、現代社会に不可欠な機関として多くの役割を求められている。

（菅　利恵）

14 ギムナジウム――エリート養成から開かれた教育へ

3＋1――分岐進学型の学校制度[1]

ドイツでは通例、小学校に四年間（一部の州は六年間）通った後、ギムナジウム（Gymnasium）、実科学校（Realschule）、基幹学校（Hauptschule）のいずれかに進学する。アビトゥーア（Abitur）[2]と呼ばれる大学入学資格をめざす場合、ギムナジウムで学ぶのが一般的だ。戦後しばらくは基幹学校に八〇％近くの生徒が通っていたが、現在一五％程度に減っており、かわってギムナジウムや実科学校に進む生徒が増えている。多くの州では、保護者や本人の希望でなく学校側の推薦で進学先が決まり、生徒の将来にも大きな影響をおよぼすため、早期に進路が分岐するドイツの学校制度はこれまでたびたび問題にされてきた。三種の学校をまとめた総合学校（Gesamtschule）も存在するが、人気は低く、学校数も少ないのが現状だ（図1）。

PISAショック

二〇〇一年のドイツを賑わせた話題の一つにPISAショックがある。[3]経済協力開発機構（OECD）が、一五歳の生徒を対象に学力を測定・比較するもので（三年ごとに実施）、二〇〇一年は第一回目の結果が公表された年にあたる。調査には、OECD加盟国を中心に三二カ国が参加したが、ドイツは読解力で二一位、数学的リテラシー、科学的リテラシーで二〇位という成績で、いずれもOECD平均を下回

(1) 教育制度はドイツ語圏のなかでも国によって異なる。以下では，ドイツを中心に説明する。
(2) アビトゥーア（Abitur）はドイツでの名称。オーストリアとスイスではマトゥーラ（Matura）と呼ばれる。
(3) PISA は *Programme for International Student Assessment* の略で，日本では学習到達度調査と呼ばれている。

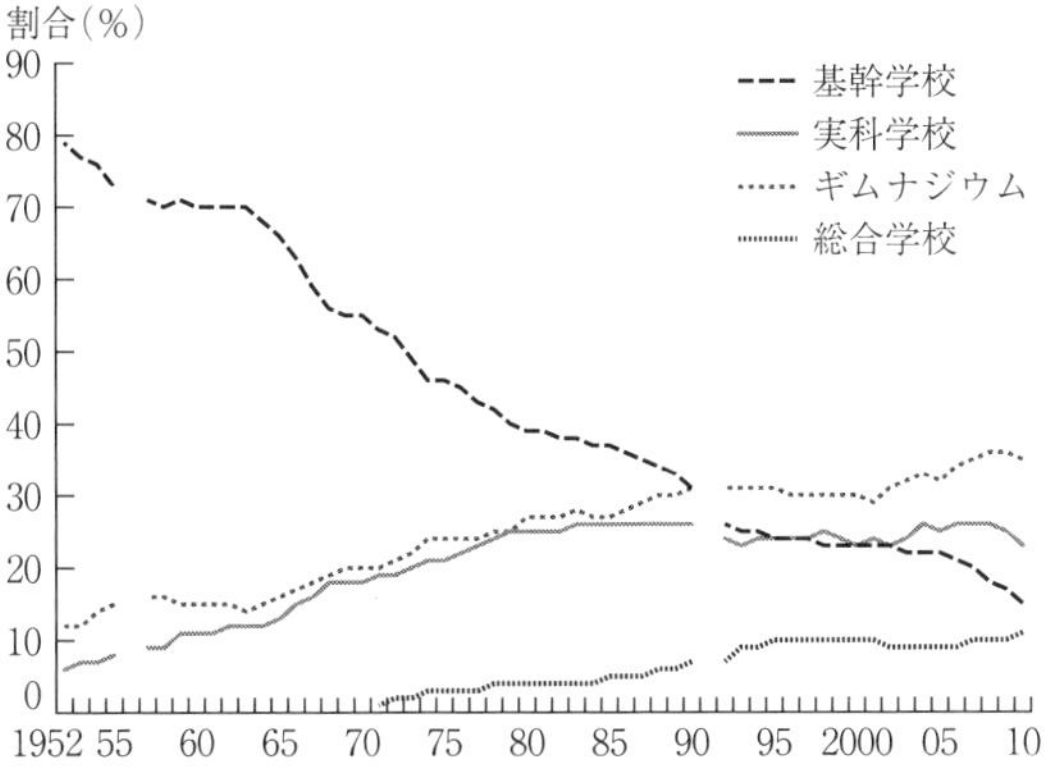

図１　13歳時の学校種別進学割合（出所：ライプニッツ社会科学研究所）。1990年以前のデータは旧西ドイツのみ

った（ちなみに日本はそれぞれ八位、一位、二位）。順位の低さもさることながら、あらためて問題となったのが学校種別ごとの学力格差である。成績分布はギムナジウム、実科学校、基幹学校の順に下がっていき、逆に外国籍生徒の比率は高くなっていた。現行制度が、低所得層や移民系↓9の子ども（いわゆる「教育から遠い」層）を高等教育から遠ざけ、社会格差を固定化しているという批判を裏づける結果だ。フィンランドなどの成績上位国がドイツのような分岐型システムをとっていないことも制度の見直し論を再燃させた。

ギムナジウム――名前の由来

ここでギムナジウム（Gymnasium）という名前の話をしておこう。この語は古代ギリシアで身体の鍛錬をおこなう場であったギュムナシオン（gymnasion）に由来する。それはまた知的な議論や教育にも利用されたため、単に学校のことを指すようにもなった。英語から日本語に入ったジム（gym）と同じ語源だが、こちらは運動施設の意味だけが残っている。学校という意味でのギュムナシオンは、ギリシア文化を模範とした古代ローマに継承され、次第に、高度な教育を授ける学校の呼び名となっていった(4)。今日も残る古いギムナジウムの多くは、教会や修道会↓6が設立した学校に起源をもつ。聖職者養成を目的とし、ラテン語↓1の教育が中心であった。

エリート養成と開かれた教育の間で

一八世紀に入ると教育制度に大きな変化が訪れる。ギムナジウムは古典語教育を

(4)　ドイツ語に入ったのは，ラテン語化された語形 gymnasium。なお，ドイツ語圏以外では同様の学校が，アリストテレスの学園 Lykeion/Lyceum に由来する名（例えば，フランス語のリセ lycée）で呼ばれている。

図２　アカデーミッシェス・ギムナジウム（創設1553年，ウィーン）。ドイツ語圏のギムナジウムとしては最も古いものの一つ。イエズス会の学校だった。現校舎は1860年代の建築

授けることで大学[↓15]への準備という役割を果たしていたが、明確な入学基準があるわけではなく、貴族や裕福な市民の子弟であれば、ギムナジウムで学ばなくとも大学進学が可能であった。他方、官吏などの人材育成に関心をもつ国家にとって、高等教育の水準を高めることが重要な課題となっていた。

プロイセン政府は一七八八年、アビトゥーアに関する規則を定め、大学志願者にギムナジウムでの入学資格試験を課した。もっとも当初は試験に合格しなくとも進学できるなど、制度がすぐに浸透したわけではない。だが、一八三四年発布の政令以降、試験合格が必須条件となり、ギムナジウムはエリート養成機関の性格を強めていく。アビトゥーアでは、ラテン語、ギリシア語、数学、歴史などの広い知識が要求され、受験生にとって大きなプレッシャーとなった。試験官でもあるギムナジウムの教師に対し、政府は試験を難しくしすぎないよう通達を出したほどだ。

大学進学のハードルを高めたことは、少数のエリートを育てる上で効果的だったといえよう（二〇世紀初頭でも進学率は同学年の一％程度にとどまっていた）。しかし、高等教育の拡大という歴史の流れとは齟齬をきたしつつあった。その要因として第一に、古典語を重視するギムナジウムの教育が、自然科学の発展[↓43]を背景に時代遅れとして批判されるようになったこと、第二に、それまで男子のみ許されていた[↓12]大学進学を女子にも認める動きの強まったことがあげられる。一九世紀を通じて、近代語や自然科学に重点をおく実科学校などの中等学校が発展してきたが、二〇世紀に入ってまもなくこれらの学校の卒業生も大学で学べるようになった。最初に述べたとおり、今日でも大学で学ぶにはギムナジウムに進学するケースが多いとはいえ、

図3　アカデーミッシェス・ギムナジウムの壁。元在校生の名を入れたプレート。上から法学者 H. ケルゼン，物理学者 E. シュレーディンガー，1901年に女性として大学入学資格をとった物理学者 L. マイトナー。このほか，作曲家シューベルトや文学者ホーフマンスタールなどの名も記されている

(5)　教育制度は州ごとに異なるが，大学入学資格はすべての州で共通のものと見なされる。
(6)　州によっては卒業年がもう一年遅くなる。
(7)　さらに第五試験部門としてプレゼンテーションやレポートを評価する科目が加わる。

ギムナジウムはもはや特権的存在でなくなっている。女性については一九世紀末から大学進学が可能となり、一九六〇年代以降、入学資格取得者に占める女子の割合が急速に増大して、ついに二〇一二年には男女比が逆転するに至った。

アビトゥーア（大学入学資格試験）

大学入学資格にはどのような能力が求められるのだろうか。ドイツでは、教育各州の管轄になる→4ので複雑だが(5)、ここではベルリンの事例で説明しよう。評価には、ギムナジウムの最後の二年間（日本の高二―高三に相当）(6)の成績と卒業前の試験点数が反映される仕組みだ。クラスごとの授業でなく大学と似た選択コース制となり、生徒はあらかじめ自分で基礎科目（週三時間）と重点科目（週五時間）を決めて履修しなければならない。重点科目（二科目を選択）の成績は基礎科目の二倍の比率で計算されるだけでなく、アビトゥーアの四つの試験科目に自動的に含まれる(7)。残りの二つは基礎科目から選び、四つめの科目は口述試験となる。

日程は年によって前後するが、おおむね最終学年の三月末で授業が終わり、数週間かけて順次三科目の筆記試験がおこなわれる。近年、学校ごとの試験にかわって統一テストも増えてきた。その後に口述試験が続くが、例えば英語ならこんな感じだ。試験は一時間、前半で三〇〇語程度の課題文をもとに準備する（辞書使用可）。後半の形態はロールプレイや架空のトークショーなどさまざまで、コミュニケーション能力が試される。もちろん使用言語はすべて英語だ。

試験が無事終わると、七月には晴れて大学入学資格が付与される。（斉藤　渉）

15 大学――「学校」からの自由

図1　ドイツ語圏で最も古い大学であるウィーン大学（1385年創立）。18世紀に建てられた当時の本館（現オーストリア学術アカデミー）

図2　現在のウィーン大学の本館（1884年完成）

大学は学校にあらず？

ドイツ語には「大学」と訳される単語が二つある。一つは Universität で、英語の university と同じ語源をもつのに対し、もう一つの Hochschule は「高い」にあたる hoch と「学校」を意味する Schule の合成語である。英語に直訳すれば high school になってしまうが、ドイツ語の Schule はふつう大学を含まない。そのことは、中等教育までの学校[↓14]に通う「生徒」が Schüler と呼ばれるのに対し、Student という語が「大学生」だけを指すことにも表れている。大学で学ぶということは、誰かに決められた学習内容を習い覚えることでなく、学生自身の自主性と責任において学び、考えることなのだ――現実がどれほどこの建前からかけ離れていても、大学はそうした「自由」が最大限に尊重されるべき場所とみなされてきた。

ウニヴェルシタス

ヨーロッパで最初の大学は[↓1]一一世紀イタリアのボローニャで生まれたとされる。「大学」の語源となったラテン語の universitas はもともと「全体」や「共同体」を意味し、「教師と学生の組合《ウニヴェルシタス》」などの形で使われていたという。中世ではながらく[↓6]教会が教育機関の役割を果たしていたが、聖職者以外の知識人に対する需要が高まるとともに、世俗権力（皇帝や国王）は、教皇の影響を受けない官吏を確保す

図3　放蕩学生を題材にした版画（1608）。乱闘で負傷した学生の足元には杯の破片などが乱雑に散らばり，窓際をネズミが駆け回る。学生の身籠らせた女が赤ん坊を連れて現われ，扉には当局への出頭命令が書きつけられている

るため、大学にさまざまな特権や庇護を与え始める。教会も同様の措置で対抗せざるをえなかった。こうして、対立する利害関係の狭間で、裁判権を含む大学の自治権が生じ、後に「大学の自由」と呼ばれるものの原型となっていく。

四つの学部と学生文化

一四世紀に入るとドイツ語圏でも大学がつくられるが、とくに宗教改革[→6・35]後はプロテスタント諸邦で多くの大学が誕生している。ほとんどの大学は、自由七科(1)を教える哲学部と、神学部、法学部、医学部という四つの学部をもっていた。教養課程にあたる哲学部が「下級学部」と呼ばれたのに対し、専門課程に相当する残りの「上級学部」はそれぞれ聖職者、法律家、医師を養成した。法律家や医師はもちろん、当時の聖職者が公務員なみの安定した職業だったことを考えると、全体的には実学志向が強かったといえるだろう。

学位の授与は大学がもつ重要な機能だが、取得には何年もの時間が必要とされた。もちろん、すべての学生が学位を得たわけでも、日々勉学に勤しんでいたわけでもない。ドイツでは、教師と学生が共同生活をおこなう学寮の制度が定着しなかったこともあり、親許を離れた学生をさまざまな誘惑が待ちかまえていた。飲酒、決闘、賭博にふける放蕩学生も少なくなかったようだ。それでも学生たちの間では社会規範からの逸脱が大目に見られるどころか、むしろ一種の名誉とされた。「大学の自由」に潜む危うさといえるかもしれない。

(1)　文法，論理学，修辞学，算術，幾何学，音楽，天文学の七科。最初の三科が「文系」教科だとすると，後の四科は「理系」科目の先祖といえるだろう。

(2) 第二次世界大戦後，ベルリン・フンボルト大学と改称されている。
(3) ドイツと日本の数値はそれぞれ大学学長会議（Hochschulrektorenkonferenz），文部科学省のウェブサイトによる。
(4) 2014年，基本法の見直しが可決され，連邦政府の大学予算に対する関与が大幅に認められることとなった。
(5) ドイツにも聴講料はあったが，1970年のボイコット運動で廃止に追い込まれている。2000年代の授業料は州により異なるが，おおむね一学期500ユーロ（約7万円）であった。ちなみに，日本の国立大授業料標準額は一学期26万7900円である（2015年現在）。

図4　ベルリン・フンボルト大学本館の前にある W. v. フンボルト像

フンボルト理念

近代に入ると、大学は次第に時代遅れの存在とみなされるようになる。とりわけ一八世紀の啓蒙↓28の時代には、実生活に「役立つ」教育こそが必要であり、旧態依然たる大学を廃止すべきだという意見も出るほどだった。一八〇六年、ナポレオン率いるフランス軍がプロイセンを破り、ハレ大学を閉鎖したことが転機となる。教育改革を担ったW・v・フンボルト↓19・43は、ベルリンに新しい大学をつくるよう提案した。巨額の賠償金をかかえる敗戦国にとっては難しい決断だったが、一八一〇年にベルリン大学(2)が設立される。フンボルトは、学生が受動的に学ぶだけでなく、教師とともに考え、研究すべきこと、教師もまた一方的に教えるだけでなく、学生とともに発見し、学ぶべきことを説いた。いわゆる研究と教育の一致である。彼はまた、大学がこうした機能を果たすためにも、国家は干渉を控え、大学の自由を最大限に尊重しなければならないと主張した。こうした考え方は後に「フンボルト理念」と呼ばれ、ドイツの大学が多くの分野で世界をリードした要因とされた。ただし実際には、教授資格審査や大学入学資格試験など、教員や学生に対する厳しい選考制度のほうがフンボルトの功績として重要であったかもしれない。

入試なし、授業料なし

ドイツの大学で学ぶには、ギムナジウム↓14などで大学入学資格をとらねばならないが、大学独自の入学試験はない。定員を制限している学科でないかぎり、進学先は自由に決められる。もちろんいいことばかりではない。二〇一三年の時点でドイツ

図５・６　ミュンヘン大学本館の噴水近くにつくられたボローニャ・プロセス批判のオブジェ。「ボローニャ1999」という墓碑銘の上に「われわれの教養を追悼して」とある（2011年８月）

国内の大学は三九二校、日本（七八二校）の約半分しかないことになる。(3) 日本の六割ほどの人口とはいえ、近年では進学率も五〇％を超え、大学は過密になりがちだ。ドイツの大学は六割が「国立」（日本は国公立を合わせて二割強）だが、予算の大部分を負担するのは州政府である。ドイツの基本法は教育を州の管轄↓4としているため、連邦政府は一定の条件のもとでしか財政援助できないのだ。(4) 二〇〇〇年代に入ると一部の州は厳しい財政事情に対処するため、ながらく徴収していなかった授業料を導入し始めた。だが、学生らの強硬な反対のため、いずれも授業料を廃止するに至っている。(5)

ボローニャ・プロセス

かつて中世の学生たちは国境を越えてさまざまな大学を渡り歩いた。欧州の政治的統合と並行して、いわば学術的統合をめざすのが一九九九年から始まったボローニャ・プロセスである。各国ごとに異なっていた単位や学位の制度に互換性をもたせて、学生の国際的移動を促し、教育の質を向上させるのが主なねらいだ。ドイツ語圏でも Bachelor（通常は三年）と Master（同二年）という英語名の課程と学位が導入されている。従来、学生が長期間在学することは珍しくなかったが、新制度以降、標準年限で卒業しないと就職にも影響するようになった。自由に教え、学ぶ場であったはずの大学が「学校化」することを危惧する声は強い。学生の国際的移動がさほど進んでいないなど、改革にはさまざまな批判もあるが、この流れが当面続くことは間違いないだろう。

（斉藤　渉）

16

マイスター制度――ドイツのものづくり

Made in Germany の安心・安全

Made in Germany ということばで何をイメージするだろうか。クルマ、時計、光学機器、家電、キッチン用品、筆記用具……。確かな品質、じょうぶで長持ち、行き届いたアフターサービス、環境にやさしい……。Made in Germany は、信頼できるブランドといってよいが、それを支えるのがつくり手である職人や技術者の技術と意識の高さであり、その職人たちを生み出す源がドイツの「マイスター制度」である。

「マイスター」とはドイツの公的な資格のひとつである。もちろん試験に通らなければ取得できない。この資格をもたない人は、職人であっても技術者であっても、本当の意味で専門家とは認められない。ほかの人に正式に技術を教えることもできない。つまり責任ある立場に立つことができないわけである。

現在のマイスター制度は第二次大戦後の一九五三年に導入された。しかしこの制度には、中世[→34]にまでさかのぼる古い古い歴史的背景がある。

親方（マイスター）は偉くてきびしい人

中世以来ヨーロッパでは職人は三つの身分に分かれていた。上から順に「親方」「職人」「徒弟」である。「親方」のことをドイツ語では「マイスター」という。い

図1　ハンス・ザックス。中世の有名な靴屋の親方

図2　マイスター証

ちばん下の「徒弟」は見習いのことで、マイスターの家に住みこみの弟子入りをして、家事を手伝いながら（ときにはこき使われながら）技術を教わる。三、四年して「職人」に昇格すると、新米の技術者として扱われるが、経験を積み技術を磨くために、旅修行（遍歴という）[23]に出ることが義務づけられていた。昔のことだからもちろん徒歩の旅で、悪い道のりを町から町へ数百キロも渡り歩くのが普通だった。旅修行を続けながら、「職人」は旅先や地元で、その地のマイスターに後継者として認められると、いよいよ「マイスター」の身分に昇格できることになる。

マイスターは職人の世界の頂点に立ち、この身分になってはじめて自分の店をもち、弟子をとることや結婚が許された。またそれぞれの職種ごとに「ツンフト」と呼ばれる組合をつくり、その町での仕事を独占し、政治、経済、司法、宗教、軍事にも影響力をおよぼした。つまりマイスターは単なる職人ではなく、政治的社会的な特権をもっていたのだった。この身分的な特権意識と、もう一方での仕事第一の生活ぶりは、多くの場合、彼らの道徳的なきびしさにつながっていった。そして同時に、弟子の「職人」や「徒弟」がモラルを踏み外さないように、マイスターはきびしく指導したのである。

ものづくりの世界のこうした風習は、イギリスやフランスと比べて社会の近代化が遅れたドイツでは一九世紀中ごろまで長く生き残り、ドイツ人の社会や意識にしっかりと根づく伝統になった。それは文学・芸術作品にも色濃く反映している。例えばシューベルトの歌曲集『美しい水車小屋の娘』（一八二三）やワーグナーのオペラ『ニュルンベルクのマイスタージンガー』[40]（一八六七）などでは、社会の近代化が

図3　靴をつくるマイスター

進むなかで失われつつあった昔ながらの職人の生活世界が、ロマンチックに、あるいは理想化されて描き出されている。

「資格」としてのマイスター制度

現在のドイツでは、かつての身分としてのマイスターは姿かたちを変え、「マイスター制度」として公的な資格制度のうちに組みこまれている。マイスター制度には「手工業マイスター」と「工業マイスター」の二種類の資格がある。手工業マイスターは手工業にかかわる分野（大工、家具職人、貴金属加工、部品加工、パン屋、ケーキ屋など）で開業・指導するための資格であり、工業マイスターは、大規模な製造業（自動車メーカー、機械メーカーなど）で、現場のリーダーになる資格である。

かつての「徒弟」「職人」の身分や修行はもう存在しないが、「マイスター」の資格を取得するためには、いまでも前提として一定の職業教育と実務経験が必要である。ドイツでは、職業学校に通いながら会社や工場で現場の実習を重ねるデュアルシステム（二元制度）という教育制度がとられている（一六–一八歳のおよそ三年間）。これは理論と実技の二元教育というべきもので、職業学校の生徒は、学校で理論教育を受けるかたわら、自分で訓練先の企業を探し、職業訓練生（「アッビ」と呼ばれる）として実際の現場で働きながら、実務的な知識や技能を習得する。職業学校を修了した訓練生は、さらに上級のコースで勉強と実務経験を重ねて、「マイスター試験」の受験準備を完了する。マイスターには専門的な技術者としての能力だけでなく、教育者としての能力、事業所の管理能力や経営能力も求められる。したがっ

図４　鉄道会社での職業訓練

て試験では、専門分野の知識のほかに、教育の技能や、法律や経済の知識も問われることになる。手工業マイスターの場合は、もちろん実技試験も欠かせない。

　ドイツで仕事をする場合、資格の有無はきわめて重要である。職人が自分の店を構えるためには、原則として手工業マイスターの資格が必要である。また技術者としてメーカーで働く場合も、工業マイスターの資格がなければ、昇進や高い収入は望めない。このような生きた資格制度によって、職人や技術者の高いレベルが保たれ、Made in Germany のブランドが守られているといえるだろう。

　このマイスター制度も、近年は時代の変化を受けて、あたらしい課題に直面している。社会構造が変化して、製造業を中心としたものづくりは、サービス産業や情報経済にどんどん押されている。スピード社会、使い捨て文化の時代に、手間ひまのかかるものづくりはどのように対応するべきなのか。少子化と高学歴志向→コラム2により、マイスター志望者は減っている。グローバル社会に対応すべく、他のEU諸国との制度の共通化も課題である。

　ドイツには「マイスターも練習しだい（練習がマイスターをつくる）」ということわざがある。こつこつと練習を続けることは平凡だがむずかしい。このことわざからは、そんな地道な努力を重ねてはじめてなれるマイスターへのドイツ人の憧れと尊敬を感じ取ることもできるのではないか。そしてこれはわれわれがもつドイツ人の勤勉なイメージとも重なり合う。マイスターはドイツ人のひとつの理想と象徴といってよいかもしれない。

（荻原耕平）

17

郵便——ドイツ生まれの情報伝達システム

図1　中世までは，郵便物は徒歩で運ばれることも多かった

カフカの「郵便的不安」

プラハの作家フランツ・カフカ↓8・48・コラム4（1883–1924）は、手紙魔だった。とくに恋愛しているとき、その本領が発揮された。ベルリン在住の女性フェリーツェ・バウアーへのラブレターが大量に残されている。カフカは恋人に宛てて毎日のように——ときには一日に何通も——手紙を書いた。夜中に睡眠時間を削って書き、場合によっては仕事中に職場の便箋を使って書いた。しかも彼は相手にも同じペースで返事を書いてもらいたがった。一日でも連絡が途絶えるとひどく心配して、なぜなのか説明を求め、しつこく返事を催促した。それでも返事がこないと、「アナタハビヨウキデスカ」と電報を打った。そんなカフカは、自分の手紙が相手に届くか、いつも心配していた。恋人への手紙をわざわざ書留で送り、それでも手紙が紛失しないか不安でならず、「気まぐれな」郵便配達について不平不満を述べている。

だが、郵便は本当にそれほど信用ならないものだったのだろうか。カフカの手紙をよく読むと、当時のオーストリア帝国の都市プラハ↓7と、三五〇キロほど離れたお隣のドイツ帝国の首都ベルリンとのあいだの郵便事情は、それなりに良好であったことが窺《うかが》える。午後に送った手紙は翌日の午前中には届いていたようだし、日祝日を挟んでも翌々日には届くのが常だった。カフカの苛立ちの元は、規則正しく届くことを期待しているからこそ微妙なタイムラグが気になる、という種類の、いわ

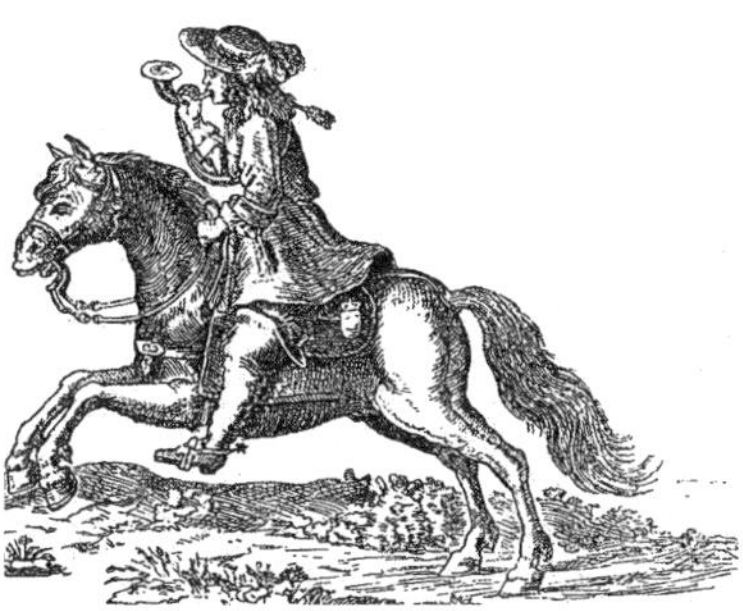

図２　角笛を吹いて到着を知らせる郵便騎手

図３　郵便馬車。17世紀に導入され，改良が重ねられた

ば「ぜいたくな悩み」だったといえるかもしれない。

トゥルン・ウント・タクシス家の郵便事業

それにしても、「手紙を投函すれば宛先に届く」とわれわれが思っているのは、なぜなのだろうか。それは、郵便という仕組みへの長年にわたる信用の積み重ねというほかはあるまい。この仕組みが最初に築かれたのは、じつはドイツである。中世までのヨーロッパでは、情報伝達の主力といえば徒歩の飛脚であった。この状況を激変させた近代的な郵便の起源は一四九〇年、神聖ローマ帝国の皇帝マクシミリアン一世の委託を受け、イタリア出身の商人一族タクシス家が駅伝郵便を整備したことだとされている。馬に乗った配達人が郵便物を運び、一定の間隔で設けられた宿駅で馬を交換する、あるいは次の配達人にバトンタッチするという仕組みである。以後、国庫からの助成金を使って帝国各地に郵便ルートが次々と敷設され、情報の伝達速度は飛躍的に速まった。当初、扱われるのは公文書だけだったが、やがて民間の商用文書も扱われるようになっていく。一定の料金を徴収して私信を届けるという郵便制度の原型が、こうしてできあがった。

情報の伝達スピードは、近代的な資本主義のシステムが発達するための不可欠な前提である。ドイツを襲った三十年戦争↓6（一六一八—四八）の戦火のなかでも、すみやかに情報を届けるニーズに応えて郵便は大いに活躍した。郵便はまた、近代的なマスメディアの成立にも深く関わっている。グーテンベルク↓35の活版印刷の発明と、タクシス家の郵便ネットワークが合わさって、印刷物を定期的に届ける新聞や雑誌↓37

図4　19世紀の郵便配達人

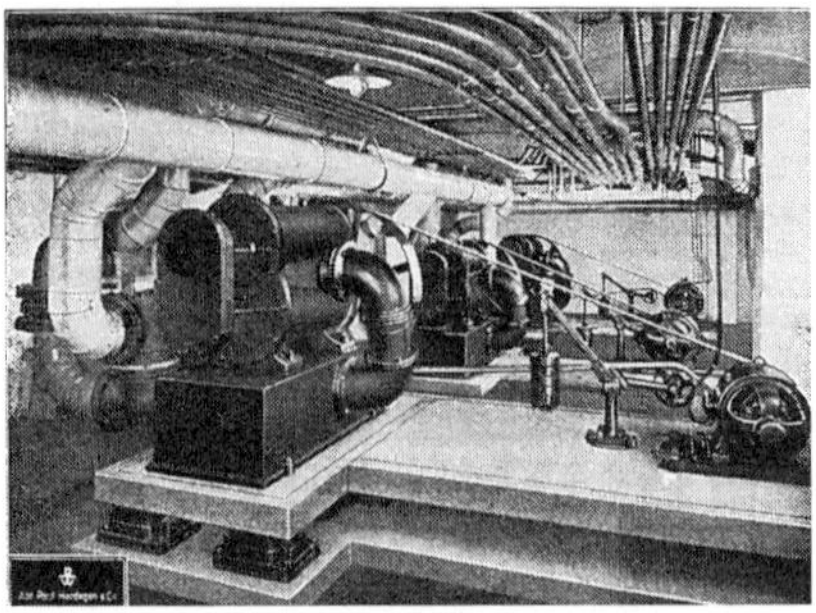

図5　地下の気送管郵便装置（ベルリン）

の存在が可能になったからである。タクシス家（一六五〇年からは「トゥルン・ウント・タクシス」）は郵便事業の独占契約を皇帝と結び、巨万の富を築いた。

近代国家と郵便

莫大な利益を生む郵便は、イギリスやフランスでは国家の独占事業として営まれることになる。それに対して、三〇〇あまりの領邦国家が乱立していたドイツでは、一七世紀以降、各地で国営の郵便を導入する動きがみられるものの、その多くはタクシス家の帝国郵便との競争に敗れて淘汰されていった。ただ、ブランデンブルク選帝侯国（のちのプロイセン王国）のような有力な領邦国家は、北ドイツに独自の郵便網を築くことに成功した。

一九世紀初頭のナポレオン戦争の結果、ハプスブルク帝国は一八〇六年に解体する。これでタクシス郵便は半官半民の性格を失うが、民間企業として事業を継続した。ウィーン会議（一八一五）後の郵便事業の統一の動きは、国家としてのドイツ統一の歩みと軌を一にしている。一八五〇年にプロイセン王国とオーストリア帝国の主導で「ドイツ＝オーストリア郵便連合」が結成され、以後数年のうちにタクシス郵便をはじめとする各地の郵便事業体が加入し、ひとまずドイツ語圏の郵便は規格が統一された。しかし、ドイツ統一の主導権を争う普墺《ふおう》戦争（一八六六）に勝利したプロイセンは、オーストリアを除外した統一国家構想を進めた。この状況下で、タクシス家は一八六七年に郵便事業権をプロイセンに譲渡し、郵便事業から撤退した。一八七一年に成立したドイツ帝国では、新たに「帝国郵便」がスタートする。

図6　黄色い郵便ポスト。ちなみに黄色くなったのは戦後のことで，ナチス時代は赤，それ以前は青かった。角笛と矢印のマークは民営化前の「ドイツ連邦郵便」のロゴ

図7　自転車で街を走る郵便配達人。バッグは旧ロゴだが，背中には「ドイツポスト」の新ロゴ

スピードアップする郵便、スピードアップする世界

そのあいだにも、郵便ポストの設置や郵便物の戸別配達、信書の秘密（手紙が検閲されないこと）など、今日ではあたりまえのように通用している制度が少しずつ形づくられ、郵便の輸送手段も着々と進歩していた。一八世紀に一般化した郵便馬車は、郵便物だけでなく旅行客も運んだ。↓23よく旅をしたゲーテ↓30・55（1749-1832）は郵便馬車の乗り心地の悪さを嘆いているが、道路の舗装状態や馬車の性能が向上したことにより、旅の環境は次第に改善されたようである。ともあれ、一九世紀の半ばには鉄道網が整備され、郵便物も列車で運ばれるようになった（郵便馬車の旅と鉄道の旅では、目に入る風景の知覚がまったく異なることをカフカは指摘している）。また、ベルリンやミュンヘン、ウィーンやプラハといった大都市部では、空気圧を利用して建物から建物へと郵便物を送る「気送管郵便」のネットワークが一九世紀後半から発達していた。

二〇世紀に入ると、さらにスピードの速いメディアである電話や電信が広く普及する。こうした電気通信の分野も、国営の事業として郵政省の管轄に組み入れられた。その経緯を反映して、郵便騎手のシンボルである角笛の下に電気を表す稲妻の矢印を添えたものが、長年ドイツの郵便事業のロゴとして用いられてきた。しかし一九九五年の民営化で、郵便貯金と電信分野を分離してもっぱら郵便・物流のみに携わる「株式会社ドイツポスト」が新たに発足する。そのロゴから矢印のマークが消えているのは、新しい時代の到来を知らせる指標なのである。

（川島　隆）

18 ポリツァイ――「統治」から「警察」へ

図1　賭博者たち（16世紀）

「善きポリツァイ」

英語の police と語源を同じくするこの言葉は、現代ドイツ語ではまず「警察」を意味する。しかしそのように意味が限定されるのは一九世紀以降のことだ。

近世には「善きポリツァイ」という独自の概念があった。これは共同体の善き秩序と、それを再興あるいは維持するためのさまざまな統治活動の両者を指すものだった。一五世紀末から神聖ローマ帝国領内で「ポリツァイ令」と呼ばれる大量の法令・条例が発令される。発令者は神聖ローマ帝国（「帝国ポリツァイ令」）をはじめ、領邦、都市などさまざまだった。「善きポリツァイ」をめざすこうした法令が対象とする領域は広範で、宗教・身分的秩序の維持（涜神的な言行の禁止、衣服の規制など）、公共施設・公衆衛生（住居、広場、道路、公共の水場についての規定など）、経済活動（度量衡、穀物の売買に関する規定など）等々、生活の隅々にまでおよんだ。

ただし、一方的にお上から押し付けられる規範によって市民や民衆ががんじがらめに縛られていたと考えては事態を単純化することになるだろう。ポリツァイ令の発令にあたり臣民の請願が大きな要因となることもあったし、実際の運用に際しては、臣民の側に――無視することも含めて――さまざまなオプションが存在していたことが明らかになっている。

領邦君主の側では、一七世紀以降、秩序を維持し公共の福祉を促進するだけでな

図２　バーゼルの穀物市場（17世紀）

く、国力の増強を図ることが明確なプログラムとなる。そのため経済活動に一層積極的に介入し、流通をコントロールし、臣民の精神的生活と健康に配慮することがポリツァイの名のもとに求められた。こうした「ポリツァイ」概念はドイツ独自のものではなく、例えばフランスにおいても重要な役割を演じている。しかしそれはドイツ語圏において独自の発展を見ることとなった。

ドイツ語圏における「ポリツァイ学」の発展

一八世紀、ハレ大学をはじめとするドイツ各地の大学[↓15]において、このプログラムは「ポリツァイ学」という学問として体系化され、「ドイツの特産品」（ミシェル・フーコー）となってヨーロッパの他の諸地域へ伝播していった。「国家の富の永続的な確保ないし増大」「国力の活用」「共同体の幸福の促進」をめざすさまざまな措置について論じるこの学問は、国家財政の増強を課題とする官房学とペアとなって一八世紀末まで現実政治に大きな影響力をもち続ける。その受講者の多くがのちに官吏・官僚となったからである。一八世紀の啓蒙運動[↓28]は、ドイツ語圏において、進歩的官僚を主たる駆動力とする「上からの改革[↓28]」という側面を一方で強くもつことになるが、それにもこうした背景がある。

近代「警察」への転換——残される「ポリツァイ」的性格

哲学者カント[↓28]（1724-1804）が、その晩年、国民の福祉ないし幸福を国家の目的とすることを批判した（『人倫の形而上学（法論）』一七九七）とき、それはポリツァイ国

図3　井戸での喧嘩（17世紀）

家の批判を含意していた。しかし、このように独特の概念として洗練され、さらに個人の生活の隅々まで浸透する「ポリツァイ」が、秩序を守り、危険を防止することに特化した独自の組織（「警察」）を意味するようになるには時間がかかった。

近代警察が成立するために必要な行政組織の国家的統一がドイツにおいて実現したのは、ナポレオン戦争の敗北と神聖ローマ帝国の解体（一八〇六）後のことである。プロイセンにおいては、王立国家警察（ベルリンをはじめいくつかの大都市）、地方自治体都市警察（それ以外の都市）、国家郡部警察（都市以外の地域）が創設され、警察権力は中央集権化されることはなかった。また公共施設・公衆衛生の管理、救貧対策、営業活動の監視など、福祉行政的な役割も相変わらず担い続けていた。一八四八年の革命、一八七一年のドイツ帝国成立を経ても、治安維持機能が増強される一方でその根本的な性格は変わらなかった。ちなみに日本において、近代警察は当初フランスを範としたが、山県有朋が全国統一警察組織を確立するさいにはプロイセンがモデルとなった。

一九世紀末から二〇世紀初頭にかけて、医学・衛生学などの発展と共に福祉行政活動は警察から専門組織へと移管され、ヴァイマル共和国↓24の時代に秩序維持と危険防止への警察の「専門化」が推し進められるが、政治的混乱のなかでその機能を果たすことはできなかった。そして政権の座に就いたナチスは、一九三六年、すべての警察組織を親衛隊のもとに統合し、ここにドイツ「警察」組織の歴史上初の、完全な中央集権化が実現される。一方、治安維持・危険防止的機能が医学・衛生学的な実践↓48・49と結びつくことにより（優生学など↓43）、生活の――むしろ今回は「生の」と言

図４　プロイセンの警官たち（1920年頃）

うべきか――総体への介入という伝統的「ポリツァイ」概念がおぞましい形で回帰してきた。しかも今回は、命令を受ける側に拒否する余地はまったくなかったのである。

二つのドイツの後に――現在のドイツ警察

第二次世界大戦後、連合国占領下にあって、分権化・非軍事化・非ナチ化[26]・民主化の基本原理のもと、警察も再編された。そこでは警察の機能を治安維持・刑法執行・占領軍規定の実施に制限することがめざされたが、現場ではさまざまな福祉的業務にも携わっていたことが明らかになっている。また「非ナチ化」にもかかわらず、警官の再雇用にあたってもナチ期との連続性がさまざまな形で残った。

ソビエト連邦占領下には各地に警察が設立され、新たに成立したドイツ民主共和国[5]において州が廃止されると、ドイツ人民警察は内務省の下に一元化された。また秘密警察である国家保安省（シュタージ）[27]に対する報告義務をもち、その監視下にあった。スパイや密告をおこなう非公式協力員を大量に擁した国家保安省は、ドイツ民主共和国の監視国家[5]としての側面を体現する存在だった。一九九〇年ドイツが「統一」されると、警察は統一ドイツの連邦政府および州政府に移管された。その前年、壁の崩壊から一か月後に国家保安省は解散していた。放棄され無人となった国家保安省本部に押し寄せた民衆の姿は記憶に新しい。

現在のドイツ警察は連邦警察（連邦警察局、連邦刑事局）と州警察[4]からなる。警察に関する立法権は州がもつ。さらに連邦レベル、州レベルのいずれにも反憲法活動を調査する憲法擁護庁があるが、法執行機関ではない。

（宮田眞治）

Column 2

EUのなかのドイツ

「ドイツのヨーロッパではなくヨーロッパのドイツを」――トーマス・マンは終戦後間もない一九五三年にこう訴えた。ナチス時代のドイツ帝国は暴力によってヨーロッパ全域をドイツ民族の支配下に置こうとした。しかし戦後のドイツはヨーロッパの平和的秩序を尊重する「よきヨーロッパ人」の国として再出発しなければならない。じっさい、戦争による壊滅的打撃と冷戦による東西分裂という厳しい状況で出発したドイツ連邦共和国（西ドイツ）は、ヨーロッパ共同体に加わり、ヨーロッパの一国として国際社会に復帰することができた。さらにまた、自由で平和なヨーロッパ統合の理念を掲げることで、東ドイツを含めた社会主義諸国とのあいだの独自な「正常化」外交を推進し、またそれを通してドイツ統一という国是の実現を模索した。

「われわれの目標は、自由で統一されたヨーロッパにおける、自由で統一されたドイツなのだ」とアデナウアー首相はいった。統一ヨーロッパの実現に貢献する「よきヨーロッパ人」として振る舞い、ヨーロッパの名においてドイツの国益を追求すること。これが戦後西ドイツの政治エリートたちが党派の違いを越えて共有した政治手法だった。それはナチスの過去を背負うドイツが、国際社会で失われた信頼を回復するために必要なものでもあった。

一九九〇年の統一の際も、ドイツのリーダーたちは「平和秩序への貢献」をくり返すことで強大なドイツの復活に脅威を感じる近隣諸国の不安を払拭することに努めた。「自由の下で統一されたドイツは二度と脅威にはならない」と当時の首相コールは訴えた。それは単なるリップサービスではすまされない。統一と同時にドイツはポーランドとの国境を画定し、大戦で奪われた東方領土を最終的に放棄することで領土拡大主義からの決別の意志を示した。さらに新たに創設されたＥＵに向けて主権の一部を譲り渡し、しかも戦後経済復興の象徴でもあったドイツマルクを放棄し、共通通貨ユーロの導入さえ受け容れたのだ。

その後東欧へと拡大されたＥＵにおいて、最大の人口と経済力をもち、地理的にも中央に位置するドイツの存在感は急速に高まった。しかし二〇一〇年に始まるユーロ危機のなか、ドイツは岐路に立たされた。一方でギリシアに対する厳しい財政規律の要求が「ドイツのヨーロッパ」の復活として非難を浴び、他方でユーロ維持のための財政負担がドイツ国内でヨーロッパ懐疑主義を広げた。これまで共同歩調を重視してきたドイツがどの程度政治的リーダーシップを発揮することができるのか。それが今後のヨーロッパの行方を左右することになるだろう。

（佐藤成基）

第3章

記憶と記録

ロマン主義的な中世の理想化（シンケル「河辺の中世都市」1815）

豊かな文化遺産

ドイツを旅する魅力のひとつは、各地に息づく歴史的な建造物や街並みとの出会いにある。堅固な中世の城、天に向かってゴシック様式の塔がそびえる大聖堂、豪華なバロック様式の宮殿や庭園、石畳の路地に素朴な木組みの家が並ぶ町など、多くの土地で歴史的な景観が保たれ、現代の暮らしのなかにとけこんでいる。

これらの建物や街並みは、各州や地方自治体によって設けられた文化財や都市景観保護にかんする法律や制度で守られており、修復や保存の対象となっている。第二次世界大戦の爆撃によって破壊されたローテンブルクの町のように、再建されたことがわからないほど忠実にもとの姿が復元された建物や町も多い。東西ドイツの再統一後は、旧東独地域に残されていた歴史的な建築物の修復が進められ、新たな観光資源ともなっている。

また、ドイツ全国に数多く存在する美術館や博物館では、芸術的・学術的・文化史的な価値が認められた物品が収集・保存され、公開されているほか、各州や大学の図書館も知的な文化遺産の宝庫である。最近では資料のデジタル化が進められ、多くの貴重な書物や手稿がインターネット上に公開されて、世界のどこからでも閲覧することができる。

「古きよきドイツ」のイメージ

ドイツにおいて文化財の保護や公共のミュージアムへの関心が生まれたのは、一八世紀末から一九世紀はじめのことである。とりわけ、ロマン主義思潮の広まりのなかで、フランス革命とナポレオンの侵攻によって神聖ローマ帝国が崩壊し、ドイツの多くの領邦がフランスの支配下におかれた一九世紀初頭には、ドイツ民族のアイデンティティのよりどころとして古い言語や文化への関心が高まった。『グリム童話』の名で知られるグリム兄弟による民間伝承の収集も、このような時代の気運のなかで始められたものである。また、ロマン主義によって中世が理想の時代とされ、この時代の建築物が「古《いにしえ》のドイツの様式」とみなされたことは、一九世紀に文化財保存が始まるきっかけとなった。

しかし、『グリム童話』が民衆のあいだで語り継がれてきた説話そのものではなく、グリム兄弟によって当時の価値観にもとづいて手をくわえられているように、中世の建築物にもしばしば理想化された過去のイメージが投影された。このように過去に現在にとって望ましい姿をあたえて歴史を具象化することは、とくに一九世紀のドイツにおける国民意識の形成に際して重要な意味をもっていたが、そこで大きな役割をはたしたのは、この時代に数多くつくられたミユージアムや記念碑である。一九世紀に多くの博物館や美術館で導入された時系列による展示は、民族や国民の歴史を特定の視点から秩序づけて提示することを可能にし、各地に建てられた偉人や戦争の記念碑も、国民のアイデンティティを可視化し、帰属意識を強める装置であった。また、このように記念碑的な建造物や祝祭によって過去を称揚することは、ナチスが利用したプロパガンダの手段でもある。

現代史の記憶と「想起の文化」

第二次世界大戦後、ドイツは、理想化された過去を称揚、あるいは再現するのとは異なったかたちで、その近い過去と向きあうことになった。ナチスによる不法行為や犯罪をめぐる「過去の克服」と呼ばれる一連の取組みである。戦後、(西)ドイツは、被害者に対する補償、加害者の司法訴追、極右・ネオナチの規制、歴史教育などを通して、自国の負の歴史を直視し、そこから教訓を得ようと努めてきた。これらの活動をめぐっては、さまざまな批判や反論が起こり、論争がくり返されたが、そういった議論と実践の積み重ねのなかで、ドイツは民主主義的な国家であることを示し、国際社会における信用を回復してきたといえる。

東西ドイツが再統一し、戦争を知らない世代が増えた一九九〇年代以降は、過去の記憶を継承することに重点が移り、「想起の文化」というキーワードの下で、ナチズムにかかわる記念碑やミュージアムの建立、記念日の制定などがおこなわれるようになった。これらの取組みもまた、しばしば激しい議論の対象となっていることは、ベルリンで二〇〇五年に完成した「ホロコースト警告碑」の建立をめぐって一〇年以上にわたってくりひろげられた論争が端的に示している。同時にそれは、ナチズムの歴史と向きあうことが、ドイツでは現在でもアクチュアルな問題としてとらえられているということでもある。

また、現在のドイツでは、ナチズムの記憶のほかに、東ドイツの記憶と向きあうことも求められている。統一当初の熱狂が一段落すると、社会の急激な変化や東西のあいだで解消されない格差にたいする不安や落胆から、東独時代を懐古する風潮が生まれた。オスタルギーといわれるこの現象は、東ドイツの生活文化をテーマにしたテレビ番組やインターネットサイト、博物館などの隆盛をもたらしたが、それは東ドイツのイメージがノスタルジーの対象として消費されていくことにもつながっている。他方で、共産主義支配による犠牲者のための想起の文化についても議論されるようになってきた。歴史をどのように記憶し、継承していくのかという問題に、ドイツはこれからも取り組み続けていくことになるだろう。

(濱中　春)

19

博物館と美術館――収集と秩序づけの空間

図1　ゲオルク・ヒンツ「驚異の部屋の収納棚」（1666年以降）

図2　自然物の部屋（1655）

ミュージアム大国

ドイツには現在、約五五七〇の博物館と六三〇の美術館がある。国立や州立のミュージアムから町や村の郷土博物館まで、また美術館や科学技術博物館、歴史博物館からおもちゃ博物館やジャガイモ博物館まで、規模もテーマもさまざまなミュージアムが全国に数多く存在するドイツは、ミュージアム大国の名にふさわしい。フランスのルーヴル美術館やイギリスの大英博物館のように、ひとつのミュージアムがその国を代表するというよりも、世界的にも重要な価値のある芸術作品や文化財を所蔵する美術館や博物館が各地に点在しているのが、地方分権の国↓4ドイツの特徴である。常設展の入館料は手頃で、毎週日曜日には無料で入れるミュージアムも少なくないなど、気軽に芸術や学問の一端に触れることのできる環境が整っている。

「驚異の部屋」から近代的ミュージアムへ

現代の美術館や博物館では、芸術、自然科学、歴史など特定の分野の収集物が種類や時代ごとに分類されて整然と展示されているのが普通である。しかし、近代以前のコレクションはずいぶん様子が違っていた。一六世紀から一八世紀にかけて、ドイツ語圏では「驚異の部屋《ヴンダーカンマー》」や「人工物の部屋《クンストカンマー》」「人工物と自然物の部屋《クンスト・ウント・ナトゥラーリエン・カンマー》」「珍品収集室《クリオジテーテン・カビネット》」といった名前で呼ばれるコレクションが盛んにつくられた。こ

図3　ベルリンの旧美術館（1824年頃）

れは美術工芸品、古代遺物、科学器具、珍しい自然物、異国の産物などを一堂に集めたものである。珊瑚、貝殻、ダチョウの卵、ワニの剥製、コイン、金銀宝石の細工、天球儀、時計など多種多様なものが並びあうヴンダーカンマーは、現代人には無秩序で混沌とした寄せ集めのようにもみえるが、そこには錬金術や占星術とも共通して、万物がひとつの連鎖をなして存在するという近代以前の世界観が反映されており、コレクションは宇宙の縮図、ミクロコスモスであった。このようなコレクションの一部は現在でもドイツ各地の博物館や宮殿の一角に収められているが、まとまったかたちでみられるところとしては、ドレスデンの「緑の丸天井《グリューネス・ゲヴェルベ》」、ミュンヘンに近いランツフートのトラウスニッツ城、ハレのフランケ財団などがあげられる。

また、一八世紀までヨーロッパでは、ヴンダーカンマーや絵画ギャラリーなど貴重な物品のコレクションの多くは君主や貴族が所有し、それらに接することができるのは一部の特権的な人々に限られていた。しかし、一八世紀になると啓蒙思想↓28の広まりや市民階層の台頭にともなって、宮廷のコレクションを一般に公開する動きがみられるようになる。そして、この世紀の半ばに設立された大英博物館や、フランス革命後に開館したルーヴル美術館に続いて、ドイツでも一九世紀には各地で公共の美術館や博物館がつくられ、現存する多くのミュージアムの基盤が築かれた。

芸術の神殿としての美術館

ベルリンの博物館島にある旧美術館《アルテス・ムゼウム》は、ドイツで最初につくられた公共美術館のひとつである。一八三〇年にプロイセンの王立美術館として開館した旧美術館に

図4　旧美術館の円形広間（シンケル画，1835）

図5　ベルリン・ユダヤ博物館

は、現在では古代美術のコレクションが収められているが、本来は古代彫刻と一八世紀までの絵画を展示する美術館としてつくられた。旧美術館と呼ばれるようになったのは、一八四三年に近くで新美術館《ノイエス・ムゼウム》の建設が始まって以降のことで、それまではこの美術館こそが「新しい美術館」であり、芸術を通して国民の教養を高める機関というその後のドイツの公共美術館のモデルになったのである。

　旧美術館の構想は、建設を任されたプロイセン政府直属の建築家カール・フリードリヒ・シンケル（1781-1841）によるところが大きい。シンケルはまず美術館のために、ベルリンの中心部で正面に王宮、左右に大聖堂と兵器庫（現在のドイツ歴史博物館の建物）を見渡す場所を選ぶことによって、芸術に政治、宗教、軍隊と並ぶ地位をあたえた。また美術館そのものも、左右対称に列柱廊を擁し、中央には丸天井の円形広間を抱いた威厳のある擬古典主義様式の建築にすることで、芸術を神聖なものとして演出し、芸術の神殿としての美術館のイメージを確立した。

　また、旧美術館ではその内部の展示方法についても、一八世紀までのコレクションとは異なる秩序が導入された。宮廷や貴族の絵画ギャラリーでは、絵は大きさや主題によって分類されていたのに対して、プロイセンの文教政策の責任者を務めたこともあるヴィルヘルム・フォン・フンボルト↓15・43を長とする美術館設立委員会は、芸術の歴史の全容を提示するという方針の下で、一階に古代彫刻、二階には絵画を部屋ごとに流派と時代別に分類して展示することを決めた。つまり、これらの部屋を順にめぐると、芸術の歴史をたどることができるしくみである。一八世紀後半には造形芸術をその様式の発展という観点からとらえる学問、美術史が生まれたが、美

図6　ユダヤ博物館の内部

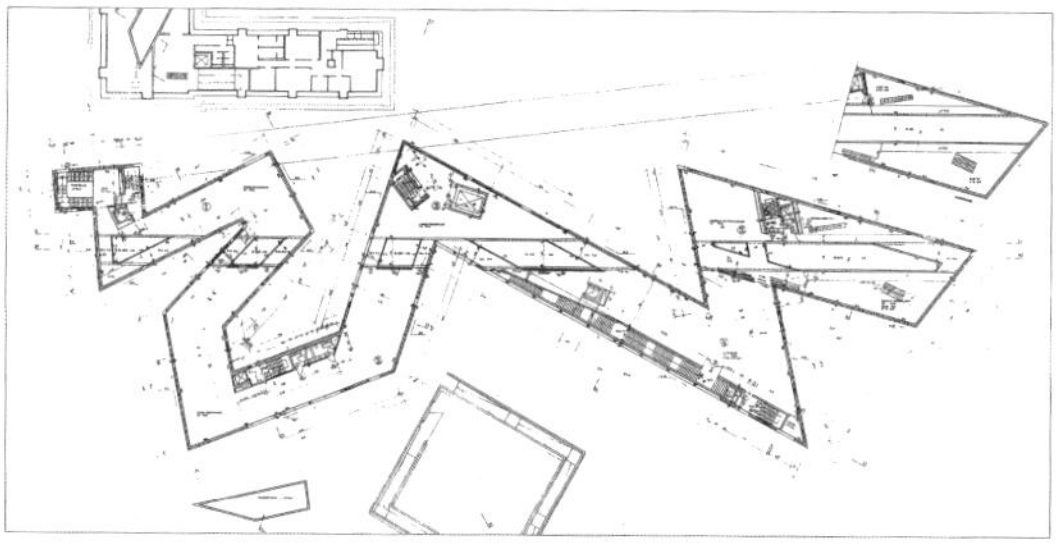

図7　ユダヤ博物館の平面図

術館はこのような連続的な発展史としての美術史を経験する空間となったのである。

ベルリン・ユダヤ博物館の空間

時系列にもとづいた展示秩序は、一九世紀以降、現在にいたるまで多くの美術館や博物館で採用されている。しかし、近年ではそのような連続的な歴史の空間化とは別の可能性を探る試みも生まれており、そのひとつにベルリンのユダヤ博物館↓26がある。ユダヤ系アメリカ人の建築家ダニエル・リベスキンド（1946‐　）の設計で、二〇〇一年に開館したこの博物館は、ユダヤ人↓8の歴史をドイツの歴史と結びつけるという困難な課題に、建築という方法を用いて挑戦したものとして注目されている。

ベルリン・ユダヤ博物館は、銀色の亜鉛板で覆われたジグザグ形の建物にスリット状の亀裂が入った独特の外観をしており、その特異な印象は館内に足を踏み入れるといっそう強まる。傾いた床や、壁を不規則に斜めに走る細い窓、直角をなさない柱や壁は、来館者の空間認識を揺さぶり、ユダヤ人が経験してきた不安や苦難を身体的に体験させる。また、建物全体はジグザグの線とそれを貫く直線とのふたつの軸で構成されており、それによってドイツの歴史と、そこに組みこまれながら幾度も断絶されてきたユダヤ人の歴史が表されている。そして、二本の線が交差する箇所は、「ヴォイド（void）」という何もない空間になっており、ユダヤ人の絶滅、その不在を意味している。このようにユダヤ博物館は、ドイツにおけるユダヤ人の歴史を展示するだけではなく、建築がもたらす空間そのものによって、ミュージアムの新たなあり方を提示しているのである。

（濱中　春）

図書館――本を愛した領主たちの遺産

図1　「ドイツ語印刷本集書」のロゴ

遅れたナショナル・ライブラリー

統計数字でみると、二〇〇九年の時点でドイツには一万八五五館の図書館があり、そのうち一九三館が学術専門図書館である。ドイツの図書館の歴史は、カロリング朝時代（九―一〇世紀）の大聖堂図書館と修道院図書館↓6に始まる。その後一四世紀にはニュルンベルクなどに（学術市立図書館の先駆けとなる）市評議会図書館が、一六世紀にはミュンヘンやドレスデンに宮廷図書館がつくられた。宮廷図書館は一七・一八世紀に大きく発展し、たいていの領邦が図書館を備えるようになった。しかしまさにここに、ドイツに特徴的な問題がある。中央集権化が遅れ多数の領邦に分かれたドイツでは図書館も各地に分散し、そのためドイツにはドイツ語書籍を包括的に蒐集するナショナル・ライブラリーが長らく欠落したのである。

プロイセン国王を皇帝とした「ドイツ帝国」↓35が終焉を迎える五年前の一九一三年になってようやく、ドイツ語で書かれた印刷本を包括的に一か所に収集する図書館が設立された。ライプツィヒの「ドイツ図書館」である。二〇世紀の経過のなかで、ナショナル・ライブラリーという課題をひとつの図書館に担わせるのではなく、いくつかの図書館の連合体が協力してそれぞれ得意の時代について重点的に収集を進めるのがよいという考えがでてきた。この構想は、今から四半世紀前の一九八九年に「ドイツ語印刷本集書（Sammlung Deutscher Drucke）」というプロジェクト名で、

図２　G. E. レッシング

図３　図書館のなかのアウグスト公

次の各時期をそれぞれに担当する六つの図書館の連合体として実現をみた。

一四五〇―一六〇〇　バイエルン州立図書館（ミュンヘン）
一六〇一―一七〇〇　アウグスト公図書館（ヴォルフェンビュッテル）
一七〇一―一八〇〇　ニーダーザクセン州立兼大学図書館（ゲッティンゲン）
一八〇一―一八七〇　フランクフルト大学図書館
一八七一―一九一二　プロイセン文化財・ベルリン州立図書館
一九一三以降ドイツ国立図書館（ライプツィヒ、フランクフルト・アム・マイン）

このなかで、一七世紀の重点図書館として位置づけられたアウグスト公図書館は異彩を放っている。この図書館が所在するのは、人口五万人の小都市、「狼たち（ヴォルフェン）の棲む邑（ビュッテル）（Wolfenbüttel）」である。いったいなぜ、この小さな町の図書館が一七世紀の図書を任される図書館でありうるのだろうか。

体系志向の「気ままな」アウグスト公

ヴォルフェンビュッテルといえば、ドイツ文学を専門とする人には、レッシング（1729–81）が晩年に『エミーリア・ガロッティ』[↓12]（一七七二）、『賢者ナータン』[↓28]（一七七九）という戯曲を書きあげたところとして知られている。レッシングは一七七〇年から晩年まで一一年間、まさにこのアウグスト公図書館の館長を務めていた。またレッシングに約半世紀先だって哲学者ライプニッツ[↓1]も、兼職ではあるが一六九一年から没年の一七一六年まで、同じくここの館長職についていた。

この図書館の名前に冠されているアウグスト公、正式にはブラウンシュヴァイク

図4　ヴォルフェンビュッテル市庁舎前のアウグスト公の銅像

=リューネブルク公アウグスト二世（1579-1666）は、終生学問を愛したインテリの領主であった。ロストック大学とテュービンゲン大学の学長職にもあったアウグスト公がヴォルフェンビュッテルの地を継承し一六三五年にここへ移り住んだとき、その蔵書数はすでに六万点に達しており、晩年にはさらに一四万点近くにのぼったという。これは、アルプス以北のヨーロッパで当時最大の蔵書数であった。アウグスト公は単に書籍を収集するだけでなく、自らが司書よろしく精魂込めて目録の作成に携わった。目録作成に際しては、書籍を神学、法学、歴史、政治、倫理、医学、音楽、物理学、詩学、修辞学、文法などの部門に体系的に分類した。ここに、単なる収集マニアとして片づけられないアウグスト公の体系性へのこだわり、知の世界に秩序を与えようとする姿が窺える。アウグスト公は、「一〇人が一週間かけてすることを自ら一日でやってのけ、従者たちを手持ちぶさたにした」と茶化した叔母のことばがあるように、完璧主義の実践者であった。ヴォルフェンビュッテルに移り住んですぐ、アウグスト公はルター訳→6・35聖書を全面改訂するという果敢な試みをおこなった。アウグスト公は、正書法だけでなく、語形や構文、また語彙にいたるまで、整合性・体系性があると自分が信じる形姿にしようと、ルター訳聖書の言語を修正した。ルター訳のもつリズムを損ないかねないそのような改訂作業は、さすがにルターの業績の否定にもつながりかねず、日の目をみることはなかった。これほどのインテリだと、戦を交えることはさぞかし疎ましかったであろう。そういえば、この町の市庁舎前の泉の真横に立っている銅像のアウグスト公は馬から降り、勇ましさからはほど遠い柔和な表情をしている。彼の馬も頭を下げているではないか。

図5　アウグスト公図書館，本館，ミュージアム

図6　アンナ・アマーリア・フォン・ブラウンシュヴァイク=ヴォルフェンビュッテル

忘却を経て近代的図書館へ

気ままな領主の思いがいっぱい詰まった図書館も、一八世紀になると、その一〇〇キロほど南に設立されたゲッティンゲン大学[22・28・43]の図書館の陰に隠れ、産業化社会のなかで存在が埋もれていった。ただしアウグスト公の愛書家の血はとりわけ、一八世紀のアンナ・アマーリア・フォン・ブラウンシュヴァイク=ヴォルフェンビュッテル[24]（1739–1807）に受け継がれた。ザクセン=ヴァイマル=アイゼナハ公エルンスト・アウグスト二世と結婚した彼女は、ヴァイマルに公的図書館を根づかせた。ヘルダー、ゲーテ、シラーが利用したがゆえに「ドイツ古典主義文学の揺りかご」と呼ばれるこの図書館は現在、彼女にちなみ、アンナ・アマーリア公妃図書館と呼ばれている。

アウグスト公の図書館の価値が再評価されるのは、一九六〇年代になってからである。近くのヴォルフスブルクに本社を置くフォルクスワーゲン社[47]とニーダーザクセン州の財政援助を得て、また一九六八年に書誌学の大家パウル・ラーベを館長に迎えて、アウグスト公の図書館は近代的な図書館としてみごとに復活した。一七世紀の印刷本の調達を継続的におこない、現在の蔵書数は一八五〇年までのものが約四二万冊（うち一七世紀のものが約一六万冊）となっている。一九七四年以降は、世界中から近世ドイツの研究者を集める研究センターの機能を新たにもち、幾種類もの奨学金を用意して研究促進に寄与している。このあたりに、精神史を大切にするドイツの学界の底力がみえてくる。

（高田博行）

21

記念碑——忘却と想起のあわいで

図1　クレンツェ「ヴァルハラの風景」(1836)

記念碑というメディア

土器片や住居跡など、過去から偶然に残された遺物とは異なり、記念碑は、同時代さらには後世の人々に向けられたメッセージだ。記念碑が伝えるのは、それを建てた人々が忘れてはならないと考えたこと、記憶に留め、後世に伝えたいと望んだ出来事や人物だ。そこには必然的に選択の原理が働く。記念碑はそのような、特定の現在にとって望ましい過去のイメージを形にし、未来の想起の姿を定めようとする。

一九世紀、「国民的」記念碑の登場

ナショナリズムが高揚した一九世紀のヨーロッパ諸国では、自国の過去に対する関心が高まった。近代歴史学は「民族」や「国民」の物語を紡ぎ出し、新設されたミュージアム[→19]は、展示物によって、それらの物語に肉付けした。一九世紀はまた記念碑ブームの時代だった。国家、地方公共団体、市民協会が主体となって、町々、景勝地、古戦場に、「民族」や「国民」の事績を顕彰する碑が建てられた。ドイツも例外ではない。その筆頭が、ドナウ河畔レーゲンスブルク近郊に聳える「ヴァルハラ」(一八四二)だ。これはバイエルン国王の命で築かれたパンテオンで、領邦の境も時代も越えて、ドイツ語[→1]という「母語」で結ばれた民族の偉人たちを祀っている。一九世紀後半、プロイセン率いるドイツ帝国が誕生すると、統一に目に見える

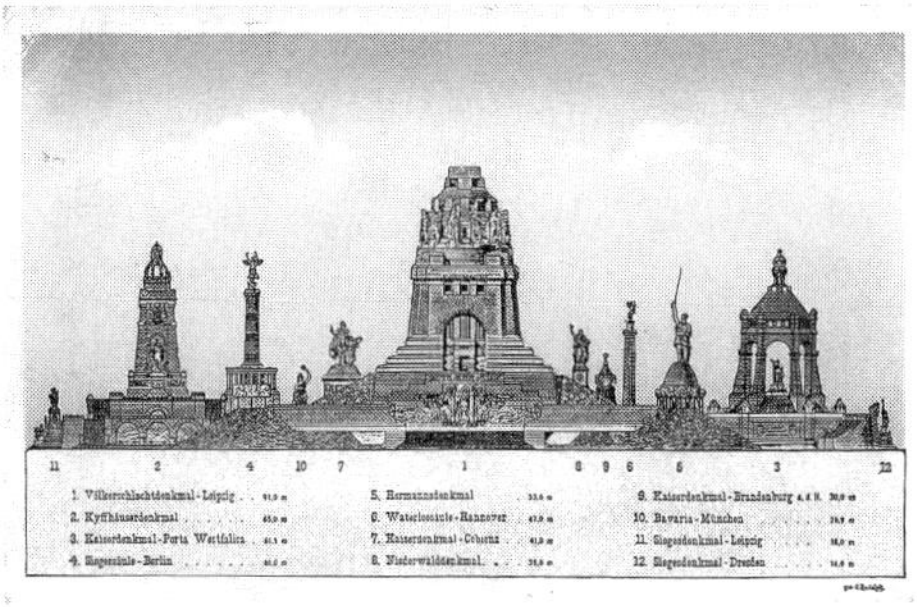

図２　記念碑の背比べ（中央が「ライプツィヒ諸国民会戦記念碑」）

図３　「世界首都ゲルマニア」の南北軸（模型，1939）

形を与えるため、各地に巨大記念碑が建立される。映画『ベルリン・天使の詩』（一九八七）で有名な「戦勝柱」（一八七三）は、「ドイツ統一戦争」（一八六四―七一）の勝利を記念して、新帝国の首都に建てられた。他にも、ライン河畔リューデスハイムの「ニーダーヴァルト記念碑」（一八八三）、コブレンツの「ドイツ皇帝ヴィルヘルム一世騎馬像」（一八九七）など、官民一体となった「国民的」記念碑が各地にできる。神聖ローマ皇帝バルバロッサが、帝国の再興を夢みながら眠るという伝説のあるドイツ中部キュフホイザーの山頂には「キュフホイザー記念碑」（一八九八）がある。台座にはバルバロッサが座り、上方にはヴィルヘルム一世像が立つ。この意匠は、中世のシュタウフェン朝とのつながりを思わせることで、ハプスブルク帝国↓7に対抗して、プロイセン＝ドイツ帝国の正統性を訴えている。一九世紀、国民国家の成立、鉄道網の広がり、民族アイデンティティの探求は、軌を一に進んだ。この時代、ツーリズムの興隆と相まって、人々は帝国各地に書き込まれたこれらの記念碑を詣で、「国民」という「想像の共同体」の表徴を眼前に、その一員としての己を確認した。

記念碑とメガロマニア

一九世紀と二〇世紀の国民国家や全体主義体制が建てた記念碑は、メガロマニアの傾向にある。つまり、それらは記念すべき対象の偉大さを記号の大きさで表す。例えば「ライプツィヒ諸国民会戦記念碑」（一九一三）は、高さ九一メートルの巨塊だ。無数の市民が建立を支えた。第一次大戦前夜、ナポレオンを破った「解放戦

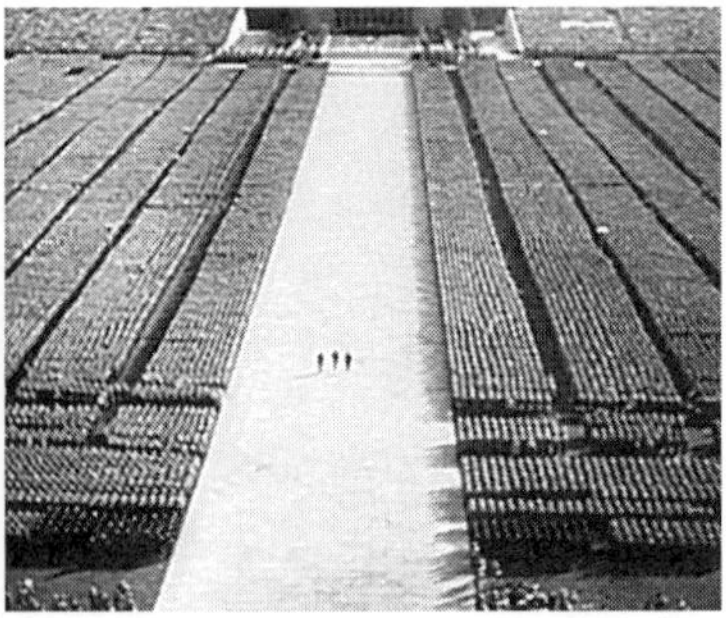

図4　ナチス党大会の記録映画『意志の勝利』から

図5　ホーアイゼル「アシュロットの泉」

争」百周年を記念して建てられたこの碑は、軍国主義の影を色濃く帯びている。

一九三〇年代、ナチスは権力示威の手段として、公共建築を組織的に投入した。ヒトラーによるベルリンの大改造計画、「世界首都ゲルマニア」の構想では、南北に走る壮大な街路を中心軸として、左右に巨大建築群が配され、軸線の終点に一八万人収容の巨大ドームが置かれた。「ゲルマニア」は夢想の未来に向けられた記念碑都市だ。この誇大妄想のプランは、「支配民族」たるドイツ民族の偉大さを、非人間的なスケールで永遠に石に刻もうとした。

塔、広場、アリーナなどのナチ建築は、群衆が共に演じる大野外劇場の装置でもあった。ニュルンベルクの「帝国党大会ゲレンデ」[↓23]やベルリンの「オリンピックスタジアム」を埋め尽くす群衆の、ひとつの意志の下に統制された動きは、大衆運動たるナチズムの生ける記念碑として演出された。リーフェンシュタールの映画『意志の勝利』(一九三五)や『オリンピア』(一九三八)は、そのような政治的祭典を記録している。複製可能なフィルムは、石や金属よりも長続きする記念碑だ。それはナチス体制の崩壊後もなお、過日の狂気の幻影を記憶に呼び戻している。

記念碑に抗する記念碑

記念碑の形態は伝統的に、可視化への意志、永続の欲望、権威主義を特徴としてきた。つまりそれらは、ひとつの過去の解釈＝物語に具象的フォルムを与え、唯一の真理として永遠に固定し、観者に何をどう想起すべきかを教える。戦後の(西)ドイツでは、このような従来の記念碑美学に対する批判から、新たなタイプの作品

図６　ゲルツ「見えない記念碑」

図７　「ホロコースト警告碑」（ベルリン）

が生まれた。ホルスト・ホーアイゼルの「アシュロットの泉」（カッセル、一九八七）やヨッヘン・ゲルツの「見えない記念碑」（ザールブリュッケン、一九九三）などがそうだ。「アシュロットの泉」は元々、一九〇八年にユダヤ人企業家が市に寄贈したものだが、ナチ時代に壊された。ホーアイゼルは噴水のレプリカを制作し、それを逆さにして沈めた。反転したネガはオリジナルの姿を留めると同時に、その不在をも示す。広場には何も見えず、そこでは地中を覗く人それ自身が記念碑となる。「カウンターモニュメント」と呼ばれるこれらの公共芸術は、想起のメディアとしての記念碑の可能性それ自体を問う。それは従来の記念碑の象徴法を転倒させ、観者に内省を促し、より主体的な想起の営みに誘う。これらの記念碑は、完結したひとつの物語としてではなく、多様な解釈に開かれた問いかけとして、デザインされている。

ベルリンの中心、ブランデンブルク門の南に広がる敷地に、二七一一本のコンクリート柱がグリッド状に並んでいる。十数年にわたる大論争の末に建設された「ホロコースト警告碑」[↓26]（二〇〇五）だ。広大な石碑のフィールドは、設計者ピーター・アイゼンマンによれば、ユダヤ人大虐殺という「表象不可能」な出来事を前にした「記憶の空白」を表している。しかしそれはむしろ巨大な墓地を思わせる。ここにいたって国民的記念碑は、新たな政治的意味を加味された。従来の国民的記念碑は、自国の勝利や苦難を記念し、観者を支配者、民族、祖国に肯定的に同化させる。しかし自らの犯罪を記念するものではない。首都の中心で自国の恥辱を想起させるこの記念碑は、批判的な歴史意識を通じてより肯定的な国民像を創出しようとする、ドイツの新たな共同想起の試みを象徴している。

（安川晴基）

図2　生誕地ハーナウのグリム兄弟像。病弱の弟ヴィルヘルムを兄ヤーコプが見守るように立つ

図1　グリム兄弟肖像画。末の弟で画家のルートヴィヒ・エミール・グリム作（1843）。博物館ポスター用アレンジ

22 グリム兄弟——法・言語そして歴史

『グリム童話』あるいは民《フォルク》のメルヒェン

「白雪姫」「ヘンゼルとグレーテル」などで世界的に有名な『グリム童話』。その正式名称は『子どもと家庭のためのメルヒェン集（Kinder- und Hausmärchen《キンダー ウント ハウスメルヒェン》）』という（ドイツ語の Märchen はもともと「短いお話」を総括的に示す語であり、「メルヘン」ではなく原音に近い「メルヒェン」と記す研究者が増えている）。その編者グリム兄弟とは、ヤーコプ・グリム（1785–1863）とヴィルヘルム・グリム（1786–1859）の二人のことであるが、実は六人兄妹であった。兄弟の学者としての側面に注目していう。

ヘッセン＝カッセル方伯領の町ハーナウに生まれたヤーコプとヴィルヘルムは、カッセル古典語高等中学校《リュツェウム》を経て、一八〇二年に兄が、翌年には弟がマールブルク大学に進学する。兄は、法を言語同様「民族の共有の確信」から自然に生成する歴史的産物と考える法学者フリードリヒ・カール・フォン・サヴィニー（1779–1861）の歴史法学に共鳴し、弟とともにドイツ↓2・36（ゲルマン）民族の古い法慣習↓36や文化に傾倒する。さらにクレメンス・ブレンターノ↓34とアヒム・フォン・アルニムによる民謡↓24・36集『少年の魔法の角笛』（一八〇六–〇八）、中世の伝承を素材としたルートヴィヒ・ティークの作品などが、ドイツの古い伝承への二人の興味を掻き立ててゆく。また、ナポレオンの進軍により「ドイツ国民の神聖ローマ帝国」が崩壊し（一八〇六）、多くの領邦国家がフランス支配下に置かれた不遇の時代情勢もまた、グリム兄弟を、

図4　『子どもと家庭のためのメルヒェン集』の「小さな版」初版（1825）に施されたKHM50「いばら姫」の挿絵（末弟ルートヴィヒ・エミール・グリム作）

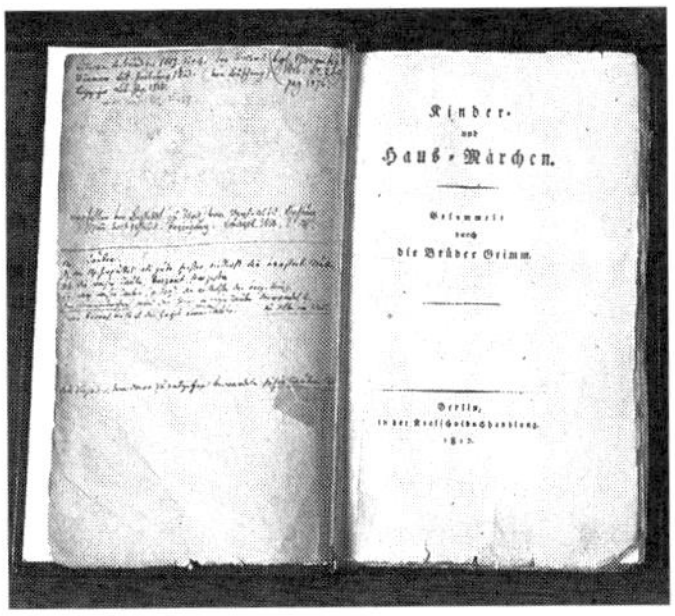

図3　『子どもと家庭のためのメルヒェン集』第1巻初版（1812）。グリム兄弟による書き込みがある（2005，ユネスコ世界記憶遺産）

民族の古い言語・文化の収集および復元と保存へと向かわせた。

こうして彼らは、とくにドイツ・ヘッセン近郊の口頭伝承を収集し、『子どもと家庭のためのメルヒェン集』の第一巻第一版を一八一二年に、第二巻第一版を一八一五年に刊行した。以後、とくに弟の手により少しずつ改編改作が施され、地域的限定を排除した普遍性を一層帯びていくこととなる（第二版一八一九、第三版一八三七、第四版一八四〇、第五版一八四三、第六版一八五〇、第七版決定版一八五七刊行）。

「自然なる詩《ポエジー》」と「人為なる詩《ポエジー》」

ドイツ民族の歴史のなかで自然に育まれ受け継がれてきた「自然なる詩《ポエジー》（Naturpoesie）」あるいは作者不詳の古い「民の詩《ポエジー》（Volkspoesie）」とも称すべき民話を、自らの著作たる「人為なる（創作）詩《ポエジー》（Kunstpoesie）」に組みこむ同時代の作家たちと違ってグリム兄弟は、この「自然なる詩《ポエジー》」の素朴な価値を認め、「人為なる詩《ポエジー》」の素材とはしなかった。すなわち、彼らは創作文学の作家ではなく、民間メルヒェンを記録し保存する研究者にして編者の立場をとり続けたのである。

さらに、「ハーメルンの笛吹き男伝説」などを収録した『ドイツ伝説集』が収集刊行され（第一巻一八一六、第二巻一八一八）、「メルヒェンはより詩的であり、伝説はより史的である」という兄ヤーコプの序文が添えられる。いつでもどこにでも当てはまる意味で普遍性の強いメルヒェンに比べ、伝説は地域的時代的要素が濃いというのである。また、二人の自費出版である古代・中世ドイツ文学研究論文集『古いドイツの森』（第一巻一八一三、第二巻一八一五、第三巻一八一六）は、ロマン主義文↓29

図5　フランクフルトのパウル教会での国民議会（1848）。左下に左横を向いたヤーコプ・グリムがいる

芸思潮を当時牽引していたアウグスト・ヴィルヘルム・シュレーゲル（1767-1845）に酷評され、兄弟が相次いで反論し論争へと発展した。このグリム兄弟とシュレーゲルとの文学《ポエジー》論争をもって、ゲルマニスティクと呼ばれる厳密なドイツ文学研究が始まったと、言語学者ヘルマン・パウルは後に語ることとなる。

　さらにヤーコプは単独で、歴史言語学の観点から『ドイツ文法』（第一巻一八一九、第二巻一八二二）を出版した。そこに記された、印欧祖語からゲルマン祖語への分化過程で生じる第一次子音推移は、後世「グリムの法則」と呼ばれるようになる。さらに、ゲルマン慣習法の象徴言語に着目して『ドイツ法律古事誌』（一八二八）を、古い神話とそれを取り巻く信仰、慣習と伝承に着目して『ドイツ神話学』[↓3]（一八三五）を出版する。ヴィルヘルムも単独で、『古デンマーク英雄詩』（一八一一）、『ドイツ・ルーン文字研究』（一八二一）などをてがけてゆく。これらグリム兄弟の、法学、言語、文学、文化、歴史など多岐にわたる諸研究において貫かれた根本理念とは、「古《いにしえ》のもの」と「ドイツ的なもの」[↓23]の発掘と保存であり、古い民話の収集もまた、これらの根本理念を通奏低音とするものであった。

政治的側面と『グリムの辞書』

一八一四年、兄ヤーコプがヘッセン公国代表者秘書官としてウィーン会議に参加していたことはあまり知られていない。兄弟の関心はドイツ民族の行く末にあったが、それは言語文化的国境線と政治的国境線を同じくする統一国家を模索する、いわゆる一九世紀的なナショナリズムにもとづくものであり、民族至上主義をめざす

図6　『グリムの辞書』第1巻（1854）の内表紙。真ん中に、「はじめにことばありき」という新約聖書（ヨハネによる福音書）の一節を掲げる天使が座す。リルケ、ヘッセ、トーマス・マン等後世の作家たちの愛用書ともなった

ものでは決してなかった。その後兄弟は一八二九年秋に、ヘッセンの隣国ハノーファー王国のゲッティンゲン大学[↓20・28・43]に招聘され、翌年着任する。図書館司書を経て教授へ昇格し熱心に教鞭を執っていた一八三七年に、国王ヴィルヘルム四世が死去。王位を継承したエルンスト・アウグストが一八三三年以来の民主的な憲法を無効としたことに、七人の教授が抗議した。この「ゲッティンゲン七教授事件」（一八三七）により罷免され国外追放となった正義感溢れる七人のなかに、グリム兄弟がいたのだ。

三年の亡命生活の後、兄弟は、プロイセン国王フリードリヒ・ヴィルヘルム四世の招聘により、一八四〇年にベルリン大学（現在フンボルト大学）教授となり、二人ともベルリンの地で没する。一八四八年、主に憲法制定のためにフランクフルトのパウル教会で開催された国民議会[↓10]に、ヤーコプは議員として参加した。彼が草案した基本法第一条は、「自由の権利」の保障を掲げたものであったが、「法と信条はちがう」と批判され、僅差で否決された。

さて、七教授事件直後の無職の時代、出版社の呼びかけにより兄弟が編纂を始めたのが、「ルターからゲーテまで」と謳った『ヤーコプ・グリムとヴィルヘルム・グリムのドイツ語辞典』（通称『グリムの辞書』）である。一八五四年に第一巻が刊行され、グリム兄弟存命中にはFの途中（Frucht（果実））までしか完成しなかった。しかし後継者によって引き継がれ、東西ドイツ分断時代[↓5]にも共同編纂が続けられた後、一九六一年にようやく全一六巻三三冊が完成した。現在刊行されているドイツ語辞典のなかでも最大の語彙数を誇る、ドイツの宝といえよう。

（大野寿子）

23

〈ロマンチック街道〉——演出された中世

図1　ヴィア・クラウディア・アウグスタの里程標

イメージ戦略としての街道

ドイツの道路にはすべて名前が付いていて、その道路名が「フリードリヒ通り七番地」といった具合に、住所表記にもなっている。しかし、ドイツ観光の目玉として知られる「ロマンチック街道」は、そうした名前をもつ一本の道路ではなく、南ドイツに点在するみどころを既存の道路で結びつけた観光街道である。北端のヴュルツブルクから南端のフュッセンまでを結ぶ全長約四〇〇キロのこの自動車道路は、そのほとんどの部分がバイエルン州に位置している。第二次世界大戦後ドイツは戦勝四か国に分割統治されたが、バイエルンはアメリカの占領地域に属していた。そこで、アメリカからの観光客を誘致しようと、街道沿いの二四の自治体が中心となり、そこに観光協会やホテル業界も加わって「街道協会」を発足させ、それぞれの観光資源を「街道」というセット商品として売り出したのだ。つまり、ドイツ観光の代名詞「ロマンチック街道」には、ドイツが戦略的に演出する「ドイツらしさ」が刻印されているのである。ドイツにはこのほかにも「メルヘン街道」や「古城街道」といった観光街道が一〇〇以上あるが、それらの多くは、町おこしが盛んだった一九七〇年代の西ドイツと一九九〇年代の旧東独地域で生まれた。一九五〇年に誕生したロマンチック街道は、戦後復興期の町おこしの先駆けであるといえる。

国王の道

もともとヨーロッパにおける街道建設は軍事と遠隔地商業を目的としていた。都市間を結ぶ街道は、村道とは違って、国家による政治的統治のための「国王の道」だったのである。とくに古代ローマ帝国↓2・52は街道づくりのプロで、領土拡張を進めると同時に、主要都市を結ぶ街道を帝国中にめぐらした。ロマンチック街道の南半分も、古代ローマ時代に建設された幹線道路「ヴィア・クラウディア・アウグスタ」の一部である。イタリアのヴェローナとドイツのアウクスブルクを結ぶこの街道はもとは軍用道路だったが、中世に入ると、バイエルンの山岳地帯で採れる岩塩や泥炭の輸送に使われる商業道路となり、やがて北にも伸びて、マイン川付近の街道と通じた。ロマンチック街道の北半分、すなわち、アウクスブルクの北に位置するドナウヴェルトからヴュルツブルクまでは、神聖ローマ皇帝を多数輩出したハプスブルク家↓7・11が本拠地ウィーンから、皇帝選挙や戴冠式がおこなわれるフランクフルト・アム・マインまで皇帝候補を送り出す際に使った道であることから、「皇帝街道」とも呼ばれた。ロマンチック街道も、街道がもつ公的な性格を備えていたのだ。

図２　16世紀末ごろの職人（左）と徒弟（右）

旅人たち

時代を経るにつれ、王侯、軍人、商人だけではなく、さまざまな目的をもつ旅人たちも街道を通るようになった。一一世紀になると、信仰心を深めるために聖地への巡礼がおこなわれた。とくに一六世紀以降は、ローマやサンティアゴ・デ・コンポステーラといった国外の有名な巡礼地に加え、ドイツ国内にも多くの巡礼地が誕

図3　ゲーテの馬車

図4　アイヒェンドルフ『のらくら者の生活』の挿絵

生し、巡礼が大衆化・観光化していった。他方で、一四世紀末には、若い未熟な職人が故郷を離れ、見知らぬ土地で職を探し、見知らぬ人々に混じって働きながら修行する「遍歴」[16]が始まる。遍歴職人はわずかな路銀しかもたず、基本的に徒歩で移動しなければならなかった。遍歴は一五世紀半ば以降に義務化され、一七三一年にはドイツ全土で法制化されたが、その背景にあったのは、各都市内に増えすぎた親方候補の職人の数を減らさなければならない、という切実な事情だった。

一八世紀になると乗合馬車[17]が登場したが、三〇〇弱の諸領に分かれていたドイツでは広域の交通網は発達せず、遠方まで旅するには何度もの乗換が必要だった。しかも道路は石ではなく木材でつくられていたため、凸凹が多く、馬車は激しく揺れた。道路の陥没もしばしばで、ただでさえ遅々としか進まない旅は長引くことが多かったうえ、金に困った貴族や追剥が街道で旅人を襲うのも日常茶飯事だった。一九世紀になっても旅は依然として危険と困難をともなうものだったのである。

つくられた中世

しかしそうした辛い旅のイメージは、一九世紀初頭の文学によって塗り替えられる。ナポレオンによる侵略を機にナショナリズムが高揚したこの時代、中世[34]にドイツ的なものの根源を見いだそうとした作家たちが、遍歴を、ドイツ人の自己発見の旅として読み替えたのである。ゲーテの『ヴィルヘルム・マイスターの修業時代』[30・38・55]（一七九五／九六）、ノヴァーリスの『青い花』[29]（一八〇二）、アイヒェンドルフの『のらくら者の生活』（一八二六）といった小説はいずれも、遍歴する若者を主人公とし

図5　ノイシュヴァンシュタイン城

図6　ローテンブルク

ているが、そこに描かれているのは、強制された苦難の旅というよりも、遠方への憧れに満ちた、自発的なさすらいの旅である。鉄道開通（一八三五）の前夜、街道が旅の舞台としては時代遅れになりつつあった時代に、イメージのなかで改めて中世的な街道が形成されたのだった。

　中世をつくるという営みは、ドイツがドイツらしさ[↓22]を求めるたびに活性化する。ロマンチック街道の南の終点に位置するノイシュヴァンシュタイン城は、バイエルン王ルートヴィヒ二世[↓40]（1845–86）が一八六九年に、ヴァルトブルク城（タンホイザー伝説の歌合戦の舞台）を模して建設を始めたものだ。この城には、王が心酔していた作曲家ワーグナー[↓40]（1813–83）の楽劇に由来する中世のモチーフが盛り込まれているが、それを演出する凝った照明や人工の波発生装置といった当時の先端技術は、この城が近代の産物であることを示している。

　ロマンチック街道沿いの町はどこも景観保存に関して厳しい規定を設けている。なかでもローテンブルクは、はやくも一八九八年に市民運動「アルト・ローテンブルク」を発足させ、一九〇〇年には景観保護条例も制定し、第二次世界大戦の空襲で町が破壊されたのちも、中世の面影が残る元の街並みをそのまま復元した。戦後のリハビリが、ドイツ中世の復興という形でおこなわれたのだ。だが、ナチスがドイツらしさを求めたときも、やはり中世に向かったことを忘れてはなるまい。ナチス党大会[↓21・25]は典型的な中世都市ニュルンベルクで開催され、鉄道の普及によって悪路のまま放置されていた街道がアウトバーン[↓47]として整備されたのもナチス時代だった。その道路が現在のロマンチック街道の基礎となっているのである。

（岡本和子）

24

ヴァイマル——人文的ドイツの光と影

近代ドイツ史のアーカイヴ

一八世紀の後半、ヴァイマルは小国の都でありながらドイツ文芸の一中心を形づくることになる。また二〇世紀においては、第一次世界大戦による帝政崩壊後に「ヴァイマル共和国」[51]の樹立が宣言された地としても名高い。さらに、モダニズム芸術工芸運動の拠点としてのバウハウスが最初に設立されたのもこの地であった。加えて、近隣のブーヘンヴァルトには、ナチス時代[25]に強制収容所が置かれた。ヴァイマルは、近代ドイツ史の光と影が重層的に折り畳まれ記憶された地である。

図１　アンナ・アマーリア公妃図書館（ロココの間）
2004年の火災の後，修復された

いわゆる「古典主義」揺籃の地として

一七五八年、父エルンスト・アウグスト公を病で失ったカール・アウグストが、父の遺志に従い、母アンナ・アマーリア后大公[20]を摂政として、わずか一歳で即位する。学芸・文芸に深く通じていた母親は、詩人クリストフ・マルティン・ヴィーラントを家庭教師として宮廷に招き、公の教育を委ねた。このアンナ・アマーリアとヴィーラントが、後の人文主義的宮廷の知的基礎をつくったといえるが、これを創作や学問によって大きく開花させる重要な人物たちを、ヴァイマルは次々に迎える。

ヨハン・ヴォルフガング・フォン・ゲーテ[30]が、カール・アウグスト公の招きでヴァイマルを訪れたのは、一七七五年一一月のことである。計画上は単なる旅行であ

図２　ヴァイマル国立劇場とゲーテ，シラー像

図３　ニーチェ資料館

った滞在は、公から直接召し抱えられる形で、ヴァイマル宮廷への赴任という、思いがけぬ帰結を招いた。当時すでに詩人として多産な時期を迎えていたゲーテには躊躇いもあったようだが、程なく枢密顧問官に任ぜられ、主君を長く輔弼《ほひつ》することになる。

若きゲーテが古典古代やシェイクスピア、さらには民衆歌謡[→22・36]について教えを乞うていた神学者ヨハン・ゴットフリート・ヘルダー[→36]は、そのゲーテの肝煎りで一七七六年、ヴァイマルに招かれ、教区監督として終生この地にとどまった。フリードリヒ・シラーもまた、一七八七年にはじめてヴァイマルを訪れて以来、この地の文芸において中心的な役割をはたした。この他にもヴァイマルは、近隣のイェーナとともに当時気鋭の文人たちを惹きつけ、文字どおりドイツの近代文芸と近代思想の一大中心となってゆく。一般には古典主義[→29]がヴァイマル、ロマン主義[→29]がイェーナ、といった棲み分けで考えられがちだが、両者の区別は個々の詩人たちの志向の相違であり、交流はむしろ盛んであった。また、いわゆる「ヴァイマル古典主義（Weimarer Klassik）」という名は、古典古代を単に範として模倣するにとどまらず、自らを新たな文芸の始まりととらえ古典とすることを求めて後世が呼び慣らわすようになったものである。また、一九世紀半ば以降、軍事国家プロイセン主導によるドイツ統一が進むにつれ、これとは別の人文的・市民的ドイツの理念を体現する場所として顕彰されたことも付け加えておこう。反プロイセン、親ヴァイマル的な思想家として重要なのは、精神錯乱の晩年この地に居を定めたフリードリヒ・ニーチェ[→31]である。

共和国憲法発布の地として

一九一八年、ドイツは第一次世界大戦に破れ、帝政が崩壊する。翌一九年二月、ヴァイマルにおいて開催された国民議会が憲法制定権力を獲得し、フーゴー・プロイスの草案をもとに同年八月、共和政憲法が制定される。このような経緯のゆえに、この新たな憲法はヴァイマル憲法と呼び慣わされる。一九三三年にナチスのいわゆる「授権法」が成立して形骸化するが、基本権など理想主義的な条項が盛りこまれ、またきわめて民主的な憲法であり、後世の憲法に与えた影響は大きい。

共和国憲法に因む都市となったことにより、ヴァイマルは非プロイセン的＝非軍国主義的なドイツ人文主義の象徴的意味づけをさらに強めることになる。もちろんこのことは過去の栄光の投影に多くを負っているのであり、一九二〇―三〇年代のヴァイマルの現実とさほど関係があるわけではない。むしろ「ヴァイマル」という象徴が「ドイツ文化」の卓越性という価値を担わされることで、夜郎自大的な対外政策の口実となった面すらあった。しかし他方、ファシズム体制下でのユダヤ人大量虐殺↓8という巨大な国家的犯罪と四五年の破滅的敗戦、四九年から九〇年まで半世紀続いた東西分裂↓5（ヴァイマルは東ドイツ側に属した）という紆余曲折を経る二〇世紀のドイツが、辛うじて「ヴァイマル」を失わずにいたことには、単なる皮肉以上の意味を認めることができよう。

モダニズムの故郷として

ヴァイマルは、ヴァルター・グロピウスとアンリ・ヴァン・デ・ヴェルデがバウ

図４　バウハウス大学本館（アンリ・ヴァン・デ・ヴェルデ設計）

図５　バウハウス大学本館内部（螺旋階段）

ハウス運動の最初の拠点とした地でもある。一九一九年、ザクセン大公立ヴァイマル芸術学校および同工芸学校が統合される形で「バウハウス」学校が設立され、二五年にデッサウに移るまでの間、ヴァイマルはモダニズム芸術・工芸↓44の中心であった。講師として、ヴァシリー・カンディンスキーやパウル・クレー、ラズロ・モホイ=ナジなどの芸術家が次々に赴任した。

その名のとおり、「建てること（Bau）」に諸芸術分野を統合することをめざしたバウハウスの理念は、一方では復古的芸術観（歴史主義）や民芸的素朴を顕彰した郷土芸術運動に対する批判から、「現代」に相応しい芸術様式を打ち立てることをめざし、他方では産業化の進展が避け難くもたらす生活の規格化にも対抗する思想として、芸術（Kunst）を社会的孤立から、工芸（Handwerk）を形骸化から救い出し、両者を統合することをめざした。その思想は、同時代のロシア構成主義や新即物主義などとも部分的に共鳴しあうが、特徴的なのは、芸術家=工芸家の養成を独自の厳密に段階づけられた教育理念にもとづいておこなった点である。

一九三三年にバウハウスは、そのモダニズム的理念を退廃芸術↓44として否定するナチスによって解体を余儀なくされるが、第二次世界大戦後にもその流れを汲む芸術家=工芸家たちによって持続的な活動がなされている。東西ドイツ再統一↓27後の一九九五年には、「バウハウス」消滅後も建築・工芸大学としてナチス時代・旧東独時代にも存続していたヴァイマル大学が新制「バウハウス大学」と改称された。その教育方針は、「バウハウス」の理念を受け継ぐものである。

（大宮勘一郎）

25

ナチズム——写真集にみるヒトラー

図1 『意志の勝利』の1コマ

ヒトラー像の二面性

ある女性は戦後、首相官邸前の広場でアドルフ・ヒトラー（1889–1945）をみたときのことを次のように回顧している。「私たちは少女団員としてヴィルヘルム広場に立ち、『ハイル！ ハイル！』と叫びました。『親愛なる総統はとても優しい人、どうか窓辺に来て下さい』。彼の姿をみて私たちは喜びました」。総統を一目みたいと願う少女と、その願いに快く応じてくれるヒトラーという、心温まる関係がここにはある。

こうした情景を取り巻く親密な雰囲気、総統の姿に「優しさ」をみいだす素朴な心情を、いま実感として理解することは難しい。われわれの目に焼きついているのはむしろ、演壇で拳をふり上げて熱弁をふるい、毅然とした態度で聴衆の歓呼に応えるヒトラーの姿だからである。だが忘れてならないのは、そうしたイメージがかなりの部分、ナチ党大会を撮影したレニ・リーフェンシュタール監督の映画『意志の勝利』に依拠していることである。大衆の熱狂に支えられた英雄的な指導者というこのイメージは、ほかならぬナチ党がつくりだしたものであって、これを無批判に受け入れることができないのは、いうまでもないだろう。広範な国民の目に映じたヒトラーの姿は、必ずしも偉大な英雄というイメージにつきるものではなかった。そのことを示す手がかりの一つが、ハインリヒ・ホフマンの撮影した写真である。

図２　「１つの民族，１つの帝国，１人の総統！」

図３　「総統も笑うことがある」

知られざるヒトラー

ホフマンはヒトラーの古い友人で、長らく専属カメラマンをつとめた人物である。彼の写真は新聞、雑誌、写真集、絵葉書などさまざまな媒体で広く流布し、公的なヒトラー像の形成に決定的な役割をはたしたが、そのうち最も代表的なものの一つは、ヒトラーを斜め前から撮影した肖像写真である。そこでは険しい表情、冷然とした姿勢、暗く単調な背景など、あらゆる要素がヒトラーの個性を排除し、彼をもっぱら「総統」として理想化している。この写真が「一つの民族、一つの帝国、一人の総統！」というスローガンの書かれた宣伝ポスターに使われていることからも、ヒトラーが国家と国民を統合する象徴的な存在とされていたことは明らかである。

だがホフマンはこれとは別のイメージも提示していた。彼の監修した写真集『アドルフ・ヒトラー』（一九三六）には、集会で演説するヒトラーの姿とともに、オーバーザルツベルクの山荘で休暇を過ごす彼の私生活を紹介した写真が数多く掲載されている。公の場での威厳に満ちた態度とは対照的に、私人としてのヒトラーは民衆と気さくに交流し、なごやかで楽しげな表情をしている。一枚の写真につけられたキャプションが、そうした牧歌的な雰囲気を要約している。すなわち、「総統も笑うことがある」のである。この写真集は少なくとも六〇万部発行されたが、そのほかにも彼の私生活に焦点をあてた写真集が何種類も存在し、『知られざるヒトラー』（一九三二）、『山で暮らすヒトラー』（一九三五）といったタイトルの写真集は、いずれもホフマンの監修で数十万部発行されていた。笑顔で民衆とふれあう庶民的なヒトラー像は、当時誰もが目にした一般的なイメージであったといえるだろう。

図５　金髪の少女と談笑するヒトラー

図４　『山で暮らすヒトラー』の表紙

総統がご存知なら

それでは、ヒトラーが私生活でみせる親しげな態度は何を意味していたのだろうか。写真集のページをめくると、山荘の周囲には多くの人々が押し寄せていたことがわかる。総統を一目みようとやって来た人々のなかで、彼と直接ふれあう幸運に恵まれたのはたいてい子どもたちであり、彼らは散歩中のヒトラーに近寄って握手やサインをしてもらったり、一緒に記念写真を撮ってもらったりすることができた。なかでもベアニーレという名の金髪の少女は、一九三三年夏にヒトラーと出会って文通相手となり、何度も山荘に招待された。ヒトラーが子どもを深く愛し、子どもの方も彼に心から信頼を寄せている様子を強調することで、総統と民衆の関係を親子愛のイメージで包みこむ狙いがあったことは明らかである。「少年が病床の母親の手紙を総統に手渡す」というキャプションのついた写真も、純真な少年の願いを親身になって聞くヒトラーの姿を提示している。そこで強調されているのは、彼に子どもの気持ちを理解する善良な心があること、つまり総統と民衆の感情的な結びつきである。われわれと同じ心をもつヒトラーならわかってくれる、彼に直接訴えれば何とかしてくれるかもしれないというわけである。こうした親密なイメージによって、すべての人々がヒトラー個人と心で結びついているという幻想が生まれる。

それにしてもなぜ、この少年は母親の手紙を届けに山荘まで来なくてはならなかったのだろうか。そう考えると、この写真の言外のメッセージがうっすらとみえてくる。すなわち、ナチ党に対する不信感がそれである。地元の党職員が聞く耳をもたないと思われたからこそ、少年は総統に望みを託さねばならなかったのだろう。

図６　「少年が病床の母親の手紙を総統に手渡す」

図７　ナチ党指導者のフィギュア

ここにはまさに、ヒトラーが国民の信頼を勝ちとった理由の一端が示されている。ナチ政権下の国民は、ナチ党にはびこる官僚主義、傲慢さや腐敗などについてたえず不満を口にしていたが、そこで特徴的だったのは、こうした不満がもっぱら末端の職員たちに向けられ、ヒトラーには向かわなかったこと、さらには「総統がご存知なら」という期待の声さえ聞かれたことである。彼が部下たちの行状を知ったなら、断固たる処分を下してくれるにちがいないというわけである。ヒトラーの絶大な人気は、ナチ党の否定的なイメージとの対比によって獲得されたものでもあった。

総統崇拝の情緒的基盤

ヒトラー自身もまた、民衆との結びつきが何よりも重要なことを自覚し、普通の人間というイメージを崩さないようにたえず注意を払っていた。「私は独裁者ではなく、わが国民の指導者でありたい！」という発言には、総統としての自己演出の方針が端的に表現されている。謙虚で素朴な人間、庶民的な政治家というイメージが重要だったことは明らかである。多くの人々が共感を寄せたのも、笑顔で民衆とふれあう人間味にあふれた総統の姿だった。「広範な大衆は偶像を必要としている」という発言が示すとおり、彼は民衆にとって身近なアイドルのような存在としてふるまう術を心得ていた。ヒトラーの人気の根底にあったのは、尊敬や畏怖などではなく、親しみや共感、総統をみたいという素朴な心情だったといえよう。

（田野大輔）

26

「過去の克服」——戦後ドイツの軌跡

「過去」の継承の様式

「過去の克服（Vergangenheitsbewältigung）」という語は、西ドイツ初代大統領テーオドア・ホイスに由来するといわれる。「過去（Vergangenheit）」の負の遺産を「清算／克服（Bewältigung）」することを意味し、ナチス↓21・25の暴力支配の諸結果との、戦後ドイツのさまざまな政治的・法的取組みを指す。

終戦後、ナチ犯罪の実態と規模が明るみに出たとき、ドイツの信望は潰えた。第三帝国から分かれた三つのドイツ人の国、西ドイツ、東ドイツ↓5、オーストリアは、それぞれ、ナチ時代を別様の仕方で自国史に組みこんだ。ヒトラーの最初の「犠牲者」という神話を戦後ドクトリンとしたオーストリアでは、自国の反ユダヤ主義↓8とナチズムの過去は封印された。公式の歴史観によれば反ファシズム抵抗闘士の国である東ドイツでは、ナチズムとは自分たちがその犠牲となり、遂には勝利した敵を意味した。それゆえ東ドイツはユダヤ人被害者に対する賠償を拒絶する。他方の西ドイツは、ドイツ帝国の正統な後継者を自認し、主権回復と再統一を国是に掲げる。そのためには、ナチズムの負の遺産を引き受け、民主主義国として生まれ変わったことを、国際社会に証明する必要があった。

(1)　これを象徴しているのが，ナチ時代に内務省高官としてユダヤ人迫害の法令を策定したハンス・グロプケが，アデナウアー政権の首相府長官になったことだ。

図１　跪くブラントを象った碑（ワルシャワ，2000）

(2) 1970年12月，ブラント首相はワルシャワのゲットー跡地で跪き，深い謝罪の意を表明した。西ドイツの歴史認識の転回点をしるし，ポーランドとの関係改善の糸口となった出来事。

葛藤、対立、紆余曲折の歴史

しかし西ドイツでも「過去の克服」は一枚岩的には進まなかった。過去を忘れようとする欲求と、直視しようとする努力のせめぎあいのくり返しだった。一九六〇年代にいたるまで、西ドイツでは、ナチ時代の罪の意識は広範に抑圧された。大多数のドイツ人にとって、自分たちこそ、ヒトラー一味に騙され、戦争に引きずりこまれた被害者だった。アデナウアー政権は、対外的には西欧の近隣諸国やイスラエルと補償協定を結ぶが、内政上は国家再建と社会の安定化を最優先させる。公職を追われた旧ナチ党員の免責と社会への再統合が進み、ナチ時代との人的つながりが温存された。[1] この時代、経済復興と未来志向の影で、過去との曖昧な決着が図られる。他方でネオナチが台頭し、反ユダヤ主義的な事件が頻発、ナチズムの過去が西ドイツに根深く残存することを露呈する。

戦後世代が政治の担い手として登場し始めた一九六〇年代末から七〇年代には、社会の空気が大きく変わる。若者の反体制運動は、父親世代の犯罪とその隠蔽を告発した。[→5] 一九六九年、ブラント[→5]政権が誕生すると、ナチズムの過去との対決が、西ドイツの政治の前景に出てくる。[2] これをよく物語るのが、六〇年から七九年にかけて連邦議会でくり広げられた、ナチ犯罪の時効をめぐる一連の「時効論争」だ。六〇年の論争では、故殺罪等の時効延長を求める法案は否決され、ナチ犯罪の司法追及に決定的な打撃となる。その後、謀殺罪等の時効が段階的に延長され、最終的には七九年に撤廃された。以後、今日でもナチ謀殺犯が法廷に引き出されている。六〇年代初頭、戦争世代の終止符願望が社会の基調だったとすれば、その二〇年後に

図2　ベルリン・ユダヤ博物館のファサード

図3　ベルリン・ユダヤ博物館内の「記憶のヴォイド」

は、戦後世代の新たな歴史認識が「過去の克服」を推進した。

新保守主義が伸張した一九八〇年代には、西ドイツでも、国民史の「正常化」を試みる修正主義的な動きが目立った。戦争が遠い過去となるなか、ナチ時代の位置づけをめぐり「歴史家論争」[5]（一九八六―八七）が起こる。保守派知識人がホロコーストの相対化を試みたのに対し、ユルゲン・ハーバーマスら批判的知識人は、ナチズムの過去の直視こそ、戦後西ドイツの根幹をなすとした。これに先立つ八五年五月、終戦四〇周年を記念してヴァイツゼッカー大統領がおこなった演説は、「過去」を想起し続ける「責任」がドイツ国民にあることを訴え、大きな反響を呼んだ。

「過去の克服」から「想起の文化」へ

一九九〇年代以降、「過去の克服」に代わり「想起の文化（Erinnerungskultur）」という表現が頻出するようになる。追悼式典、記念日制定、記念碑建立、歴史展示など、戦後ドイツの共同想起[21]の営みを総称して使われる。「過去の克服」が、ナチズムの負の遺産の「清算」を意味するのに対し、「想起の文化」はその遺産の「継承」という、逆方向の営みを表す。今日、アクセントは前者から後者に移行している。

その背景にはまず、ナチ犯罪の訴追や補償に一定の成果がみられたことがある。西ドイツでは、一九五二年にユダヤ人被害者に対する補償協定が結ばれたが、シンティ・ロマ、共産主義者、同性愛者等の「忘れられた被害者」に対する補償法が、八八年に成立した。再統一[27]後の九〇年代には、国外の被害者を救済するため、東欧諸国と一連の和解基金が設立される。そして二〇〇〇年になってようやく、強制労

図４　国家保安本部跡地「テロのトポグラフィー」

図５　殺された議員たちの追悼碑と連邦議会議事堂

働の被害者に対する補償基金が、政府とドイツ企業によって設立された。

さらに決定的な要因が世代の交替だ。戦争を知らない世代が社会の多数派になった今日、記憶の取捨選択と継承の問題が前景化している。再統一後、ベルリンでは記念碑やミュージアムが次々と建立され、記憶の景観が劇的に塗り替えられている。今日のドイツの公的な「想起の文化」は、自国の犯罪的な過去を批判的に想起することを、積極的に押し出している。ベルリン・ユダヤ博物館→19（二〇〇一）、「ホロコースト警告碑→21」（二〇〇五）、「テロのトポグラフィー」（二〇一〇）などがその象徴だ。これらは、首都の額に刻まれたカインの印のように、かつてこの国が犯した罪を、この国に暮らす人々に、そしてこの国を訪れる人々に想起させている。

「過去の克服」——戦後ドイツの民主主義の試金石

二〇〇五年五月、ケーラー大統領は終戦六〇周年記念演説で、「私たちは今日、私たちの国を誇りに思う充分な理由がある」と述べ、戦後再生し、ＥＵの指導国となったドイツ→コラム２の成果を言祝いだ。戦後の（西）ドイツの歴史は、「過去の克服」を通じていかに民主的な社会を築いていくか、そうして、国際社会の信用をいかに回復するか、その長い歩みだった。政党や世代間の争い、国際社会の圧力、国内のさまざまな論争、市民のイニシアチブなどを通して、ナチスの犯罪を「自分たちの」負の遺産として引き受けるという合意を形成してきた。その意味で「過去の克服」の進展は、戦後ドイツの政治文化の成熟度をはかる試金石であり、今後もあり続けている。

（安川晴基）

27

オスタルギー——統一後の苦難、東ドイツ時代への郷愁

図1　国境開放後，西ベルリンの繁華街クーダムを訪れる東独市民

世界情勢の変化と社会主義国の終焉

一九八〇年代後半ゴルバチョフ書記長が主導したソ連の改革ペレストロイカは、東欧諸国にもただちに影響を及ぼした。長年の硬直した政治体制に対する不満は鬱積し、言論・報道の自由など民主化を求める声は日増しに高まっていた。

政治的理由だけではない。一九七〇年代の世界は大量生産から消費社会へ構造転換していった。工業からサービス業へ。国家主導の計画経済では消費者のニーズに柔軟に対応することはできない。西側の物質文化が繁栄していくこの時期、東西格差は決定的なものになったといえよう。「東欧革命」と呼ばれる東ヨーロッパの政権交代のうねりは時代の趨勢だった。

「ベルリンの壁」開放

東欧諸国における一連の民主化要求のなかで、東ドイツ↓5の反応はもっとも鈍かった。一九八九年八月には東ドイツの人々が、組織的にハンガリーからオーストリアへと脱出した。その後も出国をめざす人の波は後を絶たなかった。それでも一〇月には建国四〇周年の式典を盛大に催し、改革には後ろ向きの姿勢を頑なに貫いた。こうしたなかライプツィヒのニコライ教会に民主化を求める市民が参集↓6し、「月曜デモ」が始まった。デモはたちまち全国に広がり、首都ベルリンでも大規模な集会が開かれ

図2　かつての東ドイツの大衆車トラバント

た。はじめは武力で鎮圧姿勢を示していた当局も、国内外からの批判に抗しきれず指導部の交代、段階的な報道や旅行の自由などを約束するにいたった。政治情勢の混乱のなか一一月九日のベルリンの壁の開放、すなわち旅行の自由化も発表された。

文字通り鉄のカーテンに風穴があいた東ドイツの国民が目にした世界は、想像をはるかに超えた西ドイツの豊かな物質文明だった。民主化を求めていたデモが、西ドイツ並みの豊かな生活をもとめる運動へと変質していくのにさして時間は必要なかった。「わたしたちが国民（主権者）だ Wir sind das Volk」というスローガンは、すぐに「わたしたちはひとつの国民だ Wir sind ein Volk」に変わっていた。

西ドイツ首相ヘルムート・コールをはじめ西ドイツの政治家も東独市民の気持ちの変化に敏感だった。九〇年三月の選挙に向けて、大挙して西ドイツの政党が東ドイツで選挙キャンペーンを張った。東ドイツを、将来的には統一を見据えながらも、資本主義でも社会主義でもない、社会的公正さが約束される「第三の道」に導こうとしたモドロウ首相ら東ドイツの政治家・市民運動家の努力は、ほとんど顧みられなかった。選挙で西ドイツ与党のキリスト教民主同盟→4・6の兄弟政党が圧勝すると、時代の歩みは雪崩を打って統一へと向かっていった。一〇月三日、ドイツ民主共和国はドイツ連邦共和国に吸収併合され、歴史の幕を下ろした。

統一後の苦難

統一は、東ドイツ市民に厳しい現実を突きつけた。非効率的で設備投資もされてこなかった東ドイツの会社は、市場経済では品質のうえでも価格のうえでも西の製

図3　アンペルマングッズが並ぶハキッシャーホーフの店

図4　DDR 博物館に再現された東ドイツ時代の典型的なリビングルーム

品に太刀打ちできず、たちまち倒産の憂き目にあった。電話や交通網などインフラの老朽化そして立ち遅れは、西側企業の進出を滞らせた。まがりなりにも衣食住は国から保障されていた東ドイツの人々は失業者に転落していった。西から来た経営者による信託公社《トロイハント》は東ドイツの資産を二束三文で買い叩いた。第二次世界大戦後東ドイツ政府に土地や家を没収されたという人が返還訴訟を起こし、事情を知らずに入居していた人々は住む場所を失った。市場原理の洗礼はあまりに残酷だった。西側並みの豊かさどころか、明日の生活の不安に怯える毎日になった。国によって低く抑えられていた家賃もあがり、無料だった託児所は有料に、医療を受けるにも金が必要になった。人工中絶に対する風当たりも強くなった。

密告社会だった東ドイツの過去も、新しい出発に暗い影を落としていた。国民の五人に一人がなんらかの形で（非公式であれ）秘密警察《シュタージ》→18に関わっていたとされるこの国で、秘密警察に関連する情報の開示は地域社会や人間関係の危機を招いた。誰が自分を監視していたのか、あるいは自分が誰を密告したのかが白日の下に曝されるのだ。職場や友人だけではない。家族の信頼関係までが揺らいでいった。憧れの西ドイツに旅行しても、服装などからたちまち東ドイツ出身だと見抜かれる。西で職を得た人も差別を受けた（映画『ゴー・トラビ・ゴー』参照）。

東ドイツ時代への郷愁——オスタルギー現象

だからこそ急激な社会の変化に適応できず、牧歌的な東ドイツ時代を懐かしむ「オスタルギー」という社会現象が起きたのも不思議はなかった。「オスタルギー」

ドイツ民主共和国がまだあったころ，僕は大きくなるにつれてどんどんこの国が嫌いになっていきました。〔……〕ところがドイツ民主共和国がなくなってしまうと，僕は突然もう怒ることができなくなりました。僕はあの国をもう憎むことができなくなってしまったのです。それだけではありません。なんと僕は，目を輝かせてあのころのことを語り始めたのです。国家権力とのぼくの（まったく成果のなかった）闘いについて，独特のパーティーについて，どこを見ても足りないものだらけだった日常を克服するための数々のアイディアやトリックについて。〔……〕ドイツ民主共和国には独特の生活様式があって，その生活様式にはたしかにある種の魅力がありました。

（ブルスィヒ「親愛なる日本の読者のみなさんへ」『太陽通り』浅井晶子訳）

は東を意味するOstと郷愁を意味するNostalgieから成る合成語だ。とはいえ人々は現実の東ドイツに逆戻りしたいわけではない。急に変わったしまった常識やモラルへの戸惑い、夢見てきた統一と現実とのギャップ。頭越しに西ドイツ基準が押しつけられることへの苛立ち、そして何より苦しい生活への不満。現実から置いていかれる不安から、テレビやネットのなか、あるいは東ドイツ酒場で仲間と酒を酌み交わしながら、虚構の東ドイツを懐古することで、精神の防御をはかっているとみるべきだろう。国民車トラバントに乗り、共産主義者青年同盟の制服に身を包み、労働歌や革命歌を歌うのだ。大ヒットとなった映画『グッバイ、レーニン！』（二〇〇三）を観れば、その様子をまざまざと追体験できる（東と西でヒットした理由が異なるのも興味深い。西は東独へのエキゾチズムから、東は懐旧の情から）。

統一から二〇年以上を過ぎても、旧東独の賃金は西の七割程度。失業率も西の二倍にのぼる。けれども東西格差は確実に縮まってきた。壁博物館や東ドイツ博物館ではあいかわらずの反共的な展示がなされる一方、東ベルリンの中心ハキッシャーホーフは観光名所だ。東独時代の信号に描かれた男の子のキャラクターグッズ「アンペルマン」は人気のお土産になっている。いったん西ドイツ式に改められた信号機自体、かわいい東ドイツデザインに戻された。東独の息も詰まる密告社会をテーマにした『善き人のためのソナタ』（二〇〇六）『東ベルリンから来た女』（二〇一二）といった映画が製作されるかたわら、トーマス・ブルスィヒの小説『太陽通り』（一九九九）は東ドイツを温かいまなざしで描き、多くの読者を獲得した。「東ドイツ」も負の遺産から、消費できる商品へ、記憶から記号へと変わりつつある。（國重　裕）

日独文化交流

東京ドイツ文化センターやケルン日本文化会館は日独文化交流の窓口であって、これにアクセスすることにより、互いの国のモノ・コトに効率的に触れることができる。とはいえ、さまざまなモノ・コトが詰まったこのような「箱」も、実際にこれを動かしているのは「人」であり、人間の交流ほど強く文化交流を規定してきたものもないのであるから、以下、人物に焦点をあてて概観してみよう。

日独文化交流の歴史には、無数の人物たちが登場する。それでも彼らは四通りにカテゴライズされるかと思われる。

第一に、日本から文化をもち帰り、その紹介と普及に功のあったドイツ人。なんといっても、ケンペル（1651–1716）とシーボルト（1796–1866）の名をここにあげなければならない。鎖国時代にあっての彼らの日本滞在ならびに日本研究は、現在まで続く日独文化交流の、いわば原点に位置している。

第二に、滞日中の指導などにより、各分野での「近代化」に携わったドイツ人。いわゆるお雇いドイツ人はみなここに含まれるほか、建築家ブルーノ・タウト（1880–1938）や「日本サッカーの父」と称されるクラマー（1925– ）もその代表といえる。

第三に、ドイツの文化をもち帰りその移植に努めた日本人。ドイツ留学組の学者、政治家、芸術家などが主で、森鷗外（1862–1922）を筆頭に、音楽では山田耕筰（1886–1965）の存在も重要である。

さて、いきおい第四にくるのは、わが国の文化をドイツに移植した日本人ということになるのだが、困惑はすでに多くの先行研究にみえている。つまり、ここがまさにネックなのであって、日本の「近代化」に食いこんできたような文化上のモデルたちを逆に日本人はドイツに対してもつことができたのか、ということが依然問われているだろう。だとすれば、日独交流の歴史は現実には「交流」ではなく一方的な「摂取」の歴史だったのであり、この非対称性を隠蔽し、強固な文化政策をもてずにいるわが身をごまかす方向で機能してしまっているのが「日独文化交流」なる標語であるのかもしれない。

確かに、ドイツにも日本製品はあふれ、日本食が売られ、日本のサブカルチャーも市民権を得るようになった。しかし、やっと日独文化も双方向的になったと溜飲を下げてもいられないのは、それらがあくまで「流通」だからで、「交流」ではないからである。

（吉中俊貴）

第4章

ことばと思考

Freymüthige
Lustige und Ernsthaffte
iedoch Vernunfft- und Gesetz-Mässige
Gedancken
Oder
Monats-Gespräche/
über allerhand/ fürnehmlich aber
Neue Bücher
Durch alle zwölff Monate
des 1688. und 1689.
Jahrs
durchgeführet
Von
Christian Thomas.
HALLE/
Gedruckt und verlegt von Christoph Salfelden/ Chur-Fürstl. Brandenb. Hoff- und Regierungs-Buchdrucker.
1690.

ドイツ語で刊行された最初の雑誌『月刊談話』(1688)

「いま」を見据えて

本章では、近代以降の二つの運動ないし思潮と、二人の人物、そして二つの時代が項目としてあげられている。登場するのは、ある大きな分かれ目としての「いま」を見据えながら、ことばと思考を鍛え上げた人々である。ここでは、彼らの営みにさまざまな形で結びつき、ことばという観点からドイツ文化を考察するさい見落とせないトピックをいくつか取り上げる。

近代ドイツと翻訳

地域差の激しい民衆語としてのドイツ語が、一六世紀以降、ある種の規範性をもつ共通ドイツ語として発展を遂げていくさい、マルティン・ルター（1483-1546）による聖書翻訳が大きな意味をもった。それ以後も、ドイツ語による文学や哲学といった営みが新たな表現の場を切り開くとき、翻訳がそのきっかけとなっていることは多い。

例えば一八世紀半ば、文芸はフランスの大きな影響のもとにあった。そこに現れたのがクリストフ・マルティン・ヴィーラント（1733-1813）によるシェイクスピアの翻訳（一七六二―六七）である。フランス古典主義悲劇から抽出され、いわば規範として独り歩きしていた作劇上の原理を無視したその作品は、詩人や批評家たちに衝撃を与え、ドイツ近代演劇の発展に決定的な影響を与えた。

シェイクスピアが翻訳されるのとほぼ同じころから、ギリシアの文物が「模範」ないし「理想」として存在感を増してくる。そしてフランス革命勃発後、体制内変革というべきプログラムを進めてきたドイツ啓蒙を受け、人々が共に生きるあり方が改めて問い直されたとき、「理想」としてのギリシアに、翻訳という行為を通じて徹底的に向き合う試みがなされた。詩人フリードリヒ・ヘルダーリン（1770-1843）によるピンダロス訳（一八〇〇／一八〇五）とソフォクレス訳（一八〇四）である。ほぼ七〇年後のニーチェ、そしてハイナー・ミュラー、エルフリーデ・イェリネクといった現代の作家たちにも、形を変えながらその試みは受け継がれている。

晩年のゲーテの眼はヨーロッパを越えてオリエントへも向けられた。ペルシアの詩人ハーフィズの詩に触発されて生まれた『西東詩集』（一八一九）に付された「注解と論考」は翻訳論を含むが、最高の段階の翻訳は原作と「同じ働きをし」「一致しようとする」という主張はいまでもさまざまな議論を生んでいる。

『ドイツ国民に告ぐ』――内的な国境としてのドイツ語

ギリシアやオリエントが新たな光を浴びていたこの時代は、ナポレオン戦争の時代でもあった。哲学者フィヒテ（1762-1814）は一八〇七年から翌年にかけて、フランス軍占領下のベルリンにおいて『ドイツ国民に告ぐ』という連続講演をおこなう。「新たな国家のイメージ」と、そのための国民教育のプログラムを呈示するこの講演の核となっているのは、発達の止まったラテン語およびラテン系諸語と「生きた」ドイツ語という対比である。始源の、そして自然の国境とは内的な国境であり、それを形作るのは言語であるとするフィヒテは、「ドイツ語が聞こえてくればそれを理解できるであろうすべての人々」を「ドイツ国民」と呼ぶ。そしてこうした人々に、自らの内に存在する生きた力を自覚し、それによって皆が「ひとつになる」ことを求めるのである。

ことばへの疑いと希望

フィヒテの訴えからほぼ一〇〇年後、「人々をひとつにする、生きた言語」の対極にあるようなことばとの関わりを描き出す作品がいくつも現れる。フーゴー・フォン・ホーフマンスタール（1874-1929）が生み出した登場人物にとって、ことばは、あるときは「腐ったキノコのように口の中で崩れ」（『チャンドス卿の手紙』）、またあるときは波となって「体の下を通り抜け、私をもとの場所に置き去りにしてしまう」（『帰国者の手紙』）。一方、ことばをはぎ取られた事物は異様な存在感を帯びる。

蓄音機や映画という新しいメディアの登場と、それによる知覚のあり方の変化にこうした作品を結びつけるには、いくつもの手続きが必要だろう。それでも、表現の媒体としてのことばへの疑いという、大昔からくり返されてきた主題が、競合するメディアのなかで新たな生々しさを帯びたことは間違いない。

二〇世紀の歴史は、経験の表現可能性や記憶について大きな問いを突き付けてきた。二〇世紀に限らずとも、「それはことばにできることなのか」という問いに貫かれた切迫した営みとしての文学や哲学は、ドイツの文化においてひとつの心棒のようなものとなっている。

自分と、自分とは異なるものの関係を、行き違いやずれも含めて繊細に感じ取り表現することも大いに好まれる。ことばの通じなさに微苦笑しながら、それをことばにしていくとき、そこには希望が託される。

ことばへの疑いと希望を、切迫した問いと微苦笑をまったく別のものと考えるのは抽象的に過ぎるだろう。多くの作品のなかで、これらは切り離せないものとしてあらわれてくる。

（宮田眞治）

*啓蒙とは人間が自らに責のある未成年状態から抜け出ることである。未成年状態*とは，他人の導きなしに自分の悟性を使用する能力がないことを言う。この状態の原因が悟性の欠如にではなく，他人の導きなしに自らの悟性を使用する決意と勇気の欠如にあるとき，人間はこの状態に対し*自ら責を負う*。「あえて賢くあれ！ Sapere aude!」「*自らの悟性を使用する勇気をもて！*」というのが，こうして啓蒙の標語となる。
（カント『啓蒙とは何か』1783　ここで〈悟性〉は，本文で〈理性〉と呼ばれているものとほぼ同じ意味で用いられている）

28 啓蒙――「律すること」の探求

リヒテンベルク――啓蒙の体現者

啓蒙《アウフクレールング》とは、「明るく照らすこと」の意味で、一八世紀中ごろから、時代の思潮や思考の目標を指す表現として自覚的に用いられるようになった。物理学者で多彩な文筆家でもあったゲオルク・クリストフ・リヒテンベルク↓43（1742-99）は、啓蒙を火にたとえてこう語っている。「火は〔……〕適切に利用すれば生活を快適にしてくれる。冬を温めてくれるし、夜を照らしてくれもする。しかし、あくまで灯りや松明でなければならない。炎上した家屋で通りを照らすというのは、照明としては大いに好ましくない。それから、子どもに火遊びをさせてはならない」。

彼の生涯は、一八世紀という時代と啓蒙の多面性を体現している。新設のゲッティンゲン↓20・22・43大学実験物理学の教授であった彼は、自然科学の成果を社会に活かすことにも積極的だった。例えば避雷針をゲッティンゲンに敷設したが、それは人間を自然の脅威から守ることであり、また迷信の打破をめざすことでもあった。落雷は「天の怒り」ではなく、電気がその原因であり、科学によって対処可能なのだと彼は説いた。また公衆衛生や健康増進にも強い関心を抱き、ドイツに海水浴場のないことを嘆いた。そうした知的啓蒙活動の媒体は雑誌であり、みずから『ゲッティンゲン懐中暦』といった雑誌を編集し、多くの記事を執筆した。

ゲッティンゲンという小さな大学町をほとんど離れなかったリヒテンベルクは、

図1　オマイの肖像（1776）

コロンブスを最初に発見したアメリカ人は，いやな発見をしたものだ。
（リヒテンベルクのノートより）

ヨーロッパ諸国における多くの発明・発見のみならず、中国やタヒチをはじめ世界各地の自然や文化を紹介する文章も数多く執筆している。それを可能にしたのは膨大な手紙[↓17]のやり取りと、一八世紀に急速に部数を増した定期刊行物[↓37]や書籍[↓35]である。

彼にとって二度のイギリス滞在は決定的な意味をもった。大都会の経験、立憲君主制議会でのアメリカへの対応をめぐる激しい論戦の傍聴、そして国王一家との交わりは、彼の視野を大きく拡げた。キャプテン・クックの世界旅行に同行したフォルスター親子と知り合い、『世界周航記』を刊行した息子のゲオルク（1754–94）とは雑誌も共同編集することになる。タヒチから連れてこられた現地人オマイと出会い、強い印象を受けた。帰国後も非ヨーロッパ世界に強い関心をもち続けたのには、この出会いの経験が大きい。

フランス革命勃発後、革命軍がドイツに向かうとゲオルク・フォルスターは積極的に関わり、フランス軍占領下のマインツで共和国の樹立に加わった。それに対し、リヒテンベルクは留保の姿勢をとり、急進的な展開には懐疑的だった。マインツ共和国は短期間で瓦解、フォルスターは亡命先のパリで九四年に死ぬ。ゲッティンゲンで穏やかな生活を続けたリヒテンベルクは一七九九年、まさに世紀の変わり目に没した。

改良への意志——幸福をめざして

啓蒙という言葉が自覚的に用いられるようになるころから、身分や職業から自由な議論の場がドイツ各地に作られる。中心になったのは、教養市民層（官吏や大学

世界市民的な意味での哲学の領域は，次の問いにまとめることができる。/１.私は何を知ることができるか。２．私は何をなすべきか。３．私は何を希望してよいか。４．人間とは何か。/　第一の問いには形而上学が，第二の問いには道徳が，第三の問いには宗教が，第四の問いには人間学が，それぞれ答える。根本的には，これらすべてを人間学に数え入れることができるだろう。最初の３つの問いは，最後の問いに関連しているからである。
（カント『論理学』1800　講義ノートをもとに弟子によって刊行されたもの）

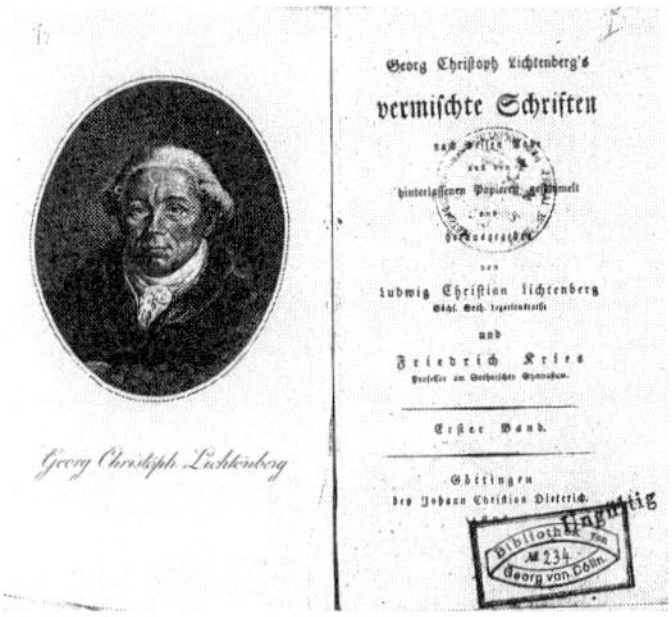

図２　没後刊行されたリヒテンベルク著作集（全９巻，1800-06）

教授、弁護士、医師など、中等・高等教育を受け、それを職業上利用している人々）とブルジョワジー（商人、工場主、銀行家といった経済・有産市民層）である。書物の共同購入や読書会をおこなう「読書協会」といった団体は人々が出会い語り合う場となり、雑誌や手紙――この時代は回覧が前提とされる半ば公的なメディアだった――は言論による場を形成した。一方、開明派貴族や官僚による「上からの改革」↓18の運動があった。具体的なあり方は各領邦国家によって異なるが、その範囲は社会経済・司法・教育など多方面におよぶ。両者が目立った衝突を生み出さなかったのは、ドイツ啓蒙の大きな特徴である。エリートによる体制内変革は、政治体制そのものの変革へは向かわず、ドイツ啓蒙を代表する人物の一人であるフォルスターはその意味で例外的な存在だった。

この運動を導いていたのは改良への意志である。昔からあるというだけで、納得できる理由もなく力をふるう制度や考え方は改められねばならず――絶対主義国家体制に関しては、納得できる理由があるとくり返し論じられた――、慣習や目先の欲望に支配される生き方は、自覚的に定められた目的に向かってきちんと秩序づけられたものへ変えられねばならない。「思考を、社会を、自己を、いかに律するか」が最大の問題であり、自発的・自律的に生み出された秩序がもたらすはずのものは幸福と呼ばれた。

理性と人間への問いかけ

何にもとづいて律するのか。当時の人々は、「理性」と答えただろう。世界を秩

図3　日の出としてイメージされる「啓蒙」（ホドヴィエツキによる銅版画）

我々がここかしこでいくつか発見をしたからといって，いつまでもこれが続くと考えてはいけない。軽業師は農夫よりも高く跳び上がり，ある軽業師は他の軽業師よりも高く跳ぶ。しかし，人間である軽業師が跳べる上限は，きわめて低いものだ。〔……〕人間はいたるところに概念では捉えがたいものを見出すのだ—遅かれ早かれ。

人間において，ミツバチ的なもの，またおそらくはクモ的・スズメバチ的でもあるようなものが，どれだけ広範囲に及んでいるか—それをあらゆる場面で観察すること（人間が，それと知らずに行なっていることを）。

（リヒテンベルクのノートより）

序づけ、人間にあまねく与えられているはずの理性は、自明のものとして前提とされることもあったが、自らが根拠づけるはずの運動のなかで問い直されもした。「理性のあらゆる営みのなかでも最も困難な、自己認識という営み」（『純粋理性批判』第一版序文　一七八一）に携わった哲学者イマヌエル・カント↓18（1724-1804）において、それは新たな問いをともなっていた。「人間とは何か」という問いである。

自然科学の発達（生理学など）、世界調査旅行によってもたらされた、自然・文化・人間の多様性についての知識、そして精神のさまざまな能力の探求は、ダイナミックな人間像をもたらした。多様な物質と力、能力と活動からなる人間は、環境と相互作用しながら自らを形成していく。そのような人間を観察し、分析し、その由来と新たな変化の可能性を問うことは、こうした存在を可能にした秩序の原理を問うことに通じる。〈現にあるもの〉を考察することで、それを可能にした原理に接近する。仮説的な原理にもとづいて再構成してみることで、〈現にあるもの〉を相対化し、さらに〈良い〉ものへの道筋を描く。当時の人間観が結局のところヨーロッパ中心主義と男性中心主義↓12の枠を超えるものではなかったという指摘もあるが、自己の相対化への志向が例えば宗教的寛容（レッシングの『賢者ナータン』↓20一七七九）の思想をもたらしたことには大きな意味があったと言わねばならない。

リヒテンベルクの没後、膨大なノートが発見された。詳細な人間観察、自己観察、「いかに自己を律すべきか」の考察と並んで、「理性」↓31と「人間」↓28・31・32をめぐるさまざまな思考実験が記されていたこのノートは、後のニーチェやフロイト、ヴィトゲンシュタイン↓32らに大きな刺激を与えることとなった。

（宮田眞治）

29 ロマン主義——合わせ鏡のなかの無限

図1　ノヴァーリス（フリードリヒ・フォン・ハルデンベルク）

図2　フリードリヒ・シュレーゲル

ロマン主義はどのように成立したのか

「ロマン主義」という言葉を目にしたとき、たいていの読者は、ある程度の前提もしくは偏見をすでにもち合わせている。それは辞典などによって補強される。そこにはたいてい、「一八世紀末から一九世紀前半にかけてヨーロッパに展開された芸術運動であり、啓蒙主義[→28]や古典主義[→24]と対立して、感情や空想を重んじ、異文化や過去や失われた自然といった時間と空間で隔てられた世界を指向した」という説明がみられる。しかし、このような一般了解だけでは、ドイツのロマン主義の重要な側面をとらえそこねる恐れがある。それゆえ、この一般了解との差異獲得が、この項目の目標となる。

最初に何人かの「ロマン派」の代表人物をあげておこう。彼らを軸にドイツ特有のロマン主義が展開する。ノヴァーリスという筆名で知られるフリードリヒ・フォン・ハルデンベルクは、三〇歳を待たずに夭逝したが、『青い花』[→23]（一八〇二）という長編小説のほかに、いくつかの散文や詩、そしてかなり膨大な理論的断章を遺している。そのノヴァーリスと精力的に書簡を交わし、共同で哲学的思索に耽ったのがフリードリヒ・シュレーゲル。彼もまた、ノヴァーリス以上に膨大な理論的断章を遺している。彼の兄アウグスト・ヴィルヘルム・シュレーゲルは、気鋭の哲学者フィヒテが活躍するイェーナで教鞭を執り、同じ大学で歴史を教えるシラーの雑誌に

図3　アウグスト・ヴィルヘルム・シュレーゲル

図4　ヨハン・ゴットリープ・フィヒテ

寄稿していた。彼の家にはやがて弟夫妻も住むことになり、ノヴァーリスやその他のロマン派の詩人や思想家も足繁く通うようになり、イェーナ・ロマン派の絶頂期の舞台となった。残念なことに、この家屋は空襲で消失し、現在は残っていない。

現在イェーナで博物館↓19として公開されている「ロマンティカー・ハウス」は、哲学者フィヒテの家である。フィヒテはロマン派ではないが、ロマン派を形成する重要な触媒であった。彼の思想は主著『全知識学の基礎』（一七九四）で展開されている。ものを知るためには、その知る行為の基礎、すなわち「私は知る」の主語である自我を知らなければならない。私は私をとらえることができるだろうか。私は私を見ることはできない。せいぜい鏡に映してその像を見ることができるだけである。自己認識においても、認識する私と認識される私という必然的な分裂は避けては通れない。しかし、反省的分裂、すなわち鏡を介在させて二重化すると、私は永遠に私をとらえそこねることになる。ここでフィヒテは、自我が自己を定立する行為によって無限に自己を産出し、定立された自我と定立する自我は同一であると考えた。ここには反省概念の深い闇が潜んでいる。ノヴァーリスやフリードリヒ・シュレーゲルは、自我のはたらきを論じるフィヒテの哲学に触発されて、無限に充実するロマンの理論を模索した。

ロマン的ポエジー、無限の形成

ロマンとは、ドイツ語でもフランス語でも、長編小説の意味である。小説は無限だろうか。どんなに長い小説も読了して終わるのだから有限ではないのか。いや、ロマン的ポエジーは増進的普遍ポエジーである。それは〔……〕ポエジーを生動的に，社交的にし，同時に生と社会をポエジーに〔……〕するだろう。それはあらゆるものを包括する。〔……〕ポエジーだけがいわば叙事詩のように，周囲の世界を映し出す鏡に，時代の像になれる。そしてポエジーもまた，描出されたものと描出するものの間で，あらゆる実在および理念上の利害関心から自由で，詩的反省の翼に乗ってその両極の中間に漂うのであり，この反省を幾度も累乗化し，無限に並べられた鏡に映るように多重化することができる。ポエジーは，最高の，そして全方面への形成能力がある。

（フリードリヒ・シュレーゲル『アテネーウム断章』より）

小説は、あらゆる部分が新たな展開の萌芽をもっている。こうした性質を、ロマン派の人々は「無限の連関可能性」や「無限の充実可能性」と呼んだ。この無限性を担保するのが、フィヒテの自我論から展開した詩的反省論である。詩的反省とは、シュレーゲルによれば、構想力を作動させる仕組みであると同時に場所である。フィヒテのように自我に閉じた自己定立ではなく、自我から自由な反省そのものの産出的作動である。それをシュレーゲルは「ロマン的ポエジー」と呼ぶ。この概念についてシュレーゲルは、自分たちが主宰していた『アテネーウム』（一七九八―一八〇〇）という雑誌に有名な断章を遺している。

上の引用から、「ロマン」の作動が、生と社会を包括していること、その作動の原理が反省であること、この反省が記号的媒介としての描出という運動によって織りなされること、だがその反省は、ポエジーによって累乗化されると同時に、ポエジーをその両極の間に漂わせるものとして表象されるという屈折した自己言及性をもっていることが読み取れる。この複雑なロマン派の詩的反省理論は、二〇世紀の思想家ヴァルター・ベンヤミン[↓10・33]を通じて現代の文化理論にも大きな影響を与えている。

ロマン主義と古典主義

「古典的は健康で、ロマン的は病気」という有名なゲーテ[↓30]の言葉がある。これはゲーテが書いたものではなく、晩年に伝記作家エッカーマンに語った言葉として、没後に出版された『箴言と省察』（一八三三）に収められている。この言葉を語ったのは一八二九年である。イェーナでロマン派の人々が新しい文学のあり方について議論を深めていた時期から三〇年が経過している。三〇年前のゲーテ／シラーとロマン派の人々は、ヴァイマル↓24とイェーナの距離が近いため、文学的にも個人的にも交流があった。個別の個人的な軋轢はあったが、彼らの間に「派」としての対立という事実はない。

そもそも当時は、「ロマン派」を自称する人はいなかった。シュレーゲル↓1やノヴァーリスが「ロマンティカー」と呼ぶのは、ダンテやセルバンテスなど近世の詩人や散文家である。「ロマン主義」および「ロマン派」という概念は、後世の産物である。それゆえ、古典主義↓24との対立という図式は、ドイツの場合にはあまり強調されるべきではない。フランスのように、アリストテレスからホラティウス、ホラティウスからボワローと詩学的規則を受け継ぎ、確固たる伝統的な形式を遵守することに芸術の価値を見いだすという意味の古典主義が成立していれば、そのような対立も可能だが、ドイツの事情は違っていた。

ノヴァーリスが病死し、シュレーゲル兄がフィヒテの後任教授シェリングに妻を略奪婚され、イェーナのロマン派の集いは一八〇一年に終焉する。しかし、その直接の理論的な影響とはほぼ無関係に、ドイツ語圏各地で自由な空想に織りなされる幻想的な作品が次々と開花する。イェーナの集いにもしばしば顔を出していたルートヴィヒ・ティーク↓3・22、怪奇小説に独特の様式を確立したE・T・A・ホフマン↓2・36。そしてドイツの新しい文学は、シュレーゲル兄と各地を旅したスタール夫人によってフランスに伝えられ、フランス・ロマン主義の形成を大いに刺激したのである。

（伊藤秀一）

30　ゲーテ――「文明」を象徴する人

大いなる綜合

二〇世紀を代表する文学史家エルンスト・R・クルツィウスは、「ゲーテが偉大なる個人に西洋の精神世界が自己集中した最後のひとりであるとすれば、彼はドイツの詩人以上の存在であり、かつドイツの詩人とは別物なのだ」と書いた。確かに、ヨハン・ヴォルフガング・フォン・ゲーテ↓24・55（1749-1832）は、ヨーロッパという文明圏が古代以来の長い営みを通じて生み出したひとつの結晶である。彼の文学上のライフワークであった『ファウスト』（第一部一八〇六、第二部一八三二）には、西洋が形づくった文化的モチーフの数々が鮮やかな像となって映っている。だが、文学的な仕事だけではない。自然学、宗教、政治、習俗、およそ西洋文明のあらゆる要素が「ゲーテ」という統一体のなかに提示されているのである。

なぜそのようなことが可能だったのか。何よりもまず、それはゲーテがきわめて高度な意味において「綜合」の人であったからであろう。彼は何ごとであれ、事象が背景や状況から切り離されて観察されることを嫌った。一枚の木の葉があれば、それは樹木の存在を暗示するものでもあるし、樹木はまたその存在を可能にする生態系の表現でもある。そして、ひとつの生態系を支えるのは、惑星でもあれば、銀河でもあり、風でもあれば、大地でもある、全宇宙の営みなのである。しかも、木の葉であれ、夕焼けであれ、紙屑であれ、地球であれ、それは「誰か」にとってそ

図1　ゲーテの住居。現在は国立博物館となっている

図2　ヴァイマル郊外の小さな別宅で，ゲーテは自然探求をおこなった

図3　ヴァイマル国立劇場の前に立つゲーテとシラーの像

うなのであって、「他者」にとっては別の何かかもしれない。個々の事象はどれひとつをとっても全世界を象徴するものであり、それは主観（目、心）と客観（物体）の両方を含むものでもあった。ゲーテの世界探求は「形態学」と「色彩論」、すなわち「かたち」と「色」の研究を典型とするものだったが、それも、かたちや色は現象のあらゆる次元に現れうるものであり、しかも主観と客観を結んでいるからだった。

自然と恋

そのようにして経験される全世界・全宇宙をゲーテは「自然（Natur）」と呼んだ。この「自然」は、「人工」に対置される概念ではないし、植物の緑色や海の青さだけに象徴されるようなものでもない。ゲーテの自然は、彼が若き日に耽読したスピノザの著作に現れるような、自らを生み出す宇宙の営み全体のことであった。そういう「自然」は汎神論における「神」のように、あらゆる現象に完全に浸透している。「どの面を注視しても、自然から無限のものが発する」というゲーテの箴言があるが、何かが「断片」にみえるのは、われわれが神的な視線をもっていないからなのだ。その真相においてはあらゆる断片もまた宇宙的な全体のなかで至高の意味と結びついている。ゲーテが探求しようとしたのは、そういう世界＝自然であり、それは物質も精神も、鉱物も人間も包摂する時空だった。

ゲーテの名を一躍全ヨーロッパ的に高めた最初の本格的な小説『若きヴェルターの悩み』[13]（一七七四）は、許嫁のいる女性に恋をした主人公が自殺にいたるまでの書簡集という形をとった熱烈な恋愛小説だが、この作品においても、ゲーテ自身の経

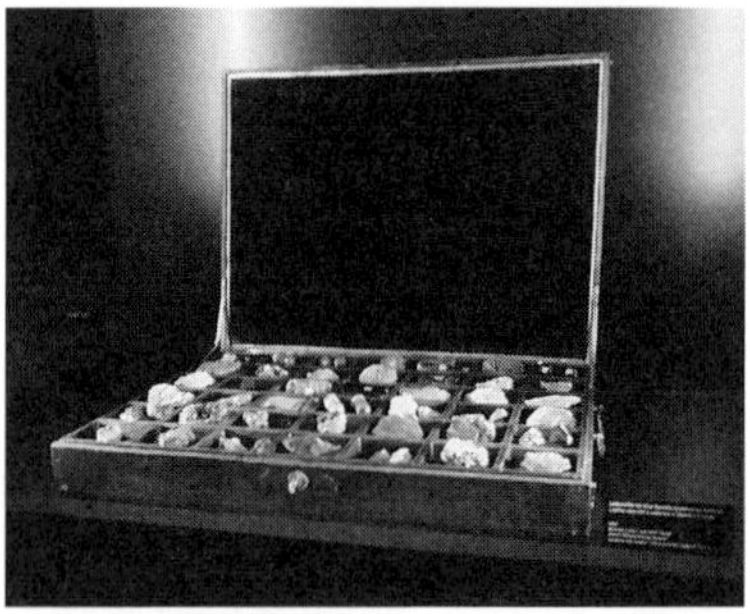

図４　鉱物標本を蒐集しつつ，ゲーテは地球と宇宙の起源を考察した

験も反映した恋の喜びと苦しさとともに、象徴に満ちた「自然」と交感し合う至福の描写が溢れている。ゲーテはその後も、女性に恋をするたびに文学史に残る作品を生み出した「恋する詩人」でもあったが、それはそれぞれの恋人たちが、彼にとって世界を意味という血液で満たす、心臓のような存在だったからだ。すなわち、恋人は世界の象徴であり、逆に、象徴的な事物たちはある意味でゲーテの「恋人」であった。きわめて長い活動期の全般にわたって、世界＝自然とのそういうエロス的な交感を続け得たということが、彼の生涯と仕事を全人的な意味においてきわめて豊かなものにしている。ゲーテの「象徴」をとらえる感覚は生涯を通じて成長を続け、日常的な数多くの事物を「万物の象徴」として感じとるようになっていった。石ころや紙屑を収集しファイルすることがゲーテの奇癖だったが、それは彼の感覚がどこからでも宇宙全体へと広がっていけるようになっていたことを示している。

人間形成の本義

「文豪」「大詩人」として、半ば神格化されている観さえあるゲーテだが、その存在と仕事の真の意義は、おそらくいまだ十全に理解されたことはあるまい。一九世紀を通じて、ゲーテは教養主義的な理想ともみなされ、人間形成の範型として尊敬された。やがて世界大戦期を潜り抜けた、いわゆる「アウシュヴィッツの後」[↓8]の時代、そのようなゲーテ像は、容易に権威主義や反動主義と結びつく教養崇拝や、すでに無効となってしまった調和的人間像と結びつけられて批判された。第二次世界大戦後、哲学者カール・ヤスパースは「われわれの時代にとって、もはやゲーテは

図５　最晩年にいたるまで生産的であり続けたゲーテ

図６　時代によってゲーテ像はさまざまに描かれてきた

無縁の存在だ」と宣言した。しかし、そこで「無効」を宣告されたのは、ゲーテその人の思想や仕事ではなく、一九世紀が彼を閉じこめていた窮屈な枠であった。

確かに、ゲーテにとって、「教養」というものも重要なテーマではあった。しかし、それは一九世紀の日本がBildungというドイツ語を「教養」と訳したような意味においてではなかった。「教養」は、（Bildungの本来の意味に近い）「人間形成」↓28の一部をなすものにすぎなかったのである。フランクフルトの裕福な市民家庭に育ったゲーテは、近代の担い手であった市民階層全体の夢を体現したともいえるが、それはすなわち、自己という存在のポテンシャルをこの世界において最大限に展開することだった。彼の代表的な長編小説である『ヴィルヘルム・マイスターの修業時代』（一七九五／九六）においても、やはり市民の子である主人公ヴィルヘルムは、市民でありながら、貴族のように自由で全方位的な人間形成に燃えるような憧れを抱く。その衝動の突破口を芸術に見いだしたと感じた彼は、旅劇団に加わり、そのなかでの自己実現をめざしていくのだが、やがて芸術という「仮象」の世界に飽き足らなくなり、啓蒙主義的結社↓28の一員となり、社会的な「行為」をめざしていくことになる。

さらに、『修業時代』↓23・38・55の続編となる『ヴィルヘルム・マイスターの遍歴時代』（一八二一）では、「人間形成」は、個人の問題ではなくなり、共同体、企業、国家、そして最終的には自然界の「形成」と結びついていく。それぞれの段階で、個人や集団はそれ自体としての発展可能性をときに断念するのだが、それは宇宙的な意識や感情と結びついた活動に参与するためなのだ。そのようにして、ゲーテは近代ヨーロッパを総括し、それを超え出ていった。

（粂川麻里生）

31

ニーチェ——内側から爆発する「ダイナマイト」

図1　ニーチェがナウムブルクで住んでいた家

ニーチェ神話

「神は死んだ」「超人」「永劫回帰」「運命愛」「教養俗物」「奴隷道徳」「私は人間ではない、ダイナマイトだ」。フリードリヒ・ニーチェ（1844-1900）のキーワードはどれも、挑発に満ちている。だが、おしなべてその著作を特徴づける反社会的な批判精神は、妹エリーザベトがつくりあげたニーチェ像の影に遮られ、長いあいだその思想の本来のかたちでとらえられることがなかった。

現在のザクセン州に位置する小村レッケンで牧師の子として生まれたニーチェは、将来牧師になることを期待され、それに応えるかのように勤勉に学んだ。父の死の後一家はナウムブルクに引越し、一四歳のときには、英才教育で有名な全寮制プフォルタ学院[↓14]に入学、スパルタ方式で徹底的に鍛えられたが、そこでの生活をニーチェは「ナウムブルク式の徳」といって嫌悪した。ニーチェは学業に秀でていたばかりではなく、一〇歳のころから詩作品を書き、作曲もするなど、芸術的素養ももち合わせていた。二〇歳でボン大学に入学、二一歳でライプツィヒ大学に移り、神学から古典文献学に転じた。リチュル教授のもとでずばぬけた才能を発揮したニーチェは、教授の後ろ盾もえて、卒業前の二四歳のときに、古典文献学者としての将来を嘱望されて、スイス[↓11]のバーゼル大学の員外教授となった。

ところが、ニーチェは二八歳のときに出版した『音楽の精神からの悲劇の誕生』

図3　精神に異常をきたしたニーチェと母（1892）

図2　ニーチェが通ったプフォルタ学院

で、アカデミックな古典文献学と袂を分かつ。ギリシア悲劇の根源がアポロ的な芸術衝動ばかりではなく、ディオニュソス的なそれにこそ由来することを説いたこの書物は、あまりに思弁的で文献学的厳密さにも欠けるものとして、学界から否定されたのである。三五歳のときに、幼少のころから苦しんできた激しい発作をともなう頭痛と眼病の亢進によりバーゼル大学教授の職を辞し、それ以降、在野の思想家・哲学者として、数々の著作を世に問うが、ほとんど理解されなかった。一八八九年、イタリアのトリノで昏倒し、精神錯乱に陥り、その後一〇年以上にわたって母や妹の看護を受けるものの、回復することなく、二〇世紀を目前にして亡くなった。

ニーチェが精神に異常をきたしてから四年後の一八九三年、パラグアイで暮らしていた妹のエリーザベトはドイツに戻り、翌年、「ニーチェ文庫」を設立する。次第にニーチェの著作の真価が認められてきたころである。エリーザベトはニーチェの書簡や手稿の収集と管理をおこない、印税収入を期待して全集を刊行する。彼女の仕事がニーチェ研究の発展に寄与したことは間違いないが、彼女は自らがニーチェの原稿を管理する正当な著作権継承者であることを証するため、ニーチェの書簡を改竄・捏造したばかりか、原稿の編集にも介入して不都合な部分を削除するなどして、「超人ニーチェ像」↓8をつくりあげるべく腐心したのである。こうして、ニーチェは、反ユダヤ主義者、全体主義権力志向の「超人」に祭りあげられ、ナチスによって政治的に利用されることにもなった。ヒトラーは自らニーチェ文庫を訪れ、熱狂的ナチ信奉者であったエリーザベトと会っている。第二次世界大戦後もニーチェが誤解され、偏った理解にさらされたことに対するエリーザベトの責めは小さくない。

図４　歪められたニーチェ。ニーチェの妹エリーザベトを訪問するヒトラー。ニーチェ文庫にて（1934年７月20日）

「一切の価値の価値転換」――ニーチェの批判精神

ニーチェが生涯にわたって格闘し批判したのは、自分自身と切っても切れない関係にあるキリスト教世界[6]の価値観であった。現世において弱者に強者への勝利を約束する拠り所として捏造されたキリスト教道徳、さらに、その転倒した価値の根拠たる神、すなわち現世の敵対者こそは、徹底的に弾劾されなければならなかった。道徳を支えているはずの神が実際には死んでいるということを人々が認識していないことこそが問題であった。ニーチェは根本的な問いを放置し続けてきたキリスト教道徳の系譜を暴露することで、「一切の価値の価値転換」を図るのである。

ニーチェのキリスト教批判は激越をきわめている。「キリスト教の神概念は――病者たちの神としての神、蜘蛛としての神、精神としての神は――地上で成し遂げられた最も腐敗した神概念のひとつである」。キリスト教の圏外に身をおく者にとって、執拗なまでにくり出されるこの批判の言葉の強さと鋭さの背景を理解することは容易ではない。翻っていえば、ニーチェのキリスト教批判は、キリスト教文化の内部に身を置く者しかできない批判なのである。

ニーチェはドイツに対しても痛烈な批判をおこなった。その契機となったのは、一八七一年、プロイセンを中心とするドイツ連邦の同盟軍がフランスとの戦争に勝つと、ジャーナリズム[37]がその勝利をフランス文化に対するドイツ文化の勝利であるかのようにもてはやしたことだった。『反時代的考察』（一八七三―七六）でニーチェは、「今にいたるまでドイツ的な独創的文化は存在しない」といってはばからない。ニーチェによるドイツ批判は、後期になるにつれて過激の度を増していく。

ワーグナー↓40との交流を振り返って書かれた断章では、この作曲家と断絶した理由が次のように語られている。「それは、かれがドイツ人に屈服したということ――彼がドイツ帝国的になったということだ……ドイツが届くところ、文化はだめになる」。ニーチェが批判の矢を放ったのは、最も身近にあり、だからこそ意識されにくいものであった。

二〇世紀に与えた影響

キリスト教の根底にニヒリズムが横たわっていることを看破したニーチェは、そのニヒリズムをどう生きるべきか、どうすれば生の肯定が可能であるかを探った。その哲学は「生の哲学↓48」と呼ばれ、ディルタイ、ジンメルをはじめ、多くの継承者を生み出した。同じく二〇世紀以降の思想・文学に大きな影響をおよぼしたジークムント・フロイト↓28・32（1856-1939）が創始した精神分析学とニーチェの思想との共通性も看過できない。フロイト自身はニーチェを避けていたといっているが、両者とも、方法はまったく異なるが、文化批判、宗教批判をおこなっていることは偶然ではないだろう。哲学者マルティン・ハイデガー↓33（1889-1976）は、大著『ニーチェ』（一九六一）を書いている。また、ドイツ語圏以外でも、フランスのドゥルーズ、フーコー、デリダなどを中心とする現代思想家が独自な方法でニーチェを受容していることも忘れてはならない。批判対象の内側に立って批判をし続けたニーチェの著作は、その内容ばかりではなく、批判的方法も含めて今もって大きな影響を与え続けている。

（畠山　寛）

32

世紀末——一九世紀への反動

座標の設定

世紀末を文化概念として用いるばあい、それは必ずしも厳密に一九世紀の末という枠内に収まるものではないし、そもそも、その正確な期間について共通の了解があるわけでもないのだが、一八九〇年から一九一八年まで、くらいを目安にしておけば、時期の設定として大過ないだろう。ドイツ語圏においては、一八九〇年といえばビスマルク失脚の年であり、一九一八年は、第一次世界大戦が終わって『西洋の没落』（シュペングラー）が出版された年にあたる。世紀末を両側から挟みこむこれらふたつの出来事の象徴的な意味あいについては、追って触れることにする。

では、世紀末という現象は、いったいどこでくり広げられたのだろうか。舞台となったのは、都市、それも第二次産業革命の結果、高度に技術革新が進んだ都市である。したがって、ベルリンにも世紀末はあった。ミュンヘンにも、プラハにも、そしてチューリヒにも世紀末はあって、それぞれが重要な研究テーマを提供している。しかし、その独創性と豊かさにおいて、ウィーンの世紀末を凌駕するものはほかにないといってよい。シュテファン・ツヴァイクはかつてこれを、「ウィーンほど文化的なものへの欲求を情熱的にもっている場所はない」と評したことがある。↓10・また、33・コラム4・48・51・55「西欧と東欧と南欧の混交した文化」こそがウィーンの文化であるとしたのはトーマス・マンだった。以下では、紙幅の関係からも、ウィーンの世紀末（別名、世紀転換期ウィーン）にしぼってみてゆくことにしよう。

世紀末ウィーンという「暮色」

一九世紀は、後半に入るや、機械文明のタクトを加速させた。ナポレオンの歩兵が刻む行進のテンポ、その規則正しさは、ビスマルクの兵士を輸送する鉄道の機械音においてピークに達する。だとすれば、世紀末とは、そのような行軍の精神に貫かれた一九世紀への「足踏み」としてある。

この「足踏み」は、ウィーンでは、その中欧独特の風土ともあいまって、さまざまな「終わり」に彩られることとなった。「神の死」↓31（ニーチェ）の余波のもと、思想では、フロイト↓28・31（1856–1939）によって「死の欲動」がいわれた。文学では、ホーフマンスタール↓8（1874–1929）が「言語危機」について書いている。建築ではアドルフ・ロース（1870–1933）が装飾に対して死刑判決をくだし、音楽ではシェーンベルク（1874–1951）が調性から離脱した。そして絵画では、遠近法が解体したところにクリムト（1862–1918）の絵もある。ばらけた視線を集約・統合するような消失点が、もはやそこにはないのである。

確かに、死や危機は、いつの世でも世紀末ともなれば叫ばれる常套句ではあるだろう。しかし、これほどまでに文化の全領域にわたって「終わり」が宣告されたのは異例のことであり、それは逆に、一九世紀の精神がいかに全面的に組織化され、つよく信仰されていたかを物語っている。じっさい、この信仰が完全に打ち砕かれるまでには、ヨーロッパはなお第一次世界大戦を経なければならなかったのである。

図１　クリムト「死と生」

図2　エゴン・シーレ「アゴニー」

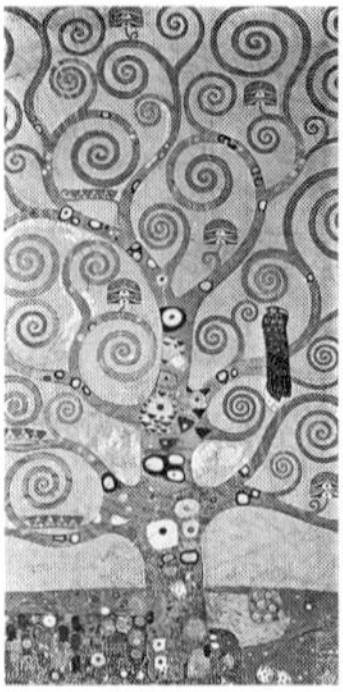

図3　クリムト「生命の樹」

上にあげた思想家・芸術家たちが世紀末ウィーンに響かせたのは、一九世紀に終焉をうながす声であると同時に、西洋が没落する際にあげるアゴニー（断末魔）のうめき声でもあった。

世紀末ウィーンという「曙光」

黄昏がその基調であったのは確かだとしても、世紀末ウィーンを、老いさらばえた暗い時代だったとみることはできない。終わらせることは、新しく始めることである。「精神」の自己展開に対する反動は、目的も対象も定かではない神経過敏な「気分」となって生まれ出た。試みられたのは、「行軍」ではなく「輪舞」である。

ふりかえってみれば、ニーチェの「神の死」からは、「永劫回帰」という生の哲学が生まれ出た。「言語危機」を、ほかならぬ言語によって作品化したのがホーフマンスタールだった。装飾を排除し、建築を素材と機能に「還元する」ことを唱えたロースは、「言語ゲーム」で知られるヴィトゲンシュタイン↓28（1889-1951）の文体にまで影響をおよぼしている。現代音楽の方向を決定づけたシェーンベルクの無調・十二音音楽は、音階から解放された個々の音が位階なしに組み合わされた結果だった。クリムトによって描かれた甘美なる裸婦たちは、物理的な空間の奥行が崩壊したところ、すなわち平面に浮遊しており、この「平面性」はキュビスム（一九〇七年のピカソ『アビニョンの娘たち』）などとも呼応している。

このように、没落の最前線にあった世紀末ウィーンは、世界を変えてしまうほどの新しいエネルギーが湧き出す実験場でもあった。「アール・ヌーヴォー」「ユーゲ

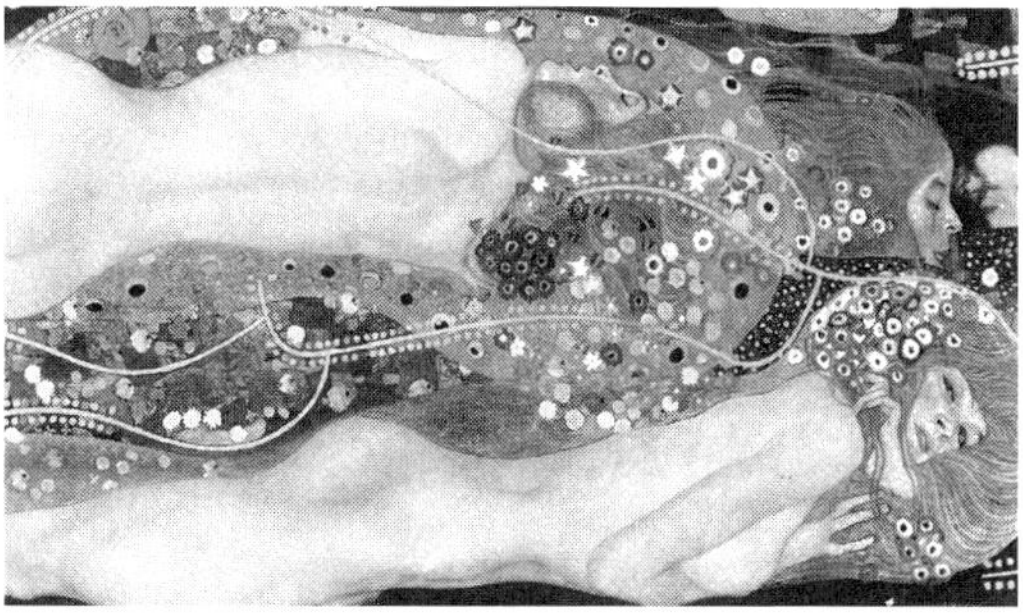

図4　クリムト「水蛇Ⅱ」

図5　プラーターの大観覧車

ント・シュティール」「若きウィーン」。この時期の様式・グループの名称には、新しさ、若さを謳いあげる文字が躍っている。「たゆたえども、沈まず」。これはフロイトが好んだ格言である。ちょうどそのように、沈没への不安が、流れ出る若い生命によってかろうじて支えられていたのが、世紀末ウィーンの文化であった。

大観覧車はまわる

一八九七年、プラーター遊園地に、皇帝フランツ・ヨーゼフ一世の在位五〇年を祝して、大観覧車が建造された。当時、世界最大級の観覧車であった。

鋼鉄から成っていながら女性的に優雅でもあるこの乗り物ほど、世紀末ウィーンをよく象徴するものはないだろう。なぜなら、一直線に敷かれた鉄道線路に現れているような世界観、経験値を積みあげることが目標に辿りつくことを約束する、そんな世界観への懐疑から発して、どこにも辿りつかないかもしれないループする世界をどう生きるかということが、世紀末ウィーンの問題だったからである。

やがてフランツ・ヨーゼフが崩御、第一次世界大戦に敗れたハプスブルク帝国は消滅した。[↓7] それでも世紀末ウィーンがいまなお人を魅了してやまないのはなぜか。それはおそらく、旧き良き「昨日の世界」（ツヴァイク）へのノスタルジー、エキゾチシズムからばかりではない。そうではなくて、自分たちの生きる世界はループする世界であると、私たちが感じ取っているせいなのかもしれない。

（吉中俊貴）

33 暗い時代の人々——危険と救出

図１　ライヒ第２代大統領パウル・フォン・ヒンデンブルク（右）とアドルフ・ヒトラー

共和国の困難な航海

一九一八年の第一次世界大戦敗北と帝政崩壊を経て成立した共和政ドイツは、二〇年代に内政・外交上の厳しい試練を幾重にも課せられてゆく。そもそも共和政体（いわゆるヴァイマル共和国）↓24の成立は、主権者と政体の抜本的転換が生じた「革命」でありはしたが、国民的合意のもとで成立したものとはいいがたく、そのために政治的立場が極右から極左まで分裂する不安定なものであった。敗戦の原因をドイツ左翼による銃後の裏切りにあるとする隠謀説「匕首《あいくち》伝説」が、右派勢力からくり返し喧伝された。巧妙な政治的宣伝を駆使して、政治的代表をもたない大衆の受け皿↓25となったのがナチスであり、その指導のもと、三〇年代には対外拡張主義に回帰したファシズム国家へと変容する。しかし、こうした不安と動揺を背景として、今日でも重要な文芸・思想的営為がなされた。第一次世界大戦開戦前後に若者たちの心をとらえていたのは、「危険のあるところには／救出するものもまた育つ」と歌った一八〇〇年の詩人ヘルダーリンであった。二〇―三〇年代ドイツの文芸や思想は、いずれも持続する危機のさなか、「救出」の真偽を見定める困難な努力から紡がれたものである。

そうした努力を蹂躙するようにナチス体制下↓10では、批判的知識人やユダヤ人への↓8迫害が猖獗《しょうけつ》をきわめ、強制収容・大量殺戮や亡命という、二〇世紀の政治におけ

図2　エルンスト・ブロッホ

る負の主題がドイツを中心に形成されてゆくことになる。以下に紹介する人々もまた、（失敗したものも含め）ほとんどが亡命を余儀なくされている。

E・ブロッホ、ルカーチ、マンハイム——マルクス主義哲学

一九二〇年代は、マルクス[10]主義を哲学へと鋳直す試みがくり返された時代である。これは、一九世紀末以来ドイツ社会民主党が徐々に議会政党へと変容し、修正主義路線を採っていったことと無関係ではない。社会変革への志向が実践において弱まるにつれ、その必要性や必然性を説く思想は、より純化・尖鋭化されて哲学にまで高められるという逆説的な反作用が生じたと考えられる。エルンスト・ブロッホ『ユートピアの精神』が一九一九年に、後述の劇作家ベルトルト・ブレヒトが多くを学んだカール・コルシュの『マルクス主義と哲学』、後の西欧マルクス主義に大きな影響を与えたジェルジ・ルカーチの『歴史と階級意識』がともに二三年に、カール・マンハイムの主著『イデオロギーとユートピア』が二九年に刊行された。コルシュを除く三人は、いずれも一時期ハイデルベルクで学び、ブロッホとルカーチはマックス・ヴェーバーのサロンに出入りし、マンハイムもヴェーバーに深く影響を受けている。急進的な思想からは程遠いが、しかし開放的な知性のもち主であったヴェーバーのサロンには、国法学者、哲学者、歴史家、政治家など多様な立場の知性が集った。彼が二〇年に病で早逝してしまったことで、彼らをつなぎとめるような知的中心の欠落が生じ、批判的知性が社会や制度との接点を失っていったともいえる。

図3　トーマス・マン

戦闘とは今以て神聖なる何かであり，２つの理念へと下される神判なのである。我々の大義を弥増しにも増して厳しく奉ずることが我々には課されているのであって，さすれば戦闘は我々の窮極的な理性となり，ただ勝ち取られたものは真なる所有となる。鉄の嵐に耐え抜かぬような果実が我々のもとで熟すことはなく，最も良きもの，最も美しきものもまた，先ず以て勝ち取られる他ないのである。
（エルンスト・ユンガー『内的体験としての戦闘』第７章「勇気」より）

思弁的長編小説と実験的演劇

第一次世界大戦の従軍経験をもとにした作品『鋼鉄の雷雨の中』（一九二〇）、『内的体験としての戦闘』（一九二二）などで注目を浴びた作家エルンスト・ユンガーは、戦争を人間の根源的体験の機会としてとらえた。今日からみて同意し難いとはいえ、ユンガーの思想的根底には一九世紀市民社会の思考慣習によって覆い隠されてきた原初的秩序に対する希求がある。彼の作品の一特徴は、思弁的な表現にあるが、同様に長編小説に思弁と内省を大胆にもちこんだのがローベルト・ムージル↓7やヘルマン・ブロッホである。ムージルの未完に終わった主著『特性のない男』（第一巻、一九三〇）は、一九世紀的な物語慣習を覆す長大な作品である。↓10・32・コラム4・48・51・55トーマス・マンは彼らに比べれば、思弁のなかにも市民的価値への敬意と物語性を保ち続けた。『魔の山』（一九二四）など多くの長編小説を残した彼は、今日でも人気の高い作家である。

演劇↓38の分野では、ブレヒトやエルヴィン・ピスカートアらが前衛的な上演活動をおこなった。彼らの提唱した「叙事演劇」は、観衆が主人公に同一化してその運命を追体験する、という古来の上演／受容形式を根底から覆す試みで、観衆は感動や気晴らしではなく、上演が突きつける問いのなかに投げ出され、自らの立場や状況を思考するように促される、今日の「反ドラマ演劇」の先駆けである。

カッシーラー、ハイデガー、ベンヤミン——哲学の新たなかたち

一九二〇年代は、それまで講壇哲学において主流をなしていた新カント派のなかから、新たな潮流がさまざまに湧き起こった時代である。この学派に属していた哲

図4　エルンスト・カッシーラー

まだ軌道馬車で通学していた世代が，晴天のもと，雲以外の何もかもが変わり果ててしまった情景に立ち尽くした。そして，破壊的な流れと爆発からなる力の場の只中に立つのは，脆く卑小な人間の身体であった。
技術のこの途方もない展開とともに，ある全く新たな落魄が人間に襲来した。
（ヴァルター・ベンヤミン「経験と貧困」1932年より）

学者エルンスト・カッシーラーは、マールブルク大学時代には認識論をもっぱら研究したが、二〇年代に「神話」に対する関心を掻き立てられ、「象徴」に関す体系的哲学の構築に取り組んだ。その成果が二八年完結の『シンボル形式の哲学』である。こうした転換のきっかけをなしたのは、美術史家アビィ・ヴァールブルクの「イコノロジー」に触れたことであると考えられる。この両者は、現在のドイツ人文学の一分野をなす「文化研究」の先駆者とみなされる。

神学から哲学へと転じたマルティン・ハイデガー↓31もやはり、一九一〇年代前半は新カント派の影響下にあったが、フライブルクでエトムント・フッサールの助手として現象学へと立場を転じた。二七年の主著『存在と時間』は、西欧哲学史の解体と始原への立ち戻りをめざす試みとして、その後の思想界に大きな影響を与え、いまだに多くの読者を惹きつける名著である。ハイデガーはナチスの後援のもとで三三年にフライブルク大学総長に任じられた。翌年にはナチスの学問政策に失望して職を辞すが、この出来事は彼の哲学的思考と無関係とはいえず、いまだに議論の争点となっている。

批評家ヴァルター・ベンヤミン↓10・29もまた、新カント派に対する批判的立場から思索を始めた。一九二〇年代には近代の文芸史を書き換えるような仕事を次々に発表した彼は、その非制度的思考ゆえに大学に職を得ることを断念し、そのためかえって哲学的エッセイ、文芸批評、翻訳といった多様な仕事を残した。特筆すべきは三〇年代における一連の複製芸術論など、今日の文化研究やメディア論につながるような一連の著作である。

（大宮勘一郎）

Column 4

詩人の恋――バッハマン、ツェラン、フリッシュ

文学史は退屈なのが相場だが、作家の恋愛遍歴を知れば、ずっと楽しめる。ひたすら婚約期間を引き延ばした独身者カフカや禁断の愛を隠した同性愛者トーマス・マンは屈折した文体を特徴とした。作家のイメージと実像のズレも面白い。児童文学者ケストナーは意外にも女泣かせの人非人だったという。

しかし戦後文壇の紅一点として抜群のカリスマ性を誇った詩人インゲボルク・バッハマンが、六歳上のパウル・ツェランと一五歳上のマックス・フリッシュの二人を相手にした大恋愛ほど豊かな芸術作品の源となったものは珍しい。ただし、その作品は彼女の破れた心臓の繊維で編まれた血染めのテクストにほかならなかった。

両親をナチスに殺されたユダヤの生き残りツェランと父親がナチ将校だったバッハマンが恋に落ちたのは、彼が赤化した故郷ルーマニアから逃れてウィーンに身を寄せた戦後間もないころだった。相手の詩を自作に織りこみあうほどの熱愛ぶりをみせるが、ホロコーストという十字架がお互いの肩に重くのしかかる。何げない言葉にツェランの神経はささくれ立ち、誤解が誤解を招く。ツェランがパリに出て結婚する五二年、いったん関係に終止符が打たれるものの、ナチの迫害妄想に苦しむ彼に彼女が救いの手を差し伸べるうちに焼けぼっくいに火がつく。しかしこれも長続きはせず、五八年に見込みのない恋は終息してしまう。

失恋の直後、言い寄るフリッシュにすがって同棲したのが身のあだとなる。妻子と別れて結婚を申しこむ誠実さをみせた彼だったが、古い家庭観を嫌い自由奔放に生きる彼女とうまくいくはずもなかった。文名を高めていく彼女に暗い嫉妬の炎を燃やすうちに、とうとう彼はやってはならぬことに手を染める。彼女宛の私信を盗み読み、二人の仲をモデルに小説『我が名はガンテンバイン』を六四年に発表したのだ。七〇年、深い心の痛手にもがき苦しむ彼女のもとに届いたツェラン自殺の悲報が追い打ちをかける。

二重の喪失を克服できなかったバッハマンも後を追うように七三年寝たばこの不始末で焼死する。死の代償が三角関係小説『マリーナ』(一九七一)である。他人の人生を単なる症例におとしめるフリッシュの犯罪を告発する一方で、ツェランの訃報に接して、命の危機にある王女が異国の男に助けられるという創作童話を挿入し、永遠の恋人に美しいオマージュを捧げた。二人の男との関係を怨念によらずに虚構の世界で清算したこの小説は、物語の可能性を根底から問い直す前衛性によって、二〇世紀文学の傑作として読み継がれることとなったのである。(山本浩司)

第5章

メディアと技芸（クンスト）

ベルリンのアレクサンダー広場にあるウーラーニア世界時計と，東ドイツが威信をかけて作ったテレビ塔（1969年完成）。テレビ塔は現在でも現役である

メディアとしてのベルリン

「メディア」という語は、現在、日常生活ではもっぱら「マスメディア」の意味で用いられ、マスコミュニケーションの仲立ちをする新聞・テレビ・雑誌・ラジオ・インターネットなどを指すことがほとんどである。だが、この語の基本的な意味に立ち返ってみると、さまざまなものにつながりをもたらすもの全般もまた「メディア」であることがわかる。歴史的、政治的、文化的な混沌と混乱のなかで発展、崩壊、復興を経験し、その記憶を蓄積し、さまざまなメッセージを発信し、人と人、モノとモノ、国と国を結びつけてきたベルリンという都市もまたメディアにほかならない。ただ、メディアとは媒介し、伝達し、保存するだけでなく、それ自体によって境界を画定するものであることも忘れてはならない。メディアは枠組みをつくり、共同体を構築し、その限りで共同体を内と外に分ける境界をつくり出すからである。ベルリンもまた、東西冷戦による分裂を象徴するメディアでもあった。

一六一八年に勃発したヨーロッパ初の国際戦争と呼ばれる三十年戦争によって、ベルリンの人口は半減したといわれている。フランスでは一六八五年にはナントの勅令が廃止され、新教徒ユグノーは信仰の自由を奪われて迫害された。これを受けて、プロイセンの選帝侯フリードリヒ・ヴィルヘルムはポツダムの勅令を発し、ユグノーを迎え入れ、避難場所とさまざまな特権を与えた。この勅令によりベルリンに六〇〇〇人近くのユグノーが移住し、高度な技術を伝え、当市の発展に大いに寄与することになった。ベルリンという都市がプロイセンとフランスを媒介した歴史的な出来事と呼べる。

黄金の二〇年代

ベルリンはロンドン、パリ、ウィーン、プラハなどのヨーロッパの大都市と比べて歴史は浅く、「古都」という美称がつけられたことはなかった。また、ドレスデン、ミュンヘン、ケルン、ニュルンベルクなどといったドイツのほかの都市とも異なり、「保存に値する美しい都市」であったこともない。ベルリンは建築的にも一九世紀と二〇世紀の都市であった。だが、その歴史の浅さが文化の繁栄をもたらした一要因でもあった。両大戦間のベルリンは、文化的にはしばしば「黄金の」と形容される一九二〇年代の隆盛を経験した。この一九二〇年代には、人口は二〇〇万人弱から一気にその倍の四〇〇万人以上に膨れあがった。この急激な人口増加ゆえに、ベルリンは政治的にも経済的にも安定を欠く一方で、コスモポリタン的な開かれた精神空間をも用意して、バウハウス、ダダ、アヴァンギャルド、モデルネなどの実験的芸術活動を寛容に受け入れることができた。このように、当時のベルリンが、自由な活動を開花させ「新しさ」を世界に発信するメディア都市たりえたのは、既成の伝統的、歴史的、文化的規範が弱かったことによる。歴史的アイデンティティの欠如をみずからのアイデンティティとする逆説的なありようにおいて、「黄金の二〇年代」を実現したベルリンは、だが、モラルの「真空」都市でもあった。エーリヒ・ケストナーは小説『ファービアン』（一九三一）において、主人公ファービアンに次のように語らせ、ナチスが政権を掌握する少し前のベルリンの退廃した雰囲気をシニカルに描き出している。

住人に関していえば、この都市は昔から精神病院のようなものだ。東には犯罪が、中心には詐欺が、北には貧困が、西には猥褻が居住している。ありとあらゆる方向に没落が住んでいるのだ。

モラルの真空地帯ベルリンは、不穏な空気をはらみ、ナチス時代を経て敗戦による崩壊への道を辿っていった。

東西ベルリン

第二次世界大戦後、ドイツは米・英・仏・ソの四か国に分割統治され、一九四九年、ドイツ連邦共和国とドイツ民主共和国が相次いで建国された。ベルリンは東ドイツ領内に位置し、みずからも東西に分割され、西ドイツの飛び地ができた。西ドイツは一九五七年、ベルリンが将来、統一ドイツの首都となるべき都市であることを宣伝するため、首都ベルリンを想定した国際設計競技をおこなった。一九六一年、東ドイツ政府が西ベルリンへの人口流出を阻止すべく、西ベルリンを壁で囲いこみ、自由な行き来を強制的に遮断した結果、西ベルリンは東ドイツの真んなかに浮かぶ陸の孤島となった。こうしてベルリンは冷戦の最前線となり、東の社会主義諸国に対する資本主義のショーウィンドーたるべく、その存在を強烈に発信し続けた。冷戦時代のベルリンは、東西の分裂を象徴すると同時に東西ドイツの将来的統一の可能性を象徴する都市として、媒介と切断の役割をはたすメディアにほかならなかったのである。その後、ベルリンの壁は一九八九年に壊され、一九九〇年に東西ドイツが統一、その翌年に首都機能もベルリンに移転した。「欧州最大の建設現場」となったベルリンは新たな「復興」を遂げた。現在もまだ、ベルリンの「再」建設は終わっていない。これからも都市のあり方を発信する都市として、ベルリンはメディアであり続けるであろう。

（畠山　寛）

34

中世——声と文字の紡ぐ多様な文芸世界

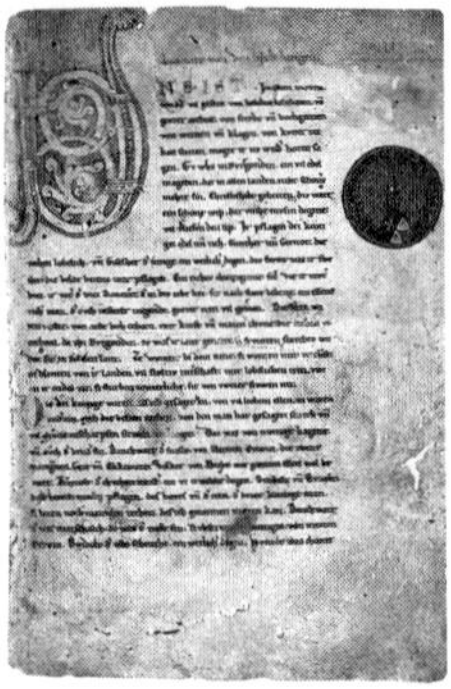

図１　『ニーベルンゲンの歌』写本Ｃ冒頭

我々のもとに古からの数々の物語に語られ伝わる多くの類稀なること——天晴な勇士たちのこと，大いなる苦難のこと，喜びや宴のこと，涙や嘆きのこと，雄々しい勇士たちの戦うさまなど，これより類稀なること，あなた方に語って聞かせることといたしましょう。
（『ニーベルンゲンの歌』冒頭部より）

中世ドイツ文芸の背景

文芸作品にふれるという場合、現代のわれわれはたいてい本を黙読するというスタイルを思い浮かべる。この受容形態は、受容者が文字を読む能力を有していること、作品を伝える媒体の大量生産が可能なことを前提とするが、これらの条件は中世ドイツにおいては自明ではなかった。当時高位貴族にいたるまで世俗の者たちの大多数は文字の読み書きができず、その技能を有していたのは修道院や司教座教会付属学校で学んだものに限られていた。また、印刷技術↓35が発明される以前文書はすべて手書きであり、そのため教会↓6組織が文字の文化を専有していた。「書かれた」文芸といえば、ほぼ一義的に教会の公用語であるラテン語↓1によるものを意味したのである。俗語での文芸創作は文字を用いない、声の文化の領域でおこなわれていた。

しかし一二世紀半ばから、世俗諸侯の宮廷に尚書局が設置され始めたことにより、俗語による「書かれた」文芸創作の環境が整う。世俗諸侯は詩人を宮廷に招聘し、詩作に必要な条件を整えるパトロンとして文芸活動にかかわった。詩作は与えられた異国語による原典の翻案という形をとり、詩人にとっては原典をいかに解釈し語るかが重要であった。また前述の識字状況を反映し、書かれた形で成立した作品でも、「語る／歌う」のを「聞く」↓36という形で受容されたのも中世文芸の特徴である。

図2　ハルトマン・フォン・アウエ

ケルト起源、フランス経由――宮廷叙事詩

中世ドイツ叙事文芸では、文化先進地域であったフランス語圏で「書かれた」作品の翻案が主流をなした。なかでも人気を博したのが、ケルトの伝説にルーツをもつアーサー王と円卓の騎士の物語やトリスタンとイゾルデの恋、聖杯伝説などを扱った作品群である。宮廷社会とその規範を背景とし、騎士とはいかにあるべきかという問題、すなわち騎士道を主題としたこの文芸を宮廷叙事詩と呼ぶ。

ドイツ語圏にはじめて「アーサー王もの」を導入したのは、自らを「学識ある騎士」と呼ぶハルトマン・フォン・アウエ（?–1210/20?）である。彼は長編叙事詩『エーレク』（一一八〇―九〇ころ）および『イーヴェイン』（一一九〇―一二〇〇ころ）において、前者では妻との愛欲に溺れ、また後者では騎士の冒険のために妻を蔑ろにして宮廷での名誉を失った主人公が、再び騎士の理想と使命を認識する過程を描き出す。ヴォルフラム・フォン・エッシェンバハ（1160/80?–1220?）の『パルチヴァール』（一二〇〇―一〇ころ）は、アーサー王伝説と聖杯伝説を融合することで騎士社会と神の国の調和を主題化し、騎士道を宗教的に深化させている。騎士階級の没落とともに宮廷叙事詩は同時代的アクチュアリティを喪失し、中世後期にはその役割を終えたが、そこで育まれた騎士道は、時代や地域を越えて理解されうる、普遍的な文化概念となっている。

男女間の「愛」に焦点を当てた作品を著したのが、ゴットフリート・フォン・シュトラースブルク（?–1220?）である。彼は『トリスタン』（一二一〇ころ）で、騎士に求められる「宮廷性」をみな備える主人公トリスタンと恋人イゾルデの悲恋を描く。生命すらも投げ打つような彼らの恋愛には、今日まで続く西洋的恋愛観の端緒をみることができるだろう。

騎士はかなわぬ恋を歌う――ミンネザング

宮廷での集まりや宴に際して歌われた、「愛（ミンネ）」を主題とし、宮廷における恋愛と騎士の自意識を結びつける役割を担ったジャンルが、ミンネザング（恋愛抒情詩）である。ドイツ語圏初期のミンネザングはオーストリア・ドナウ河流域↓2を中心とし、独自の形式を発展させたが、ライン河畔の宮廷に創作の中心が移ると、一二世紀初頭に南仏で「至純の愛」として生まれ、北仏で「宮廷風恋愛」として理論化されてきた恋愛概念の影響を強く受けることとなる。

ドイツ語圏では「高きミンネ」として歌われたこの恋愛概念の中心をなしているのは、身分の高い貴婦人に対する報われぬことを承知した奉仕であり、恋する騎士はその苦しみに身をやつすことで己を高めるという構図をもつ。ただしこの恋愛は一種のロールプレイであり、そこで表現される婦人奉仕とは、封建制度における主君と臣下の関係のアナロジーであった。一方、手の届かない存在ではなく市井の少女を恋の対象として、より人間の自然な感情に重きを置いた「低きミンネ」を歌い、「高きミンネ」概念の克服を試みたのがヴァルター・フォン・デア・フォーゲルヴァイデ（1170?–1230?）である。

宮廷叙事詩がまず「書かれた」作品として成立し、そののちに朗読されたのに対し、ミンネザングは聴衆を前に「歌われる」なかで成立した、声の文芸であった。

図3　ヴァルター・フォン・デア・フォーゲルヴァイデ

図４　フリッツ・ラング『ニーベルンゲン』より

声から文字へ、そして声へ——共同体の記憶、英雄叙事詩

フランス文化の強い影響下にあった中世ドイツ文芸のなかでひときわ異彩を放つのが、民族大移動期から口伝されてきたゲルマン英雄伝説を素材とする、英雄叙事詩と呼ばれるジャンルである。英雄伝説とは、声の文化の領域では「過去」の記憶を語るものとしてとらえられており、それを聞くことは、自らの属する共同体の歴史を知り、それを通して自己のアイデンティティを確認することを意味していた。そうした伝説を「書かれた」作品へと結実させた英雄叙事詩の多くは、口承文芸の様式を模倣している。そのため、英雄叙事詩は受容に際し、耳を傾けるものにあたかも口伝されてきた物語のように響いたと考えられる。

　このジャンルの代表作が、一三世紀初頭に詩作された『ニーベルンゲンの歌』である。英雄ジークフリートの死とその妻クリエムヒルトの復讐、それによるブルグント族の滅亡を謡う壮絶な物語は、中世文芸の枠を超えて、近世以降のドイツ文化に大きな影響を与えた。↓42ワーグナーによる楽劇『ニーベルングの指環』↓40（一八七六初演）や、フリッツ・ラングによる映画『ニーベルンゲン』（一九二四）など、その影響下にある作品は枚挙にいとまがない。劇作家、ハイナー・ミュラー↓38（1929–95）は『ゲルマーニア　ベルリンの死』（一九五六／七一）でニーベルンゲンの勇士たちが出口のない状況で殺戮をくり返すさまを描く。「ドイツではいまだにニーベルンゲンが演じられている」との彼の言葉は、『ニーベルンゲンの歌』という作品のもつ超時代性の一端を示している。

（山本　潤）

35

書物——ヨーロッパを分裂させ、結びつけた発明

図1　ヨハネス・グーテンベルク。16世紀末の銅版画

図2　グーテンベルクの『四十二行聖書』

グーテンベルク

日本には、丸善が一九八七年に五三九万ドル（当時七億八〇〇〇万円）で落札し、その後、慶應義塾大学が購入した聖書がある。グーテンベルクが一四五五年完成させた、世にいう『四十二行聖書』である。グーテンベルクといえば、ヨーロッパに中世から近代へと時代の変革をもたらした三大発明のひとつである活版印刷術を発明した者として有名である。

グーテンベルクはマインツに一四〇〇年前後に生まれ、一四六八年同地で没した。正確な生年がわからないだけではなく、かれの人生には不明な点が多々ある。だが、かれが発明した活版印刷術が世に与えた影響力の大きさだけはまぎれもない。活版印刷術が発明される以前、書物はすべて筆写生の手で写されていた。当然、写し損じもあれば、恣意的な書き換えもあり、まったく同一の書物は存在していなかった。活版印刷術によって書物の大量生産が可能となり、知識の共有も容易となって、コミュニケーション革命がもたらされた。活版印刷は、まちがいなく、人類への最大級の贈り物であった。

グーテンベルク↓1は活版印刷術を用いてカレンダーを最初に製作し、その後ラテン語の教本を製作した。共同出資者のヨハン・フストから莫大な借金をして始めた印刷事業だったため、確実に利益が見込めるものから印刷を始めなければならなかっ

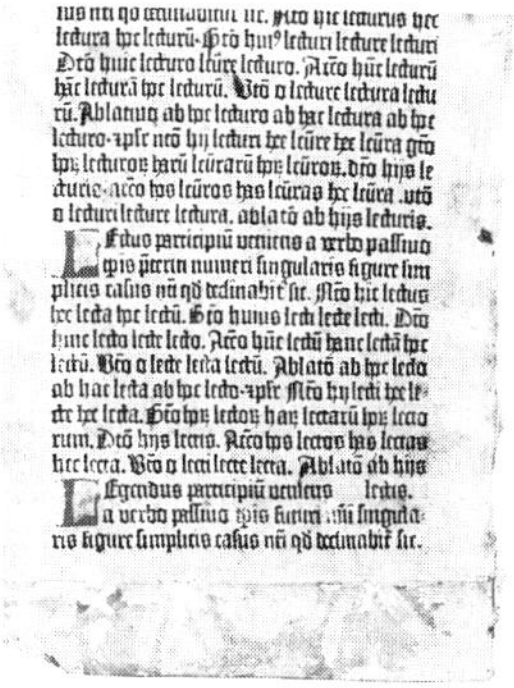
図3　ラテン語の教科書『ドナトゥス教本』

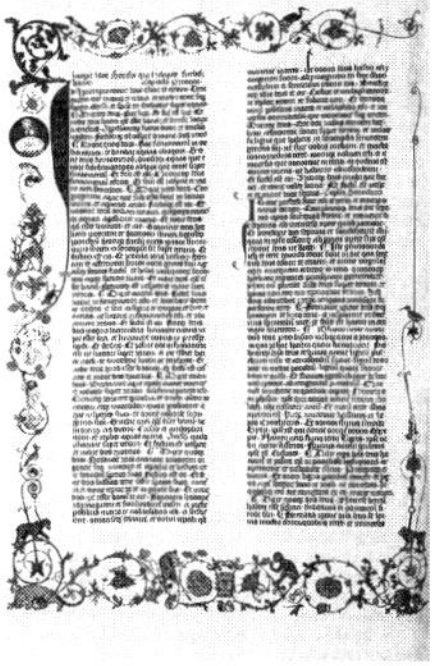
図4　1450年ごろの『聖書』写本

図5　グーテンベルク時代の活版印刷機の復元

たのである。活版印刷には、活字、印刷機、インク、植字などの準備や、複雑な技術が必要で、実際に書物を販売して利益を得るまでには、かなりの時間がかかった。また、出版には、あらかじめ顧客を確保するための宣伝活動も必要であった。もちろん、グーテンベルクはそれを一人でおこなったのではなく、多くの人を雇ってもいた。かれは書物の流通に資本主義的な近代的経済システムも導入したのである。

グーテンベルクは自らの活版印刷技術に対する自信を深めたところで、聖書の印刷に取りかかった。それが、世界で最も美しい本のひとつといわれている、『四十二行聖書』である。ところが、完成を間近にしてフストに足元をすくわれる。借金の返済が期日どおりにおこなわれていないと訴えられ、敗訴したのである。その結果、グーテンベルクは印刷機器だけではなく、印刷が完了していた『聖書』をもフストに渡さなければならなかった。その後、工房はフストらが共同経営し、グーテンベルクは、手元に残された、小規模な印刷所で印刷業務を続けることになった。

宗教改革

活版印刷術は同じ書物、印刷物を一度に大量につくり出すことができ、遠方まで同じ情報を伝える力をもち、いわば人と人とをつなげる力をもっていた。しかし、逆に、当時のキリスト教世界ヨーロッパ↓6に決定的な分裂をもたらす運動、すなわち宗教改革を担うことにもなった。印刷術はカトリック教会の基盤を大きく揺さぶり、キリスト教↓1・6・20・54によって統一されていた西ヨーロッパは分裂するにいたる。

ルター（1483-1546）が一五一七年にヴィッテンベルクで宗教改革ののろしをあげ

図6　活版印刷所

活版印刷の大きな恩恵は言葉では言い表すことができない。活版印刷によって聖書はあらゆる人々の口と言語に開かれ，広まり，あらゆる芸術や学問は保存され，増加し，私たちの子孫に受け継がれるのです。
（マルティン・ルター）

てから、一五二一年までには、ルターの著作は五〇万部が流通していたようであった。聖書の翻訳版は一五二三年には五〇〇〇部、その一五年後には二〇万部が刷られた。活版印刷術が発明されなければ、このようにルターの思想が短期間に普及することは不可能であった。プロテスタント側が積極的に布教を目的として印刷術を活用したのに対し、カトリックは新版の聖書を認めず、禁書目録を作成して、信徒の読書に制限を加えた。プロテスタントがカトリックよりも近代化の推進に貢献したといわれるゆえんである。

また、典礼や教会法に関する文書の複製は、活版印刷術の発明を境に、聖職者による筆写から世俗商人による利潤追求型の活版印刷へと移っていった。これにより、国家権力がローマ教皇の支配から脱することもできた。印刷術の情報伝達の力は、皮肉にも西ヨーロッパの分裂をもたらすとともに、新しい国家感情の芽生えをうながし、ヨーロッパの「近代」の誕生を用意したのである。

焚書

「本が焼かれるところでは、最後には人間も焼かれる」とは、ドイツの詩人ハインリヒ・ハイネ↓2・10（1797–1856）の言葉である。一九三三年ベルリンの「焚書広場」（現在のベーベル広場）では、ナチスによって「非ドイツ的」とされた二万五〇〇〇冊もの書物が突撃隊によって焼かれた。その広場には四万人もの群衆が押しかけて焚書の儀式に酔い痴れた。ハイネの予言は不幸にも的中し、ナチスが後に六〇〇万人ともいわれるユダヤ人↓8をガス室で殺害し、焼いたことは知られている。

図7　1949年にフランクフルトでおこなわれた第1回書籍見本市のポスター

ブックフェア

ドイツでは五〇〇年以上の伝統をもつ書籍見本市が、毎年一〇月にフランクフルトで開催されている。フランクフルトはグーテンベルクが活版印刷を創始したマインツからは数キロしか離れておらず、ここでグーテンベルクと一緒に印刷業を営んでいたフストやペーター・シェッファーなどが見本市で出版物を展示したのが、その始まりといわれている。この見本市は一七世紀後半までヨーロッパ最大のものであったが、啓蒙主義↓28の時代にはライプツィヒ↓5にその座を譲り渡した。この見本市は、第二次世界大戦後、ドイツが東西に分かれたため、再び催されることとなった。二〇一〇年以降は、毎年世界各国から二八万人近くの関係者が訪れ、出版社や書店関係者などが、版権などに関して交渉をおこなっている。この見本市では一九八六年から、特定の国や地方をその年のテーマとして定め、朗読会↓36などのイベントをおこなっている。また、二〇〇七年から、ドイツ・コスプレ大会もおこなわれ、多くの若者が日本のマンガのキャラクターに扮し、衣装の出来映えなどを競っている。

現在ドイツでは、フランクフルトと並んで、毎年三月にライプツィヒでも大きな書籍見本市が開催されている。ここの見本市の特徴は、フランクフルトとは異なり、一般人を対象としており、多くの人が作者と触れ合える場が設けられていることにある。また、ここでは一九六三年以来、「世界で最も美しい本」コンテストがおこなわれ、「金の活字賞」が授与される。二〇一三年度には三二の国や地域から五七五冊もの本が出品された。この賞は、ドイツでものづくりに対する情熱が現在も非常に強いことを表しているといえよう。

（畠山　寛）

図１　宗教改革時に配られたパンフレットの表紙

36 朗読——響く声、耳を澄ます人々

読書における身体性、ジェンダー

同じ読書でも黙読と朗読ではその仕方が大きく異なるが、後者の特徴はなんといってもその身体性にあるだろう。声を記録、再生、伝達するメディアがなかった時代の朗読は、朗読者がその場に居合わせることを、またその声が響き渡るところであれば誰しもが聞き手になれることを意味していた。朗読が感覚的で共同体的、現前的（いま・ここ）といわれるゆえんである。読書といえば読み聞かせであった時代は、読まれるテクストの文体も話し言葉に近いものであったろう。中世ドイツ文学は口承性と書記性の狭間に位置していたといわれる↓34。一六世紀の宗教改革時に民衆の間に出回った印刷ビラや小冊子↓35のなかには、演説や説教を基調にしており、書かれたテクストというよりは口頭発表の原稿に類似するものもあった。

ドイツで識字率が急速に上昇し出版物も飛躍的に増加する一八世紀末、黙読が↓24人々に浸透する過程で朗読は新たな次元を獲得する。このころからヘルダー↓2・22（1744–1803）による民謡の評価に触発されて、アルニム↓22（1781–1831）やブレンターノ↓22（1778–1842）、グリム兄弟↓22（兄 1785–1863, 弟 1786–1859）などの作家や学者がメルヒエンなどの口承文芸を蒐集、編纂し、本として出版するようになった。いまや読者は活字のなかに、失われつつある声の文化に息づく声を見いだしたのだ。朗読の内面化といえようか。一方でハイネ↓10・35（1797–1856）の「ローレライ」↓2（一八二四）など、

図2　縫物中の女性に朗読する女性

のちに曲が付されて今日まで歌い継がれている民謡調の詩も少なくない。敬虔主義[6]の強い影響を受けて開花したドイツ古典主義[24]・ロマン主義[29]文学では聴覚も重要視されたが、その作品は音楽家にインスピレーションを与えていた。

近代市民社会の一部に組みこまれた朗読とジェンダーの結びつきも強調しておこう。良妻賢母の理想[12]が掲げられた一九世紀、家庭で子どもや女たちに物語を読み聞かせるのは女性であった。男性はというと、詩人、すなわち書く者としての朗読者であった。E・T・A・ホフマン[2・29]（1776–1822）の『砂男』（一八一六）には、そうした状況が皮肉を込めて描かれている。下手な自作の文学作品を倦むことなく読んで聞かせるのは主人公の大学生ナタナエルで、その知的な恋人クララの方は、あくびをこらえながら聞き役に徹している。

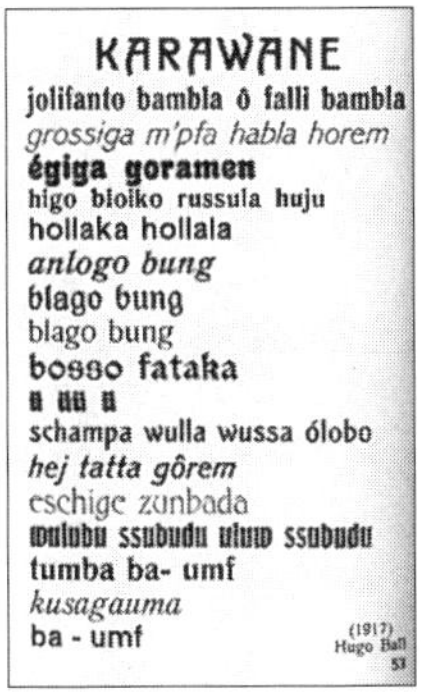

図3　H. バル「キャラバン」(1916)

語られる言葉の再発見

一九世紀後半から二〇世紀初頭にかけての電話や蓄音機、レコード、ラジオといった音声メディアの登場は、文字は静かに読まれるだけではなく声に出されるものでもあることの再認識を促し、黙読を前提とした書き方から朗読あるいは演出やパフォーマンスを前提としたそれへとテクストの「内容」も変化させた。もっとも過激かつ単純明快にそれを示したのがダダイストによる音声詩であろう。例えば言語をいったん意味から切り離し、その最小単位を単語ではなく母音や子音といった音に見いだしたフーゴー・バル（1886–1927）の「キャラバン」（一九一六）を声に出して読んでみれば、言語と音楽の境界線がいかに曖昧なものかがわかる。

ドイツでいち早く一九二四年にベルリンで定時放送をスタートさせたラジオは、のちにオーディオドラマというジャンルへと結晶していく異種雑多な実験的作品を早くから誕生せしめた。ラジオがコンサート↓39や演劇↓38の中継といった伝達機能に終始することなく創造的メディアになるためにはどんな音や声、ドラマトゥルギーが必要か。機械的に加工した音や声、外界の雑音にはどんな効果があるのか。ラジオの切り拓く時空間とは、そのもとで生じる聞き手の新たな認識とは——。未来のラジオ芸術の可能性を巡ってなされた当時の熱い議論に、ベルトルト・ブレヒト↓33・38（1898–1956）やアルフレート・デーブリーン↓52（1878–1957）といった作家のみならず、クルト・ヴァイル↓38（1900–50）やパウル・ヒンデミット（1895–1963）などの音楽家も名を連ねたのは当然だ。マイクによって拾われてモンタージュされる、もはや物質や身体とは結びつかないあらゆる音や声が、意味をもった言語にも、リズムやメロディをともなった音楽にもなることに人々は気づいたからである。

作家と朗読、オーディオブック

ドイツにおける朗読と文学の深いつながりは、第二次世界大戦後の文学活動にも現れている。ノーベル文学賞作家のハインリヒ・ベル（1917–85）やギュンター・グラス（1927– ）もかつてそのメンバーであった、戦後ドイツ文学の一世を風靡した新鋭作家たちによる文学サークル、四七年グループの集まり（一九四七—六七）では、作家が「電気椅子」と呼ばれる席に座り、新作の一部の朗読がなされた。「電気椅子」の異名は、作家に許されたのは朗読するだけで、あとはひたすら聴衆の辛辣な

図4　さまざまなオーディオブック

批判に耐えねばならなかったからだとか。ラジオ受容全盛期の五〇年代には四七年グループの作家の多くがオーディオドラマの原稿を執筆したが、とりわけ『夢』（一九五一）をはじめとするギュンター・アイヒ（1907-72）の、語られる言葉に詩的世界の存在のよりどころを置いた作品群は、異彩を放っていた。主に公共放送協会の庇護のもとでこれまでに制作されてきた、聞き手の聞き方に反省を促すという意味で聴覚に批判的なオーディオドラマの数々は、現在CDなどのかたちで販売されており、少なからずの人々を魅了し続けている。

　作家による自作朗読会は今日にいたるまであちらこちらでなされているが、作品と作家のつながりがみえにくい本というメディアにおいて、声こそが唯一それを担保するかのようである。もっとも、声がつなぐのは朗読者と聞き手という方が適切であろう。人々の本離れに嘆くドイツ出版業界が期待を寄せるのは、ここ二〇年で急成長したオーディオブック市場であるが、古典的文学作品などは複数の朗読版が販売されている。同じクラシック音楽でも指揮者↓39によってその響きが異なるように、同じ文学作品でも、朗読者が違えばその解釈・読み方も異なるのだ。現在では文学作品のみならず、哲学などの学術書はもちろん実用書も含む、ありとあらゆる書籍の朗読版が市場に出回っているから驚きだが、これらの「本」の人気は、聴覚によるさまざまな読み方がドイツで支持されていることの証左であろう。あるときは美しい声を通して「軽い」内容の本に触れることでリラクゼーションを求める。またあるときは、抽象度の高い難解な文章のとっかかりを探るために、あえて書籍ではなく朗読版に耳を傾ける、といったように。

（小林和貴子）

37 ジャーナリズム――言論とメディア

図1　キオスクの新聞コーナー

新聞大国ドイツ

ドイツのキオスクで驚かされるのは、新聞の種類の圧倒的な豊富さである。『フランクフルター・アルゲマイネ』紙や『南ドイツ新聞』などの高級紙、『ハンデルスブラット』紙といった経済紙、さらにはセンセーショナルな見出しと写真で目を引くタブロイド紙『ビルト』など、メジャーな全国紙だけでも枚挙にいとまがない。そこに加わるのが、さまざまな都市名や地域名を冠した地方紙であり、ドイツ全土で三〇〇紙以上を数える。しかもドイツの新聞は、日本の新聞と比べるとおおむね分厚く、週末版の高級紙ともなると一〇〇ページを超える場合も珍しくない。中身の方も、単なる事実の羅列にとどまることなく、事件の背景についての鋭い分析や、情報量の多い解説、専門家へのインタビュー、多彩な執筆陣によるコラム、最新のオペラ演出や新作映画についての批評など、読み応えがある長文の記事が多く、執筆者の主観的な意見も包み隠されることなく表明される傾向が強い。文章にもユーモアや捻りがあって、読み物としての面白さも十分に意識されている。

さらに、ドイツの新聞を補足するメディアとして、『ディー・ツァイト』紙のような週刊紙や、『デア・シュピーゲル』誌や『フォークス』誌をはじめとするニュース週刊誌がある。なかでもヨーロッパ最大の発行部数をほこる『デア・シュピーゲル』誌は、硬派で進歩的な記事が売り物で、インテリ層を中心にドイツ語圏

図３　1759年11月10日付けの『国事と学術のためのベルリン・ニュース』

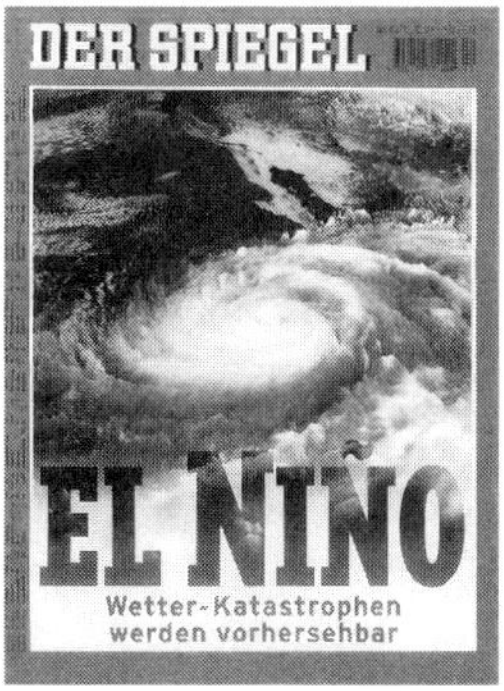

図２　『デア・シュピーゲル』誌

で広く読まれている。ドイツの新聞・雑誌の大きな特徴として、例えば『フランクフルター・アルゲマイネ』紙は保守的で、『南ドイツ新聞』はリベラルといったように、それぞれ明確な政治的カラーをもっていることがあげられる。とはいえ、一部のタブロイド紙を除けば、特定の方向に読者を扇動しようとするのではなく、読者がみずから考えるための素材を提供するというジャーナリズムとしての基本姿勢は一貫している。

新聞ジャーナリズムの成立と発展

ドイツにおける新聞の歴史は古く、一六世紀にはすでにさまざまな情報を記載したビラやパンフレットが「新聞（Zeitung）」という名称で印刷されていた。一七世紀初頭にはドイツ初の週刊新聞がアウクスブルクで創刊され、一六五〇年には世界最古の日刊新聞『アインコメンデ・ツァイトゥング』がライプツィヒで刊行、一七二〇年ごろより政府の告示や広告のための広報紙も普及していった。もっとも、こうした初期新聞はもっぱら事実報道や情報提供のためのものであったが、一八世紀半ばより、広報紙においても論説、文芸評論、対談、討論など、多様な記事が登場するようになる。また、一八世紀[↓28]は、イギリスの新聞をモデルとした政論新聞や、一般庶民向けの大衆新聞など、新しいタイプの新聞がドイツで次々と登場した時代であり、新聞での討論を通じて、社会哲学者ユルゲン・ハーバーマス（1929- ）のいう「市民的公共性」が徐々に形成されていった。

一九世紀に入ると、印刷技術の向上や、政治や社会の情勢にたいする人々の関心の高まりもあって、新聞の発行部数は飛躍的に増大する。しかし、その一方で、政府による検閲や弾圧がドイツのジャーナリズムの発展にとって大きな障害となっていた。一八四八年の三月革命をうけて、五〇年に「出版の自由」がはじめてプロイセン憲法で保証された↓10ものの、出版差し止めといったかたちの政治介入はつづき、一八七八年にビスマルクの主導によって社会主義鎮圧法が制定されると、政治言論に激しい出版弾圧が加えられた。とはいえ、それによって新聞メディアの勢いが抑制されたわけではない。一八八〇年代には、政治的中立をうたい、娯楽面やローカル面を重視した「総合広告紙（General-Anzeiger）」と呼ばれる種類の全国規模の商業紙が急速に発展、それに対抗するかたちで数多くの地域新聞が登場することによって、新聞の大衆化がいっそう進んだ。また、新聞の読者層の拡大にともなって、新聞社の寡占化の傾向が強まり、九〇年代にウルシュタイン、フーゲンベルク、モッセといった出版コンツェルンが成立。その後もそれぞれが書籍・雑誌・広告・映画など、他の分野やメディアを次々と吸収した。

　だが、一九三三年のヒトラー政権成立↓25とともに、ドイツの新聞界も「強制的同一↓10・化[43]（Gleichschaltung）」の圧力に晒される。共産主義・社会主義系の新聞はすべて発行停止となり、ユダヤ系↓8のジャーナリストは追放され、徹底した言論統制が課された。また、ナチス政府の指導のもとに新聞の統廃合が進められ、三三年に六八紙あった日刊紙は、四四年に一四紙にまで減った。

　一九四五年の終戦後↓5、ナチス時代の新聞はすべて廃刊とされた。英・米・仏・露に分かれた各占領地区では、当初は占領軍の機関紙として新聞づくりが再開され、

Ruhrgebiet: Sahara-Sand! Alle Autos gelb
„Mein Rat für Ihre Haut im Frühjahr"
Dienstag, 11. April 1989 · 50 Pf
Bild
Anne vor der Scheidung?
Daviscup in Dortmund
Der neue Gold-Regen
Die Mord-Schwestern
Über 200 Patienten umgebracht? ● Todesurteile beim Gläschen Wein ● „Mundpflege" hieß: Ertränken ● Sex mit Ärzten?
Nachrichten
Vanna – du mußt dich doch nicht schämen
Achtung, Mieter!
Endlich können Sie
Atom-U-Boot
Affen-Theater um

図4　『ビルト』紙。ドイツのイエロー・ジャーナリズム

しだいにドイツ人の手による新聞の発行が認められていった。そのなかで、一九五二年に『ビルト』紙を創刊し、大成功をおさめたアクセル・シュプリンガー（1912–85）は、他の新聞や雑誌を次々に買収、一時期は西ドイツの新聞の総発行部数の四〇パーセントをシュプリンガー傘下の新聞社が占めるまでになった。それにたいして、六八年の学生運動↓5・26では、保守・反共路線を掲げるシュプリンガー・コンツェルンがデモの攻撃目標とされ、政府の介入もあってシュプリンガー系のシェアは下がったが、現在でも『ビルト』紙などを通じてドイツの世論に強い影響を与えている。

インターネットの時代のジャーナリズム

近年インターネットが急速に普及するなかで、ドイツでも新聞・雑誌離れの傾向は否めない。新聞の購買者数と広告収入が年々減少していくなか、二〇一二年には日刊紙『フランクフルター・ルントシャウ』紙が破産申請し（発行は継続）、ドイツを代表する経済新聞『フィナンシャル・タイムズ・ドイッチュラント』紙も廃刊となった。また、『デア・シュピーゲル』誌の発行部数も、二〇〇一年に一四六万部という最高記録を達成するものの、その後は下落傾向がつづいている（二〇一三年は平均で八七万部）。無料のニュースをネットで斜め読みするだけで満足する人々が増えていくのにたいして、報道としての質を確保しつつ、インターネット配信なども含めて、いかに収益性のある新たなモデルを構築できるか——この課題は、ドイツの新聞社だけでなく、健全なジャーナリズムの存続にもかかわる喫緊の問題であるといえる。

（竹峰義和）

38

演劇——旅まわり一座の時代から現代の公共劇場制度まで

図１　ドイツ劇場（ハンブルク）

図２　ブルク劇場（ウィーン）

舞台芸術を支える公共劇場

ドイツの舞台芸術を成り立たせているのは、演劇やオペラ↓40を地方自治体が支える公共劇場制度である。ベルリンやミュンヘンなど大都市はもとより、中規模地方都市にはかならず街の中心に市立や州立の劇場があり、演出家や俳優、歌手を雇用し、日替わりでギリシア悲劇から現代劇までの多彩な演目を上演している。勇気を出して入ってみよう。劇場を運営する地方自治体から多額の地方税が投入されているため、チケット代は驚くほど安い。身体性を重視した俳優の演技はエネルギッシュで、客席は熱気に包まれる。演劇が市民生活のなかにしっかり根をおろしていることが実感される。

歴史をさかのぼると、ドイツは一七世紀に三十年戦争の戦場となって荒廃したため、文化は停滞した。すでにイギリスではシェイクスピアが活躍し、フランスでは古典主義演劇が確立されようとしているとき、ドイツでは旅まわり一座ぐらいしか存在しなかったほどだ。当時の状況は、演劇改革の夢を抱いて旅の一座に飛びこむ主人公の波乱万丈の青春を描いたヨハン・ヴォルフガング・フォン・ゲーテ（1749-1832）の長編小説『ヴィルヘルム・マイスターの修業時代』↓23・30・55（一七九五／九六）に詳しい。一八世紀後半に入って、ようやくハンブルク国民劇場やウィーンのブルク劇場など各地に劇場が生まれた。ゲーテ自身も一七九一年にヴァイマル宮廷劇場↓24

図3　ラインハルト演出『オイディプス王』

図4　ブレヒト作・演出『三文オペラ』

の劇場監督になり、遅れていた演劇の普及と発展に身を捧げた。

「演劇的なるもの」をめざして

市民生活に広く演劇が根づくのは、産業革命が人々の生活を変えた一九世紀後半以降である。この時期ドイツ社会は、貧富の格差の拡大をはじめとする近代化の矛盾に直面した。社会の矛盾を描くゲァハルト・ハウプトマン（1862-1946）らの自然主義が生まれるとともに、日本で今もたびたび翻訳上演されるノルウェー出身のヘンリク・イプセン（1828-1906）の戯曲が評判になる。人口集中が進んだベルリンやミュンヘンには多くの劇場ができ、演劇は市民の娯楽と教養を担い始めた。これらの劇場の多くは民営だったが、演劇が社会における文化的な存在意義を獲得する嚆矢となった。

二〇世紀に入ると、演劇的なるものをめざして斬新な試みをおこなう野心的な演劇人が輩出する。マックス・ラインハルト（1873-1943）は、ベルリン中心街のサーカス会場を三〇〇〇人もの観客を収容する大劇場に改築して、『オイディプス王』（一九一〇／一一）をはじめギリシア悲劇を演出した。彼は多彩な照明や群衆を使って大衆社会にふさわしいスペクタクル的効果を高め、舞台の魔術師と呼ばれた。エルヴィン・ピスカートア→33（1893-1966）は、当時の先端技術であった映画に着目した。左翼の活動家でもあった彼は、革命運動の映像を編集して舞台に投影したり、ベルトコンベアーのように動く装置に登場人物のフィギュアを置いて動かしたりして、進化する技術を舞台に取り入れ、ドキュメンタリー演劇の手法を開拓した。ベルトル

図5　シャウビューネ（ベルリン）

図6　ベルリナー・アンサンブル

ト・ブレヒト[33・36]（1898–1956）は作曲家クルト・ヴァイル[36]（1900–50）の作曲による音楽劇『三文オペラ』（一九二八）で大成功を収めた後、観客も舞台に参加する教育劇という上演スタイルを生み出し、右傾化する時代に対抗する左翼演劇の可能性を探った。

これらの斬新な試みは、ヒトラーが政権掌握した一九三三年以降中断してしまう。劇場は国有化され、ナチ党の宣伝のために使われてしまった。亡命[10]を余儀なくされた多数の演劇人がドイツに戻るのは、第二次世界大戦の敗戦後である。

東西分断と再統一後のドイツ演劇

米ソが対立する冷戦の影響下、ドイツは一九四九年に東西それぞれ別々の国家[5]として独立したため、演劇制度も東西で異なるものとなった。

西ドイツの劇場は地方自治体の運営する公共劇場として整備され、ベケットやイヨネスコらの不条理演劇や一九六〇年代の演劇革新運動などの国際的な潮流とともに発展した。とくにベルリンのシャウビューネを率いた演出家ペーター・シュタイン（1937– ）の演劇美学は、高度経済成長を達成し、豊かさを実感し始めた左派市民層の人々から支持された。また、ヴッパタール市立劇場を拠点に活躍した振付家ピナ・バウシュ（1940–2009）の、ダンスと演劇を融合したタンツテアターも世界的な注目を集めた。

東ドイツでは、亡命先から戻ったブレヒトが東ベルリンにベルリナー・アンサンブルを結成し、世界の演劇人に大きな影響を与えたが、ブレヒトの死後、一党独裁の共産主義政権は意欲的な演劇人の活動を抑圧した。ハイナー・ミュラー[34]（1929–

図８　実験的なプロジェクトで注目を集めるベルリンのハウアインス劇場

図７　フォルクスビューネ（ベルリン）

95）らが演劇活動をおこなえるようになったのは、一九八〇年代に入ってからである。ミュラーが演出した『ハムレット／マシーン』（一九九〇）は、東ドイツの終焉を描いた忘れがたい舞台として、多くの演劇人に語り継がれている。

一九九〇年に東西ドイツは再統一した。東ドイツの劇場は西ドイツの公共劇場制度に組みこまれて今日にいたっている。九〇年代のベルリンには、再統一直後のドイツ社会が抱えた矛盾をきびしく問う東ドイツ出身のフランク・カストルフ（1951- ）やアイナー・シュレーフ（1944-2001）ら個性的な演出家が活躍した。さらに、当時の混沌としたベルリンは創造活動を志す若手演劇人を惹きつけ、クリストフ・シュリンゲンジーフ（1960-2010）やルネ・ポレシュ（1962- ）らの新しい才能が開花し、二一世紀のドイツ演劇の担い手となった。

今日では世代交代が進むとともに、ヘルガルト・ハウク（1969- ）、ダニエル・ヴェッツェル（1969- ）、シュテファン・ケーギ（1972- ）が立ちあげたリミニ・プロトコルのように、「ポストドラマ演劇」という従来のドラマ演劇の枠にとらわれない活動をおこなうグループも登場している。彼ら若手も含めて、ドイツ語圏で活躍する演劇人には、市民の負託を受けて活動をしているという意識が強い。商業演劇とは異なり、病院や託児所↓12の運営に使われるかもしれない税金を使って演劇活動をおこなう彼らが、社会の抱える矛盾や問題を正面から見据えて広く議論の場に訴えようとするのは当然だろう。世界でも類をみない公共劇場制度が整備されたドイツでは、エンターテインメントとは一線を画したダイナミックな舞台表現が根づいている。

（新野守広）

図１　モーリッツ・フォン・シュヴィント画，『交響曲』（1852）。下部の胸像は19世紀に交響曲作曲家の権化として祀り上げられたベートーヴェン

39 ウィーン・フィルとベルリン・フィル――覇を競う好対照

一九世紀が生んだオーケストラ

ドレスデン（一五四八）、ライプツィヒ（一七四三）など、他のドイツ語圏諸都市の名門オーケストラと比較すると、本項が扱うふたつの楽団の起源はけっして古いものではない。ウィーン・フィルの創設は一八四二年、宮廷歌劇場の奏者を中心とする町の職業音楽家が集まり、作曲家オットー・ニコライの指揮下で演奏会を開いた時だった。一方ベルリン・フィルは一八八二年、当時市民の間で人気のあったビルゼ管弦楽団のメンバー五〇人が待遇や運営に不満と不安を抱いて脱退し、新たに独自の団体を立ち上げてできたものだ。もちろん旗揚げの時点で、その輝かしい未来と今に至る長い伝統の存続をあらかじめ予想した者はいなかっただろう。とはいえ、歴史の流れのなかにこれらの出来事をおくとき、今日の音楽界で隆盛を誇るふたつの代表的オーケストラがまさにこの時代、ドイツ語圏で結成されたことの必然性がみえてくる。

一八世紀末から次世紀のはじめにかけ、ハイドン、モーツァルト、ベートーヴェンら、いわゆる「ウィーン古典派」の作曲家たちが交響曲の伝統を確立し、市民階級の台頭とともに、音楽生活のあり方も変わってゆく。それまで演奏会の主な会場であった宮廷の大広間や貴族の邸宅に代わり、多数の聴衆を収容する専門のコンサートホールが造られ、楽器の編成も膨らんだ。また声楽や器楽の独奏を含む雑多なレパートリーで構成されていた一回の演目が、交響曲を柱とした統一性のあるものに整理される。両団体の創設はまさに、今日私たちがイメージするオーケストラ演奏会のかたちが整う時期にあたっていたのである。

ウィーン・フィルはそれまでコンサート専門のプロ・オーケストラが存在しなかったこの町で、高い技術と音楽性を要求するベートーヴェンらの交響曲を規範的に演奏したいという熱意と必要性から結成された。一方、ベルリン・フィルの成立も、ポピュラーな曲目で一般庶民に音楽の楽しさを伝え、広い人気を博したビルゼ管弦楽団が、古典派・ロマン派の重厚な作品をレパートリーの核にした本格派の演奏集団に変容してゆく過程としてとらえることができよう。

ドイツ語圏のふたつの文化

それはまた対ナポレオン戦争（一八〇三―一五）を機に国民意識が高まり、ドイツ帝国（一八七一）が成立するナショナリズムの時代[→21・22・23]に重なる。音楽の分野でも、それまで声楽曲を中心に優越を誇っていた先進国イタリアに対し、ウィーン古典派の器楽における輝かしい業績を盾に、ドイツ人が自らの優位を実感できるようになったのがこの時期だった。その流れで、両団体も自分たちこそドイツ音楽の伝統の担い手であるという矜持と使命感を育んだのだ。

とはいえ、同じドイツ語圏でありながら、両者はきわめて対照的だ。その違いは各自を生んだ都市の性格に由来する。さらにいえば、ドイツ統一[→2・7]の主権をめぐって覇を競ったふたつの大国、カトリック文化圏の伝統あるハプスブルク帝国とプロテ

図2　ウィーン楽友協会大ホール

スタント文化圏の新興軍事国家プロイセン王国の対立をそこにみてとることもできよう。あえて類型化するならば、かたやウィーン・フィルは土地伝来の楽器による伝統の雅な響きと、同じ音楽の土壌で育った楽員たちの息の合ったアンサンブルが持ち味であり、他方ベルリン・フィルは軍隊のような一糸乱れぬ規律と機能性を誇り、重心が低く、ほの暗い音色を醸す。もちろんこの数十年、オーケストラの響き自体が明るく現代的なものに変わり、女性や外国人を加えることで楽員構成にも変化が生じたが、それでも基本的なイメージは受け継がれている。これには本拠地となるホールの性格も影響しているだろう。絢爛豪華な黄金色の内装に目を奪われるウィーンの楽友協会大ホール（建築は一八七〇）は靴箱型の伝統的客席配置で、すべての楽器が混然一体となって響く。一方、ベルリンのフィルハーモニー・ホール（同一九六三）は「サーカス小屋」とも揶揄された超モダンな造りが特徴的で、扇状に広がるワインヤード型の構造により、分離のよい均質な響きを客席に届ける。加えて、歌劇場のオーケストラを母体とする前者と、純粋なコンサート・オーケストラである後者とでは、得意とするレパートリーにもさまざまな差が生じる。

このように対照的な両者だが、その違いゆえに、ライバルとなる互いの存在が自らの特色をよりいっそう引き立たせ、東西並び立つ両横綱のように、クラシック音楽全体の人気を高めるのに利してきたことも見逃せまい。

指揮者の時代

一九世紀は指揮者という職業の創始期にもあたる。オーケストラの編成が拡大す

図4　フィルハーモニー・ホールの舞台に立つカラヤンとベルリン・フィル

図3　ニューイヤー・コンサートでウィーン・フィルを指揮するロリン・マゼール（1980年代）

るとともに、アインザッツ（出だし）やテンポの指示を含め、楽員の意志を統率する専門職が必要となった。しかも、過去の作品が「古典」としてくり返し演奏されるようになるに従い、指揮者は作曲家自身に代わって作品を解釈し、それをオーケストラに指導し、伝えるという役割をも担うようになったのである。

両オーケストラの歴史も、彼らを率いる指揮者と切り離しては考えられない。指揮者にとって、両楽団への招聘が自らの音楽性を磨くと同時に名誉を高める絶好の機会であるのと同様、楽団の側にとっても、名指揮者を迎えることは自らの技術と音楽性を維持向上させ、一流オーケストラとしてのイメージを保つうえで、死活を握る必須条件なのだ。

自主運営の性格をより強く打ち出したウィーン・フィルは一九三三年以降、常任を置いていないが、それでもクレメンス・クラウス、カール・ベーム、レナード・バーンスタインら綺羅星のごとき音楽家を定期的に指揮台に迎え、密接な協力関係を築いてきた。一方、ベルリン・フィルの輝かしい歩みには初代のハンス・フォン・ビューローから現在のサイモン・ラトルに至る六人の音楽監督の名が刻まれている。その間オーケストラも変貌を遂げたが、そこには指揮者の個性のみならず、時代の流れも映し出されている感がある。例えばフルトヴェングラーのデモーニッシュとも形容される暗くゲルマン的な音楽は戦前から戦中にかけてのドイツ精神の発揚と重なるし、カラヤンの流線型の音楽造りによる機能的で審美的な響きは戦後のドイツ経済の復興やレコード産業の発展、そしてアバド以降のインターナショナル化はベルリンの壁→5・27崩壊と結びつけて考えられるといった具合だ。

（山崎太郎）

40

バイロイト音楽祭——総合芸術の夢

図1　ルイ・ザウターによるバイロイトの祝祭劇場完成イメージ画。外壁の装飾，二つの噴水があるテラスなど，実際に完成した祝祭劇場にはない部分も描きこまれている

祝祭劇場の磁力

人口わずか数万人の田舎町バイロイトは毎年夏になると、世界中から押し寄せる熱狂的な音楽ファンで賑わい、ジャーナリズムの脚光を浴びる。その魅力の淵源はひとえに、作曲家リヒャルト・ワーグナー↓23（1813-83）の芸術と思想に求められよう。彼のライフワーク、『ニーベルングの指環』↓34四部作（以下『指環』）はゲルマン神話を下敷にしつつ、貨幣経済と物質文明に汚された近代社会を寓意的に批判する革命的作品だが、創作の途上、貴族や上流市民の社交と娯楽の場に堕した大都市の歌劇場は自作の上演にふさわしくないという思いが作者の胸に募っていったのだった。その結果、都会から離れた土地で、通常の歌劇場のシーズン・オフにあたる夏に、熱意ある歌手と奏者を募り、周到な練習を重ねて、理想の上演を追求するという、今日世界に普及した音楽祭の先駆けとなる構想が生まれる。この地に集う聴衆も日々の雑事に煩わされることなく、もっぱら芸術作品を味わうことに精神を集中するというわけだ。

見果てぬ夢にも思えた壮大な計画は紆余曲折を経て、バイロイトの地に結実した。市の協力と生涯最大のパトロンであるバイエルン王ルートヴィヒ二世↓23の援助を得たワーグナーは、ここに自作専用の劇場を建て、一八七六年、自らの演出により『指環』全曲の初演を挙行したのである。作曲家の生前、音楽祭はもう一度開かれるの

図2　オーケストラ・ピット内部。クルト・アルブレヒトによる水彩画（1927）

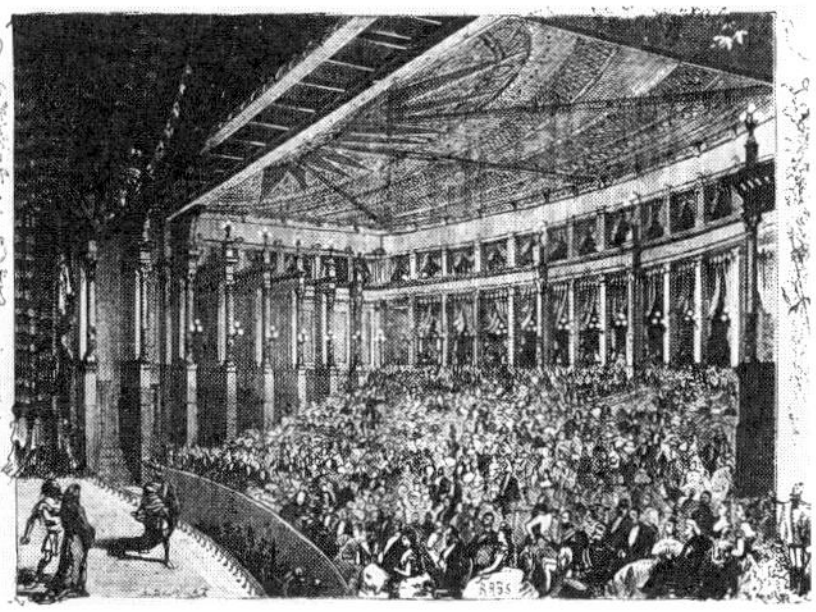

図3　1876年の『ラインの黄金』上演の光景。ルートヴィヒ・ベヒシュタイン画

みにとどまったが、その死後、未亡人コジマが主宰者となり、やがて夏の開催が定例化する。そしてワーグナーの遺族による運営という形態は、彼の作品に特化した演目ともども、今日まで受け継がれるのである。

とりわけワーグナー自身のプランにもとづく祝祭劇場には彼の芸術理念の結晶をみることができよう。華美な装飾や壮大な外観を排した簡素な木造建築。どこからも平等に舞台が見渡せる半円型の客席空間。オーケストラ・ピットには蓋がかぶせられ、聴衆の視線は指揮者や奏者の姿に遮られることなく、おのずと舞台上の幻想的な情景に注がれる。音響効果も特筆すべきだ。個々の楽器は絶妙に溶け合い、一体化した深みのある響きとなって、「神秘の奈落」とも形容されるピットから立ちのぼる。歌手の喉の妙技に終始する旧来のオペラを否定し、総合芸術としてのドラマを希求したワーグナーその人の思いが、ここにはまさにかたちとなって生きている。

ドイツ史の舞台

ところで音楽祭の正式名称は「祝祭（Festspiele）」であり、ワーグナーが自らのモデルに想定したのは、ポリスの市民が年に一度野外劇場に集う古代ギリシアの演劇祭だった。彼によれば、この行事には政治的かつ宗教的な意味合いが込められていた。人々は民族の神話に題材をとった悲劇を鑑賞することで、自らの起源と本性を再認識し、集団的な陶酔のうちに市民としての連帯を確認しあう。言い換えるならば、芸術作品は生の意味と社会のありようを根本から問い直すことで、人々を衝

図4　祝祭劇場の窓から群集の歓呼に応えるヒトラー

図5　ヴィーラント・ワーグナー演出『ニュルンベルクのマイスタージンガー』第2幕

き動かす力をもつということになろう。『指環』の創作と祝祭上演はまさに、こうした思いの結晶だった。だが皮肉な結果として、バイロイトは政治と歴史の荒波に翻弄されてゆく。とりわけワーグナー自身の思想が晩年、反ユダヤ[↓8]をはじめとする民族主義的方向に傾いていったこともあり、彼の死後、祝祭劇場はドイツ保守主義の牙城とみなされるようになった。

そこに惹き寄せられ、バイロイトと親密な関係を築いたのがヒトラー[↓25]だった。青年時代からワーグナー芸術の崇拝者だった彼は、政権掌握後、祝祭を手厚く庇護、毎年夏には鉤十字の旗が翻るなか、民衆の歓呼の声に迎えられて、劇場に入ってゆく総統の姿がニュース映画に流れるようになる。財政の逼迫した戦時中も祝祭は彼の命により開かれ、四三年と四四年にはもっぱら傷痍軍人や軍需産業労働者、看護婦らを無料招待して、幕切れで主人公がドイツ芸術の不滅を謳う『ニュルンベルクのマイスタージンガー』一演目が計二八回上演された。

新たな出発——神殿から工房へ

一九五一年、音楽祭はワーグナーの孫にあたるヴィーラントとヴォルフガングの手に運営が委ねられ、再出発する。彼らの課題は、ナチスによって傷ついたワーグナーの負のイメージを払拭し、かつての国際的名声を取り戻すことにあった。演出も自ら手がけた二人[↓3]はゲルマン的要素を一掃することで、それを成し遂げた。舞台上からはト書に書かれたドイツの森や中世[↓23・52]の街、古代の衣装などが消え、登場人物からも大げさな身ぶりが削ぎ落とされた。わけても、抽象的な装置と幽玄の趣で移

図6　シュテファン・ヘアハイム演出『パルジファル』。同演出第１幕の舞台は，この作品が成立した19世紀後半から第１次世界大戦にかけて。頭から生えた茨の棘によりキリストを彷彿とさせる聖杯王アムフォルタス，ドイツ帝国の象徴たる鷲の翼を生やしたクンドリー。そのほか少年たちのセーラー服，木馬など19世紀と結びついたアイテムが舞台にあふれる

ろう微細な照明によって音楽の心理的効果を最大限に引き出した兄ヴィーラントの演出は、新バイロイト様式として一世を風靡し、ワーグナーの芸術が持つ普遍性を世に再認識させたのである。

兄の死後、弟ヴォルフガングは外部から演出家を招く方向に舵を切る。一九七六年、音楽祭百周年に『指環』演出を任されたフランス人パトリス・シェローは神話の設定を近代社会に置き換えることで作品に潜在する社会批判的要素をストレートに打ち出した。ライン河↓2がダムになり、フロックコートを着た神々が舞台を闊歩する、この演劇的興趣に富んだプロダクションはその後の演出の流れを決定づけた観がある。

バイロイトは昔ながらの演出を保存する「博物館↓19」ではなく、常に新しい試みによって、作品の今に生きる意味を引き出す「実験工房」である。この精神は、すでに『指環』初演後にワーグナー自身が言ったとされる「来年はすべて新しいかたちでやってみよう」という言葉に権威づけられ、戦後のさまざまな演出に受け継がれながら、今に至っている。近年でも例えば、シュテファン・ヘアハイム演出の『パルジファル』（二〇〇八）では、なんと祝祭劇場とワーグナー家を舞台に、作品成立時から戦後に至るドイツの歴史が本来の筋進行と巧妙に重ねて辿られる。第二幕幕切れでは鉤十字の旗が翻る屋敷に爆弾が落ち、第三幕では焼け野原の情景のなかで劇場が再建されるといった具合で、バイロイトがドイツ近現代史の舞台であった事実を改めて認識させた。

（山崎太郎）

41

テクノ——闘争の音、ベルリンの壁

図1　ベルリンのクラブ“Berghain/Panorama Bar”。厳しいドア・ポリシーで知られる

デトロイト、マンチェスター、ベルリン

「ドイツ」と「テクノ」という組み合わせから、どんな音楽が思い浮かぶだろう？　ドイツが誇る電子音楽の系譜、例えばクラフトワーク（Kraftwerk）[→47]のようなシンセ・ポップ（テクノ・ポップ）バンドか、あるいは一九八〇年代末に登場したエレクトロ・ダンス・ミュージックの方だろうか、そう、「ドン・ドン・ドン・ドン」というあのリズムのことだ。この両者はまったく無関係というわけではないが、ここでは「テクノ・ポップ」とダンスミュージックの「テクノ」はそれぞれ別の音楽とご理解いただきたい。そしてここで話題にしたいのは後者の方だ。壁崩壊後のベルリンはテクノの一大拠点でもある。テクノは現在さまざまなスタイルに分化し、本来はR&Bやヒップホップからの影響も無視できないものの、ここでは一般的にテクノと呼ばれる音楽現象について、ドイツやベルリンの状況を中心にみてみることにしたい。

テクノ発祥の地は、自動車とモータウンレコードの街、アメリカのデトロイトということになっている。一九七〇年代末、デトロイト隣市のシカゴで、ラジオＤＪがドラムマシンとお気に入りのレコードを音源にＤＩＹ感覚の音楽をつくり始めた。この音楽は「ハウス（House）」と呼ばれ、まもなくデトロイトにも伝わった。ただ荒廃したアフリカ系住民の街デトロイトのＤＪたちは、マルコムＸなどに由来する

図２　ベルリンのクラブ“Watergate”の入口。その名の通りシュプレー川沿いにある

ＳＦ未来思想（アフロ・フューチャリズム）に深く傾倒し、また欧州発のエレクトロ系サウンドを音源に多用したことで、シカゴとは異なるテイストの音楽をつくり上げていた。そして一九八八年、この動きに目をつけたイギリスの大手レコード会社がこれらの音楽を編集盤にして販売し始める。Techno（テクノ）はそのプロセスのなかでハウスと区別し付けられたアルバムタイトルのひとつだ。そうしてテクノはハウス同様、ダンスミュージックの一ジャンルとして定着していく。

さらに同じく一九八八年ごろ、同じイギリスでもマンチェスター以北で、ハウスとテクノを融合させた「アシッドハウス」と呼ばれる音楽とともに、「セカンド・サマー・オブ・ラブ」という名のムーヴメントが発生した。若者たちは屋内のクラブ（ダンス・フロアー）を飛び出し、音楽とエクスタシー（ドラッグ）とアルコール片手に、屋外で「レイヴ（Rave）」と呼ばれる野外パーティーをくり広げた。このムーヴメントは次第に警察の追跡を免れなくなるが、音楽シーンそのものは世界各地に広がり、壁崩壊前夜のドイツで「ミニマル」や「トランス」などと呼ばれるジャンルを生み出した。これがわれわれの知る、ドイツのテクノの始まりである。

連帯するパーティー・ピープル

ベルリンでテクノが一大興隆をみたのは、壁崩壊[27]直後の東ベルリンに、テクノのパーティー[5]にうってつけの条件が揃っていたからだ。一九七五年以降、かつての東独政府は東ベルリン郊外に新たな団地群[51]を建設し、ベルリンの中央に位置するミッテ地区の住民をそちらに移住させ、ミッテの旧市街を社会主義的都市計画のスペー

図3　“Watergate”の面した河岸をオーバーバウム橋からみたところ

図4　ベルリンの老舗テクノ系レコードショップ“Hard Wax”のインストアイベントの様子

スとして確保した。しかし都市計画はまったく進行しないまま壁は崩壊し、ミッテには大量の廃墟が残された。そこにサブカルチャーの実験場が次々誕生したのである。とりわけテクノはマシンひとつで誰でもつくり手になれる音楽だ。ましてや周囲に住民がいないとなれば、深夜に音楽を大音量で楽しむという発想が生まれてもおかしくはない。さらにテクノの単調なループは空間に連帯感を生み出してくれる。こうしてテクノは東西[↓5]の若者を引き合わせる原動力となった。テクノのかかるクラブが各国でゲイカルチャーの拠点として成長していた経緯も、連帯と平等というドイツ再統一の気運や、自由を愛するベルリンの気質にマッチしたと考えられる。ベルリンに特有のテクノやクラブとの親和性は、冷戦の最前線として都市が向かい合った歴史、あるいはマージナルな存在に対する寛容性の証なのかもしれない。

そしてベルリンとテクノとの関わりについてはもちろん、「ラブ・パレード」の存在を抜きに語れない。ベルリン市内の六月一七日通りでは、一九九四年から二〇〇六年まで、毎年七月に一〇〇万もの人々が押し寄せる世界最大規模のレイヴがおこなわれていた。音楽の鳴り響く五〇台ものトレーラーと、その車上で露出過多ぎみの身体をみせびらかして踊る若者の姿は、ラブ・パレードにおなじみの光景だ。ただしイベント自体には次第に暗雲も立ちこめ、ついに二〇〇七年、大量のゴミと資金不足を理由に、ベルリン市当局は開催許可を出さなかった。それ以降は民間のプロモーターを擁し、一年ごとルール地方で開催地を変えながらおこなわれていたが、二〇一〇年にデュースブルクで二一人の死者と五〇〇人以上の負傷者を出す大惨事が起こって以来、ラブ・パレードは永久にお蔵入りとなってしまった。

図5　ベルリン・テクノの代表的存在クラブ“Tresor”のDJブース付近

図6　“Tresor”の最寄駅。地下鉄8号線ハインリヒ・ハイネ・シュトラーセ駅付近

パーティー・ピープルの憂鬱と闘い

クラブもまた安泰ではない。二〇〇〇年前後を境に、再開発の進むミッテでは多くのクラブが地価の高騰とともに次々と閉鎖に追い込まれた。また現在ベルリンで人気のクラブはクロイツベルクとフリードリヒスハインの地域に集中しているが、ここにも近年は再開発の波が押し寄せている。ドラッグの問題もある。若者が踊り続けるために薬物を摂取し、ドラッグ売買の場と化したクラブが金銭トラブルで閉鎖に追い込まれるのは、世界のいたるところで日常茶飯事らしい。

しかしそこでひるんだりしないのがベルリンだ。二〇〇〇年、ベルリンには「クラブ・コミッション（CC）」という機関が誕生した。CCはクラブという文化の意義を政治家やメディア、地域住民に説明するだけではなく、ドラッグや騒音の問題についても議論を重ねその解決を促すなど、内部の意識改革にも効果を発揮している。クラブ・ピープルがロビー団体をつくり、規制の厳格化に対抗する姿は、議論する文化の土壌をもつドイツならではの光景だろう。またクラブ目当てにベルリンを訪れる観光客は毎週一万人を超えるといわれ、その経済効果は政府や行政も認めている。クラブカルチャーを愛する人々が街じゅうを巻きこむこの努力こそ、ベルリンが今なおテクノの牙城として君臨する所以ではないだろうか。ベルリンのテクノ・シーンとは、市民自らの手により維持し続けられてきたものなのだ。そうである限り、ベルリンはこれからも輝かしいテクノの一大拠点であるに違いない。

（林志津江）

42

ベルリン映画祭——都市の歴史とともに

もうひとつの映画発祥の地

ベルリンと映画の結びつきは、映画の起源にまでさかのぼる。一般に映画のパイオニアとして広く知られているのは、一八九五年一二月二八日に「シネマトグラフ」と名づけられた発明をパリのグラン・カフェではじめて公開したリュミエール兄弟だが、彼らがリヨンで動く写真の実現に心血を注いでいたのとちょうど同じころ、ベルリン郊外のパンコーでも一組の兄弟が映画の発明に没頭していた。それがマックスとエミールのスクラダノフスキー兄弟である。彼らは「ビオスコープ」と呼ばれる独自の上映方式を発明し、バラエティ・ショーの芸人たちを使って最初の映画を撮影した。そして、その映画は、一八九五年一一月一日、当時ベルリンを代表するレビュー劇場であったヴィンターガルテンの出し物のひとつとして上映される。これは映画史上最初の有料上映とされている。しかしながら、ビオスコープは技術的に複雑であり、シネマトグラフの映像の滑らかさには太刀打ちできなかった。

こうしてスクラダノフスキー兄弟のビオスコープは敗れ去ったが、ベルリンと映画の結びつきは、その後も深まっていった。軍と産業界の協力のもと、一九一七年にベルリンに設立されたウーファ社は、一九二〇年代にはヨーロッパ映画産業の中心的存在へと成長した。エルンスト・ルビッチ、F・W・ムルナウ、フリッツ・ラング↓34などの映画監督はもちろん、才能豊かなカメラマンやセットデザイナーが結集

図１　ベルリン映画祭のメイン会場，ベルリナーレ・パラスト

し、革新的な映画作品を数多く生み出したベルリンは、映画都市としてその名を広く世界に知らしめたのである。一九三三年のナチによる権力奪取は多くのユダヤ系[↓8]映画人を亡命へと追いやったが[↓10]、ナチ体制下においても映画は重視され[↓21・25]、純然たるプロパガンダ映画だけではなく多くの娯楽映画が製作された。

東西冷戦から生まれた映画祭

一九五一年六月六日、第一回ベルリン映画祭が、西ベルリン、シュテーグリッツの映画館ティタ－ニア・パラストをメイン会場にして開幕した。一九四九年に東西ドイツが建国されて以来、東と西に分断されたベルリンは、冷戦を象徴する都市になっていた[↓5]。とりわけ西ベルリンは周囲を社会主義国家に囲まれた飛び地として、西側陣営にとって重要な意味を帯びることになった。ベルリン映画祭の誕生も、こうした冷戦の地政学と密接に結びついている。すなわち、ベルリン映画祭は、アメリカ軍政当局の発案によって、西側世界の経済的繁栄と文化的活力を東側世界に対して誇示するショーケースとして創設されたのである。

こうしたベルリン映画祭の成り立ちは、さまざまな面に現れていた。例えば、ベルリンの壁が建設される前までは、東ドイツ市民も映画祭参加作品を鑑賞できるように、東ベルリンとの国境近くにある映画館でも作品が上映されていた。また、第一回映画祭が六月に設定されたのも、東ベルリンでこの時期に社会主義諸国の若者が参加する一大イベント、世界青年祭典が予定されていたからであった（映画祭の会期は一九七八年から二月に変更される）。

図２　フォーラム部門のメイン会場，キノ・アルセナール

図３　映画祭のポスター。「ベルリナーレ」は映画祭公式のニックネーム

冷戦の影響がとくにはっきりしていたのは上映作品の選択であった。一九七〇年代のはじめまで、ベルリン、カンヌ、ヴェネチアのような国際映画祭では、個々の映画作品ではなく国が招待され、招待国の映画製作者連盟などが作品を選定して映画祭に送るのが通例であった。ベルリン映画祭では、この招待国の選択にあたって、ソヴィエト連邦をはじめとする社会主義諸国が排除されたのである。映画祭関係者の政治への働きかけが実り、ようやく最初のソ連映画がベルリン映画祭で上映されたのは、一九七四年のことであった。

新生ドイツの首都の祝祭へ

一九八九年のベルリンの壁の崩壊と翌年の東西ドイツの統一[↓27]は、ベルリン映画祭にも大きな変化をもたらした。冷戦の終焉によってベルリンは東・中欧と西欧の中間に位置し、両者が出会う場所となった。いまやベルリン映画祭は、東・中欧の映画を発見し、積極的に世界に紹介する役割をはたすことになったのである。また、一九九〇年にベルリンが統一ドイツの首都になったのにともない、ベルリン映画祭もまた、新生ドイツの首都の魅力を世界に発信する祝祭として再定義された。とりわけ二〇〇〇年五月にディレクターに就任したディーター・コスリックの采配のもと、映画祭は規模を拡大し、華やかさを増していくことになる。

ベルリンのイメージの刷新に対応して、映画祭も新しい立地を獲得した。二〇〇〇年に映画祭のメイン会場が、かつての西ベルリンの中心、ツォー（動物園）駅周辺からポツダム広場[↓52]に移動したのである。ポツダム広場は、一九二〇年代から三〇

図4　映画祭の会場となったシネコン「シネマックス」

図5　ヘッベル劇場でのタレントキャンパスの様子

年代にかけてもっとも忙しく人と車が行き交うベルリンの中心であったが、一九六一年にベルリンの壁が建設されるとふたつに分断され、荒涼とした無人地帯になってしまっていた。ベルリンの繁栄と分断の歴史を体現するこの場所が、一九九〇年代に進行した大規模な都市計画によって、新しいベルリンを象徴する場所に生まれ変わったのである。

フォーラム、ジェネレーション、タレントキャンパス

最後に現在のベルリン映画祭のユニークなセクションを三つだけ紹介したい。最初に取りあげるのは、フォーラムである。これは映画祭の商業主義に対する批判が高まった一九七〇年代初頭に新たに創設された部門で、ジャンルや予算規模の違いを一切問わず、現代映画の動向を示す作品が上映される。上映後にたっぷり時間をかけておこなわれる監督と観客との熱のこもった議論も、このセクションの特色である。

ジェネレーションは、一九七八年に創設された子ども映画部門の後継セクションであるが、子どもたち自身が審査員をつとめ、賞を授与している。

最後に二〇〇三年から始まったタレントキャンパスにも触れておきたい。ここでは世界中から選ばれた三五〇人の映画作家志望の若者が招待され、映画祭に参加中の映画作家やプロデューサーによるレクチャーを聞いたり、ワークショップに参加したりしながら、交流を深めるのである。将来の才能を育成し、鼓舞する場としての映画祭というコンセプトは、現在、他の映画祭でも取り入れられつつある。

ベルリン映画祭はこれからも都市とともに変化し続けていくだろう。（海老根剛）

43

研究所《インスティテュート》――「ドイツ科学」を支えたもの

図1　真空ポンプの付属品（1782, ゲッティンゲン大学所蔵）

大学におけるインスティテュート――教育・研究の拠点

もともとこの言葉は「教育・研究のために設置されたもの」を意味する。ドイツ連邦政府の文化機関「ドイツ文化センター」（日本には東京・京都・大阪に設置されている）のドイツ語での名称は「ゲーテ・インスティテュート」である。大学↓15の「学科」にもこの言葉が用いられることが多く、例えば物理学科は「物理学のインスティテュート」と呼ばれる。

一九世紀後半、ドイツにおける自然科学研究は躍進を遂げる。インスティテュートは制度的にそれを支えるものだった。「空間」としての研究所《インスティテュート》は、実験器具等の保管庫に端を発する。そもそも大学が自然科学研究の中心となるのは一九世紀になってから――それまで中心だったのはヨーロッパ各地に組織された「学術アカデミー」だった――だが、一八世紀にも、新設のゲッティンゲン大学↓20・22・28では、講義とならんで実験（実演）に力点を置くなど、新たな教育・研究へのアプローチが試みられていた。例えば、文人としても著名だったリヒテンベルク↓28（1742-99）は講義期間中に六〇〇以上の実験をおこない、ゲッティンゲン名物となったその講義には多くの貴族や市民が詰めかけ、教室は立錐の余地もないほどだったという。器具の保管、実験に備えての準備などは一定の空間を必要とする。ただ、この空間を活用するのは教授や助手であり、教育の一環としての実験は主として講義室でおこなわれ、受

図2　ベルリン大学物理学研究所（1945年以前（正確な撮影日時不詳））

講者は見世物のように実験を「見物」する受け身の立場にあることが多かった。

一九世紀初頭、「教育と研究の統一」にもとづくヴィルヘルム・フォン・フンボルト[↓15・19]（1767–1835）の高等教育改革を受け、教員の研究志向が強まり、さらに古典文献学の方法論にもとづき、主体的に問題解決に臨む場としてのゼミナールが自然科学にも取り入れられるなど、教育と研究の場としての大学は活性化してくる。ギーセン大学におけるリービッヒ（1803–73）の化学実験室は、学生の実験を主体とする新しい教育のモデルケースとなった。

科学の発達は最新の器材のそろった実験室を要求し、教授を招聘するにあたり、とくに自然科学の分野ではすぐれた実験室を提供することが、給与とならんで大きな交渉材料となった。正教授が大学と交渉して獲得した実験室を核とする研究環境が研究室《インスティテュート》と呼ばれた。正教授は研究室のボスとして全権を掌握し、人事制度的には正教授（教授資格を獲得し、政府から任命された公務員）——助手——学生という確固たるピラミッド型組織による独自の閉じた活動の場を形成した。人事に際する「業績」主義も強まり、論文の質と量は厳しい競争の対象となっていく。もちろん教育も、専門的になれば研究室が中心となる。「教育と研究の統一」の理念のもと、多くの学生を抱える研究室ではオーバーワークが常態となった。

一方、一七世紀科学革命に際しては中心的な役割を演じていたイギリスは、大学の科学教育に関してはドイツにおけるような広範で確固とした制度的枠組みを発達させなかった。それはアメリカも同様である。結果、これらの国の若い研究者はこぞってドイツへ留学した。日本からも森鷗外や北里柴三郎[↓48・コラム3]など多くがドイツに学ん

図3　カイザー・ヴィルヘルム物理学研究所（1937年頃）

だ。ドイツは世界的に自然科学研究の中心としての地位を確立し、「ドイツ科学」という言葉も生まれた。

産業振興・技術革新のための国家的プロジェクトと研究所

産業革命以降、産業界が研究によせる期待も高まってくる。また一九世紀後半から、科学の成果を国家の財産と考える発想が強まる。産業による国力振興のプログラムは、新たな研究機関設立へ向かっていった。一八七〇年代には、機械技術、化学技術、建築材料に関する三つの国立研究所が設立された。さらに現在でもカメラで有名な企業ツァイスがプロイセン政府の補助金を受けてガラス技術研究所を開設し、一八八七年には企業家ジーメンスの強いイニシアチブのもと、帝国物理学・技術研究所ができた。

このような動きはドイツに限ったものではなかった。とくにアメリカでは、ロックフェラー、カーネギーら企業家が莫大な資金を提供して研究専門の研究所を次々と設立した。科学研究上の優位を脅かされつつあることへの危機感を背景に、財界とプロイセン政府によって、一九一一年に「学術振興のためのカイザー・ヴィルヘルム協会」が設立される。教育から解放された純粋な研究のための大規模な施設として、化学研究所を手始めにダーレムには八つの研究所が作られた。

世界大戦・ナチズムとの関わり——マックス・プランク研究所へ

科学も戦争と無関係ではありえない。こうした研究所はこれ以後、二つの大きな

図５　「マックス・プランク・メダル」をプランクから授与されるアインシュタイン（1929）

図４　研究所長の実験室（1928）

戦争に巻き込まれていく。開設から三年後に第一次世界大戦が勃発すると、カイザー・ヴィルヘルム研究所のスタッフは毒ガスや防毒ガス、防毒マスクの開発にあたった。開戦前から連合国側の科学者も毒ガスの開発を進めていたのだが、敗戦後、ドイツの科学者たちは、その非人道性を連合国側から激しく非難された。

ナチスが政権を取ると、多くのユダヤ系[8]科学者は亡命[10]したが、アインシュタイン（1879-1955）などこの研究所で指導的な地位にあった者も多く含まれていた。一方、カイザー・ヴィルヘルム人類学・人類遺伝学・優生学[18]研究所などを中心に、ナチズムと科学の関わりにおいても同研究所は大きな役割を演じた。

量子論の創始者の一人であるマックス・プランク（1858-1947）は一九三〇年から三六年までカイザー・ヴィルヘルム研究所の第二代所長を務めていた。非ユダヤ系である彼は亡命することはなかったが、三八年にプロイセン科学アカデミーがナチスによる強制的同一化[10・37]の対象となったとき、抗議のため要職を辞した。

一九四八年、ゲッティンゲンの空気力学実験施設に「学術振興のためのマックス・プランク協会」が設立される。カイザー・ヴィルヘルム協会を改称・改組したものである。この時点ではイギリスとアメリカの占領地域の施設が、翌年にはフランス占領地域の施設が統合された。

現在は八三の研究所で構成されており（五研究所と一支部はドイツ国外に所在）、職員は約一万七〇〇〇人。一六億ユーロを超える（二〇一四）年間予算の基本は公的資金による。ドイツを代表する学術研究機関である。

（宮田眞治）

44 ドクメンタ——現代アートの断面図

市民の手に芸術を

「ドクメンタ（dokumenta）」の名前を聞いたことがある方、あるいはそれが何かを知っている方というのは、熱心な美術愛好家かもしれない。もしやドイツに出かけた折、カッセル（Kassel）に立ち寄ったことがある方ならご存知だろうか。今では多くの旅行ガイドが、カッセルで五年おきに「ドクメンタ」と呼ばれる現代美術の国際美術展覧会がおこなわれることにふれている。地理的にドイツのほぼ中央に位置し、メルヘン街道[→23]の中心都市であるカッセルは、古くはグリム兄弟[→22]を輩出した街として、現在ではドクメンタの開催地としてもまたその名を知られている。

　ドクメンタは初回の一九五五年を皮切りにこれまで一三回ほど開催されており、今日ではヴェネツィア・ビエンナーレ（イタリア）にも匹敵する、重要な国際美術展のひとつとみなされるほどに成長した。現代美術の先端を担う作家たちの作品を一堂に集め展示することから、美術界の動向に与える影響の大きさはもちろんのこと、世界中から多くの観者・来客が見込めるため、美術関係者のみならず、住民同士の国際交流の場としても機能している。現在は五年に一度、一〇〇日間という会期日程で定着している。しかしドクメンタのような国際美術展が、よりによって人口二〇万人弱の中規模都市カッセルでおこなわれる理由とはなんなのだろう。

図１　画家ゲルハルト・リヒターによるボーデの肖像画

ドイツにモダニズム芸術を取り戻す

敗戦後の東西ドイツは、→5 造形芸術に関してもナチスの傷跡の生々しい場所だった。ナチス政権下、二〇世紀の主要な欧米のモダニズム芸術が「退廃芸術」→24 として弾圧された結果、連合軍による占領統治時代を経た一九五〇年前後の東西ドイツには、モダニズム芸術を鑑賞できる空間がすっかりなくなっていた。一方、かつて石炭の移送基地として栄え、第二次世界大戦中の空襲で街の大部分が破壊された西ドイツのカッセルは、一九五四年の「第二回連邦庭園見本市（Bundesgartenschau）」の開催地に選ばれた。だが街の復興に取り組むカッセルの有識者たちは、庭園見本市が経済発展を促すのみならず、文化の発信源となるべきだと考えた。東西ドイツ国境に近くドイツの中心に位置するカッセルなら、再統一後は文化の中心になりうるという期待もあった。よって予定より一年遅れの一九五五年、初回ドクメンタは「第二回連邦庭園見本市」の一環としておこなわれた。

ドクメンタの展示は、カッセルの美術工芸学校の教師で画家・彫刻家のアーノルト・ボーデ（1900-77）らの尽力で実現した。dokumenta とは Dokumentation（資料・証拠）というドイツ語をもとにした造語だが、これには「展示が二〇世紀造形芸術の証言となる」という意味がこめられていた。かくしてドイツにヨーロッパ・モダニズム芸術の空間を蘇らせたドクメンタは、国内外から高い評価を受け、第二回、第三回と順調に続いた。そして五〇年代末、東西ドイツ両国家の存続が規定路線となった後、東ドイツとの国境まで三〇キロのカッセルでおこなわれる美術展は、西側諸国の「自由かつ先端的な美術のショーケース」の役割も担うこととなる。

図2 『7000本の樫の木』プロジェクトでのボイス

図3 『7000本の樫の木』の最初と最後の1本。フリーデリチアヌム美術館前の2本の樫の木（1997撮影）

芸術と現実社会――ドクメンタの試行錯誤

ドクメンタ初の転機は第五回目（一九七二）に訪れた。当時の新潮流であったコンセプチュアル・アートや「ハプニング」と呼ばれるパフォーマンスが会場を埋め尽くし、ヨーゼフ・ボイス（1921-86）が会場内に「国民投票による直接民主主義組織」の事務局を開設し数多くの討論会をおこなったことも話題となった。地元ドイツ出身で、当時の美術界きってのカリスマであるボイスの参加は、ドクメンタに活気ある政治性をもたらしたといえよう。この回でドクメンタは大幅な赤字を抱え、当時の美術総監督ハラルト・ゼーマン（1933-2005）に対する批判は大きかったが、今日ではこの第五回目がドクメンタ史上もっとも重要な展覧会であったと考える向きも大きい。ちなみにこの第五回目には、オノ・ヨーコ（1933- ）や河原温（1933- ）など、ニューヨーク在住の日本人美術作家がはじめてドクメンタに参加している。

またボイスとドクメンタのかかわりとして非常に有名なのは、第七回目（一九八二）の会期中に始まったプロジェクト『七〇〇〇本の樫の木（*7000 Eichen*）』だろう。樫の木が沿道に一本植えられるたび、そのかたわらに玄武岩がひとつずつ置かれていく。大量の玄武岩が公園を埋め尽くすこの緑化計画は、当然住民の賛否両論を巻き起こした。しかしこのプロセスこそ、ボイスのめざす「社会彫刻（Soziale Plastik）」の真髄であったともいえるだろう。プロジェクトの貫徹には五年を要し、ボイスはその最後を見届けることができなかったが、最後の一本は第八回目（一九八七）の会期中、フリーデリチアヌム美術館の前にある最初の一本目の隣に植えら

図4　Hans Rucker-Co. の作品 “Landschaft im Dia”（1977）

図5　第13回ドクメンタ開催で賑わうフリーデリチアヌム美術館前の広場

れ、現在ではその場所に大きさの異なる二本の樫の木を目にすることができる。

ドクメンタ第二の転機は冷戦の終結とドイツ再統一[27]である。まず対東側美術戦略拠点という役割が意味をなさなくなった。また八〇年代以降、美術作品は旧東側諸国やアジア・アフリカ、中南米を含む世界各地からも続々と発信され、ドクメンタのヨーロッパ中心主義的傾向も批判され始めた。それを受けてなのか、第一〇回目（一九九七）はカトリーヌ・ダヴィッド（1954-　）、第一一回目（二〇〇二）ではナイジェリア人のオクウィ・エンヴェゾー（1963-　）が、それぞれドクメンタ初の女性ないしヨーロッパ圏外出身の総監督としてドクメンタの歴史を飾ることになった。ちなみに筆者はその第一〇、一一回目の両方を訪ねる機会を得たが、とりわけ第一一回目で強烈に感じたのは、ドキュメンタリー映画とビデオアートの境界線はどこにあるのかという疑問であり、造形芸術の意味の多様化を改めて認識させられた。

今日では国際美術展のもつ集客力をたよりに、こうした催しが町おこしとしても数多くおこなわれている。ドクメンタはその意味でも先駆者であり、二〇一二年の第一三回目では訪問者の数が八〇万人を超えた。他の美術展のように賞制度がなく、ヴェネツィア・ビエンナーレのような各国別構成ももたず、各回テーマを擁しておこなわれている点からも、美術の動向を示す現代美術展としての重要性は依然高い。再統一を経てふたたびドイツの中心に位置するカッセルが、今後も世界にどのような衝撃を与えてくれるのかに注目したい。

（林志津江）

Column 5

おもちゃの文化史

ザクセン州の古都ドレスデンから南に約五〇キロ、ドイツとチェコの国境をなすエルツ山地がある。かつてボヘミアと呼ばれた地域の一部をなすこの地方は今日、精巧な木工細工の産地として知られている。なかでも山地中部の尾根に位置するザイフェンは〈おもちゃの村〉として有名だ。

エルツ地方を代表するおもちゃの筆頭といえば、チャイコフスキーのバレエ、またその原作E・T・A・ホフマン『くるみ割り人形とねずみの王様』（一八一六）のタイトルにもなったくるみ割り人形である。これと並ぶ特産品として、一九世紀初期に英国からドイツに伝わり流行した喫煙の習慣を機縁に生まれたパイプ人形（煙出し人形）も見逃せない。空洞になった胴体部にお香を入れて火をつけると、人形のなかを通って煙が口から吐き出されるという簡単な仕掛けだが、飄々《ひょうひょう》とした佇まいがなかなかユーモラスである。

エルツ地方のおもちゃには、瀟洒《しょうしゃ》な室内装飾としても通用する魅力的な品々が存在する。その代表が、地底で働く鉱夫の帰りを待つ女たちが夜の窓辺に飾ったと伝えられるアーチ状の蠟燭《ろうそく》立てシュヴィップボーゲン、そしてこの地方のクリスマスに欠かせないクリスマスピラミッドである。後者は蠟燭の上昇気流によって上部のプロペラと、中心軸を介してプロペラにつながる台座とが連動して回転する仕組みになっている。どちらの品も郷土史を反映して鉱夫のモティーフが多い。ノヴァーリス『青い花』（一八〇二）の第五章（「鉱山の章」）で、ボヘミア出身の老鉱夫が滔々《とうとう》と語る、理想化された鉱山の生活を思い起こさせるようだ。

クリスマスピラミッド

こうしたおもちゃたちは、それぞれ独自の文化史的背景をもっている。くるみ割り人形には、胡桃の実を噛ませて領主の口を封じてしまおうという民衆の反抗心がこめられているといわれる。クリスマスピラミッドは、伝統的なクリスマスツリーに、鉱山で使われた巻き上げ装置の仕組みや、ザクセンの王子の結婚祝賀パレードの際に鉱夫たちが披露したピラミッド型の見世物のアイディアが加えられたものである。おもちゃの歴史をたどること、それはドイツ文化史を読み直す興味深い作業となるだろう。（岩本　剛）

第6章

暮らしと文化

ドイツの町には必ずある市場。写真はシュトゥットガルトにある屋内市場「マルクトハレ」。今年で100年目を迎える市場だ

「ふたつの魂」と生活文化

イギリス、フランスと比べて近代化が遅れたドイツは、社会的矛盾だけではなく、内面の特性にも矛盾を抱えながら大国への道を歩んできた。近代化の道を邁進しながら中世に憧れたり、科学の進歩を求めながらも自然への回帰を求めたり、学問を尊重しつつ迷信的思考をくり広げるなど、逆の方向性を同時に内包しているのがドイツ人気質の特性のひとつである。いみじくもゲーテは、学問と実践、自我の深みと壮大な世界とを徹底的に求めた人物であるファウストに「ふたつの魂が、ああ、俺の胸に宿っている」といわせている。現世に執着しようとする衝動と霊たちの世界へ飛翔しようとする衝動がファウストの魂のなかにあった。ドイツ的なあり方のひとつの典型ともいわれるファウストのなかに、正反対のものを求めるふたつの魂が同居しているのである。また、哲学者ヘーゲルは思考の方法として、命題と反対命題の高次の総合をめざす弁証法を確立した。ヘーゲル自身のことばによれば、弁証法とは「だれの心にも宿っている矛盾の精神を法則化し、方法論的に完成させたもの」であるが、これに対してはゲーテが、そのような「精神の技術や有用性がみだりに悪用され、往々にして、偽を真とし、真を偽とするために利用されなければいいがね」と危惧の念を表明している。そうした悪用の最大例をナチズムにみることができるかもしれないのである。

このようなドイツ人のありようは、本章でも言及されているように、公的な政治的な事柄だけではなく、身近な生活文化にも現れている。例えば、無機質なアウトバーンが景観に配慮してデザインされていたり、近代文明に対する批判から自然療法が生み出されたり、エコロジーがファシズム的暗部を内包しつつきわめて非学問的な優生学と結びついていたり、クラインガルテンが近代化した都会生活を背景とする自然志向に呼応して発達していたり、日照時間が相対的に少ない北の空の下に住まうドイツ人の精神性が太陽の輝く南国イタリアの官能性に憧れること等々枚挙にいとまがない。このようにドイツ人の生活文化は、内と外、秩序と混沌、理念と現実など、さまざまに対立する二元的な関わりのなかで営まれている。

内面の理念と生活文化

生活といえば、「衣食住」のことを考えるであろう。日本では相対的に「食」が重い価値をもっているのに対し、ドイツでは一般的に「住」が最も重要視されているようである。北国のドイツでは「衣」に関しては、何よりも冬の寒さを凌ぐことが重要で、さらに着心地がよければ十分であり、「食」は、栄養も大切だが、安全基準を満たしていて、食欲を満たすことが重視される。だが、こと「住」に関しては、なぜこのように重きが置かれているのだろうか。ドイツ人はしばしば、日本でいうところの「日曜大工」の域をはるかに超え、住居を自分の手で快適なものに整えなければ気が済まないほどである。おそらく、そこまでこだわるのは、住まいこそが内面の居心地のよさと直結しているからであろう。「居心地のよさ」とは「住まい」の項目でも書かれている「ゲミュートリヒカイト（Gemütlich-keit）」のことである。ドイツ人がそれを最も強く感じるのは、内と外が合致しているときなのではないだろうか。内と外との関係が合うとはすなわち、自分自身の理想的な内面が外的な世界に映し出されているときではないだろうか。それを最も感じさせてくれるのが住まいだということになろう。ここにも二項対立的な考え方とその調和が背景にあるように思われる。

環境としての「住」というとらえ方は、ただ個人の住まいに限定されるのではなく、都市計画にも反映されている。ドイツの都市計画は個人の住環境において大きなウェイトを占める「居心地のよさ」を大切にして、自然環境との調和のもとに立てられているのである。つまり、この場合も内と外の結びつきが肝要なのである。

また、そのような理念を大切にする考え方は、ドイツ人の環境意識にもみることができる。ドイツが環境先進国と呼ばれるほど環境を大切にしているのは、ただ単に環境保全だけではなく、自分の住む場所の「居心地のよさ」を理念的にとらえ、環境のためにできることを実践していく姿勢があるからである。こうした姿勢は、脱原発運動にも受け継がれ、その理念の実現にむけて実験的実践が重ねられている。

生活の達人でもあったゲーテは「彼ら（＝ドイツ人）はどんなものにも深遠な思想や理念を探し求め、それをいたるところにもちこんでは、人生を不当に重苦しいものにしている。〔……〕存分に楽しむ勇気をもってはどうか」と語っている。この批判と助言は、一般論の危うさを承知でいうならば、そのまま現代のドイツ人にも当てはまるように思われる。二項対立的な考え方は、生活感情にも及んで、暮らしを規定すると同時に、ドイツ人自身をも規定しているのではないだろうか。

（畠山　寛）

45

クリスマスと復活祭――冬至の太陽、春の曙

キリスト教国ドイツの二大祝祭

クリスマスは一二月二五日、イエス生誕の日。復活祭（イースター）は、処刑から三日後のキリストの復活を祝う日で、「春分の日の後、最初の満月の次の日曜日」。二〇一五年は四月四日、一六年は三月二七日、一七年は四月一六日と、年によって日付が変わる「移動祝日」だ。どちらも連休をともなう重要な祝日である。この項目では、二つの祝祭の紹介を通じて、ドイツのキリスト教↓6の一端に触れてみたい。

図1　クリスマス用品専門店で販売されているエルツ地方のクリッペ

クリスマス――ツリーとサンタの冬

一一月三〇日に最も近い日曜日からクリスマスまでの約四週間を「待降節（アドヴェント）」という。待降節から一月六日の「三博士の日」まで、教会や家庭にはイエス生誕の様子を人形で再現した「クリッペ（「飼い葉桶」の意）」やクリスマスツリーが飾られ、街にはイルミネーションが輝く。ほぼ全土が日本の最北端より北に位置するドイツの冬は日照時間が短く、日中も冬晴れとは無縁の曇りや雪の天気が多い。待降節に街の各所に灯りが点くと、心が弾むと同時にどこかほっとする。

クリスマスは時代ごとにさまざまな要素を取りこみながら、徐々に現在の姿を形成した。聖書にはイエス生誕の日付は書かれていない。ただし、その日に羊飼いが野宿をする記述があるので、冬でないことだけは明白だ。ローマ帝国時代の四世紀、

図２　1861年１月，日普修好通商条約の調印式で柱にクリスマスの装飾が施されている

ヴェルターが先に引用した手紙を友人にあてて書いたのは，クリスマス前の日曜日だった。同じ日の夕方，ヴェルターがロッテのところに行くと，彼女は一人だった。ロッテは，小さな弟妹たちへのクリスマス・プレゼントに用意したおもちゃを並べているところだった。ヴェルターは，子どもたちは喜ぶでしょうね，ぼくも突然ドアが開いて，蠟燭やお菓子やリンゴを飾りつけた木が見えると，楽園にいるみたいに有頂天になったものです，と語った。
（ゲーテ『若きヴェルターの悩み』には18世紀ドイツのクリスマスの様子が描かれている）

キリスト教会は、太陽崇拝のミトラス教の主祭日一二月二五日（冬至）をイエスの降誕日とした。聖書において「闇を払う光」にたとえられるイエスを太陽と重ねることで、ローマ兵に親しまれていた太陽崇拝をキリスト教に取りこもうとしたのだ。

ツリーとサンタの普及以前、クリスマスの風物詩はクリッペだった。冬至に魔よけの常緑樹を飾る習慣はキリスト教布教以前から広くみられたが、蠟燭やリンゴ（電球や赤い玉）を飾るツリーの起源は中世のクリスマスに上演されたアダムとイヴの堕罪劇である。キリスト生誕劇の序幕として演じられたこの劇では、リンゴをつるしたモミの木が「誘惑の木」として舞台に飾られた。モミの木は、やがて教会外の広場に、一七世紀には各家庭に飾られるようになった。燭台に立てられてツリーを照らしていた蠟燭はツリー自体に飾られるようになり、「光は闇のなかに輝く」「キリストは世の光である」という聖書の教えを伝える「光の木」となった。クリスマスツリーは一八世紀にドイツ全土に広まり、一九世紀に欧米諸国と日本に伝わった。

サンタクロースの原型は、四世紀に東ローマ帝国（現在のトルコ）で布教した司教で子どもの守護聖人の「聖ニコラウス」である。一一世紀、イタリアに遺骨がもたらされた際に、「聖ニコラウスの日」一二月六日に子どもに贈り物をする風習もヨーロッパに広まった。一六世紀、ドイツ北部のプロテスタント地域では聖人崇拝が禁止され、聖ニコラウスに代わって、幼児キリスト（クリストキント）が一二月二四日に子どもに贈り物をもたらす習慣が始まった。プロテスタントとカトリックのクリスマスは徐々に融合し、白い髭に笑顔のサンタクロース（一九世紀にアメリカでドイツ系移民のナストが描いた風刺画が起源）が主流となった今日では、クリストキン

図３　南ドイツの聖ニコラウス祭。天使と全身麦わらの従者ブットマントルが同行

図４　復活祭仕様のショーウィンドーの前を歩く冬服の人々

トはむしろカトリック地域に多く残っている。聖ニコラウス祭が残る地域では、一二月六日に聖ニコラウスが恐ろしい従者を連れてくる。良い子は贈り物をもらえるが、悪い子は従者に鞭で打たれたり、袋に入れて連れ去られたりするのだという。

復活祭——卵とウサギの春

聖金曜日（受難日、イエス処刑の日）から復活祭翌日の月曜日までの復活祭休暇中、ドイツの家庭では、彩色した卵を木につるしたり、ウサギが隠した「復活祭の卵の巣」を子どもたちが探したりする。まだ寒く、積雪も珍しくないドイツの三月・四月に金色のウサギや色とりどりの卵をみると、うきうきした春らしい気分になる。

復活祭の起源はユダヤ教の過越祭、すなわち旧約聖書の出エジプトを家畜祭・農耕祭とともに祝う「春分の日の後、最初の満月」の祝祭だ。新約聖書によれば、イエスは過越祭に最後の晩餐を摂り、安息日の翌日に復活した。復活祭は、フランス語で「パック」、ロシア語で「パスハ」、北欧語で「ポスク」「ポスケ」などといい、いずれもヘブライ語の「過越祭（ペサハ）」に由来する。ドイツ語の「オステルン（Ostern）」と英語の「イースター」は、ヨーロッパ言語では例外的に、「曙」を意味する古代ギリシア語「エオス」、ラテン語「アウロラ」、古ゲルマン語「アウストロ」に由来する。ドイツ語圏では、キリストの復活が、自然が再生する春のみならず、太陽が再生する曙の時間とも重ねられたのだ。

グリム兄弟の兄ヤーコプ[↓22]は、復活祭は「ゲルマン神話の春の女神オスタラ」の祭で卵も同祭由来とし、この説は現在も流布している。しかし、卵が復活のシンボル

図5　ソルブの復活祭の卵。蜜蠟で模様をつけるエンボス技法で装飾

図6　菓子の年間消費量に復活祭関連商品が占める割合は45%，うち半数はウサキ型チョコ

となったのは、復活祭に卵を食べた中世のことである。復活祭までの四六日間「四旬節」には、断食（動物由来の食品を断つ）をしてイエスの受難をしのぶ。この期間にたまった卵を塩茹でにして復活祭の礼拝で用いた。卵に色を塗る習慣は一二世紀にギリシアやロシアの正教会から伝わったが、当初はキリストの血を表す赤のみが使われた。文様を描いた卵はドイツでは少数民族ソルブ→コラム1にみられ、統一後に全土に広まった。一方、ウサギのモチーフは中世の西方教会で広くみられたが、復活祭に「ウサギが色を塗って隠した卵」を子どもが探す風習は、最初の記録が一六八二年と比較的新しい。卵を隠す動物は、カッコウ、コウノトリ、キツネ、オンドリなど地域ごとに異なるが、近年、製菓会社の広告によってウサギが広く定着した。

ふたつの祝祭にみるドイツのキリスト教史

クリスマスと復活祭成立の過程からは、キリスト教が、ユダヤ教や民間信仰を土壌とし、自らをそれらの「完成形」「真の姿」と位置づけることで定着した歴史がうかがえる。クリスマスの日付確定の際に、イエスの生誕＝キリスト教の始まりは、冬至＝新しい太陽が誕生する年の始まりに重ねられた。聖書の人類史はアダムとイヴの楽園追放で始まるが、堕罪劇と生誕劇の同時上演、それに由来するツリーは、歴史とともに始まった人類の罪がキリストの生誕によって贖われたことを意味した。復活祭では、キリストの復活が、出エジプトにおけるイスラエルの民の解放と再出発、春の草木の再生、朝の太陽の再生に重ねられた。ふたつの祝祭は、商業的な要素も取り入れながら、今日なおドイツ人の生活に確かな位置を占めている。

（中丸禎子）

46

ブンデスリーガ――連邦と自治体を結ぶスポーツ文化

五〇周年、そして世界王者！

二〇一四年七月一三日、リオデジャネイロのマラカラン・スタジアムで、ドイツ代表はアルゼンチン代表を1－0で破って、統一ドイツとしてははじめて、西ドイツ時代から通算すれば四度目の世界チャンピオンに輝いた。この国民的歓喜に先立つ二〇一三年、ドイツサッカーのブンデスリーガは創立五〇周年を迎えたが、すでにこの年も輝かしいものであった。ヨーロッパ各国のサッカーリーグの優勝および上位チームで戦うチャンピオンズ・リーグの優勝決定戦はともにブンデスリーガに所属するバイエルン・ミュンヘンとボルシア・ドルトムントの対戦となり、好試合を展開した果てにバイエルンが頂点に立ったのである。

サッカーリーグの国際化が進んだ一九九〇年代以降、イングランドのプレミア・リーグやスペインのリーガ・エスパニョーラなどが世界の最優秀プレーヤーたちが集まるサッカーリーグであり、ブンデスリーガはそれに大きく劣るとまではいえないが、しかし同等ともいえなかった。ブンデスリーガに所属するクラブチームは、多額の借金をすることも、トップ選手に無制限の報酬を与えることも禁止されている。そのため、ブンデスリーガの選手たちの平均的な報酬は、イングランドやスペインなどのビッグクラブとは差がある。有名選手が多いリーグはテレビ放映も多くなり、一九九〇年代以降ますます金銭的な条件には差がついていった。それでも、ブンデス

図1　2013年ブンデスリーガ2部最終戦で優勝&昇格を喜ぶヘルタBSCファン

図3　2006年ワールドカップ・ドイツ大会のパブリックビューイング風景（ベルリン）

図2　ファンは退屈なプレーを許さない。常に激しいコンタクトが求められる

リーガはB級リーグに転落することはなく、むしろプレーのレベルもリーグとしての活性度も高めてゆき、二〇一三年の「ドイツの年」を迎えるにいたったのである。

そのような特別な発展の土台になっているのが、ドイツのクラブチームと各種リーグの「公共性」である。ドイツでは、ブンデスリーガに所属するチーム（一部および二部、それぞれ一八チーム）のみならず、各地域のリーグやそのさらなる下部リーグに属する、どのような田舎町の小さなクラブであっても、地域のコミュニティと密接な関係をもち、サッカーをする、あるいは観る楽しみが市民生活のなかにとけこんでいる。クラブチームには「成年男子」だけではなく、「子ども」「少年」「ジュニア」等があり、各年代の女性チームや「シニア」チーム、障碍者や移民専門のチームも増えている。テニス、陸上、乗馬など、他のスポーツのクラブも併設されている。会費は平均で大人一人が年間七五ユーロ（約一万円弱）である。そのような市民スポーツ文化を背景として、ブンデスリーガは世界一の観客動員数と、ゴール決定数も世界一というエキサイティングな試合内容を誇っているのである。

市民文化としてのスポーツクラブ

日本のJリーグ創立の中心人物である川淵三郎初代チェアマンは、一九六〇年、日本代表選手として滞在したドイツ・デュースブルク市のスポーツ学校で、「プロ選手の隣で、同じ緑の芝生の上で練習する子どもたち」や「体育館のなかでスポーツをする障碍者たち」をみた。Jリーグの謳う「百年構想」では、サッカークラブの発展を通して、「生活圏内にスポーツを楽しむ場」があり、「そこには、緑の芝生

図4　アレアンツ・アレーナ（ミュンヘン）

図5　ブンデスリーガ発足が決まったDFB総会

におおわれた広場やアリーナやクラブハウスがあり」、「誰もが、年齢、体力、技能、目的に応じて、優れたコーチの下で、好きなスポーツを楽しむ」ことをめざすとされている。その理念は、川淵がデュースブルク市で出会い、その後も学び続けてきたドイツのクラブチーム文化を理想とするものであった。

ただし、ドイツのクラブ文化の歴史的な根は深い。ドイツに英国からサッカーが輸入されたのは一八七〇年代はじめだが、最古のスポーツクラブの起源は一八一〇年代に遡る。当時、ドイツには「体操運動（Turnbewegung）」が広く展開されつつあった。一八〇六年にナポレオン率いるフランス軍がドイツ西部に進駐し、神聖ローマ帝国の廃止が宣言され、ドイツ語圏には中央政府と呼びうるものが消滅した。この「敗戦」をうけ、近代化の流れから完全に脱落して弱小国となることを回避するためのナショナリズム運動として、教育学者ヤーンの提唱のもと展開されたのが「トゥルネン」と呼ばれる体操を広める運動であった。体操の指導者たちは、単に身体の訓練法を教えるだけでなく、各地で「トゥルネン祭り」を開催し、大道芸人や露天商にも参加させて、娯楽の要素も体操に取り入れた。その結果、「トゥルネン祭り」は各地で非常な人気イベントとなっていく。英国系の近代スポーツが導入される前のドイツでは、老若男女が、さまざまな形で体を動かす楽しみを経験する場として、トゥルネンのクラブが地域の社交場としても重要な存在となっていた。

戦後ドイツの国民的スポーツに

プロイセンによるドイツ統一の直後、一八七四年にドイツ人による最初のサッ

図6　国際試合の応援は，リーグ戦に比べるとおとなしい？

図7　日本代表主将・長谷部誠選手は人権擁護ポスターに登場

カー試合がブラウンシュヴァイクでおこなわれて以来、各地のトゥルネン・クラブはサッカーもおこなうようになっていく。政治色が強く民主化運動とも結びつきやすいトゥルネンを、サッカーという外来のスポーツによって中和しようという当局の意向もあった。一九〇〇年には早くもドイツサッカー連盟（DFB）が設立され、バイエルン・ミュンヘン、シャルケ04、ボルシア・ドルトムントなどの人気クラブも生まれた。しかし、一九三〇年代、サッカーを含むあらゆるスポーツはナチス突撃隊の傘下に組み入れられ、スポーツ界の推進役であったユダヤ系↓8の人々は追放されていった。一九四〇年、DFBは総会で解散を宣言する（戦後の西ドイツで復活する）。

ドイツがサッカーの世界的強豪国になったのは、第二次世界大戦後のことである。きっかけは、ゼップ・ヘルベルガー監督率いる西ドイツ代表チームが一九五四年のワールドカップ・スイス大会で、四年間国際試合無敗を誇ったハンガリーチームを決勝でくだして世界の頂点に立ったことであった。世界大戦で壊滅的な敗戦を経験し、ナチス時代の負の遺産にも苦しむ東西ドイツにとって、突如もたらされた「サッカー世界一」の栄光は、新たな始まりそのものだった。以来、サッカーで優秀な成績を収めることは国民的な関心事にもなり、ちょうど一〇年目の一九六四年↓5、ブンデスリーガは誕生した。ドイツサッカーは発展を続け、東西ドイツが揃って国連加盟を果たした直後の一九七四年（西ドイツ大会）、そしてドイツ再統一↓27がなった一九九〇年（イタリア大会）にさらなるワールドカップ制覇を成し遂げている。ドイツが戦後の大きな曲がり角を曲がるときはいつも、サッカーはそこに明るい光を投げかけてきたのである。

（粂川麻里生）

47 アウトバーン――ヒトラーの号令一下

アウトバーンの誕生

アウトバーン（Autobahn）という名称がドイツで最初に用いられたのは一九二九年のことである。それまでは単に自動車専用道路と呼ばれていた。のちにヒトラーが建設を主導し、現在までに全長約一万三〇〇〇キロにもおよぶこの高速道路網が、「道路（Straße）」ではなく鉄道を想起させる「路線（Bahn）」という名称で普及したのは示唆的だ。一八八五年にカール・ベンツのガソリン式自動車が登場した当時、自動車は鉄道に対立する存在だったからである。ドイツの作家オットー・ユリウス・ビーアバウムは、『自動車感傷旅行』（一九〇三）で次のように述べている。「自動車の価値は速度において鉄道を凌駕することではない。〔……〕自動車の価値は自由であることだ。〔……〕自動車において、馬車の精神がはるかに豊かに、完全な形でよみがえるのだ」。鉄道の誕生により、確かに馬車よりも速く、長距離の移動が可能になった。しかし鉄道旅行は既定の路線や時刻表に縛られ、乗客は混雑した車室で貨物のように扱われることになる。ビーアバウムによれば、自動車によって人間は鉄道が奪った旅行の自由を、空間と時間の支配権を取り戻したのである。

世界初の自動車専用道路は、ベルリン郊外に建設されたＡＶＵＳ（Automobil-Verkehrs-und Übungs-Straße）という全長一〇キロにも満たない試験走行路である。一九一三年に着工、一九二一年に完成した。交差点や横道の一切ない直線と勾配の

図１　中央分離帯のない自動車専用道路

図２　中央分離帯を備えたアウトバーン

強い急カーブからなるこの道路は、一九九八年まではレース用サーキットとして使用されていた。にもかかわらずこの道路がアウトバーンの先駆けとみなされているのはなぜか。ドイツのメディア研究者フリードリヒ・キットラーは、ＡＶＵＳの重要な特徴として、有史以来はじめて道路に中央分離帯が設置されたことをあげる。つまり、馬車のようにいつでも好きな方向へ旅行できる自由よりも、鉄道のごとく対向車や障害物に激突せずに高速で駆け抜けられるよう、「自動車（Auto）を軌道づける（bahnen）」ことを優先させた結果、誕生したのがアウトバーンなのである。

図３　ヒトラー自身の手による鍬入れの様子

ヒトラーと帝国アウトバーン

一九三二年当時、ドイツの自動車台数は四八万九二七〇台。アメリカが一九二〇年代にＴ型フォードを大量生産し、当時すでに一〇〇万台を超える自動車数を誇っていたことを考えると、ドイツのモータリゼーション（車社会化）はかなり遅れをとっていた。一九二〇年代以降、数々のアウトバーン計画が浮かんでは消えた。ドイツ全土には鉄道網が敷かれており、当時のドイツの財政状況からすれば、巨額の費用をかけてアウトバーンを建設する必然性はなかった。ヒトラーが政権を獲得して以降、アウトバーンはドイツ全土に爆発的な勢いで建設されるが、それはヒトラーがモータリゼーションとアウトバーン計画↓25の推進によって国民の生活が確実に変わるという幻想を抱かせたからである。ヒトラーは権力掌握間もない一九三三年二月にベルリンで演説し、自動車関連税の引き下げや低価格の小型大衆車（ＫｄＦ、のちのフォルクスワーゲン↓20）の開発とならんで帝国アウトバーンの建設を約束した。

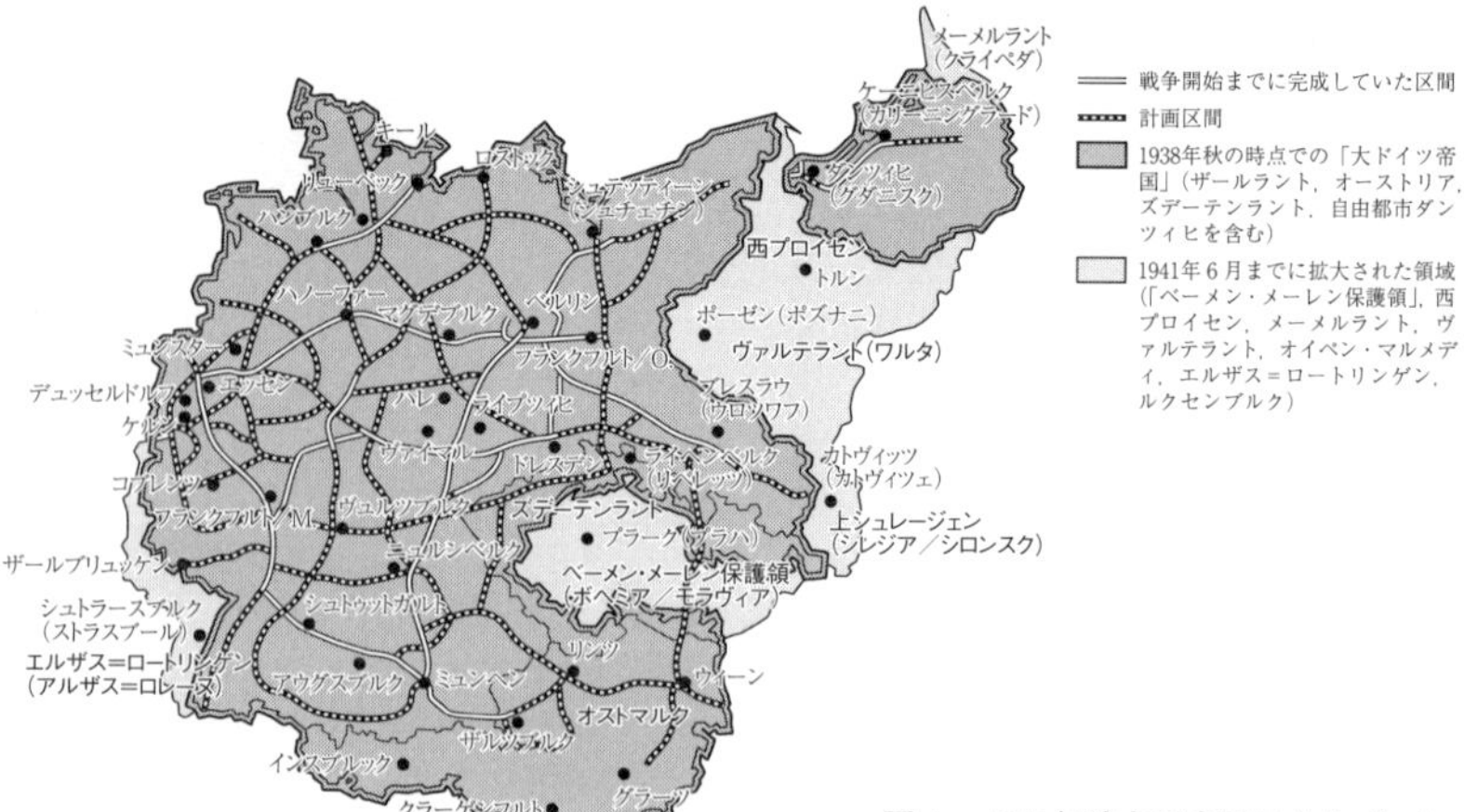

図４　1941年時点の帝国アウトバーン

同年九月にヒトラー自身によるアウトバーン建設工事の鍬入れがおこなわれ、「ドイツの労働者よ、仕事に就け！」の号令のもと、ドイツ各地で一斉に地面が掘り返された。一九三五年にフランクフルト－ダルムシュタット間の約二五キロが完成したのを皮切りに、第二次世界大戦で建設が中止されるまでの間に総延長三八六〇キロものアウトバーン網が完成した。ヒトラーをめぐる神話のひとつに、アウトバーン建設によって当時六〇〇万人いた失業者を救ったという説があるが、実際にアウトバーン建設に携わったのは二五万人にすぎない。とはいえ人々は新たな雇用が創出され、誰もが自家用車に乗って余暇を楽しめるという未来像に熱狂した。国民はこぞって自動車購入の貯蓄プランに飛びついた。しかしナチス時代に個人所有のＫｄＦがアウトバーンを走ることは一度もなかった。フェルディナント・ポルシェが開発したＫｄＦ、すなわち「喜びによる力（Kraft durch Freude）」という名の大衆車の生産は、いつしか軍用ジープの生産に取って代わった。総計二億八〇〇〇万マルクを払い込んだ三万人余りの人々の夢は、国家総動員の名のもとに泡と消えた。

現在のアウトバーン

「走れ《ファーレン》、走れ《ファーレン》、走れ《ファーレン》、アウトバーンを／目の前には広い谷、まぶしい太陽……」。

ドイツのエレクトロ・ポップ・バンド、クラフトワーク[41]が一九七四年に発表した曲が「アウトバーン」である。ビーチボーイズの「ファン、ファン、ファン」（一九六四）のパロディとされるこの曲は、パパから借りたフォード・Ｔバードではな

図5　景勝地イルシェンベルクのアウトバーン

く、フォルクスワーゲン・ビートルに乗ってアウトバーンを疾走する。自動車は、そしてアウトバーンは、もはや手の届かないものではなくなったのである。アルバムジャケットに描かれた中央分離帯のある四車線道路は、起伏のある谷の斜面を越え、山の向こうへと伸びている。実際のアウトバーンも眠気を引き起こさない程度のカーブを描きつつ、景観の起伏に沿うことで見晴らしのよい眺望が確保されている。これはナチス時代の道路総監フリッツ・トットが、造園家で技術顧問のアルヴィン・ザイフェルトとともに、古来より賛美されたドイツの風景が無機質なアウトバーンによって分断されないよう、景観にとけこんだ道路設計に心を砕いたためである。バイエルン州イルシェンベルクの風景はその典型とされた。

　しかし建設から半世紀以上が過ぎ、ドイツのアウトバーンをめぐる状況は新たな局面を迎えている。ドイツ統一やヨーロッパ経済統合の影響で、建設当時では考えられなかった数の自動車が往来し、従来の起伏ある路面設計により渋滞や排気ガスなどの環境問題↓49が生じている。これまで無料で利用できたアウトバーンも、一九九五年からは重量貨物車に課金することとなり、二〇〇五年からは一二トン以上の貨物車にはマウトと呼ばれるGPS（全地球測位システム）と連動した課金制度が導入された。またアウトバーンといえば速度無制限で走れるイメージが強いが、居住地を通過するなどの特定区間では自動車による騒音を減少させるために速度規制の措置が取られている。速度無制限区域でも時速一三〇キロという推奨速度が定められている。このように、現在のアウトバーンは、ドイツの日常と深く結びつくことで新たな問題を生みながらも、日々進化を遂げつつ、快適な走行を可能にしている。（桂　元嗣）

48

自然療法——もうひとつのドイツ医学

主流としてのドイツ医学

今でもドイツ語でカルテを書いている医者がどれだけいるだろうか。医学用語としてドイツ語が使われなくなってから久しい。やがてはクランケ、オペ、アッペといったわずかな通用語が残るだけだろう。わが国では医学といえばドイツ、という定評が明治以来長く続いた。森林太郎（鷗外）も、後藤新平、北里柴三郎、斎藤茂吉も、ドイツに留学→コラム3・43して医学や衛生学を修めた。医学教育の主流も日本では第二次世界大戦まではドイツ一辺倒だった。ここでいうドイツ医学とは、大学中心→15、研究中心→43のモデルであり、近代化の騎手として特権的なアカデミズムを代表した。お堅い学究肌でときに権威主義的なほどに威厳を示す、というわが国のドイツ観（これは「プロイセン的」といえる）が培われたのにも、この歴史が大いに関係している。

近代（医学）批判としての自然療法

ところが、この「公式の」医学の興隆と並行して、一九世紀半ばのドイツには水治療、気候療法、ホメオパシー医療など「自然療法」と呼ばれる一連の運動があった。現代では代替医療、もしくは補完医療と呼ばれるもので、近代医学に頼らずに、人間に本来備わった治療力で病気を治そうとするものである。近代医学が人間を自然科学的手法で解剖学的にとらえ、病因を身体の個々の部位や器官に求めようとす

図１　ゼバスティアン・クナイプ

図２　ヴィンチェンツ・プリースニッツ

るのに対し、自然療法は人間を生きた全体としてとらえ、自己治癒力を活性化することでバランスを回復しようとする。医薬品を用いず、もっぱら水や空気、陽光、土壌の影響下に身体をさらし、食生活の改善や体操、水浴、マッサージ、呼吸法、薬草の利用などによって健康を回復しようとするこの療法は、病気を風土や体液に起因する自然現象とみるヒポクラテスの医学や、ヨーロッパに近代以前からあった民間療法に立ち返るものでもある。しかもそれを担うのは専門教育を受けた医師ではなく、自分の経験から治療法を編み出した「素人医師」である。例えばゼバスティアン・クナイプ（1821-97）はドミニコ会の司祭であったし、水治療を普及させたヴィンチェンツ・プリースニッツ（1799-1851）も正式の医学教育を受けたわけではない。それは分業化し、現場から離れた専門医学への批判でもある。

しかし、自然療法のより大きなモメントは、近代文明それ自体への批判にある。調和と平穏を保証する自然からの疎外と乖離がまずあり、あらためて原初の自然状態への回帰が求められるのだ。病気は何よりも、人間が都市生活と近代文明によって本来のあり方から離れることから生じ、利己主義や物質主義の横行といった精神的堕落や道徳の乱れ、貧困や階級対立といった社会問題もこの逸脱に始まるとされる。その意味で健康法は一種の世界観であり、「より良い生き方」に向けた処方箋である。ゆえに自然療法はとくに一九世紀の急速な産業化と近代化の影響に直接さらされる都市生活者に多くの支持者を見いだした。ニーチェ↓31、カフカ、ハインリヒ↓10・32・33・コラム4・48・51・55とトーマスのマン兄弟らが、水治療をはじめとする自然療法の熱心な励行者であったことはよく知られている。スイスとイタリアを往復するニーチェの旅から旅の生

図4　マクシミリアン・ビルヒャー=ベナー

図3　1863年ドレスデンで刊行された『自然医』創刊号の挿絵。患者を堂々と迎え入れる自然医を前に学校医学の医者は退散する

活は、神経と身体に良い療養地を求めての遍歴だったし、[↓8・17・コラム4]カフカはおよそあらゆる自然療法に関心をもっていた。こうした流行に支えられて、自然療法をうたう療養所（サナトリウム）は一九世紀末にはドイツ全土で百数十を数えた。

「生改革」と自然療法

自然療法の流行は一九世紀末から一九二〇年代にかけてドイツで隆盛をみた「生の哲学」[↓31]や「生改革運動」[↓49・50]の一環に位置づけることができる。ここでいう「生《レーベン》」とは、単なる生命や生活を指すのではなく、分割しえない総体としての人間と、人間と宇宙との関係までを含む。この「生」に特別の意味をみて、有機体は目に見えない生気で満たされて活きているとする生気論《ヴィタリズム》や、分割できない全体を部分の総和以上のものとする全体論《ホーリズム》も、自然療法の前提する生命観・身体観と合致するものだろう。

自然療法は近代批判的な信条を掲げた二〇世紀初頭のさまざまな運動とも密接にかかわる。ヌーディズム、反アルコール、反ニコチン、郷土保護[↓49]、衣服改革、予防接種反対、動物愛護、青年運動など。共通するのは、非合理的ないし擬似宗教的な信条と近代批判である。菜食主義も多くの自然療法が治療の一部として取り入れた食餌法で、もともとこの言葉は野菜《ヴェジタブル》からきたのではなくvegetareというラテン語に由来し、生命の活性化をめざすものだ。食餌法のエピソードをひとつだけあげれば、ドイツ語圏でよくみかける朝食のミューズリは、もとは二〇世紀はじめにスイスの医師マクシミリアン・ビルヒャー=ベナー（1867-1939）が自らの病から立ち直った経験にもとづいて考案した、菜食主義による厳格なダイエット食である。

図5　ミューズリ。創案者のオリジナルのレシピでは，燕麦やフスマにリンゴを丸ごとすりおろして和え，コンデンスミルクをかけ，好みで生のナッツを添える

魔法の言葉、「ハイル」

自然療法家たちは「医学《メディツィーン》」に対抗して、自分たちの療法をハイルクンデ（癒しの智慧）と呼んだ。ハイルとは「健全な、無事な」を意味するが、もともとは「全体＝whole」から由来する。「癒し、救済《ハイレン》」は、一部の疾患を取り除くのではなく、身体全体のバランスの回復に重きを置く彼らの方法にふさわしい言葉といえよう。

ハイルに注目するならば、ナチズムの民族至上主義との関連にも触れざるを得ない。実は自然療法はナチスの医療政策↓18とも親和性が高かった。一九三三年からの「新ドイツ医術《ノイエ・ドイチェ・ハイルンク》（ＮＤＨ）」は、近代医学を自然科学に偏った医療として批判し、「新たな、純粋にドイツ的な医術を発展させる必要」を訴え、近代医学と自然療法をあえて分割せず国家で一括して管理した。ここではホメオパシーもクナイプ式医療も気候療法もひとつ屋根の下に収められ、医師資格をもたない自然療法士にも治療の資格が与えられた。わざわざ「ハイルクンデ」を名乗っていることからも、「全体論」的な生命観を基礎においていることがわかるだろう。近代の産業社会を「病んだ」ものとみるナチズムの近代批判も自然療法のそれと近い。ただし「新ドイツ医術」が優先するのは個々人の身体ではなく、民族の身体である。この集団的身体が清浄に、また健全に保たれ、救済されなければならない、という主張において「癒し」は個人の身体を無視した選別的で他者排斥的な原理になる。もちろん、「全体論」と「全体主義」とは区別されるべきものであろう。にもかかわらず、両者は「ハイル」という魔法の言葉でつながっているような気がしてならない。

（田村和彦）

49

エコロジー――歴史とさまざまな取組み

図1　ベルリンでは近年ビオ専門店が急増し，一般のスーパーにも充実したビオ製品コーナーがあることが多い

環境先進国ドイツ

有機農法でつくられたビオ食品の普及、ごみの分別とリサイクル、エコ住宅にエコタウン、環境保護政党「緑の党」の躍進、再生可能エネルギーへの移行と脱原発宣言。一般市民の生活に関しても、国家行政のレベルでも、ドイツにおける環境への取組みに学ぶべき点は多い。このような「環境先進国」になるまでに、ドイツは長い自然保護の歴史をたどってきた。この項では、今日のさまざまな環境保護の取組みの背景となった、エコロジーの文化史的・思想史的側面に触れてみたい。

郷土保護連盟成立まで

ドイツにおける自然保護の原点は、美的観点からの森林保護である。↓3森林破壊は人類の歴史とともに始まるが、人口の少なかった一六世紀まではその影響は限定的だった。しかし、一七世紀末にフランスから重商主義・重農主義が導入されると、森林は、領主や教会が所有する狩場もしくは豚の飼育場から、効率的に国家の収益をあげるべき林業の場へと変貌した。一八世紀半ばから、ミズナラやブナなど成長の遅い広葉樹の森は、トウヒやモミなど成長の速い針葉樹の造林地に転換された。こうした森の景観の「醜悪化」↓13に対して、森林保護の動きが現れ、一八世紀末以降、ジャン=ジャック・ルソーの「自然に帰れ」をスローガンに、「堕落した」宮廷や都

図2　ミズナラによる豚の飼育

図3　エルンスト・ルドルフの生誕150年を記念して1990年に西ドイツで発行された60ペニヒ切手

会からの離脱と田園生活が求められた。しかし、この「自然国家ユートピア」志向は、森林破壊を推し進める経済理論を論破して社会運動となることはなく、深い森を讃美したロマン主義[29]も、具体的な森林保護対策を講じることはなかった。

一九世紀半ば以降、産業化・都市化が進展し、平野の開拓、鉄道網の整備、工場の建設などが急ピッチで進められると、一方では「汚染された」都会からの離脱と田園での生活実践をめざす「生改革運動」[48・50]が展開し、もう一方では廃れゆく文化や伝統の保護に関心が高まった。こうしたなか、ドイツの音楽家エルンスト・ルドルフは、「郷土保護」[48]の概念のもと、景観や自然の保護を文化保護の一環として位置づけ、多くの賛同者を得て一九〇四年に「郷土保護連盟」を設立した。郷土保護運動は、広く世論の支持を受けたこと、自然保護に向け具体的な行動を起こしたことから、ドイツ最初の環境保護運動に数えられる。自然史と歴史がつくる郷土と、その郷土で代を重ねる人々の血統を重んじるこの運動は、第一次世界大戦以降、人種主義と結びついて、血と大地思想へと展開しナチズムの思想的根拠をも形成した。

ナチ政権下の環境保護政策

郷土や生態系の保護を、ナチ政権は世界に先駆けて法制化した。帝国自然保護法（一九三五）は、「ドイツ民族の憧憬、喜び、保養地」である森や野原の「経済的必然性」による変容とそれにともなう動物の減少を防ぐため、保護の対象となる動植物の定義、天然記念物と自然保護の領域の設定、自然保護局の設置などを定めた。動物保護法（一九三三）は動物の権利を保障し、麻酔なしの生体解剖やガチョウの

我々は，エコロジー（Oecologie）を，有機体とそれを取り巻く外界との関係に関する包括的な学問と理解する。外界には，広義の「生存条件」もすべて数え入れる。「生存条件」とは，一部は有機的自然，一部は無機的自然である。前述した通り，無機的自然も有機的自然も，有機体の形態にとって最大級の意味を担っている。なぜなら，無機的自然は有機的自然に，無機的自然に適合することを強いるからである。（ヘッケル『有機体の一般形態学』（1866）より）

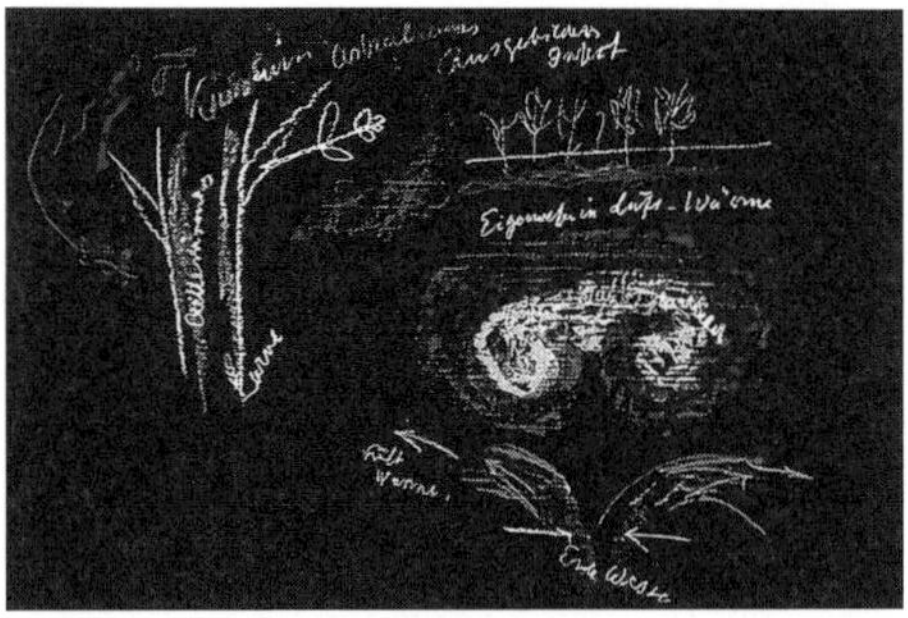

図４　シュタイナーの有機農業観を表す黒板絵の一枚

強制肥育などの動物虐待を禁止した。ふたつの法律は、人間中心主義を批判し、人間・動物・植物を包括する「生命」を国家の軸とするための世界初の試みである。

ナチ政権の食糧農業大臣リヒャルト・ダレーは、こうした生命観をもっともよく体現する人間の営為の場を農場に求め、人智学者ルドルフ・シュタイナーが一九二四年に提唱した有機農法（バイオ・ダイナミック農法）に強い関心を示した。有機農法では、農場を土壌・植物・動物・人間が循環する有機体とみなし、家畜の糞尿を植物の肥料として、農場の植物を家畜の飼料として用いる。有機農業は生産性の低さから公には禁止されたが，ダレーやハインリヒ・ヒムラーによって強制収容所で実践され、囚人の糞尿や血液、骨や灰は「肥料」として土に返された。強制収容所は、農場と同じく閉じたシステムのなかで「生命」が循環する「有機体」だった。

エコロジーの始まりと展開

「エコロジー」は、ドイツの生物学者エルンスト・ヘッケルの造語である。彼はチャールズ・ダーウィン『種の起源』（一八五九）を独自に解釈し、人間と他の生物、有機物と無機物を分ける従来の二元論を批判し、人間を含むすべての生物は同一の起源をもつとする一元論を主張した。エコロジー（Ökologie）は、ギリシア語の「家（oikos）」と「論（logos）」の合成語で、生物の「家計」、すなわち、生物と生物の間、もしくは生物とそれを取りまく無機的環境の間の、物質やエネルギーのやり取りを研究する生物学の一分野（一般に「生態学」と訳される）だった。その後、「エコロジー」は、アメリカで、人間の生活環境を生態系と関連づける今日的な意味を

国家は将来の世代への責任においても，憲法的秩序の枠内で立法により，また，法律と法に基づいて執行権と裁判により，自然の生活基盤と動物を保護する（ドイツ基本法第20ａ条。ドイツ連邦共和国の国家権力・選挙・立法・司法を規定した第20条の追加条項として1994年に制定，2002年の改定で動物を保護対象に追加）。

図５　『デア・シュピーゲル』誌1961年33号表紙。「ルール地方に青空を」は同年の連邦議会選挙で躍進したＳＰＤのスローガン

獲得していく。一八九二年、化学者エレン・スワロー・リチャーズは、水質や食品など公衆衛生に関する自身の研究成果にヘッケルのエコロジー概念を援用し、エコロジー（ecology）を、すべての人間の「家」、すなわち環境を、自然科学の知識を用いて健全化する社会活動と定義した。「エコロジー」は、人工化学物質による生態系・環境の破壊に警鐘を鳴らしたレイチェル・カーソン『沈黙の春』（一九六二）などにより、「環境保護運動」の意味合いを有して欧米諸国に浸透した。

旧西ドイツ↓5では、ルール工業地帯の大気汚染やローマクラブ編纂『成長の限界』（一九七二）を背景に、一九六〇年代末以降にエコロジー政策が展開された。西独初のＳＰＤ出身首相ブラント↓5・26の政権は、大気・土壌・水質・動植物の生態系を保護する「環境保護計画」を発表し、小学校からの「環境教育計画」の実践を各州に求めた。同政権下でオイルショックを機に原発の建設ラッシュが起こると、原発反対運動が本格化し、緑の党が勢力を拡大、環境と原発をめぐる問題は政治の主要な争点のひとつとなる。チェルノブイリ原発事故（一九八六）後はＳＰＤが、福島第一原発事故（二〇一一）後はメルケル率いる保守政党ＣＤＵ政権も、脱原発の方針を固めた↓4。

環境保護は当初、経済活動に逆行して推進すべきものととらえられていたが、国連環境開発会議（一九九二）で経済発展と環境保護を両立させる「持続可能な発展」が宣言されると、憲法に相当する「ドイツ基本法」に環境保護の条項が追加された。現在も、エネルギーや資源、温暖化、大気、土地の利用と開発、農業、種の保存などに関して、二〇年や三〇年、ときには五〇年単位の長期的で具体的な目標のもと、エコロジー、経済成長、社会の安定の三者の調和が追及されている。（中丸禎子）

50

市民農園《クラインガルテン》——「小さな庭」の大きな役割

図１　空から見たクラインガルテン群

図２　クラインガルテンの一区画

都市住民の緑のオアシス

ドイツでは町の周縁部や鉄道の線路沿いで、四角く区切られた土地にひとつずつコテージのような建物のある庭が何十も、ときには何百も整然と並んだ一画をみかけることがある。これはクラインガルテン（Kleingarten「小さな庭」）と呼ばれる市民農園で、都市住民が園芸を楽しみ、自然と触れあいながら余暇を過ごすことのできる施設として人気がある。クラインガルテンの多くは各地の非営利団体（協会）が共同管理して会員に賃貸しており、現在、ドイツで最大規模のクラインガルテン組織「ドイツ菜園愛好者連邦連盟」には、全国で一万五〇〇〇のクラインガルテン協会が所属して、約一〇〇万区画の庭を管理し、その利用者は五〇〇万人におよぶ。一区画の広さは平均三七〇平米ということだから、「小さな庭」といっても、日本の感覚からすれば広々とした空間である。クラインガルテンの設置や利用のしかたは連邦クラインガルテン法によって定められており、私的な園芸利用や保養を目的とすること、一区画は四〇〇平米をこえてはならないこと、庭に建てられる建物は簡便なもので、恒常的な住居として利用してはいけないことなどが規定されている。

余暇の楽しみと実用性

クラインガルテンの歴史は一九世紀にさかのぼる。この世紀の半ば以降、ドイツ

図 3　クラインガルテンでくつろぐ家族（1906）

図 4　クラインガルテンの収穫祭でのダンス（1920）

では貧民救済や労働者の福利厚生などの目的でさまざまな形態のクラインガルテンが生まれた。そのひとつで現在でもクラインガルテンの別名となっているシュレーバーガルテンは、一八六四年にライプツィヒで結成された「シュレーバー協会」に由来する。この協会は、工業化と都市化によって住環境が悪化した都市の子どもが屋外で自由に体を動かすことのできる遊び場の設置を目的としてつくられ、先に同様の施設の重要性を訴えていた医師ダニエル・ゴットロープ・モーリッツ・シュレーバー（1808–61）にちなんで名づけられた。そして、協会が子どものための運動や遊びのスペースの周囲に設けた花壇を家族で手入れするようになり、それがシュレーバーガルテンと呼ばれて各地に広まったのである。その他、自然療法や菜食主義などの生活改革（生改革）↓48・49運動と結びついてつくられたクラインガルテンもあった。

このようにクラインガルテンは、ドイツで一九世紀以降、近代化にともなって起こった生活様式の大きな変化を背景として生まれ、単なる園芸施設にとどまらず、さまざまな機能をはたしながら生活文化のなかに根づいていった。クラインガルテンの多くが協会《フェライン》というかたちをとって普及したことも、市民や労働者の自主的な団体が数多くつくられ、血縁や地縁にかわる人々のつながりや、企業での雇用労働によって発生した余暇を過ごす機会を提供した一九世紀の特徴である。クラインガルテンにはしばしば運動場や子どもの遊び場、集会所などの施設も併設され、協会によって収穫祭などの祝祭や、演劇、ダンス、音楽、朗読会や講演会などの催しがおこなわれて、労働者が家族とともに余暇を過ごす場となったのである。

また、クラインガルテンは、危機の時代にはたびたび住居の供給と食糧生産とい

図５　クラインガルテンの小屋に住む人々（ツィレ画，1900年代）

そのとき，ハイルブットはこの小屋のことを思いついた。ベルリンの東部で，40キロ離れているから，もはやベルリンともいえないが，ちょっとした土地がついている。「３年前に相続したんだ，ピンネベルク，伯母の誰かからな。だがおれが小屋をもっていたってどうしろというんだ？　お前たちが住めばいい。自分たちが食べるくらいの野菜やジャガイモを育てることだってできるだろう」。
（ファラダ『しがない男よ，さてどうする？』より）

う実用的な役割をはたすことになった。一九世紀末から二〇世紀はじめにかけて、ベルリンなど大都市で賃貸兵舎《ミーツカゼルネ》に代表されるような住宅問題→51が深刻化したときには、クラインガルテンの小屋を住居とし、菜園を耕して食糧不足を補いながら暮らす人々が現れ、クラインガルテンの集落も生まれた。ヴァイマル共和国末期、世界恐慌下のドイツを舞台にしたハンス・ファラダ（1893–1947）の小説『しがない男よ、さてどうする？』（一九三二）では、失業した主人公が家族とともにベルリン近郊のクラインガルテンの小屋に住むことになるが、このような描写には当時の実情が映しだされている。また、第二次世界大戦末期から戦後にかけての困窮の時期にも、クラインガルテンは住居や食糧を確保する手段として利用された。

東ドイツのクラインガルテン

戦後→5、クラインガルテンは、西ドイツでは個人的な趣味活動のひとつとなっていったのにたいして、東ドイツでは政治的・経済的にも重要な意味をもつようになる。東ドイツ政府は当初はクラインガルテンを軽視していたが、一九五九年に全国的なクラインガルテン連盟の設立が認められ、大衆組織として社会主義統一党の政治体制の構成要素となった。そして、一九七〇年代半ばからは、クラインガルテンは明確に計画経済に組みこまれ、食糧生産の一翼を担う活動として積極的に奨励されるようになった。クラインガルテンの収穫物は政府に買い上げられて、国民に新鮮な野菜や果物、卵などを供給したのである。同時に、海外旅行が制限され、休暇地も限られていた東ドイツで、クラインガルテンが余暇や私的な楽しみのための場としてはたしていた役割も小さくはない。

エコロジーと多文化交流

東西ドイツの統一[27]後は、旧東独のクラインガルテン連盟は旧西独の連邦連盟に組み入れられ、連邦クラインガルテン法の下に置かれることになった。西ドイツ時代にはクラインガルテンの利用者の減少や高齢化の傾向がみられたが、近年はもち直し、子どものいる若い家族の利用も増えてきている。一九八三年に制定された連邦クラインガルテン法には、環境・自然保護や景観保護にかんする文言が盛りこまれているように、都市の緑化や大気の改善、無農薬・有機栽培など、クラインガルテンにたいするエコロジー[49]の観点からの関心も高い。

最近のドイツのクラインガルテンにみられるもうひとつの新しい傾向は、外国出身の利用者の増加で、二〇〇四年には、連邦連盟に属するクラインガルテンの利用者の七・五パーセント（旧西独の州では一七パーセント）が移民の背景[9]をもっていることが明らかになった。ロシア出身でベルリン在住の作家ヴラディーミル・カミーナー（1967– ）もその一人で、『シュレーバーガルテンでの暮らし』（二〇〇七）には、はじめて家族で借りたクラインガルテンでの一年が、隣人のドイツ人たちの行動の観察や協会活動への参加体験などを通してユーモラスに描かれており、独自の切り口で書かれたドイツ文化論として読んでもおもしろい。移民受入国として外国人との共生が重要な課題となっている現代ドイツでは、このようなクラインガルテンを通じた多文化交流にも期待が寄せられている。

（濱中　春）

あるときロシアの友人と一緒に電車に乗っていると，彼はドイツには子どものための施設がたくさんあるんだねと感心していった。友人が指さしたのはシュレーバーガルテンだった。小さな家がたくさん建っているので子どもの遊び場だと思ったのである。そこには遊びに夢中になった大人たちがいるなどとは彼には思いもよらないことだった。

（カミーナー『シュレーバーガルテンでの暮らし』より）

図６　クラインガルテンの収穫物の展示（東ドイツ，1980年代）

図１　市民家族の朝食の間（1820）

51 住まい――「居心地のよさ」のかたちの変遷

「居心地のよさ」を求めて

ドイツ語には「ゲミュートリヒカイト（Gemütlichkeit）」という言葉がある。さしあたり「居心地のよさ」と訳しておくが、本来は翻訳不可能なドイツ語に固有の概念をあらわす言葉とされ、ストレスがなくくつろいだ気持ちや庇護されているという安心感、あるいはそのような気持ちをもたらす雰囲気を指して使われる。ドイツ人が何に対して「居心地のよさ」を感じるかは個人や状況によっても異なるが、住まいは「居心地のよさ」と結びつけられることの多い場所のひとつである。衣食住のうちで住まいはドイツ人がとくに大切にしている生活領域であり、自分の住まいを仕事や社会活動から離れたプライベートな場所として居心地のよい空間にするために、工夫やエネルギーを惜しまない人は多い。

私的な領域としての住まい

このようにドイツにおいて住まいが私的な安らぎの領域として重要な意味をもつようになったのは、近代以降のことである。近世までは血縁によって結ばれた者だけではなく奉公人も同じひとつの家に住み、居住空間と仕事場のあいだにも明確な区別はなかった。このような職住が一体化した近代以前の大所帯の家にたいして、一八世紀末以降、大都市の上層市民層のあいだで生まれた近代家族↓12、つまり両親と

図２　ビーダーマイヤー様式のインテリア

図３　ベルリン最大の賃貸兵舎（ミーツカゼルネ）マイアースホーフ（1929）。中庭をはさんで７棟の建物が連なる

子どもからなる小家族は、居住と労働の分離をうながし、住まいは職業や公的な世界に対置される親密で私的な場となったのである。また、近世までの住まいではひとつの部屋が食事や労働、睡眠などさまざまな目的で使われていたが、近代市民家族の住まいでは食堂、居間、客間、寝室、子ども部屋など個々の使用目的に応じた部屋がつくられ、それらを廊下でへだてることによってプライバシーが確保された。

　ドイツ文化史において一九世紀前半はビーダーマイヤー時代といわれるが、市民的な住文化が発展したのはちょうどこの時代である。→10・32・33・コラム4・48・55アーダルベルト・シュティフター（1805–68）の『晩夏』（一八五七）やトーマス・マン（1875–1955）の『ブッデンブローク家の人々』（一九〇一）など、ビーダーマイヤー時代を舞台にした小説には、登場人物が暮らす家の内部が精密に描写されており、当時のブルジョワ階級の住まいの様子を伝えるとともに、住まいに見いだされていた価値の大きさをあらわしてもいる。ビーダーマイヤー様式といわれる簡素なスタイルの家具が置かれた部屋で、一家団欒によってもたらされる「居心地のよさ」は、政治や社会改革よりも家庭と日常生活に重きがおかれたこの時代を代表する価値観だったのである。

住宅問題と新しい建築様式

　市民的小家族の住まいは一九世紀の住文化のモデルとなったが、当時、そのような住まいを手に入れることができるのは中上層の市民に限られていた。この時代に急速に進んだ工業化と都市化によって、都市で生活する下層の勤め人や労働者は住宅難や過密で不衛生な住環境という問題に直面することになる。一九世紀後半、べ

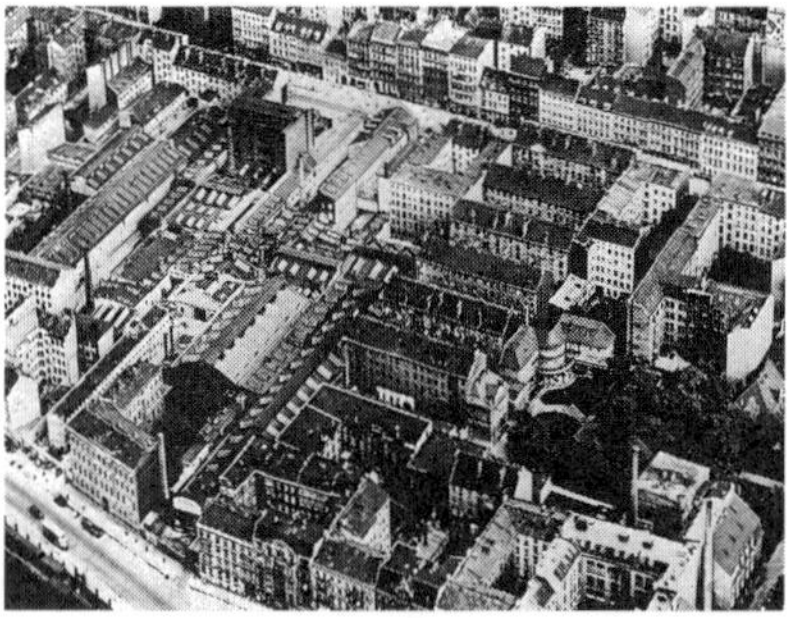

図４　マイアースホーフの空中写真（画面中央）

図５　労働者一家の住まいと下宿人（ツィレ画，1902）

ルリンなどの大都市では「賃貸兵舎《ミーツカゼルネ》」と呼ばれる巨大な集合住宅が生まれ、住宅問題↓50の代名詞としてしばしば槍玉にあげられた。これは四、五階建ての建物が中庭をはさんでいくつも連なったもので、奥にいくほど日あたりや風通しが悪くなるだけではなく、一部屋か、せいぜい二部屋しかない狭い一室に子だくさんの家族が下宿人とともに暮らすという劣悪な住環境であった。当時、ベルリンの庶民の世界を描いた画家ハインリヒ・ツィレ（1858-1929）は、賃貸兵舎での暮らしにも目を向けており、社会の底辺で生きる人々への共感のこもった作品を残している。

　こういった住宅問題にたいして公的な住宅政策が本格的に導入されたのは、第一次世界大戦後のヴァイマル共和国↓24においてである。一九一九年に制定されたヴァイマル憲法では、はじめてすべてのドイツ人に「健康的な住居」を保障することが基本的権利として掲げられ、公的機関による住宅の建設が促進された。同時に、一九二〇年代に花開いたモダニズム建築は、住宅建築にも大きな変化をもたらした。ドイツではバウハウスなどの建築家によって鉄やコンクリートという新しい素材を用いたシンプルで機能的な住宅建築が提案され、住宅問題の解決策として大都市の郊外に住宅団地《ジードルング》がつくられた。そこでは近代的な建築様式と合理的な工法で、小家族向けに機能と衛生に配慮した間取りや設備を備えた住宅が提供されたのである。

　ヴァイマル期に生まれた新しい住宅のコンセプトは、第二次世界大戦後の東ドイツ↓5で大規模に展開されることになる。西ドイツでは戦後の住宅難の時代を過ぎると、高層の団地がつくられることは少なくなったのにたいして、東ドイツでは計画経済の下で効率よく住宅を供給するために、あらかじめ工場で生産・加工されたコンク

図6　1930年前後にベルリン郊外につくられた住宅団地

図7　ベルリン東部のプラッテンバウ

リートパネルを組み立てる工法で、標準化された間取りの大規模な高層の集合住宅群が数多くつくられた。二〇〇三年に公開された映画『グッバイ、レーニン！』で東ベルリンに暮らす主人公の住まいもこのような団地である。プラッテンバウ（Plattenbau）と呼ばれるこれらの団地は、画一的な外観で現在でも旧東独の都市のイメージを印象づけているが、近年では独自のスタイルとして見直す動きもある。

ライフスタイルの多様化

ドイツでは現在でも、一九世紀や二〇世紀前半に建てられた建物を改修して住み続けることもめずらしくないばかりか、そのような住まいはむしろ人気が高いほどである。このように、市民的小家族が理想とされた時代の住まいは、建築物としては当時の姿をとどめるが、同時にそこに住む人々の暮らし方は大きく変化した。現代のドイツでは、夫婦と子どもからなる家族は少数派で、一人暮らし世帯や単親家族が増加するなど家族のかたちは多様化している。また、WG《ヴェーゲー》（Wohngemeinschaft の略。「住居共同体」）と呼ばれるルームシェアが一九六〇年代後半以降、学生や若者を中心に盛んになり、定着しているほか、近年では高齢者と若い世代とのWGなど、家族以外の人同士による共同生活の新たなかたちも生まれている。他方で、テレビやインターネット、携帯電話などのメディアの普及によって、住まいの内と外、私的な領域と公的な領域の境界も曖昧になってきた。住まいは現在でも多くのドイツ人にとって、プライベートな居心地のよさのための場所ととらえられているが、その内実はライフスタイルの多様化とともに変化してきているのである。（濱中　春）

52

広場——ドイツの歴史、文化、そして文学の舞台

広場のなかの歴史、歴史のなかの広場

ベルリンのポツダム広場↓42、ミュンヘンのマリーエン広場、フランクフルトのレーマー広場。ドイツ語圏の多くの都市には名所と呼ばれる広場がある。各都市の地図や路線図をじっと眺めれば、さらに多くの広場の名前が浮かんでくる。マルクト（市場）広場、ゲーテ広場、アデナウアー広場。そう、広場の名前からは、歴史的・政治的・文化的な背景が見えてくる。また、同じ広場でも時代によって違う名を冠されることもある。広場のなかには歴史があり、広場もまた歴史のなかにあるのだ。

マルクト広場——中世ドイツ都市の成立と変遷

古代ポリスのアゴラや古代ローマのフォールムにみられるヨーロッパ都市の「広場」の原型は、市民の集会、また交流の場である。こうした公共空間にふさわしく、広場は都市全体のなかで画然とした位置を占め、ときには回廊で囲われていた。しかしドイツの広場はこうした理想形とはまったく異なる展開をみせてきた。ここではどの街にもある↓2・23「マルクト広場」を例に、ドイツの広場の歴史を辿ってみよう。

古代ローマ帝国による支配の後、その瓦礫の上に建設されたライン流域↓2の司教都市（マインツ、ケルン、トリアーなど）は、中世ドイツの都市の原型だ。中世初期、教会↓6領主たる司教は世俗領主の役割をも兼ねており、司教座が行政の中枢を担った。

図1　ミュンヘンのマルクトの様子（19世紀）

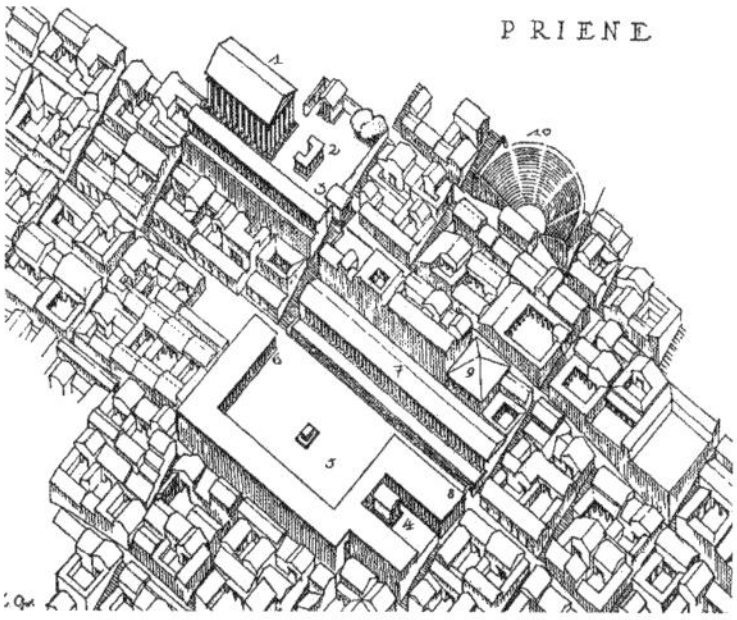

図２　古代都市プリエネ。中央に「アゴラ」

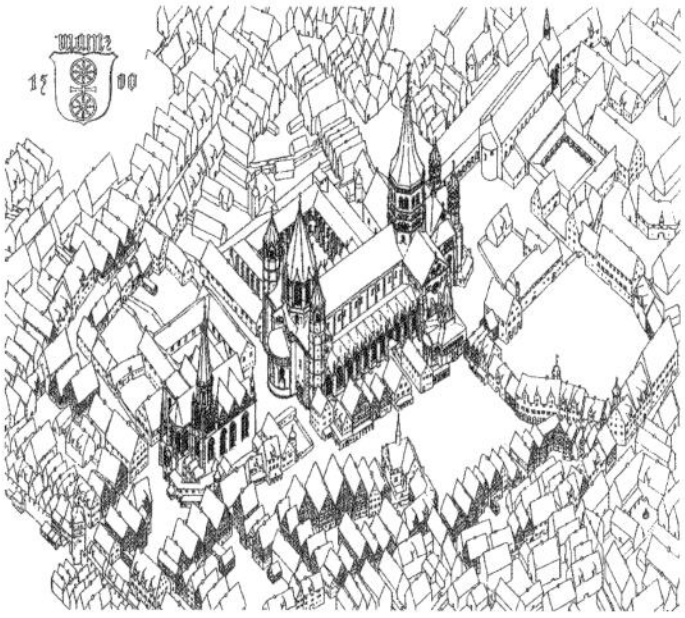

図３　15世紀のマインツ。過密化の様子がわかる

これら各都市の発展のきっかけとなったのがマルクト広場だ。市場（マルクト）は領主の権限において開かれ、そこでの税収は重要な財源となった。そのため、パン屋、肉屋、青果商が所狭しと屋台を並べる広場は、領主たる司教のいる大聖堂の周辺に置かれた。マルクトでの争いの調停、また各種犯罪の裁判もこの広場で行われたが、これが今も多くの都市に見られる市庁舎（ラートハウス）の原型である。

ところで、裁判所が市庁舎といういわば都市の自治の象徴へと変化した背景には、およそ一二世紀に勃発した都市領主（とくに司教）と市民との権力闘争があった。もちろん最大の問題は、マルクトでの収益に課せられた高い税金だった。例えばシュトラースブルク（ストラスブール）では、一二六二年のハウスベルゲンの戦いによって、市民は領主の手からマルクト広場を奪い返したのである。自治権を獲得して裕福となった商人たちは、都市の過密化も相まって、それまでの屋台を住宅に建てかえ始める。それによってマルクト広場はかつての広大さを失い、無秩序に家屋の並ぶ錯綜した空間に変わってゆく。今でもマインツのマルクト広場周辺には木組みの家が立ち並ぶ袋小路がみられるが、これはその名残だ。このように社会構造と都市構造の重なり合う姿を、マルクト広場は雄弁に物語っている。

ポツダム広場――近代ドイツの記憶の場所

一六八五年、フランス国王ルイ一四世の宗教弾圧による大量のユグノー教徒の亡命。彼らを受け入れたことからベルリンの大都市化が始まった。市街地は拡大の一途をたどり、一八世紀半ばまでにはとくに南西方向に――つまりプロイセン国王が

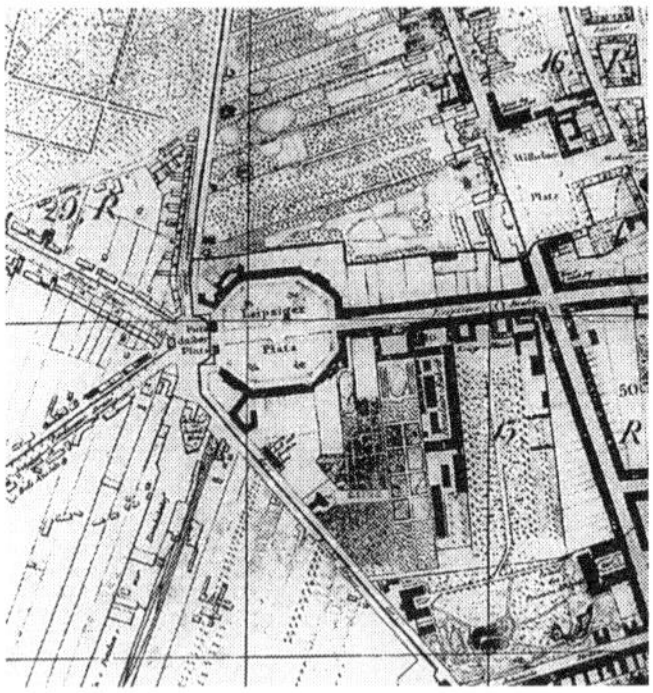

図4　中央が「オクトゴン」（1826）

住まうポツダム、さらには大商業地ライプツィヒをめざすかのように広がってゆく。後に「ライプツィヒ通り」と呼ばれる通りには新たに市門が置かれ、その内側に「オクトゴン」、文字通り八角形の広場が造成された。後のライプツィヒ広場である。「オクトゴン」が早くから市場や練兵場として利用されたのに対し、門外（西側）の敷地は一九世紀初頭まで、郊外の牧歌的な別荘地、次には新興住宅地としての地位に甘んじた。この敷地は「ポツダム広場」と呼ばれるようになり、そして旧来の関税壁が撤去されたことで、ライプツィヒ―ポツダム「二重広場」が誕生した。

この二重広場の発展を決定づけたのが、ベルリンとポツダムを結ぶ鉄道敷設（一八三八）だ。ここに開設された「ポツダム広場駅」は、ザクセンからの、さらに後には南ヨーロッパからの、ベルリンへの玄関口となった。一八七一年、ベルリンがドイツ帝国の首都となったことは二重広場の重要性をますます高め、同時に、「ポツダム広場」の名は近代的都市生活の象徴となってゆく。旧ベルリンの周縁から新ベルリンの中心地へ。官庁街、商業・宿泊施設、歓楽街を併せもち、おびただしい自家用車が行き交い、市電やバスの路線が集中するポツダム広場は、一九二〇年代（いわゆる「黄金の二〇年代」）にその繁栄の頂点を迎えたのである。

それ以降のポツダム広場の歴史は、二〇世紀から現代にいたるドイツの歴史をそのまま映し出す。一九三〇年代にはナチス政府の重要各省庁が配置されたかと思うと、大戦後、廃墟と化した「二重広場」は再び分断され、今度は東西対立の最前線として、冷戦時代の象徴的なトポスとなった。↓5 それだけに壁崩壊の後、ポツダム広場がドイツ再統一↓27 を象徴する神話的な位置を占めたのは当然といえる。ソニーセン

図5　1920年代のポツダム広場

図6　図5と同じアングルでとらえた現代の様子

ターをはじめとするポストモダン建築が立ち並び、なお建設の途上にあるポツダム広場は、近現代ドイツの繁栄と苦難の記憶とともに、未来を指し示す場所である。

「広場」をめぐる理想と現実――ジッテからデーブリーンへ

鉄道・道路が複雑なネットワークを形成する近代資本主義社会に入ると、広場はもはや市民の交流や憩いの場ではなく、通過と乗換えのポイントとなる。ポツダム広場はその代表例だった。他の巨大都市ではウィーンも同様で、中世以来の都市が一気に変貌する時代だったからこそ、「広場はどうあるべきか」は近代都市が解決すべき最重要の課題として、熱く議論された。例えばウィーンの建築家カミロ・ジッテ（1843-1903）は、「交通問題のみをこととして芸術的伝統を無視」した当時の広場の建設を批判し、都市建設は「もっとも単純かつ高度な意味で芸術的な問題」となるべきだと主張したが、これを単に古典主義的と断ずることはできない。「芸術的」とは、ジッテにとっては合理性と美を統合する理念だったのであり、唯美的というよりも人文主義的な性格を強くもつものだ。その主張においては、機能のためではなく人間のための広場のあり方が追求されたといえよう。

だがこうした主張は、歴史の流れに対する楔とはなりえなかった。アルフレート・デーブリーン↓36（1878-1957）の小説『ベルリン・アレクサンダー広場』（一九二八）は、ジッテが追求した意味での人間性が喪失された後の「広場」の姿を、これ以上なくリアルに描きだすことに成功している。

（武田利勝）

53

ソーセージとケバブ――伝統へのこだわりと新しい味の受容

図1　豚肉の煮込み料理

軽食《インビス》から煮込みまで

ドイツ料理の代名詞となっている「ソーセージ」と「ジャガイモ」はいずれも、真っ白なテーブルクロスが敷かれた豪華な食卓よりも、賑やかな居酒屋のテーブルや買い食いが似合う軽食だ。ドイツでは街のあちこちに軽食スタンドがあり、パンに挟んだソーセージや、フライド・ポテトに手軽にありつける。だが、ドイツの食事がそもそもファーストフード的かというと、そうではない。オーストリアの建築家アドルフ・ロース（1870–1933）は、アメリカの定番料理ステーキが「たった五分ほどローストした肉片」であるのに対して、ドイツの肉料理は「五時間もかけて軟らかく煮こまれた」ものだと言っているが、ドイツではそうした手のこんだ料理が、レストランだけではなく、一般家庭でも供される。街の広場に定期的に立つ市場↓52が、新鮮で良質な食材を手に入れようとする人々で賑わっているのは、家庭での食事が重視されている証だろう。ドイツでは、核家族化が進む現在でも、キリスト教の行事↓45や祝い事の際には友人や知人を家に招き、腕によりをかけた肉料理をふるまうことが多い。

ソーセージとパン――伝統の味

ドイツの食文化に古くから根を下ろしている食べ物としては、ソーセージとパン

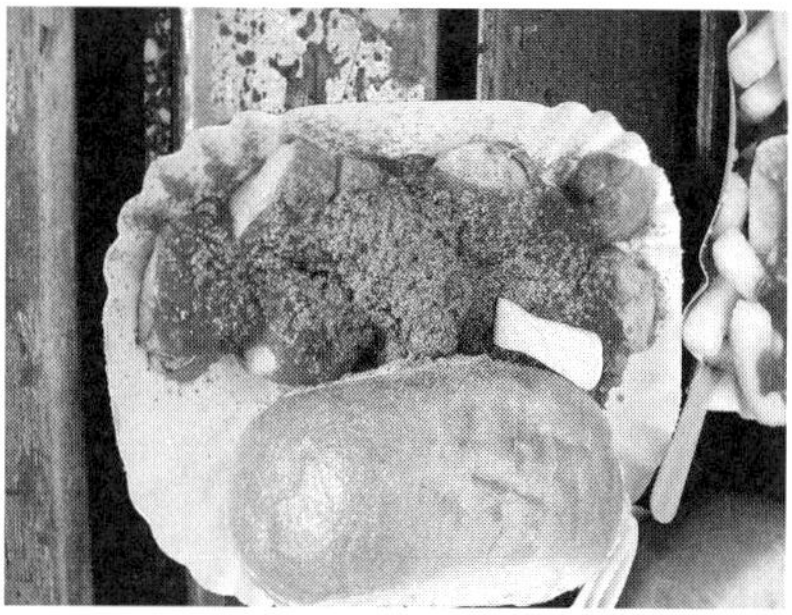

図2　ベルリン名物「カリーヴルスト」

図3　朝食に用意されたパン

をあげることができる。両者は『グリム童話』[22]にもたびたび登場する、庶民にとっても身近な食べ物だった。

　もともとは、貴重な肉をあますところなく食べ尽くすために内臓や血も用いてつくられたソーセージは、いわば大衆食品である。ドイツには一五〇〇種類以上のソーセージがあるといわれ、各地方にはそれぞれ名物ソーセージが存在する。なかでもバイエルンの大ぶりの白ソーセージは、食べ方も一風変わっている。新鮮さが命のこのソーセージは、冷蔵技術が発達していなかった時代の名残で、正午の鐘が鳴る前に食べなければならないとされている。さらに通は、ソーセージの端を切って皮から吸い出すようにして食べる。これができない場合でも、輪切りにしてはならず、ナイフで縦に切り込みを入れて皮をむいて食べるのがきまりだ。ほかにも、ニュルンベルクの小さな焼きソーセージや、第二次世界大戦後に誕生したベルリン名物「カリーヴルスト」（カレー粉とトマトソースを焼きソーセージにまぶしたもの）など、ご当地ソーセージは枚挙にいとまがない。

　もうひとつドイツの食生活を語るうえで忘れてはならないのがパンである。ドイツのパン屋は朝六時ごろには開店していて、人々がその日に食べるパンを求めにくる。「この子は毎朝自分のパンを自分で買ってくる」といえば、それはその子に対する最大級の褒め言葉だ。ドイツパンの最大の特徴はライ麦粉が多く使われていることである。寒さが厳しいドイツでは、小麦よりもライ麦の方がよく育つのだ。小麦とライ麦の配合によってさまざまな種類のパンができ、小麦だけを使えば白パンに、ライ麦の割合が高ければ黒パンになる。かつてはやわらかな白パンが高級品と

図5　休憩用に用意されたコーヒーセット

図4　フリードリヒ２世によるジャガイモ栽培の視察

されたが、現在では健康ブームも手伝って、黒パンの人気も高まっている。

ジャガイモ、コーヒー、ケバブ――外来の食

ドイツの家庭の地下室にはたいていジャガイモ保存用の木箱があり、一日に一度は食されているというジャガイモだが、実はドイツの食生活においては新参者に入る。南米のアンデス地方を原産とするジャガイモの栽培がドイツで始まったのは、一七世紀に入ってからだ。しかもジャガイモは当初、豚の飼料になるような二流の食材とみなされて、すぐには受け入れられず、食卓の主役になるには一八世紀を待たねばならなかった。天候不順や戦争が相次いだ一八世紀は、増加する人口に農業生産が追いつかず、定期的に飢饉に見舞われた時代であり、庶民の主食である穀物は慢性的に不足し、栄養不良が常態化していた。そこで領主たちは、農地拡大や技術革新を進めるとともに、ジャガイモの栄養価や効用を説き、その栽培を促したのだ。だが、庶民がジャガイモを受け入れた決定的な理由は、食糧難という眼前に迫る危機だった。同じ広さの畑で、ジャガイモは穀物の二、三倍の人数分の食料を生産できたのである。その後ジャガイモの食べ方はさまざまに工夫され、ドイツの食事に欠かせない食材になった。

また、飲料において現在ドイツでの消費量第一位を占めているのは、ビールでもミネラルウォーターでもなく、コーヒーである。ドイツ人にとって濃く淹れたコーヒーは景気づけや気分転換には欠かせないもので、朝食や休憩時間には大ぶりのコーヒーポットが大活躍する。いまやドイツの国民飲料となっているコーヒーは、

図６　代用コーヒー（麦芽原料：現在ではノンカフェインの健康飲料）

図７　ケバブ屋

アラブ世界から、港町ハンブルクやブレーメンを経由して北ドイツに↓2、そしてオスマン帝国の包囲を受けた（一五二九、一六八三）ウィーンを経て南ドイツに伝わった。ドイツ語圏初のコーヒーハウスは一六七〇年代にハンブルクに開店したとされている。当初コーヒーは一般市民には手が届かない高級品だったが、ジャガイモとは逆に、人々の憧れの的だったらしい。身分秩序を維持するためにたびたび「コーヒー禁止令」が発令されたにもかかわらず、一八世紀になると、経済力を得た市民がコーヒーの飲用を習慣化し始め、同世紀末には市民の飲み物としてほぼ定着した。しかし、コーヒーの産地になりうるような植民地をほとんどもたなかったドイツにとって、コーヒーの輸入は資本流出を意味していたため、チコリの根などを用いた代用コーヒーが盛んに生産・飲用され、第二次世界大戦後まで輸出もされていた。

　そして、いまやドイツの軽食のなかでソーセージと人気を二分するメニューとなった「ドネルケバブ」は、トルコ由来の食べ物である。第二次世界大戦後、西ドイツは経済復興のために大量の労働力を必要とし、トルコから多くの移民↓9を迎えた。彼らがもたらしたトルコ料理のなかで最も広まったのがドネルケバブである。スライスした肉を重ねて大きな串に刺し、その串を垂直に立てて回転させながらあぶり焼きにする料理だが、ドイツでは、そこから切り出した肉とたっぷりの野菜を半円形のパンに挟んで、ケバブサンドとして食べるのが一般的だ。

　ドイツはさまざまな外来の食を受け入れてきたが、その背景には、飢餓、市民社会の勃興、移民の増加といった社会的な必然性があると同時に、外来の食を受け入れるだけの柔軟さがあったといえるだろう。

（岡本和子）

54

ビール——ドイツの誇りと意地

図１　安いドイツのビール

ビールは水？

ドイツ語のあらゆる名詞は、文法上、男性、女性、中性のいずれかの性をもっている。ひとつひとつ名詞の性を覚えなければならないのは、初学者にとって頭が痛いことである。筆者はドイツ語の授業を受けていたときに、面白いことを聞いた。ワインやウィスキーなどのアルコール類はすべて男性名詞。だが、ビールだけは中性名詞である。なぜなら、ドイツ人にとってビールは水のようなもので、その「水」が中性名詞だからである、と。むろん語学的な根拠があるわけではないが、ドイツのビール事情については示唆に富んだ指摘である。実際ドイツでは、ビールは日本と比較できないほど安く、五〇〇ミリリットルの瓶ビールが一本一ユーロ前後である。それは酒税が安いからではあるが、ドイツ人にとってビールが水のように身近なものだということでもある。

年々減少傾向ではあるが、現在ドイツ人は一人当たり、年間で約一〇六リットルのビールを消費する。また、ミュンヘンで毎年九月中旬から一〇月上旬に開催される世界最大のビール祭り、オクトーバー・フェストには六〇〇万人以上もの人が世界各国からやってくる。「ドイツ」といって真っ先に思い浮かぶもののひとつが「ビール」であるのもうなずける。歴史的にみると、タキトゥスの『ゲルマーニア』にはすでに麦を原料とした酒が飲まれていたことを示す叙述がみられる。ただし、

図2　世界最大のビール祭り「オクトーバー・フェスト」

飲料には，大麦または小麦より醸造（つく）られ，いくらか葡萄酒に似て，品位の下がる液がある。
（タキトゥス『ゲルマーニア』泉井久之助訳，岩波文庫より）

この酒は、現在私たちがビールと呼ぶものとはかなり異なっていたであろう。では、現在の「ビール」[6]はいつごろからつくられるようになったのだろうか。その主な舞台はキリスト教の修道院である。

世界最古のビールと修道院

修道院でビールがつくられていたと聞けば驚く人もいるだろうが、酒と修道院は密接な関係にあった。ここではドイツでビールをつくっている修道院としてヴァイエンシュテファン修道院をあげておこう。ミュンヘンの北東約三〇キロのフライジング市にあるこの修道院は、一〇四〇年、当市からビールの醸造権を手に入れたとされ、爾来、「世界最古のビール醸造所」と呼び習わされている。ちょうどそのころ、一一世紀にドイツではビールづくりにホップが加えられるようになった。これがビールの醸造にとって画期的だったのは、特有の苦みや香りが出せるようになったばかりではなく、ビールの保存が可能になったからである。ホップの発見によって、現在のビールがほぼ完成した。ちなみに、この修道院は一八〇三年の教会財産国有化により、バイエルン王家の管理下に置かれたが、現在ではミュンヘン工科大学が同地のビール醸造を引き継いでいる。

修道院のビールには、キリスト教の戒律と関わる側面もある。カトリックでは四旬節の断食は義務であったが、液体を摂ることは禁じられていなかった。そこで、修道士たちは、その期間に通常より麦芽の量も多く、アルコール度数の強いビールを飲んでいたのである。まさに、ビールは「飲むパン」であった。

図3 「純粋令を守ってビールをつくっています」。ベルリンのレストランに掲げられていた看板

キリスト教とビールといえば、こよなくビールを愛していたルター→1・6・20・35のことにも触れなければならないだろう。「ここに座ってヴィッテンベルクのおいしいビールを飲んでいると、神の王国はおのずからやってくる」、「ビールを持っていない者は、飲み物を何も持っていない者でもある」。ルターがこよなく愛したのは、やはり元は修道女であった妻カタリナがつくったビールであった。当時は、ビールづくりは家庭の仕事でもあったのである。

ビール純粋令

ドイツのビールを語るうえで、避けて通れないのが「ビール純粋令」である。これは一五一六年、バイエルン公ヴィルヘルム四世により発布された法令で、「ビールづくりには大麦の麦芽、ホップ、水以外は用いてはいけない」というものである。のちに酵母が発見されて以後、純粋令に加えられることとなった。この法令は、一八七一年プロイセン王ヴィルヘルム一世がドイツを統一すると、ドイツ全土にわたって効力を有するものとなり、一九〇六年実際に適用された。この純粋令は現在、EUの立法により廃止されているが、多くのドイツの醸造所では誇りをもって、この純粋令を守り続けている。ドイツのビールの品質の良さは、この純粋令のおかげなのである。ただ、純粋令公布の背景には、当時、多くの粗悪なビールが出回っていたという事情があったことも忘れてはならない。この法令に先立つ一一五六年には、粗悪なビールをつくった者を処罰する法令がバイエルンで公布されてもいた。この純粋令を現在、ドイツ人はドイツ内外で誇りにするのはおかしいといえば、お

図4 「ビール純粋令」を公布したバイエルン公ヴィルヘルム4世

かしい。と同時に、この純粋令を現代のドイツ人が守り続けていることに、ドイツ人の遵法精神を垣間みるとすれば、意地悪の度が過ぎるだろうか。ところで、この純粋令はビールの原材料だけではなく、その価格も定めている。冷却装置のない当時、夏と冬の価格を保存技術に鑑みて、それぞれ約一リットルにつき、冬場は一ペニヒ、夏場は二ペニヒとしている。純粋令は一種の経済統制でもあった。こうして安定した品質と価格で、ビールを飲めるようにしたことの功績はやはり大きい。

地ビール

ドイツには六〇〇〇種類ものビールがあるといわれている。そのほとんどはいわゆる地ビールで、現地でしか飲めない。土地のビールを誇りにしているのがドイツなのである。ビール醸造所地図を見ると、いかに多くの醸造所がドイツ各地に存在しているかがよくわかる。さまざまな技術革新やグローバリゼーションにより、ビール業界もさまざまな変化を迫られてはいるものの、ビールというものづくりへの姿勢はいつまでも変わることなく、ドイツらしさを伝えてゆくであろう。最後にドイツ人がいかに自分の地元のビールにこだわっているかを語ってくれるジョークをひとつ。「デュッセルドルフ出身の人と、ケルン出身の人、ミュンヘン出身の人が居酒屋で飲んでいた。デュッセルドルフ出身者はアルトビールを、ケルン出身者はケルシュを、ミュンヘン出身者は水を頼んだ。最初の二人が訝しく思って、なんで水を頼むのかと聞いた。ミュンヘン出身者が答えるに、君たちがビールを飲まないのなら、私も飲まないよ」。

（畠山　寛）

55

南への憧れ——ドイツ人とイタリア

図１　トスカーナの風景は今もイタリア崇拝の象徴

ドイツ文化の重要な側面、「イタリア崇拝《イタロマニー》」

「あなたはその国をご存知ですか、レモンの花咲き／色濃き葉陰にオレンジの黄金に燃え／ほのかな風の青空よりそよぎ／ミルテ静かに、高々と月桂樹の立つところ、／その国をあなたはご存知でしょうか？／かなたへ！　かなたへ／愛しい人よ、私はあなたとともに行ってみたい！」

ゲーテ[↓30]（1749–1832）の長編小説『ヴィルヘルム・マイスターの修業時代[↓23・30・38]』（一七九五／九六）を魅力的に彩るエキゾチックな少女、ミニョン。彼女が歌うイタリアへの憧れは、まったく作者自身のそれといってよい。

ゲーテのイタリア旅行といえば一七八六年から八八年までだが、この詩が書かれたのは、実はそれ以前のこと（一七八二年ころ）。詩の第一連はオレンジの輝く南国の自然を、第二連では古代芸術の壮麗さを描き出すが、これらはゲーテにとってまだ見ぬ風景であった。こうした風景はいわば内面化されたイタリアであって、ゲーテのみならず、陰鬱な北の空の下に住まう多くのドイツ人が、このイメージに魅せられてきた。「イタリア崇拝《イタロマニー》」は、ただ観光産業のキャッチコピーに収まるものではない。それはドイツ文化の重要な側面なのである。

図2　古代別荘地チボリに憧れた画家は数多い

図3　イタリアのゲーテ。ティッシュバイン画

「グランド・ツアー」の時代――父ゲーテのイタリア旅行

一八世紀初頭のイギリスでジョゼフ・アディソン（1672-1719）らが発行した日刊紙『スペクテイター』はしばしばイタリアの自然や文化を紹介し、北方ヨーロッパの人々の南国への関心を掻きたてた。こうした時代背景のもと、上流階級の子息たちの教養の完成としての「グランド・ツアー」が普及し、多くの知識人が「なまのイタリア」を経験するようになる。この熱気はそのままドイツにも伝播する。一七四二年にドイツで発行されたある事典は、「旅行」の意義を「世界を知ること、つまり諸民族をその風習、日常生活のままに観察すること」と説いた。

文豪ゲーテの父、ヨハン・カスパール・ゲーテ（1710-82）もそうしてイタリアを訪れた一人だ。故郷で法学を修めた彼は、まさに「世界を知る」ためにヨーロッパ周遊旅行をし、八か月ほどをイタリアの地ですごした。一七四〇年のこの体験の記録を彼はのちにイタリア語で出版し、その間に生まれた息子ヨハン・ヴォルフガングには、折に触れてかの地の思い出を語って聞かせた。

理想化されるイタリアへの旅――文豪ゲーテの『イタリア紀行』

父の話の思い出は、ゲーテの『イタリア紀行』（一八一七年完成）でもたびたび触れられる。ただし、父の記述が同時代の旅行案内からの借用にほぼ終始し、現地で見たものはいわばデータの裏づけとして扱われているだけなのに対し、息子の関心の核にあるのは旅行する「私」と異国の文化との、発見や驚きや葛藤にみちた、生き生きとした関係である。ここには、知識と情報の再確認としての啓蒙主義↓28的な旅

図4　同じ画家による，イタリアのゲーテ（右端）

からの脱皮をみることもできよう。

イタリア滞在はその後のゲーテに多大な影響を残した。例えばシチリアで得た「原植物」の着想は、彼の自然科学の根幹をなす「形態論」として結実する。それ以上に、ドイツ精神史における彼の旅行の意義は大きい。異国の風土に感情移入し、感受性を磨くことによって、母国では培えぬものをおぎない、「全的人間」として帰還する――こうした旅行のあり方をゲーテは決定づけた。つまり北国の精神性と南国の官能性の対立を相互的な補完関係にもたらし、悟性と感性の均斉のとれた統一的な人格を形成するという理想が、イタリアへの旅には投影されることとなった。

近代ドイツの対蹠者《アンチポーデ》としての「イタリア」

ところで冒頭の詩だが、小説では、ミニョンが彼女の母国語で歌ったものを主人公ヴィルヘルムがドイツ語に翻訳した、とされている。そのため原詩にあった「子どもらしい無邪気さ」は「失われてしまった」。統一的人格の形成という理想と同時に、結局は南国の「無邪気さ」と北国の知的悟性とのあいだの翻訳不可能性を前提とせざるをえない。ここに、ドイツにおける「イタリア崇拝」の独自性がある。そしてゲーテが打ち立てた実現不可能な理想は、近代以降、合理化の道を突き進むドイツにおいて、ますます「失われた」なにものかへの憧憬を掻きたてることになる。↓10・32・33

コラム4・48・51「イタリア」は地理的にも精神的にもドイツにとっての彼岸である。トーマス・マン（1875–1955）の小説『ヴェネツィアに死す』（一九一三）では、両地域のこうした対照性が象徴的に主題化されている。主人公アッシェンバッハは透徹した意志と

図5　「イタリアとゲルマニア」。ロマン派の画家オーバーベックによるもの（1828頃）。美しく素朴なイタリア（左）から力を得て，自らの芸術に新たな息吹を与えようとするゲルマニア（ドイツ）を寓意的に描いた

精神の力で世の崇敬を集めるミュンヘン在住の作家だが、ある日ふとした衝動に駆られ、ヴェネツィアへと旅立つ。しかし彼をそこで待っていたのは他でもない、生と死の不条理に満ちた、グロテスクにも美しい非日常の祝祭空間であり、当初の予定以上の逗留のうちに、彼の強靭だった意志の力は次第に麻痺してゆく。物語の最後にコレラで命を落とす主人公の以下の独白は、近代合理主義者が南方的で非近代的な官能性に対して抱く憧れを、きわめて審美的なかたちで言い表している――「われわれがどう身を転じようと、奈落はわれわれを惹きつけるのだ」。

哲学者カール・レーヴィット↓10（1897-1973）によれば、「ドイツ人はペダンチックであり、不寛容である。なぜなら彼は物事を人間とは無縁の原則から判断するからである。イタリア人はつねに人間的である。なぜなら彼は、人間の弱さを自然と感じるセンスをもつからである」。二〇〇一年公開の映画『モストリー・マルタ』（邦題『マーサの幸せレシピ』）は、こうした両者の類型的な違いのなかから、新たな統一の可能性を探り出す作品だ。主人公マルタはハンブルクの一流シェフだが、完璧な調理技術を誇る彼女には「人間の弱さを自然と感じるセンス」が欠けている。この物語は、そうした彼女の欠点がイタリア人シェフのマリオとの交流を通じて次第に補われてゆく様子を、両民族の伝統的なステレオタイプを織り込みながら、スタイリッシュに描き出している。

「アルプスのかなた」は非日常的な、あるいは祝祭的な空間としてドイツ人を惹きつけるだけでなく、均質化・合理化を原理とする近現代ドイツのいわば対蹠者《アンチポーデ》として、今なお必要とされているのである。

（武田利勝）

スウィーツ

焼き菓子の王様バウムクーヘン（Baumkuchen）は、ドイツのお菓子ではあるものの、現地では頻繁にはみかけない。断面が年輪のようなこのスウィーツが食べられるカフェの多い町は、ドレスデン、ザルツヴェーデル、コトブスなど。どのカフェ（町）も、我こそは発祥の地と名のりをあげている。とはいえその源流は、紀元前ギリシアにあるようだ。

ドイツの冬の風物詩のひとつ、薬味とドライフルーツ入りのレープクーヘン（Lebkuchen）で、童話の魔女の「お菓子の家」を想像するドイツ人は多い。とはいえ、『グリム童話』の「ヘンゼルとグレーテル」には本当は、「お菓子の家」ならぬ「パンの家」が登場し、屋根は焼き菓子（Kuchen）、窓は氷砂糖と記されるだけで、お菓子の種類は特定されていない。ところが、一九世紀後半のフンパーディンクのオペラ「ヘンゼルとグレーテル」には、ケーキやタルト、そしてレープクーヘンに囲まれた魔女の家が登場する。したがって、「お菓子の家」とレープクーヘンとの関連性は、このオペラ故に定着したという説が有力だ。ただし、中世から続く「のらくら者の国（Schlaraffen-land）」の描写（童話や絵画）にもレープクーヘンの家が登場するため、ここがイメージの源流であると、少なくともグリム兄弟は考えていたようだ。

そのほかにも、黒い森をイメージしたシュヴァルツヴェルダーキルシュトルテ、「キリストのおくるみ」を象ったというシュトレン（ドイツのクリスマスケーキ）をはじめ、ドイツ語圏には素朴な菓子が多く、いささか地域性も帯びている。例えば、フランクフルトといえばバタークリームのフランクフルタークランツ、リューベックの老舗ニーダーエッガーのマジパン、ウィーン（オーストリア）のザッハートルテなどである。さらに、一人当たりの年間チョコレート消費量世界一のドイツには、ブレーメンのハッチェス（ハヘッツ）、シュトゥットガルトのリッター・シュポルト、スイス生まれのミルカやリンツと美味なるお手頃チョコがそろっている。とはいえ筆者のおススメは、日本とは違って甘くない上質の生クリームのまったりとした食感である。さすが乳製品の国。ただし、カロリー過多にはご注意を。

（大野寿子）

クリスマスマーケットで売られていた小さな「レープクーヘンの魔女の家」。21ユーロとお手頃価格（カッセル，2012）

世界文化シリーズ④
ドイツ文化 55のキーワード

2015年3月30日　初版第1刷発行　〈検印省略〉
2017年12月30日　初版第3刷発行

定価はカバーに
表示しています

編著者　宮田眞治
　　　　畠山寛
　　　　濱中春
発行者　杉田啓三
印刷者　中村勝弘

発行所　株式会社　ミネルヴァ書房
607-8494 京都市山科区日ノ岡堤谷町1
電話代表 (075)581-5191
振替口座 01020-0-8076

中村印刷・新生製本

ISBN978-4-623-07253-8

Printed in Japan

編著者紹介

宮 田 眞 治（みやた・しんじ）

現在　東京大学准教授
著書　『芸術の射程』（共著）ミネルヴァ書房，1993年
『ドイツ観念論と自然哲学』（共著）創風社，1994年
『転換期の文学』（共著）ミネルヴァ書房，1999年
『文学と映画のあいだ』（共著）東京大学出版会，2012年

畠 山　 寛（はたけやま・ひろし）

現在　駒澤大学准教授
論文　「キリストの表象と詩の断片化――ヘルダーリンの後期讃歌『パトモス』の改稿について」『ドイツ文学』146号，日本独文学会，2013年
「ヘルダーリンにおける「ティーターン的なるもの」と意味の生成――断片『ティーターン神族』を読む」『聖心女子大学論叢』第116集，2011年
「パン そして 葡萄酒――後期ヘルダーリンの接続詞と歴史のリズム」『ドイツ文学』133号，日本独文学会，2007年
訳書　『ヘルダーリン研究』（共訳）法政大学出版局，2009年

濱 中　 春（はまなか・はる）

現在　法政大学教授
著書　『仮面と遊戯――フリードリヒ・シラーの世界』（共著），鳥影社，2001年
『ドイツ王侯コレクションの文化史』（共著），勉誠出版，2014年
訳書　マルギット・バッハフィッシャー『ヨーロッパ中世放浪芸人の文化史』（共訳），明石書店，2006年
ホルスト・ブレーデカンプ『ダーウィンの珊瑚』法政大学出版局，2010年
ミヒャエル・ニーダーマイヤー『エロスの庭――愛の園の文化史』（共訳），三元社，2013年

執筆者紹介（五十音順，＊印は編著者，執筆分担）

伊藤秀一（いとう・しゅういち）　29

現在　中央大学教授

訳書　ヴィンフリート・メニングハウス『無限の二重化』法政大学出版局，1992年
ギゼラ・ホーン『ロマンを生きた女たち』現代思潮社，1998年
ヴィンフリート・メニングハウス『敷居学——ベンヤミンの神話のパサージュ』現代思潮新社，2000年
ハンス・ブルーメンベルク『世界の読解可能性』（共訳）法政大学出版局，2005年
ヴィンフリート・メニングハウス『美の約束』現代思潮新社，2013年

岩本　剛（いわもと・つよし）　コラム5

現在　中央大学准教授

著書　『現代批評理論のすべて』（共著）新書館，2006年
『映像表現の地平』（共著）中央大学出版部，2010年
『アップデートされる芸術——映画，オペラ，文学』（共著）中央大学出版部，2014年

海老根　剛（えびね・たけし）　42

現在　大阪市立大学准教授

論文　「交通都市と欲望の迷宮　デーブリーン／ファスビンダーの〈ベルリン・アレクサンダー広場〉」，『nobody』第30号，2009年
「すれ違うふたつのメディア映像——映画とヴィデオを再考する」，『ASPEKT』第45号，2012年

訳書　イヴォンヌ・シュピールマン『ヴィデオ　再帰的メディアの美学』（監訳），三元社，2011年
ヨアヒム・ラートカウ『自然と権力』（共訳），みすず書房，2011年

大野寿子（おおの・ひさこ）　3，22，コラム1，コラム6

現在　東洋大学准教授

著書　『黒い森のグリム——ドイツ的なフォークロア』郁文堂，2008年
『「大きなかぶ」はなぜ抜けた？——謎とき　世界の民話』（共著）講談社現代新書，2006年
『超域する異界』（編著）勉誠出版，2013年
『グリムと民間伝承——東西民話研究の地平』（共著）麻生出版，2013年

大宮勘一郎（おおみや・かんいちろう）　24，33

現在　東京大学教授

著書　『ベンヤミンの通行路』未來社，2007年
『纏う——表層の戯れの彼方に』（共著）水声社，2007年

訳書　フリードリヒ・キットラー『ドラキュラの遺言——ソフトウェアなど存在しない』（共訳）産業図書，1998年
ジークムント・フロイト『フロイト全集』第19巻（共訳）岩波書店，2010年

岡本和子（おかもと・かずこ） 23，53

現在　明治大学准教授

著書　『ヴァルター・ベンヤミンにおける芸術形式の理論――芸術作品はなぜ現存する必然性をもつのか――』コンテンツワークス，2003年

訳書　ヴァルター・ベンヤミン『ベンヤミン・コレクション４～７』（共訳）ちくま学芸文庫，2007-2014年

エルフリーデ・イェリネク『死者の子供たち』（共訳）鳥影社，2010年

荻原耕平（おぎわら・こうへい） 16

現在　首都大学東京非常勤講師

著書　『独検対応 クラウンドイツ語単語1600』（共著）三省堂，2012年

訳書　ローマン＆パトリック・ホッケ『「はてしない物語」事典』（共訳）岩波書店，2012年

桂　元嗣（かつら・もとつぐ） 7，47

現在　武蔵大学准教授

著書　「人類が全体として見る夢――ローベルト・ムージル『特性のない男』」Book-Park 博士論文ライブラリー，コンテンツワークス社，2008年

論文　「経験の貧困あるいは生の抽象化――ムージルと「オーストリア的なもの」をめぐる議論について」『武蔵大学人文学会雑誌』第43巻第２号，2011年

「格子の向こうの群衆――時局に対するムージルの取り組みと『特性のない男』の庭の章」『オーストリア文学』第24号，2008年

川島　隆（かわしま・たかし） 17

現在　京都大学准教授

著書　『カフカの〈中国〉と同時代言説――黄禍・ユダヤ人・男性同盟』彩流社，2010年

『コミュニティメディアの未来――新しい声を伝える経路』（共編著）晃洋書房，2010年

『ネット時代のパブリック・アクセス』（共著）世界思想社，2011年

『NHK テレビテキスト 100分 de 名著：カフカ「変身」』NHK 出版，2012年

『図説 アルプスの少女ハイジ――『ハイジ』でよみとく19世紀スイス』河出書房新社（共著），2013年

訳書　ペーター・ビュトナー『ハイジの原点 アルプスの少女アデライーデ』郁文堂，2013年

ジュビレ・クレーマー『メディア，使者，伝達作用――メディア性の「形而上学」の試み』（共訳）晃洋書房，2014年

川中子義勝（かわなご・よしかつ） 6

現在　東京大学教授

著書　『ハーマンの思想と生涯――十字架の愛言者』教文館，1996年

『北の博士ハーマン』沖積舎，1996年

『散策の小道』日本基督教団出版局，2000年

『ミンナと人形遣い』沖積舎，2002年

『遙かな掌の記憶』土曜美術社出版販売，2005年
『詩学入門』（共編著）土曜美術社出版販売，2008年
『詩人イエス――ドイツ文学から見た聖書詩学・序説』教文館，2010年
『矢内原忠雄』（共編著）東京大学出版会，2011年
『廻るときを』土曜美術社出版販売，2012年
訳書　『北方の博士・ハーマン著作選』沖積舎，2002年
ルドルフ・ボーレン『源氏物語と神学者』日本基督教団出版局，2004年
ベルンハルト・ガイェック『神への問い――ドイツ詩における神義論的問いの由来と行方』土曜美術社出版販売，2009年

國重　裕（くにしげ・ゆたか）5，27

現在　龍谷大学准教授
著書　『彼方への閃光』書肆山田，2007年〔詩集〕
『ドイツ文化史への招待』（共著）大阪大学出版局，2007年
『ドイツ保守革命』（共著）松籟社，2010年
『中欧――その変奏』（共著）鳥影社，1998年

粂川麻里生（くめかわ・まりお）30，46

現在　慶應義塾大学教授
著書　『サッカーのエスノグラフィーへ』（共編著）社会評論社，2002年
Querpasse. Beitrage zur Kultur-, Literatur- und Mediengeschichte des Fusballs.（共著），Synchron Wissenschaftsverlag der Autoren, 2003年
訳書　トーマス ブルスィヒ『ピッチサイドの男』三修社，2002年
トーマス ブルスィヒ『サッカー審判員フェルティヒ氏の嘆き』三修社，2012年

小林和貴子（こばやし・わきこ）36

現在　学習院大学准教授
著書　『Reise nach Fantasia　ようこそファンタジーの世界へ』（共著）同学社，2011年

斉藤　渉（さいとう・しょう）14，15

現在　東京大学准教授
著書　『フンボルトの言語研究――有機体としての言語』京都大学学術出版会，2001年
『哲学と大学』（共著）未來社，2009年
『啓蒙の運命』（共著）名古屋大学出版会，2011年

佐藤成基（さとう・しげき）4，コラム2

現在　法政大学社会学部教授
著書　『ナショナル・アイデンティティと領土――戦後ドイツ東方国境をめぐる論争』新曜社，2008年
『ナショナリズムとトランスナショナリズム――変容する公共圏』（編著）法政大学出版局，

2009年
『戦後ドイツ政治――統一後の20年』（共著）ミネルヴァ書房，2014年
『国家の社会学』青弓社，2014年
『国際社会学』（共編著）有斐閣，2015年

菅　利恵（すが・りえ）12，13

現在　三重大学准教授
著書　『ドイツ文化を担った女性たち――その活躍の軌跡』（共著）鳥影社，2008年
『ドイツ市民悲劇とジェンダー――啓蒙時代の「自己形成」』彩流社，2009年

高田博行（たかだ・ひろゆき）1，20

現在　学習院大学教授
著書　Grammatik und Sprachwirklichkeit von 1640-1700. Tübingen: Niemeyer 1998
『歴史語用論入門』（共編著）大修館書店，2011年
『言語意識と社会』（共編著）三元社，2011年
『ドイツ語の歴史論』（共編著）ひつじ書房，2013年
『歴史語用論の世界』（共編著）ひつじ書房，2014年
『ヒトラー演説』中公新書，2014年
『歴史社会言語学入門』（共編著）大修館書店，2015年

武田利勝（たけだ・としかつ）52，55

現在　九州大学准教授
著書　『過去の未来と未来の過去』（共著）同学社，2013年
『規則的，変則的，偶然的』（共著）朝日出版社，2011年
論文　「文学の空間性――スターンとティークにおけるトポグラフィーの実験」（『日本独文学会研究叢書』76号，2011年）

竹峰義和（たけみね・よしかず）37

現在　東京大学准教授
著書　『アドルノ，複製技術へのまなざし――〈知覚〉のアクチュアリティ』青弓社，2007年
『陶酔とテクノロジーの美学――ドイツ文化の諸相1900-1933』（共編著）青弓社，2014年
訳書　テオドール・W・アドルノ『文学ノート２』（共訳）みすず書房，2009年
ヴィンフリート・メニングハウス『吐き気』（共訳）法政大学出版局，2010年

田野大輔（たの・だいすけ）25

現在　甲南大学文学部教授
著書　『魅惑する帝国――政治の美学化とナチズム』名古屋大学出版会，2007年
『愛と欲望のナチズム』講談社選書メチエ，2012年
訳書　ダグマー・ヘルツォーク『セックスとナチズムの記憶――20世紀ドイツにおける性の政治化』（共訳）岩波書店，2012年

田村和彦（たむら・かずひこ） 48

現在　関西学院大学教授

著書『魔法の山に登る　トーマス・マンと身体』関西学院大学出版会，2003年

『カルポス』（共著）同学社，1995年

『論集　トーマス・マン』（共著）クヴェレ会，1993年

訳書：ニコラウス・ゾンバルト『男性同盟と母権性神話』法政大学出版会，1994年

クラウス・テーヴェライト『男たちの妄想』Ⅰ，Ⅱ　法政大学出版会，1999年，2004年

中丸禎子（なかまる・ていこ） 45，49

現在　東京理科大学専任講師

論文「太陽の国，エデンの東——セルマ・ラーゲルレーヴ『ポルトガリエンの皇帝』における三つの層」，『文学』第12巻・第1号（1・2月号）岩波書店，2011年

「人魚姫のメタモルフォーゼ」石井正己編『子守唄と民話』三弥井書店，2013年

「北の孤島の家族の形　海，自分だけの部屋，モラン」，「インタビュー（聞き手）最後に始めた新しいこと」，「トーベ・ヤンソン年表」，「トーベ・ヤンソン著作集」『ユリイカ特集＝ムーミンとトーベ・ヤンソン』8月号，青土社，2014年

新野守広（にいの・もりひろ） 38

現在　立教大学教授

著書『演劇都市ベルリン』れんが書房新社，2005年

訳書　ハンス＝ティース・レーマン『ポストドラマ演劇』（共訳）同学社，2002年

ルネ・ポレシュ『餌食としての都市』論創社，2006年

デーア・ローアー『無実／最後の炎』（共訳）論創社，2010年

*畠山　寛（はたけやま・ひろし） 31，35，第5・6章イントロダクション，54

編著者紹介参照

浜崎桂子（はまざき・けいこ） 9，10

現在　立教大学教授

著書『ドイツ語が織りなす社会と文化』（共著）関西大学出版部，2005年

*濱中　春（はまなか・はる） 第2・3章イントロダクション，19，50，51

編著者紹介参照

林　志津江（はやし・しづえ） 41，44

現在　法政大学教授

著書 *Figuren des Transressiven. Das Ende und der Gast.* München （共編著）Iudicium，2009年

『移動者の眼が露出させる光景——越境文学論』（共著）弘学社，2014年

論文　声と文字のアリーナ——トーマス・クリングの連作詩『魔女たち』（縄田雄二編『文学史・文化史から見たトーマス・クリング』日本独文学会研究叢書094号，2013年）

福間具子（ふくま・ともこ） 2，8

現在　明治大学准教授

著書　『具有される異性――パウル・ツェランの内なる詩学』BookPark，2004年

『エレメンテ――ドイツ語の文法と表現』（共著）郁文堂，2008年

Deutschsprachige Literatur und Theater seit 1945 in den Metropolen Tokio, Seoul und Berlin（共著）Univ. of Bamberg Press，2015年刊行予定

増本浩子（ますもと・ひろこ） 11

現在　神戸大学教授

著書　『フリードリヒ・デュレンマットの喜劇――迷宮のドラマトゥルギー』三修社，2003年

『ステップ30　1か月速習ドイツ語』日本放送出版協会，2006年

訳書　ダニイル・ハルムス『ハルムスの世界』（共訳）ヴィレッジブックス，2010年

フリードリヒ・デュレンマット『失脚／巫女の死　デュレンマット傑作選』光文社古典新訳文庫，2012年

フリードリヒ・デュレンマット『デュレンマット戯曲集　第1巻』（共訳）鳥影社，2012年

*宮田眞治（みやた・しんじ） 18，28，43，第1・4章イントロダクション

編著者紹介参照

安川晴基（やすかわ・はるき） 21，26

現在　名古屋大学准教授

訳書　アライダ・アスマン『想起の空間――文化的記憶の形態と変遷』水声社，2007年

ハインツ・シュラッファー『ドイツ文学の短い歴史』（共訳）同学社，2008年

山崎太郎（やまざき・たろう） 39，40

現在　東京工業大学教授

著書　『スタンダード・オペラ鑑賞ブック［4］　ドイツ・オペラ（下）』（共著）音楽之友社，1999年

訳書　バリー・ミリントン原著監修『ヴァーグナー大事典』（監修・共訳）平凡社，1999年

山本　潤（やまもと・じゅん） 34

現在　首都大学東京准教授

著書　『カタストロフィと人文学』（共著）勁草書房，2014年

訳書　エリカ・シューハルト『このくちづけを世界のすべてに　ベートーヴェンの危機からの創造的飛躍』（共訳）アカデミア・ミュージック株式会社，2013年

山本浩司（やまもと・ひろし）　コラム4

現在　早稲田大学准教授

訳書　『ベルリン終戦日記――ある女性の記録』白水社，2008年

ヘルタ・ミュラー『狙われたキツネ』三修社，2009年

ヘルタ・ミュラー『澱み』三修社，2010年

トーマス・ベルンハルト『古典絵画の巨匠たち』論創社，2010年

ヘルタ・ミュラー『息のブランコ』三修社，2011年

アナ・ノヴァク『14歳のアウシュヴィッツ――収容所を生き延びた少女の手記』白水社，2011年

吉中俊貴（よしなか・としき）　32，コラム3

現在　駒澤大学講師

論文　「ハンス・ザックスという政治者：カール・シュミットのワーグナー論についての試論」東京藝術大学音楽学部紀要，2012年

「鷗外文庫のシュニッツラー」駒澤大学外国語論集，2014年

索　引

原則として，人名に続けてその作品名を列記している。

ア　行

アーレント，ハンナ（Arendt, Hannah） 35, 41, 43
　『全体主義の起源』 35
アイゼンマン，ピーター（Eisenman, Peter） 95
　「ホロコースト警告碑」 83, 95, 115
アイヒ，ギュンター（Eich, Günter） 163
　『夢』 163
アイヒェンドルフ，ヨーゼフ・フォン（Eichendorff, Joseph von） 12, 102
　『のらくら者の生活』 102
アインシュタイン，アルベルト（Einstein, Albert） 191
アウグスト２世（ブラウンシュヴァイク＝リューネブルク公）（August II., Herzog von Braunschweig-Lüneburg） 89-91
アキン，ファティ（Akin, Fatih） 39
　『愛より強く』 39
　『そして私たちは愛に帰る』 39
アディソン，ジョゼフ（Addison, Joseph） 241
アデナウアー，コンラート（Adenauer, Konrad） 21, 80, 113
アドルノ，テーオドア（Adorno, Theodor W.） 35, 42
アバド，クラウディオ（Abbado, Claudio） 175
アルニム，アヒム・フォン（Arnim, Achim von） 96, 160
　『少年の魔法の角笛』 96
アンナ・アマーリア・フォン・ブラウンシュヴァイク＝ヴォルフェンビュッテル／ザクセン＝ヴァイマル＝アイゼナハ公妃（Anna Amalia von Braunschweig-Wolfenbüttel／Herzogin von Sachsen-Weimar-Eisenach） 91, 104
イプセン，ヘンリク（Ibsen, Henrik） 169
ヴァールブルク，アビィ（Warburg, Aby） 147
ヴァイツゼッカー，リヒャルト・フォン（Weizsäcker, Richard von） 21, 114
ヴァイル，クルト（Weill, Kurt） 162, 170
ヴァルター・フォン・デア・フォーゲルヴァイデ（Walther von der Vogelweide） 154
ヴァン・デ・ヴェルデ，アンリ（Van de Velde, Henry） 106
ヴィーラント，クリストフ・マルティン（Wieland, Christoph Martin） 104, 122
ヴィトゲンシュタイン，ルートヴィヒ（Wittgenstein, Ludwig） 127, 142
ヴィルヘルム１世（プロセイン王／ドイツ皇帝）（Wilhelm I.） 93, 238
ヴェーデキント，フランク（Wedekind, Frank） 55
　『春の目覚め』 55
ヴェーバー，マックス（Weber, Max） 145
ヴォルフ，クリスティアン（Wolff, Christian） 7
ヴォルフラム・フォン・エッシェンバハ（Wolfram von Eschenbach） 153
　『パルチヴァール』 153
ウルブリヒト，ヴァルター（Ulbricht, Walter） 43
エヅダマ，エミネ・セヴギ（Özdamar, Emine Sevgi） 39
オーピッツ，マルティン（Opitz, Martin） 5
　『ドイツ詩学の書』 5

カ　行

カーソン，レイチェル（Carson, Rachel） 219

『沈黙の春』 219
カストルフ，フランク（Castorf, Frank） 171
『カタリーナ・ブルームの失われた名誉』 22
カッシーラー，エルンスト（Cassirer, Ernst） 147
『シンボル形式の哲学』 147
カネッティ，エリアス（Canetti, Elias） 43
カフカ，フランツ（Kafka, Franz） 34, 72, 213, 214
カミーナー，ヴラディーミル（Kaminer, Wladimir） 223
『シュレーバーガルテンでの暮らし』 223
カラヤン，ヘルベルト・フォン（Karajan, Herbert von） 175
川淵三郎 205, 206
カンディンスキー，ヴァシリー（Kandinsky, Wassily） 107
カント，イマヌエル（Kant, Immanuel） 11, 77, 127
『純粋理性批判』 127
『人倫の形而上学（法論）』 77
カンペ，ヨアヒム・ハインリヒ（Campe, Joachim Heinrich） 7
北里柴三郎 189, 212
キットラー，フリードリヒ（Kittler, Friedrich） 209
グーテンベルク，ヨハネス（Gutenberg, Johannes） 73, 156, 157, 159
『四十二行聖書』 156, 157
クック，ジェームズ（キャプテン・クック）（Cook, James） 125
『グッバイ，レーニン！』 119, 227
クナイプ，ゼバスティアン（Kneipp, Sebastian） 213
クラウス，クレメンス（Krauss, Clemens） 175
クラウディウス，マティーアス（Claudius, Matthias） 27
グラス，ギュンター（Grass, Günter） 162
クラナッハ，ルーカス（Cranach, Lucas） 26
クラフトワーク（Kraftwerk） 180, 210
「アウトバーン」 210
クラマー，デットマール（Cramer, Dettmar） 120
グリム，ヴィルヘルム（Grimm, Wilhelm Carl） 96-98, 160
『古デンマーク英雄詩』 98
『ドイツ・ルーン文字研究』 98
グリム，ヤーコプ（Grimm, Jacob Ludwig Carl） 14, 96-99, 160, 202
『ドイツ神話学』 14, 98
『ドイツ文法』 98
『ドイツ法律古事誌』 98
グリム兄弟（Brüder Grimm / Jacob und Wilhelm Grimm） 13, 82, 96-99, 160, 192
『グリム童話』（正式名称『子どもと家庭のためのメルヒェン集』） 13, 82, 96, 97, 233, 244
『ドイツ伝説集』 97
『古いドイツの森』 97
『ヤーコプ・グリムとヴィルヘルム・グリムのドイツ語辞典』 99
クリムト，グスタフ（Klimt, Gustav） 141, 142
グリューネヴァルト，マティーアス（Grünewald, Matthias） 26
「キリスト磔刑図」 26
クルツィウス，エルンスト・ローベルト（Curtius, Ernst Robert） 132
クレー，パウル（Klee, Paul） 107
グロピウス，ヴァルター（Gropius, Walter） 106
グンデルト，ヴィルヘルム（Gundert, Wilhelm） 27
ゲーテ，ヨハン・ヴォルフガング・フォン（Goethe, Johann Wolfgang von） 20, 27, 56, 75, 91, 102, 104, 105, 122, 130-135, 168, 198, 201, 240-242
『イタリア紀行』 241
『ヴィルヘルム・マイスターの修業時代』 102, 135, 168, 240
『ヴィルヘルム・マイスターの遍歴時代』 135
『箴言と省察』 130
『西東詩集』 122
『ファウスト』 132, 198

『若きヴェルターの悩み』 27, 56, 57, 133, 201
ゲーテ，ヨハン・カスパール（Goethe, Johann Caspar） 241
ケーラー，ホルスト（Köhler, Horst） 115
ケストナー，エーリヒ（Kästner, Erich） 148, 151
『ファービアン』 151
ゲルツ，ヨッヘン（Gerz, Jochen） 95
「見えない記念碑」 95
ゲルハルト，パウル（Gerhardt, Paul） 27
ケンペル，エンゲルベルト（Kämpfer, Engelbert） 120
『ゴー・トラビ・ゴー』 118
コール，ヘルムート（Kohl, Helmut） 80, 117
コスリック，ディーター（Kosslick, Dieter） 186
ゴットフリート・フォン・シュトラースブルク（Gottfried von Straßburg） 153
『トリスタン』 153
コルシュ，カール（Korsch, Karl） 145
『マルクス主義の哲学』 145

サ 行

ザイフェルト，アルヴィン（Seifert, Alwin） 211
ザイモグル，フェリドゥン（Zaimoğlu, Feridun） 39
サヴィニー，フリードリヒ・カール・フォン（Savigny, Friedrich Carl von） 96
ザックス，ネリ（Sachs, Nelly） 35
ザックス，ハンス（Sachs, Hans） 68
シーボルト，フィリップ・フランツ・フォン（Siebold, Philipp Franz von） 120
シェーンベルク，アルノルト（Schönberg, Arnold） 141, 142
シェロー，パトリス（Chéreau, Patrice） 179
ジッテ，カミロ（Sitte, Camillo） 231
シュヴァイツァー，アルベルト（Schweitzer, Albert） 27
シューベルト，フランツ（Schubert, Franz） 69
『美しい水車小屋の娘』 69
シュタイナー，ルドルフ（Steiner, Rudolf） 218
シュタイン，ペーター（Stein, Peter） 170
シュッツ，ハインリヒ（Schütz, Heinrich） 27
シュティフター，アーダルベルト（Stifter, Adalbert） 225
『晩夏』 225
シュニッツラー，アルトゥール（Schnitzler, Arthur） 34
『みれん』 34
シュプリンガー，アクセル（Springer, Axel） 167
シュリンク，ベルンハルト（Schlink, Bernhard） 21
『朗読者』 21
シュリンゲンジーフ，クリストフ（Schlingensief, Christoph） 171
シュレーゲル，アウグスト・ヴィルヘルム（Schlegel, August Wilhelm） 98, 128, 131
シュレーゲル，フリードリヒ（Schlegel, Friedrich） 128-131
シュレーバー，ダニエル・ゴットロープ・モーリッツ（Schreber, Daniel Gottlob Moritz） 221
シュレーフ，アイナー（Schleef, Einar） 171
ショッテル，ユストゥス・ゲオルク（Schottel, Justus Georg） 5
シラー，フリードリヒ（Schiller, Friedrich） 53, 91, 105, 128, 131
『たくらみと恋』 53
シンケル，カール・フリードリヒ（Schinkel, Karl Friedrich） 86
スクラダノフスキー兄弟（Max und Emil Skladanowsky） 184
スタニシチ，サーシャ（Stanišić, Saša） 39
聖ニコラウス（ミラのニコラオス）（Nikolaus von Myra） 201, 202
『千と千尋の神隠し』 48

タ 行

ダーウィン，チャールズ（Darwin, Charles） 218

『種の起源』 218
タウト，ブルーノ（Taut, Bruno） 42, 120
タキトゥス（Tacitus, Cornelius） 14, 236
『ゲルマーニア』 14, 236
ダレー，リヒャルト（Darré, Richard） 218
多和田葉子 39
ツィレ，ハインリヒ（Zille, Heinrich） 226
ツヴァイク，シュテファン（Zweig, Stefan） 140, 143
ツェラン，パウル（Celan, Paul） 35, 148
『デア・シュピーゲル』 164, 167
ティーク，ルートヴィヒ（Tieck, Ludwig） 12, 96, 131
『金髪のエックベルト』 13
『ディー・ツァイト』 164
デーブリーン，アルフレート（Döblin, Alfred） 162, 231
『ベルリン・アレクサンダー広場』 231
デューラー，アルブレヒト（Dürer, Albrecht） 26
デリダ，ジャック（Derrida, Jacques） 139
ドゥルーズ，ジル（Deleuze, Gilles） 139
トット，フリッツ（Todt, Fritz） 211

ナ 行

ニーチェ，フリードリヒ（Nietzsche, Friedrich） 105, 122, 127, 136–139, 141, 142, 213
『音楽の精神からの悲劇の誕生』 136
『反時代的考察』 138
ニコライ，オットー（Nicolai, Otto） 172
『ニーベルンゲンの歌』 155
ノヴァーリス（フリードリヒ・フォン・ハルデンベルク）（Novalis（Friedrich von Hardenberg）） 102, 128, 129, 131, 196
『青い花』 102, 128, 196

ハ 行

バーダー・マインホーフ・グループ（Baader-Meinhof-Gruppe） 21
ハーバーマス，ユルゲン（Habermas, Jürgen） 114, 165
バーンスタイン，レナード（Bernstein, Leonard） 175
ハイデガー，マルティン（Heidegger, Martin） 139, 147
『存在と時間』 147
『ニーチェ』 139
ハイドン，フランツ・ヨーゼフ（Haydn, Franz Joseph） 172
ハイネ，ハインリヒ（Heine, Heinrich） 9, 40, 158, 160
「ローレライ」 9, 160
バウシュ，ピナ（Bausch, Pina） 170
ハウプトマン，ゲァハルト（Hauptmann, Gerhart） 169
パウル，ヘルマン（Paul, Hermann Otto Theodor） 98
バッハ，ヨハン・ゼバスティアン（Bach, Johann Sebastien） 27
バッハマン，インゲボルク（Bachmann, Ingeborg） 148
『マリーナ』 148
パッヘルベル，ヨハン（Pachelbel, Johann） 27
バル，フーゴー（Ball, Hugo） 161
「キャラバン」 161
バルト，カール（Barth, Karl） 26, 27
ハルトマン・フォン・アウエ（Hartmann von Aue） 153
『イーヴェイン』 153
『エーレク』 153
『ハンデルスブラット』 164
ビーアバウム，オットー・ユリウス（Bierbaum, Otto Julius） 208
『自動車感傷旅行』 208
『東ベルリンから来た女』 119
ピスカートア，エルヴィン（Piscator, Erwin） 146, 169
ヒトラー，アドルフ（Hitler, Adolf） 22, 35, 47, 94, 108–113, 166, 170, 178, 209, 210
ヒムラー，ハインリヒ（Himmler, Heinrich） 218
ビューロー，ハンス・フォン（Bülow, Hans von） 175
『ビルト』 164, 167

ビルヒャー=ベナー，マクシミリアン（Bircher-Benner, Maximilian Oskar） 214
ヒンデミット，パウル（Hindemith, Paul） 162
ファラダ，ハンス（Fallada, Hans） 222
『しがない男よ，さてどうする？』 222
フィヒテ，ヨハン・ゴットリープ（Fichte, Johann Gottlieb） 3, 123, 129-131
『全知識学の基礎』 129
『ドイツ国民に告ぐ』 3, 123
フーコー，ミシェル（Foucault, Michel） 77, 139
『フォークス』 164
フォルスター，ゲオルク（Forster, Georg） 125, 126
『世界周航記』 125
フォンターネ，テーオドア（Fontane, Theodor） 55
『エフィ・ブリースト』 55
ブクステフーデ，ディートリヒ（Buxtehude, Dietrich） 27
プランク，マックス（Planck, Max Karl Ernst Ludwig） 191
『フランクフルター・アルゲマイネ』 164, 165
フランツ・ヨーゼフ1世（オーストリア皇帝）（Franz Joseph I.） 30, 143
フランツ2世（神聖ローマ皇帝）／フランツ1世（オーストリア皇帝）（Franz II.／Franz I.） 29
ブラント，ヴィリー（Brandt, Willy） 21, 43, 113, 219
プリースニッツ，ヴィンチェンツ（Prießnitz, Vincenz） 213
フリードリヒ1世（通称バルバロッサ）（神聖ローマ皇帝）（Friedrich I.（Barbarossa）） 93
フリードリヒ3世（神聖ローマ皇帝）（Friedrich III.） 29
フリッシュ，マックス（Frisch, Max） 47, 148
『軍隊なきスイス？』 47
『我が名はガンテンバイン』 148
ブルスィヒ，トーマス（Brussig, Thomas） 119
『太陽通り』 119
フルトヴェングラー，ヴィルヘルム（Furtwängler, Wilhelm） 175
フレーベル，フリードリヒ・ヴィルヘルム・アウグスト（Fröbel, Friedrich Wilhelm August） 58
ブレヒト，ベルトルト（Brecht, Bertolt） 146, 162, 170
『三文オペラ』 170
ブレンターノ，クレメンス（Brentano, Clemens） 9, 96, 160
『少年の魔法の角笛』 96
プロイスラー，オットフリート（Preußler, Otfried） 48
『クラバート』 48
フロイト，ジークムント（Freud, Sigmund） 127, 139, 141, 143
ブロッホ，エルンスト（Bloch, Ernst） 145
『ユートピアの精神』 145
ブロッホ，ヘルマン（Broch, Hermann） 146
フンボルト，ヴィルヘルム・フォン（Humboldt, Wilhelm von） 66, 86, 189
ヘアハイム，シュテファン（Herheim, Stefan） 179
ベートーヴェン，ルートヴィヒ・ファン（Beethoven, Ludwig van） 27, 172
ベーム，カール（Böhm, Karl） 27, 175
ヘッケル，エルンスト（Haeckel, Ernst） 218, 219
ヘッセ，ヘルマン（Hesse, Hermann） 27
ベル，ハインリヒ（Böll, Heinrich） 162
ヘルダー，ヨハン・ゴットフリート（Herder, Johann Gottfried） 91, 105, 160
ヘルダーリン，フリードリヒ（Hölderlin, Friedrich） 122, 144
ヘルベルガー，ゼップ（Herberger, Sepp） 207
『ベルリン・天使の詩』 93
ベンツ，カール（Benz, Carl） 208
ベンヤミン，ヴァルター（Benjamin, Walter） 41, 130, 147

ホイス，テーオドア（Heuss, Theodor） 112
ボイス，ヨーゼフ（Beuys, Joseph） 194
『7000本の樫の木』 194
ホーアイゼル，ホルスト（Hoheisel, Horst） 95
「アシュロットの泉」 95
ボーデ，アーノルト（Bode, Arnold） 193
ホーフマンスタール，フーゴー・フォン（Hofmannsthal, Hugo von） 34, 123, 141, 142
『帰国者の手紙』 123
『チャンドス卿の手紙』 123
ボナパルト，ナポレオン（Bonaparte, Napoléon） 66, 82, 93, 96, 102, 141, 206
ボニファティウス（Bonifatius） 26
ホフマン，E. T. A.（Hoffmann, Ernst Theodor Amadeus） 11, 131, 161, 196
『砂男』 161
『くるみ割り人形とねずみの王様』 196
ホフマン，ハインリヒ（Hoffmann, Heinrich） 108, 109
『アドルフ・ヒトラー』 109
『知られざるヒトラー』 109
『山で暮らすヒトラー』 109
ホルクハイマー，マックス（Horkheimer, Max） 42
ポルシェ，フェルディナント（Porsche, Ferdinand） 210
ポレシュ，ルネ（Pollesch, René） 171
ボンヘッファー，ディートリヒ（Bonhoeffer, Dietrich） 26

マ　行

マルクス，カール（Marx, Karl） 40
マン，クラウス（Mann, Klaus） 43
マン，トーマス（Mann, Thomas） 42, 76, 80, 140, 146, 148, 225, 242
『ヴェネツィアに死す』 242
『ブッテンブローク家の人々』 225
『魔の山』 146
マン兄弟（Heinrich und Thomas Mann） 213
マンハイム，カール（Mannheim, Karl） 145
『イデオロギーとユートピア』 145
『南ドイツ新聞』 164, 165
ミュラー，ハイナー（Müller, Heiner） 122, 155, 170, 171
『ゲルマーニア　ベルリンの死』 155
『ハムレット／マシーン』 171
ミュラー，ヘルタ（Müller, Herta） 39
ムージル，ローベルト（Musil, Robert） 28, 31, 146
『特性のない男』 31, 146
ムルナウ，F・W（フリードリヒ・ヴィルヘルム）（Murnau, Friedrich Wilhelm） 184
メルケル，アンゲラ（Merkel, Angela） 16, 18, 19, 219
メンデルスゾーン，モーゼス（Mendelssohn, Moses） 33
メンデルスゾーン＝バルトルディ，フェーリクス（Mendelssohn Bartholdy, Felix） 27
モーツァルト，ヴォルフガング・アマデーウス（Mozart, Wolfgang Amadeus） 27, 172
『モストリー・マルタ』（邦題『マーサの幸せのレシピ』） 243
モドロウ，ハンス（Modrow, Hans） 117
モホイ＝ナジ，ラズロ（Moholy-Nagy, László） 107
森鷗外（林太郎） 34, 120, 189, 212

ヤ・ラ・ワ行

ヤーン，フリードリヒ・ルートヴィヒ（Jahn, Friedrich Ludwig） 206
ヤスパース，カール（Jaspers, Karl） 134
山田耕筰 120
ユンガー，エルンスト（Jünger, Ernst） 146
『鋼鉄の雷雨の中』 146
『内的体験としての戦闘』 146
『善き人のためのソナタ』 119
四十七年グループ（Gruppe 47） 162
ライプニッツ，ゴットフリート・ヴィルヘム（Leibniz, Gottfried Wilhelm） 4, 6, 7, 89
『ドイツ語の鍛練と改良に関する私見』 6
ラインハルト，マックス（Reinhardt, Max） 169
ラトル，サイモン（Rattle, Simon） 175

ラング，フリッツ（Lang, Fritz） 155, 184
　『ニーベルンゲン』 155
リービッヒ，ユストゥス・フォン（Liebig, Justus von） 189
リーフェンシュタール，レニ（Riefenstahl, Leni） 94, 108
　『意志の勝利』 94, 108
　『オリュンピア』 94
リーメンシュナイダー，ティールマン（Riemenschneider, Tilman） 26
リチャーズ，エレン・スワロー（Richards, Ellen Swallow） 219
リヒテンベルク，ゲオルク・クリストフ（Lichtenberg, Georg Christoph） 124, 125, 127, 188
リベスキンド，ダニエル（Libeskind, Daniel） 87
　ベルリン・ユダヤ博物館 87, 115
リミニ・プロトコル（Rimini Protokoll） 171
リュミエール兄弟（Auguste et Louis Lumière） 184
ル・カレ，ジョン（Le Carré, John） 21
　『寒い国から帰ってきたスパイ』 21
ルートヴィヒ１世（バイエルン王）（Ludwig I.） 92
ルートヴィヒ２世（バイエルン王）（Ludwig II.） 103, 176
ルカーチ，ジェルジ（Lukács, György） 145
ルクセンブルク，ローザ（Luxemburg, Rosa） 22, 23
ルソー，ジャン＝ジャック（Rousseau, Jean-Jacques） 57, 216
　『エミール』 57
ルター，マルティン（Luther, Martin） 5, 26, 90, 122, 157, 158, 238
ルドルフ，エルンスト（Rudorff, Ernst） 217
ルドルフ・フォン・ハプスブルク／ルドルフ１世（神聖ローマ皇帝）（Rudolf von Habsburg ／ Rudolf I.） 29
ルビッチ，エルンスト（Lubitsch, Ernst） 184
レーヴィット，カール（Löwith, Karl） 42, 243
レッシング，ゴットホルト・エフライム（Lessing, Gotthold Ephraim） 53, 89, 127
　『エミーリア・ガロッティ』 53, 89
　『賢者ナータン』 89, 127
ロース，アドルフ（Loos, Adolf） 141, 232
ロート，ヨーゼフ（Roth, Joseph） 34
　『放浪のユダヤ人』 34
ワーグナー，ヴィーラント（Wagner, Wieland） 178
ワーグナー，ヴォルフガング（Wagner, Wolfgang） 178
ワーグナー，コジマ（Wagner, Cosima） 177
ワーグナー，リヒャルト（Wagner, Richard） 69, 103, 139, 155, 176-179
　『ニーベルングの指環』 155, 176, 178, 179
　『ニュルンベルクのマイスタージンガー』 69, 178
　『パルジファル』 179

写真・図版出典一覧

章　扉

第 1 章　Peter-Klaus Schuster u. Andrea Bärnreuther (Hg.): Das XX. Jahrhundert. Kunst, Kultur, Politik und Gesellschaft in Deutschland. Köln, 1999.

第 2 ・ 5 ・ 6 章　著者撮影。

第 3 章　Birgit Verwiebe (Hg.): Karl Friedrich Schinkel und Clemens Brentano. Wettstreit der Künstlerfreunde. Dresden: Sandstein, 2008.

第 4 章　Andreas Herzog, (Hg.): Das literarische Leipzig. Kulturhistorisches Mosaik einer Buchstadt. Leipzig, 1995.

第 1 章

1

図 1　http://www.sammlungen.hu-berlin.de/dokumente/283/

図 2　Justus Georg Schottel: Ausführliche Arbeit Von der Teutschen HaubtSprache. Braunschweig, 1663 (Reprint, Tübingen, 1967).

図 3　http://hpd.de/node/916

図 4　http://www.jungeforschung.de/bildervl/campe.html

図 5　https://archive.org/details/wrterbuchvonve00dunguoft

2

図 1 〜 4　著者撮影。

図 5　Gabrielle Wittkop-Ménardeau: E.T.A. Hoffmann in Selbstzeugnissen und Bilddokumenten. Hamburg: Rowohlt, 1966.

3

図 1 ， 2 ， 4 ， 5　著者撮影。

図 3　Doris Laudert: Mythos Baum. Was Bäume uns Menschen bedeuten Geschichte. Brauchtum 30 Baumporträts. München: BLV Verlagsgesellschaft GmbH, 1999.

4

図 1　著者撮影。

5

図 1 ， 2　Hellmut Diwald: Geschichte der Deutschen. Frankfurt a. M: Verlag Ullstein, 1987.

図 3 ， 4　Hermann Glaser: Deutsche Kultur. 1945-2000. München, Wien: Carl Hanser Verlag, 1997.

図 5　Jana Hensel: Zonenkinder. Hamburg: Rowohlt Verlag, 2002.

6

図1～8　著者撮影。

7

図1　Christian Brandstätter (Hg.): Wien 1900. Kunst und Kultur. Fokus der europäischen Moderne. München: Deutscher Taschenbuch Verlag, 2011.

図2～4　Roman Sandgruber: Illustrierte Geschichte Österreichs. Epochen-Menschen-Leistungen. Wien: Pichler Verlag, 2000.

図5　著者撮影。

図6　Werner Frizen: Robert Musil. Berlin/München: Deutscher Kunstverlag, 2012.

8

図1　著者撮影。

図2　Fred Skolnik (Hg.): Encyclopaedia Judaica. New York: Macmillan, 1971.

図3　Michael A. Meyer (Hg.): German-Jewish History in Modern Times, volume 1, Tradition and Enlightenment, 1600-1780. New York: Columbia University Press, 1996.

図4　Harald Salfellner: Franz Kafka und Prag. Praha: Vitalis, 2002.

図5　David Bronsen: Eine Biographie. Köln: Kiepenheuer und Witsch, 1993.

図6　Adam Bujak: Auschwitz. Residenz des Todes. Kraków: Bialy Kruk, 2003.

9

図1　Seyran Ates: Große Reise ins Feuer. Die Geschichte einer deutschen Türkin. Berlin: Rowohlt, 2003.

図2　Fatih Akin: Gegen die Wand. Universal, 2004.

図3　Emine Özdamar Sevgi: Seltsame Sterne starren zur Erde. Wedding — Pankow 1976/77. Köln: Keipenheuer und Witsch, 2003.

図4　Jamal Tuschick (Hg.): Morgenland. Neueste deutsche Literatur. Frankfurt a. M.: Fischer, 2000.

図5　Feridun Zaimoglu: Kanak Sprak. 24 Mißtöne vom Rande der Gesellschaft. Berlin: Rotbuch, 1995.

10

図1　Hannah Arendt: Vita activa oder Vom tätigen Leben. 9. Aufl. München/Zürich: Piper, 2010.

図2，3　Momme Brodersen: Walter Benjamin. A Biography. (Translated by M. R. Green et al.) London NY: Verso, 1996.

図4　Karl Löwith: Von Rom nach Sendai. Von Japan nach Amerika. Reisetagebuch 1936 und 1941. Klaus Stischweh und Ulich von Bülow (Hg.): Deutsche Shillergesellschaft Marbach, 2001.

11

図1，3　著者撮影。

図2上・下　紙幣。

図4　Max Frisch: Schweiz ohne Armee? Ein Palaver. Zürich: Limmat, 1989.

コラム1

著者撮影。

第2章

12

図1，5，6　Ingeborg Weber-Kellermann: Die Familie. Geschichte, Geschichten und Bilder. Frankfurt a. M.: Insel Verlag, 1976.

図2　Heinz Kindermann: Theatergeschichte Europas. Von der Aufklärung zur Romantik. Bd. IV, 1. Teil. Salzburg: O. Müller, 1961.

図3，4　Günter Erning: Bilder aus dem Kindergarten. Bilddokumente zur geshichtlichen Entwicklung der öffentlichen Kleinkindererziehung in Deutschland. Freiburg: Lambertus, 1987.

13

図1，2，4　Günter Erning: Bilder aus dem Kindergarten. Bilddokumente zur geshichtlichen Entwicklung der offentlichen Kleinkindererziehung in Deutschland. Freiburg: Lambertus, 1987.

図3，5〜7　Wilma Aden-Grossmann: Der Kindergarten: Geschichte-Entwicklung-Konzepte. Weinheim/Basel: Beltz, 2011.

14

図1　ライプニッツ社会科学研究所（Leibniz-Institut für Sozialwissenschaften）社会指標モニター・ウェブサイト（http://gesis-simon.de/）のデータより著者作成。

図2，3　著者撮影。

15

図1　ベルナルド・ベロット（1722-1780）「ウィーンの大学広場」（1758-1761）。ウィーン美術史博物館の複製絵葉書。

図2，4〜6　著者撮影。

図3　Ulrich Rasche: Cornelius relegatus und die Disziplinierung der deutschen Studenten (16. bis frühes 19. Jahrhundert). Zugleich ein Beitrag zur Ikonologie studentischer Memoria, in: Frühneuzeitliche Universitätskulturen. Kulturhistorische Perspektiven auf die Hochschulen in Europa, hrsg. von Barbara Krug-Richter und Ruth-E. Mohrmann. Köln/Weimar/Wien: Böhlau, 2009.

16

図1　Hans Sachs (eingeleitet und erläutert von Hartmut Kugler): Meisterlieder, Spruchgedichte, Fastnachtsspiele (Auswahl). Stuttgart: Philipp Reclam jun., 2003.

図2，3　坂本明美編著・本多千波著『海外・人づくりハンドブック㉕ドイツ』，海外職業訓練協会，2006年。

図4　Der Spiegel: Ausgabe 29/2013. Hamburg: Spiegel Verlag, 2013.

17

図1，2　Amand von Schweiger-Lerchenfeld: Das neue Buch von der Weltpost. Geschichte, Organisation und Technik des Postweseus von den ältesten Zeten bis auf die Gegenwart. Wien; Pest; Leipzig: A. Hartleben's Verlag, o. J.

図3　スイス国立博物館，ちばかおり氏提供。

図4　リヒテンシュタイン郵便博物館，ちばかおり氏提供。

図5　Wilhelm Küsgen (Hg.): Handwörterbuch des Postwesens. Berlin: Springer, 1927.

図6，7　中丸禎子氏撮影。

18

図1，2，3　Andrea Iseli: Gute Policey. Öffentliche Ordnung in der frühen Neuzeit. Stuttgart 2009.

図4　Robert Harnischmacher/Arved Semerak: Deutsche Polizeigeschichte. Eine allgemeine Einführung in die Grundlagen. Stuttgart, 1986.

第3章

19

図1　Martin Eberle: Die Kunstkammer auf Schloss Friedenstein Gotha. Gotha: Stiftung Schloss Friedenstein Gotha, 2010.

図2　Wilfried Seipel (Hg.): Die Entdeckung der Natur. Naturalien in den Kunstkammern des 16. und 17. Jahrhunderts. Wien: Kunsthistorisches Museum Wien, 2006.

図3，4　Kaija Voss: Die Museumsinsel. Geschichte und Gegenwart. Berlin: be.bra. verlag, 2011.

図5～7　Bernhard Schneider: Daniel Libeskind. Jüdisches Museum Berlin. 2. Aufl. München: Prestel, 2001.

20

図1　http://www.ag-sdd.de

図2　http://www.altebilder.net/menschen/gotthold-ephraim-lessing.html

図3　http://diglib.hab.de/drucke/t-904-2f-helmst-1s/start.htm?image=00531

図4　著者撮影。

図5　http://bookmania.me/post/14188965761/herzog-august-library-wolfenbuttel-germany

図6　http://mugi.hfmt-hamburg.de/Artikel/Anna_Amalia_Herzogin_von_Sachsen-Weimar-Eisenach

21

図1　レオ・フォン・クレンツェ「レーゲンスブルク近郊ヴァルハラの風景」(1836年)，エルミタージュ美術館所蔵。

図2　絵葉書「諸国民会戦記念碑と大きさを比較したドイツの記念碑」ドイツ愛国者同盟出版会，ライプツィヒ，1920年，著者所蔵。

図3　写真：Bundesarchiv, Bild 146III-373/ CC-BY-SA [CC-BY-SA-3.0-de (http://creativecom

mons.org/licenses/by-sa/3.0/de/deed.en)], via Wikimedia Commons

図4　スチール：レニ・リーフェンシュタール監督『意志の勝利』(1935年)。

図5　Horst Hoheisel/Andreas Knitz: Zermahlene Geschichte. Kunst als Umweg, Weimar, 1999.

図6　James E. Young: At Memory's Edge. After-Images of the Holocaust in Contemporary Art and Architecture, New York/London, 2000.

図7　Photo by K. Weisser. K. Weisser at de.wikipedia [CC-BY-SA-2.0-de (http://creativecommons.org/licenses/by-sa/2.0/de/deed.en)], from Wikimedia Commons

22

図1，3，5，6　ⓒ Copyright by BGM/BGG Kassel (www.grimm.de)

図2　著者撮影。

図4　Brüder Grimm: Kinder- und Hausmärchen. Kleine Ausgabe. Berlin: Reimer, 1825 (Rep. Leipzig: Insel, 1911). 著者所蔵。

23

図1　Herbert Schindler: Die Romantische Straße: eine Kunstreise vom Main zu den Alpen. München: Prestel, 1974.

図2　Knut Schulz: Handwerksgesellen und Lohnarbeiter. Untersuchungen zur oberrheinischen und oberdeutschen Stadtgeschichte des 14. bis 17. Jahrhunderts. Sigmaringen: Jan Thorbecke Verlag, 1985.

図3，5　著者撮影。

図4　Joseph Freiherr von Eichendorff: Aus dem Leben eines Taugenichts. Mit Illustrationen von Adolf Schrödter und einem Nachwort von Ansgar Hillach. Frankfurt a. M.: Insel Verlag, 1981.

図6　Die romantische Straße vom Main bis zu den Alpen. Offizieller Kunstreise-Begleiter der Touristik-Arbeitsgemeinschaft romantische Straße. Carlheinz Gräter; Fotos, Kurt Gramer, Regensburg: Schnell & Steiner, 1995.

24

図1～5　著者撮影。

25

図1　Leni Riefenstahl: Triumph des Willens, 1935.

図2　Rudolf Herz: Hoffmann & Hitler. Fotografie als Medium des Führer-Mythos. München: Klinkhardt und Biermann, 1994.

図3，6　Cigaretten-Bilderdienst (Hg.): Adolf Hitler. Bilder aus dem Leben des Führers. Altona-Bahrenfeld: Cigaretten-Bilderdienst, 1936.

図4　Heinrich Hoffmann (Hg.): Hitler in seinen Bergen. 86 Bilddokumente aus der Umgebung des Führers. München: Verlag Heinrich Hoffmann, 1935.

図5　Illustrierter Beobachter. Adolf Hitler. Ein Mann und sein Volk. München: Verlag Franz Eher Nachf., 1936.

図7　Rolf Steinberg (Hg.): Nazi-Kitsch. Darmstadt: Melzer Verlag, 1975.

26

図1　Photo by Szczebrzeszynski (Own work (self-made photograph)) [Public domain], via Wikimedia Commons

図2～5　著者撮影。

図5　Photo by Sarah Ewart (Own work) [CC-BY-SA-3.0 (http://creativecommons.org/licenses/by-sa/3.0)], via Wikimedia Commons

27

図1，2　November 1989. Der Tag der Deutschen. Hamburg: Carlsen Verlag, 1989.

図3，4　著者撮影。

第4章

28

図1，2，3　Ulrich Joost/Stephen Oettermann/Sibylle Spiegel (Hg.): Georg Christoph Lichtenberg, 1742-1799: Wagnis der Aufklärung. München, 1992.

29

図1　Novalis: Schriften. Stuttgart: W. Kohlhammer, 1977.

図2　Friedrich Schlegel: Kritische Ausgabe. Paderborm: Ferdinand Schöning, 1958.

図3，4　ギゼラ・ホーン『ロマンを生きた女たち』，伊藤秀一編訳，現代思潮社，1998年。

30

図1～6　著者撮影。

31

図1，2　著者撮影。

図3，4　Ivo Frenzel: Friedrich Nietzsche. Reinbek: Rowohlt Taschenbuch Verlag, 2000.

32

図1～4　Wikimedia Commons

図5　Hans Petschar/Herbert Friedlmeier: Wien. Die Metropole in alten Fotografien, Wien: Verlag Carl Ueberreuter, 2008.

33

図1　© Bildarchiv Preußischer Kulturbesitz/Theodor Eisenhart

図2　http://commons.wikimedia.org/wiki/File:Bundesarchiv_Bild_183-35545-0009,_Berlin,_Ernst_Bloch_auf_15._Schriftstellerkongreee.jpg

図3　http://www.nobelprize.org/nobel_prizes/literature/laureates/1929/mann-facts.html

図4　http://de.wikipedia.org/wiki/Ernst_Cassirer#mediaviewer/File:Cassirer.jpg

第5章

34

図1，4　Joachim Heinzle/Klaus Klein/Ute Obhof (Hg.): Die Nibelungen. Sage-Epos-Mythos. Wiesbaden: Reichert Verlag, 2003.

図2，3　Ingo F. Walther (Hg.): Codex Manesse. Die Miniaturen der Großen Heidelberger Liederhandschrift. 6. Aufl. Frankfurt a. M.: Insel, 2001.

35

図1～6　Stephan Füssel: Johannes Gutenberg. Reinbek: Rowohlt Taschenbuch Verlag, 1999.

図7　Stephan Füssel (Hg.): 50 Jahre Frankfurter Buchmesse: 1949-1999. Berlin: Suhrkamp Verlag, 2004.

36

図1　Thomas Kaufmann: Der Anfang der Reformation. Studien zur Kontextualität der Theologie, Publizistik und Inszenierung Luthers und der reformatorischen Bewegung. Tübingen: Mohr Siebeck, 2012.

図2　Georges Duby/Michelle Perrot (Hg.): Geschichte der Frauen. Bd. 4. 19. Jahrhundert. Frankfurt a. M.: Fischer Taschenbuch Verlag, 1997.

図3　Hugo Ball (1886-1986): Leben und Werk. Ausstellungskatalog. Berlin: publica Verlagsgesellschaft in Berlin, 1986.

図4　著者撮影。

37

図1　西尾悠子氏撮影。

図2　Beatrix Gehlhoff: Chronik 1997: Tag für Tag in Wort und Bild. Gütersloch/München: Chronik Verlag, 1998.

図3　Erich Straßner: Zeitung. Tübingen: Niemeyer, 1997.

図4　Beatrix Gehlhoff: Chronik 1989: Tag für Tag in Wort und Bild. Gütersloch/München: Chronik Verlag, 1995.

38

図1，2，5～8　著者撮影。

図3　Edda Fuhrich/Gisela Prossnitz (Hg.): Max Reinhardt, München: Georg Müller Verlag, 1987.

図4　Werner Hecht: Brecht, Frankfurt a. M.: Insel Verlag, 1988.

39

図1～4　Harenbergkonzertführer, Harenberg Kommunikation Verlags- und Mediengesellschaft, 1996.

40

図1～3　Heinrich Habel: Festspielhaus und Wahnfried, Prestel Verlag, 1985.

図4　Brigitte Hamann: Winifred Wagner oder Hitlers Bayreuth, Piper Verlag, 2002.

図5　Ingrid Kapsamer: Wieland Wagner, Styria Premium, 2010.

図6　Wolfgang Wagner (Hg.): Das Festspiellbuch 2008, Bayreuther Festspiele, 2008.

41

図1～3，6　著者撮影。

図4，5　『Groove Winter 2013』（サウンドレコーディングマガジン2月号増刊）リットーミ

ユージック，2013年。

42

図１〜５　著者撮影。

43

図１　Ulrich Joost/Stephen Oettermann/Sibylle Spiegel (Hg.): Georg Christoph Lichtenberg, 1742-1799: Wagnis der Aufklärung. München, 1992.

図２　Horst Bredekamp/Jochen Brüning/Cornelia Weber (Hg.): Theater der Natur und Kunst. 2 Bde. Katalog. Berlin, 2000.

図３，４，５　Bernhard vom Brocke/Hubert Laitko (Hg.): Die Kaiser-Wilhelm-/Max-Planck-Gesellschaft und ihre Institute. Studien zu ihrer Geschichte. [1] Das Harnack-Prinzip. Berlin, 1996.

44

図１　Harald Kimpel: documenta, Mythos und Wirklichkeit. Köln: DuMont, 1997.

図２　Magistrat der Stadt Kassel, Kulturamt (Hg.): 1982/2002: 20 Jahre Joseph Beuys: 7000 Eichen — Stadtverwaldung statt Stadtverwaltung. Kassel, 2003.

図３　著者撮影。

図４，５　寺田雄介氏撮影。

コラム５

©「小さなミュージアム」（東京都町田市）。

第６章

45

図１，５，６　著者所有・撮影。

図２　日独交流史編集委員会『日独交流150年の軌跡』，雄松堂書店，2013年。

図３　遠藤紀勝・大塚光子『クリスマス小辞典』，社会思想社，1989年。

図４　著者撮影。

46

図１〜４，６，７　著者撮影。

図５　Daniel Stolpe: 50 Jahre Bundesliga. Die Geschichte — Die Legenden — Die Bilder. Stuttgart: Pietsch, 2013.

47

図１〜４　Arend Vosselman: Reichsautobahn. Schönheit-Natur-Technik. Kiel: ARNDT-Verlag, 2005.

図５　Wolfgang Sachs: Die Liebe zum Automobil. Ein Rückblick in die Geschichte unserer Wünsche. Reinbek bei Hamburg: Rowohlt Verlag, 1984.

48

図１，２　Diethart Kerbs/Jürgen Reulecke (Hg.): Handbuch der deutschen Reformbewegungen 1880-1933, Wuppevtal: Peter Hammer Vlg. 1998.

図３　Karl E. Rothschuh: Naturheilbewegung, Reformbewegung, Alternativbewegung. Stuttgart, 1983.

図４　http://www.wissen.de/lexikon/bircher-benner-maximilian-oskar

49

図１　著者撮影。

図２　ヨースト・ヘルマント『森なしには生きられない　ヨーロッパ・自然美とエコロジーの文化史』，山縣光晶訳，筑地書館，1999年。

図３　著者所有・撮影。

図４　ルドルフ・シュタイナー『農業講座――農業を豊かにするための精神科学的な基礎』，新田義之・佐々木和子・市村温司訳，イザラ書房，2000年。

図５　『デア・シュピーゲル』誌1961年33号の表紙。

50

図１　Günter Katsch/Johann B. Walz: Kleingärten und Kleingärtner im 19. und 20. Jahrhundert. Hg. vom Bundesverband Deuscher Gartenfreunde. 3. Aufl. Leipzig, 1997.

図２　著者撮影。

図３　Martin Kleinlosen/Jürgen Milchert: Berliner Kleingärten. Berlin: Berlin Verlag Spitz, 1989.

図４，６　Peter Warnecke: Laube Liebe Hoffnung. Kleingartengeschichte. Berlin: W. Wächter, 2001.

図５　Gerhard Flügge (Hg.): Das dicke Zillebuch. Berlin: Eulenspiegel, 1971.

51

図１，２　Hans Ottomeyer (Hg.): Biedermeiers Glück und Ende. Die gestörte Idylle 1815-1848. München: Hugendubel, 1987.

図３，４　Johann Geist Friedrich/Klaus Kürvers: Das Berliner Mietshaus 1862-1945. München: Prestel, 1984.

図５　Bernd Fuhrmann/Wencke Meteling/Barbara Rajkay/Matthias Weipert: Geschichte des Wohnens. Vom Mittelalter bis heute. Darmstadt: WBG, 2008.

図６　Leo Adler (Hg.): Neuzeitliche Miethäuser und Siedlungen. Nachdruck der Ausgabe Berlin, 1931. München: Kraus-Reprint, 1981.

図７　Kerstin Dörhöfer (Hg.): Wohnkultur und Plattenbau. Berlin: Reimer, 1994.

52

図１　Rainer Metzger: München. Die große Zeit um 1900. München: Deutscher Taschenbuch Verlag, 2008.

図２，３　Karl Gruber: Die Gestalt der deutschen Stadt. München: G. Callwey, 1983 (4. Auflage).

図４～６　Joachim Fischer (Hg.): Potsdamer Platz. Soziologische Theorien zu einem Ort der Moderne. München: W. Fink, 2004.

53

図１～３，５～７　著者撮影。

図４　Friedrich Der Grosse: Verehrt. Verklärt. Verdammt. Deutsches Historisches Museum,

Wiesbaden: Franz Steiner Verlag, 2012.

54

図1，２　著者撮影。

図３　Michael Volk (Hg.): München. München: Volk Verlag München, 2010.

図４　Guido Knopp: Die Sternstunden der Deutschen. München: Piper Taschenbuch, 2013.

55

図1，２　著者撮影。

図３　Bernd Witte u. a. (Hg.): Goethe Handbuch. Stuttgart/Weimar: J. B. Metzler, 1998, Bd. 4/2

図４　Wolfgang Johann Goethe: Italienische Reise. In: Sämtliche Werke (Münchner Ausgabe). München: btb Verlag, 2006, Bd. 15

図５　Helmut Pfotenhauer (Hg.): Kunstliteratur als Italienerfahrung. Tübingen: M. Niemeyer, 1991.

コラム６

著者撮影。

参考文献

▒ 第1章

1

『ライプニッツの国語論』，高田博行・渡辺学編訳，法政大学出版局，2006年。

高田博行・新田春夫編著『ドイツ語の歴史論（講座ドイツ言語学　第2巻）』，ひつじ書房，2013年。

ペーター・フォン・ポーレンツ『ドイツ語史』，岩﨑英二郎・塩谷饒・金子亨・吉島茂共訳，白水社，1974年。

ヴィルヘルム・シュミット『総論　ドイツ語の歴史』，西本美彦他訳，朝日出版社，2004年。

須澤通・井出万秀『ドイツ語史——社会・文化・メディアを背景として』，郁文堂，2009年。

2

紅山雪夫『ライン川を巡る旅』，実業之日本社，2004年。

クラウディオ・マグリス『ドナウ　ある川の伝記』池内紀訳，エヌティティ出版，2012年。

高橋理『ハンザ「同盟」の歴史——中世ヨーロッパの都市と商業』，創元世界史ライブラリー，2013年。

3

大野寿子『黒い森のグリム——ドイツ的なフォークロア【普及版】』，郁文堂，2010年。

川名英之『こうして…森と緑は守られた！！——自然保護と環境の国ドイツ』，三修社，1999年。

谷口幸男・福嶋正純・福居和彦『ヨーロッパの森から——ドイツ民俗誌（第6版）』，日本放送出版協会，1983年。

平野秀樹・堺正紘「古代都市文明と森林化社会に関する考察」，『九州大学農学部演習林報告』72，1995年，169-183頁。

ルートヴィヒ・ティーク『ティーク』，前川道介他訳，国書刊行会，1983年。

安田喜憲『森と文明の物語』，ちくま新書，1995年。

ヨーゼフ・フォン・アイヒェンドルフ『アイヒェンドルフ』，渡辺洋子他訳，国書刊行会，1983年。

ケヴィン・クリスリー=ホランド『北欧神話』，山室静・米原まり子訳，青土社，1983年。

ヘルマン・バウジンガー『ドイツ人はどこまでドイツ的？——国民性をめぐるステレオタイプ・イメージの虚実と因由』，河野眞訳，文緝堂，2012年。

カール・ハーゼル『森が語るドイツの歴史』，山縣光晶訳，築地書館，1996年。

ロバート・P. ハリソン『森の記憶——ヨーロッパ文明の影』，金利光訳，工作舎，1996年。

ジャック・ブロス『世界樹木神話』，藤井史郎他訳，八坂書房，1995年。

ヨースト・ヘルマント『森なしには生きられない——ヨーロッパ・自然美とエコロジーの文化史』，山縣光晶訳，築地書館，2001年。

マンフレート・ルルカー『シンボルとしての樹木』，林捷訳，法政大学出版局，1994年。

アルブレヒト・レーマン『森のフォークロア——ドイツ人の自然観と森林文化』，識名章喜・大渕知

直訳，法政大学出版局，2005年。
Rapp, Hermann-Josef (Hg.): Reinhardswald. Eine Kulturgeschichte. Kassel: Euregio Verlag, 2002.
Stern, Horst (Hg.): Rettet den Wald. München: Kindler Verlag GmbH, 1989.

4

西田慎・近藤正基編『現代ドイツ政治――統一後の20年』，ミネルヴァ書房，2014年。
Gunlicks, Arthur: *The Länder and German Federalism*, Manchester University Press, 2003.
"German Federalism in Transition?", *German Politics,* Vol. 17, No. 4., 2008.
"Föderalismus in Deutschland", *Information zur politische Bildung* (Heft 298), 2008 (http://www.bpb.de/izpb/8246/foederalismus-in-deutschland)
"Föderalismus", *Aus Politik und Zeitgeschichte* 13-14/2005, 2005 (http://www.bpb.de/apuz/29133/foederalismus)
"Föderalismusreform", A*us Politik und Zeitgeschichte,* 50/2006, 2006 (http://www.bpb.de/apuz/29332/foederalismusreform)

5

三島憲一『戦後ドイツ』，岩波新書，1991年。

山口知三『廃墟をさまよう人びと』，人文書院，1996年。

ジョン・ル・カレ『寒い国から帰ってきたスパイ』，宇野利泰訳，ハヤカワ文庫，1978年。

ベルンハルト・シュリンク『朗読者』，松永美穂訳，新潮文庫，2003年。

ヴォルフガング・エングラー『東ドイツのひとびと』，岩崎稔・山本裕子訳，未來社，2010年.

クリストフ・ハイン『龍の血を浴びて』，藤本淳雄訳，同学社，1990年。

クリストフ・ハイン『ホルンの最期』，津村正樹訳，同学社，2014年。

ヴォルフガング・エメリヒ『東ドイツ文学小史』，津村正樹監訳，鳥影社，1999年。

フォルカー・シュレンドルフ監督『カタリーナ』（原作・ハインリヒ・ベル『カタリーナ・ブルームの失われた名誉』），『鉛の時代』。

6

徳善義和編著『マルティン・ルター――原典による信仰と思想』，リトン，2004年。

マルティン・ルター『キリスト者の自由――訳と注解』，徳善義和訳，教文館，2011年。

ヨハネス・ヴァルマン『ドイツ敬虔主義――宗教改革の再生を求めた人々』，梅田與四男訳，日本キリスト教団出版局，2012年。

ロビン・A. リーヴァー『説教者としてのＪ．Ｓ．バッハ――『受難曲』と礼拝音楽』，荒井章三訳，教文館，2012年。

小栗献『コラールの故郷をたずねて』，日本キリスト教団出版局，2007年。

7

ローベルト・ムージル『特性のない男』（１－６），加藤二郎訳，松籟社，1992年。

大津留厚・水野博子・河野淳・岩崎周一編『ハプスブルク史研究入門――歴史のラビリンスへの招待』，昭和堂，2013年。
A. J. P. テイラー『ハプスブルク帝国　1809-1918――オーストリア帝国とオーストリア＝ハンガリーの歴史』，倉田稔訳，筑摩書房，1987年。

8
ユーリウス・H. シェプス編『ユダヤ小百科』，石田基宏他訳，水声社，2012年。

ハイコ・ハウマン『東方ユダヤ人の歴史』，平田達治・荒島浩雅訳，鳥影社，1999年。

ヨーゼフ・ロート『放浪のユダヤ人とエッセイ二篇』，平田達治訳，鳥影社ロゴス企画，2009年。

大沢武男『ヒトラーとユダヤ人』，講談社現代新書，1995年。

9
近藤潤三『移民国としてのドイツ――社会統合と平行社会のゆくえ』，木鐸社，2007年。

内藤正典『ヨーロッパとイスラーム――共生は可能か』，岩波書店，2004年。

Bade, Klaus/Pieter C. Emmer/Leo Lucassen/Jochen Oltmer (Hg.): Enzyklopädie. Migration in Europa vom 17. Jahrhundert bis zur Gegenwart. 3. Aufl. Paderborn: Ferdinand Schöningh, 2010.

Herbert, Ulrich: Geschichte der Ausländerpolitik in Deutschland. Saisonarbeiter, Zwangsarbeiter, Gastarbeiter, Flüchtlinge. München: Beck, 2001.

10
ローズマリー・アシュトン『ロンドンのドイツ人――ヴィクトリア期の英国におけるドイツ人亡命者たち』，的場昭弘監訳・大島幸治共訳，御茶の水書房，2001年。

金子マーティン『神戸・ユダヤ人難民1940-1941――「修正」される戦時下日本の猶太人対策』，みずのわ出版，2003年。

ルイス・A. コーザー『亡命知識人とアメリカ』，荒川幾男訳，岩波書店，1988年。

マーティン・ジェイ『永遠の亡命者たち――知識人の移住と思想の運命』，今村仁司他訳，新曜社，1989年。

ハインリヒ・ハイネ『ハイネ散文作品集　第１巻　イギリス・フランス事情』，木庭宏責任編集，松籟社，1989年。

ハインリヒ・ハイネ『ハイネ全詩集　第２巻　新詩集』，井上正蔵訳，角川書店，1972年。

リーザ・フィトコ『ベンヤミンの黒い鞄――亡命の記録』，野村美紀子訳，晶文社，1993年。

的場昭弘『フランスの中のドイツ人』，御茶の水書房，1995年。

トーマス・マン『講演集　ドイツとドイツ人　他５篇』，青木順三訳，岩波文庫，1990年。

山口知三『ドイツを追われた人びと――反ナチス亡命者の系譜』，人文書院，1991年。

矢野久美子『ハンナ・アーレント――戦争の世紀を生きた政治哲学者』，中央公論社，2014年。

Bade, Klaus/Pieter C. Emmer/Leo Lucassen/Jochen Oltmer (Hg.): Enzyklopädie. Migration in Europa vom 17. Jahrhundert bis zur Gegenwart. 3. Aufl. Paderborn: Ferdinand Schöningh, 2010.

11
トーマス・キュング，ペーター・シュナイダー『スイスの使用説明書』，小山千早訳，新評論，2007年。

福原直樹『黒いスイス』，新潮新書，2004年。

宮下啓三『ウィリアム・テル伝説――ある英雄の虚実』，日本放送出版協会，1979年。

森田安一『スイス　歴史から現代へ（三補版）』，刀水書房，1994年。

森田安一『物語スイスの歴史――知恵ある孤高の小国』，中公新書，2000年。

森田安一・踊共二編『スイス』，河出書房新社，2007年。

コラム 1

ウェブサイト「新ソルブ通信」Copyright © 2010 K. Sasahara/ G.C. Kimura（http://serbja.web.fc2.com/index.html）
木村護郎クリストフ「ソルブ――ドイツ語圏とスラヴ語圏のはざまで」原聖・庄司博史編／綾部恒雄監修『講座　世界の先住民族――ファースト・ピープルズの現在―06　ヨーロッパ』，明石書店，2005年。

第 2 章

12

川越修他編著『近代を生きる女たち――19世紀ドイツ社会史を読む』，未來社，1990年。

姫岡とし子『ヨーロッパの家族史』（世界史リブレット 117），山川出版社，2008年。

若尾祐司『近代ドイツの結婚と家族』，名古屋大学出版会，1996年。
I. ヴェーバー=ケラーマン『ドイツの家族――古代ゲルマンから現代』，鳥光美緒子訳，勁草書房，1991年。

13

矢野智司『子どもという思想』，玉川大学出版部，1995年。

ギュンター・エアニング『絵で見るドイツ幼児教育の150年――幼稚園の図像集』，小笠原道雄監訳，ブラザージョルダン社，1999年。

Aden-Grossmann, Wilma: Der Kindergarten: Geschichte-Entwicklung-Konzepte. Weinheim/Basel: Beltz, 2011.

14

望田幸男『ドイツ・エリート養成の社会史――ギムナジウムとアビトゥーアの世界』，ミネルヴァ書房，1998年。
M. クラウル『ドイツ・ギムナジウム200年史――エリート養成の社会史』，望田幸男他訳，ミネルヴァ書房，1986年。
Jeismann, Karl-Ernst: Das preußische Gymnasium in Staat und Gesellschaft. 2 Bde. [Bd. 1: Die Entstehung des Gymnasiums als Schule des Staates und der Gebildeten 1787-1817; Bd. 2: Höhere Bildung zwischen Reform und Reaktion 1817-1859] Stuttgart: Klett-Cotta, 1996.

15

潮木守一『ドイツの大学――文化史的考察』，講談社学術文庫，1992年。

ハンス＝ヴェルナー・プラール『大学制度の社会史』，山本尤訳，法政大学出版局，1988年。
R. D. アンダーソン『近代ヨーロッパ大学史――啓蒙期から1914年まで』，安原義仁・橋本伸也監訳，昭和堂，2012年。

16

藤田幸一郎『手工業の名誉と遍歴職人』，未來社，1994年。

坂本明美編著・本多千波著『海外・人づくりハンドブック㉕ドイツ』，海外職業訓練協会，2006年。

17

菊池良生『ハプスブルク帝国の情報メディア革命——近代郵便制度の誕生』，集英社，2008年。

ヴォルフガング・ベーリンガー『トゥルン・ウント・タクシス——その郵便と企業の歴史』，高木葉子訳，三元社，2014年。

星名定雄『郵便の文化史——イギリスを中心として』みすず書房，1982年。

Simon, Anne-Catherine: Franz Kafka fluchte: “Verdammte, elende Post!” (http://diepresse.com/text/home/kultur/literatur/745137，2014年５月10日閲覧)

コラム２

ティモシー・ガートン・アッシュ『ヨーロッパに架ける橋——東西冷戦とドイツ外交』(上・下)，杉浦茂樹訳，みすず書房，2009年。

西田慎・近藤正基編『現代ドイツ政治——統一後の20年』，ミネルヴァ書房，2014年。

Ash, Timothy Garton: “The Crisis of Europe”, *Foreign Affairs*, September 2012.

18

林田敏子・大日方純夫編著『近代ヨーロッパの探求 13：警察』，ミネルヴァ書房，2012年。

ミシェル・フーコー『安全・領土・人口——コレージュ・ド・フランス講義1977-1978年度』(ミシェル・フーコー講義集成７)，高桑和巳訳，筑摩書房，2007年。

村上淳一『近代法の形成』，岩波書店，1979年。

Iseli, Andrea: Gute Policey. Öffentliche Ordnung in der frühen Neuzeit. Stuttgart, 2009.

Harnischmacher, Robert/Arved Semerak : Deutsche Polizeigeschichte. Eine allgemeine Einführung in die Grundlagen. Stuttgart, 1986.

Lüdtke, Alf (Hg.): “Sicherheit” und “Wohlfahrt” Polizei, Gesellschaft und Herrschaft im 19. und 20. Jahrhundert. Frankfurt a. M., 1992.

第３章

19

小宮正安『愉悦の蒐集——ヴンダーカンマーの謎』，集英社新書，2007年。

松宮秀治『ミュージアムの思想』，白水社，2003年。

カトリーヌ・バレ，ドミニク・プーロ『ヨーロッパの博物館』，松本栄寿・小浜清子訳，雄松堂出版，2007年。

ダニエル・リベスキンド『ブレイキング・グラウンド——人生と建築の冒険』，鈴木圭介訳，筑摩書房，2006年。

20

ユルゲン・ゼーフェルト，ルートガー・ジュレ『ドイツ図書館入門——過去と未来への入り口』，伊藤白訳，日本図書館協会，2011年。

河井弘志『ドイツの公共図書館思想史』，日本図書館協会，2008年。

ギーセラ・フォン・ブッセ，ホルスト・エルネストゥス『ドイツの図書館——過去・現在・未来』，竹之内禎他編訳，日本図書館協会，2008年。

21

大原まゆみ『ドイツの国民記念碑1813年―1913年――解放戦争からドイツ帝国の終焉まで』，東信堂，2003年。

アライダ・アスマン『想起の空間――文化的記憶の形態と変遷』，安川晴基訳，水声社，2007年。

ヴィンフリート・ネルディンガー『建築・権力・記憶――ナチズムとその周辺』，海老澤模奈人訳，鹿島出版会，2009年。

松本彰『記念碑に刻まれたドイツ――戦争・革命・統一』，東京大学出版会，2012年。

香川檀『想起のかたち――記憶アートの歴史意識』，水声社，2012年。

22

大野寿子『黒い森のグリム――ドイツ的なフォークロア【普及版】』，郁文堂，2010年。

グリム兄弟『グリム兄弟』（ドイツ・ロマン派全集第15巻），小澤俊夫他訳，国書刊行会，1989年。

堅田剛『法のことば／詩のことば――ヤーコプ・グリムの思想史』，御茶の水書房，2007年。

高木昌史『グリム童話を読む事典』，三交社，2002年。

グリム兄弟『グリム兄弟メルヘン論集』，高木昌史・高木万里子訳，法政大学出版局，2008年。

高橋健二『グリム兄弟（第12版）』，新潮選書，1885年。

高橋吉文『グリム童話冥府への旅』，白水社，1996年。

竹原威滋『グリム童話と近代メルヘン』，三弥井書店，2006年。

橋本孝『グリム兄弟とその時代』，パロル舎，2000年。

中山淳子『グリムのメルヒェンと明治期教育学――童話・児童文学の原点』，臨川書店，2009年。

奈倉洋子『日本の近代化とグリム童話――時代による変化を読み解く』，世界思想社，2005年。

間宮史子『白雪姫はなぐられて生き返った――グリム童話初版と第二版の比較』，小澤昔ばなし研究所，2007年。

野口芳子『グリムのメルヒェン――その夢と現実』，勁草書房，1994年。

野村泫『グリム童話――子どもに聞かせてよいか？』，ちくま学芸文庫，1993年。

グリム兄弟『完訳グリム童話集』全3巻，池田香代子訳，講談社文芸文庫，2008年。

グリム兄弟『グリム童話全集』，橋本孝・天沼春樹訳，西村書店，2013年。

グリム兄弟『グリム・ドイツ伝説集』（上・下），桜沢正勝・鍛冶哲郎訳，人文書院，1990年。

ハインツ・レレケ『グリム兄弟のメルヒェン』，小澤俊夫訳，岩波書店，1990年。

Bluhm, Lothar: Die Brüder Grimm und der Beginn der Deutschen Philologie. Eine Studie zu Kommunikation und Wissenschaftsbildung im frühen 19. Jahrhundert. Hildesheim: Weidmann, 1997.

Gerstner, Hermann: Brüder Grimm. Hamburg: Rowohlt, 1997.

23

藤代幸一『もうひとつのロマンチック街道』，法政大学出版局，1990年。

阿部謹也『中世を旅する人びと』，ちくま学芸文庫，2008年。

24

ペーター・ラーンシュタイン『ゲーテ時代の生活と日常――証言と報告　1750―1805年』，上西川原章訳，法政大学出版局，1996年。

トーマス・マン『ワイマルのロッテ』（上・下），望月市恵訳，岩波書店，1973，1974年。

柴田翔『闊歩するゲーテ』，筑摩書房，2009年。

シリーズ『バウハウス叢書』全14巻，中央公論美術出版。

25

ワルター・ケンポウスキ編『君はヒトラーを見たか――同時代人の証言としてのヒトラー体験』，到津十三訳，サイマル出版会，1973年。

イアン・ケルショー『ヒトラー神話――第三帝国の虚像と実像』，柴田敬二訳，刀水書房，1993年。

田野大輔『魅惑する帝国――政治の美学化とナチズム』，名古屋大学出版会，2007年。

山本秀行『ナチズムの時代』（世界史リブレット），山川出版社，1998年。

26

石田勇治『過去の克服――ヒトラー後のドイツ』，白水社，2002年。

ペーター・ライヒェル『ドイツ過去の克服――ナチ独裁に対する1945年以降の政治的・法的取り組み』，小川保博・芝野由和訳，八朔社，2006年。

アライダ・アスマン『記憶のなかの歴史――個人的経験から公的演出へ』，磯崎康太郎訳，松籟社，2011年。

27

トーマス・ブルスィヒ『太陽通り』，浅井晶子訳，三修社，2002年。

ベルンハルト・シュリンク『朗読者』，松永美穂訳，新潮社，2003年。

ヴォルフガング・ヒルビヒ『〈ぼく〉』，内藤道雄訳，行路社，2003年。

クレメンス・マイヤー『夜と灯りと』，杵渕博樹訳，2010年。

『ベルリン1989』（東ドイツの民主化を記録する会編），大月書店，1990年。

斎藤瑛子『世界地図から消えた国――東ドイツへのレクイエム』，新評論，1991年。

杉山隆男『東ドイツ解体工場』，講談社，1991年。

見市知『ベルリン　東ドイツをたどる旅』，産業編集センター，2009年。

映画『グッバイ，レーニン！』『善き人のためのソナタ』『東ベルリンから来た女』（これらは西ドイツ出身の監督によって制作されていることには注意）。

コラム3

友枝高彦『日独文化交渉史の回顧』，教学局，1938年。

宮永孝『日独文化人物交流史――ドイツ語事始め』，三修社，1993年。

小塩節『ドイツと日本――国際文化交流論』，講談社学術文庫，1994年。

第4章

28

エンゲルハルト・ヴァイグル『啓蒙の都市周遊』，三島憲一・宮田敦子訳，岩波書店，1997年。
R. v. デュルメン『近世の文化と日常生活〈3〉――宗教，魔術，啓蒙主義』，佐藤正樹訳，鳥影社，1998年。
エルンスト・カッシーラー『啓蒙主義の哲学』，中野好之訳，筑摩書房（ちくま学芸文庫），2003年。

ヴェルナー・シュナイダース『理性への希望――ドイツ啓蒙主義の思想と図像』，村井則夫訳，法政

大学出版局，2009年。
G. C. リヒテンベルク『リヒテンベルク先生の控え帖』，池内紀編訳，平凡社（平凡社ライブラリー），1996年。
Joost, Ulrich/Stephen Oettermann/Sibylle Spiegel (Hg.): Georg Christoph Lichtenberg, 1742-1799: Wagnis der Aufklärung. München, 1992.

29

ヴァルター・ベンヤミン『ドイツ・ロマン主義における芸術批評の概念』，ちくま学芸文庫，2001年。

田中均『ドイツ・ロマン主義美学――フリードリヒ・シュレーゲルにおける芸術と共同体』，御茶の水書房，2010年。

リュディガー・ザフランスキー『ロマン主義』，法政大学出版局，2010年。

30

エッカーマン『ゲーテとの対話』（上・中・下），山下肇訳，岩波文庫，1968年。

芦津丈夫『ゲーテの自然体験』，リブロポート，1988年。

高橋義人『形態と象徴　ゲーテの「緑の自然科学」』，岩波書店，1988年。

アルベルト・ビルショフスキ『ゲーテ――その生涯と作品』，高橋義孝・佐藤正樹訳，岩波書店，1996年。

木村直司『ゲーテ研究――ゲーテの多面的人間像』，南窓社，1996年。

土橋寶『ゲーテ世界観の研究』，ミネルヴァ書房，1999年。

柴田翔『闊歩するゲーテ』，筑摩書房，2009年。

石原あえか『科学する詩人ゲーテ』，慶應義塾大学出版会，2010年。

Matussek, Peter: Goethe zur Einführung. Hamburg: Junius, 1998.

Breidbach, Olaf: Goethes Naturverständnis. München: Wilhelm Fink, 2011.

31

ヨアヒム・ケラー『ニーチェ伝――ツァラトゥストラの秘密』，五郎丸仁美訳，青土社，2009年。

中島義道『ニーチェ――ニヒリズムを生きる』，河出書房新社，2013年。

清水真木『知の教科書――ニーチェ』，講談社，2003年。

永井均『これがニーチェだ』，講談社，1998年。

竹田青嗣『ニーチェ入門』，筑摩書房，1994年。

『ニーチェ全集』，ちくま学芸文庫，1993-1994年。

32

池内紀編『ウィーン――聖なる春』，国書刊行会，1986年。

吉田健一『ヨオロッパの世紀末』，岩波文庫，1994年。
S. トゥールミン，A. ジャニク『ウィトゲンシュタインのウィーン』，藤村龍雄訳，平凡社ライブラリー，2001年。

33

ピーター・ゲイ『ワイマール文化』，到津十三男訳，みすず書房，1970年。

平井正『ベルリン』全3巻，せりか書房，1980-82年。

クルト・ゾントハイマー『ワイマール共和国の政治思想』，河島幸夫・脇圭平訳，ミネルヴァ書房，

1976年。

ハンナ・アレント『暗い時代の人々』，阿部齊訳，筑摩書房，2005年。

コラム4

インゲボルク・バッハマン『マリーナ』，神品芳夫・神品友子訳，晶文社，1973年。

インゲボルク・バッハマン，パウル・ツェラン『バッハマン／ツェラン往復書簡　心の時』，中村朝子訳，青土社，2011年。

インゲボルク・バッハマン『インゲボルク・バッハマン全詩集』，中村朝子訳，青土社，2011年。

マックス・フリッシュ『わが名はガンテンバイン――鏡のなかへの墜落』，中野孝次訳，三修社，1980年。

第5章

34

ヨアヒム・ブムケ『中世の騎士文化』，平尾浩三・和泉雅人・相澤隆・斉藤太郎・三瓶慎一・一條麻美子訳，白水社，1995年。
ウォルター・J. オング『声の文化と文字の文化』，林正寛・糟谷啓介・桜井直文訳，藤原書店，1991年。
Brinker-von der Heyde, Claudia: Die literarische Welt des Mittelalters. Darmstadt: Wissenschaftliche Buchgesellschaft, 2007.

35

E. L. アイゼンステイン『印刷革命』，別宮貞徳監訳，みすず書房，1987年。
ジョン・マン『グーテンベルクの時代――印刷術が変えた世界』，原書房，2006年。

戸叶勝也『グーテンベルク』，清水書院，1997年。

高宮利行『グーテンベルクの謎――活字メディアとその後』，岩波書店，1998年。
M. マクルーハン『グーテンベルクの銀河系――活字人間の形成』，森常治訳，みすず書房，1986年。
富田修二『さまよえるグーテンベルク聖書』，慶應義塾大学出版会，2002年。

リュシアン・フェーヴル，アンリ＝ジャン・マルタン『書物の出現』（上・下），関根素子他訳，筑摩書房，1985年。

36

ロジェ・シャルティエ，グリエルモ・カヴァッロ編『読むことの歴史――ヨーロッパ読書史』，田村毅・月村辰雄・浦一章・横山安由美・片山英男・大野英二郎・平野隆文訳，大修館書店，2000年。
ハインツ・シュラッファー『ドイツ文学の短い歴史』，ヨーゼフ・フュルンケース解説，和泉雅人・安川晴基訳，同学社，2008年。
Krug, Hans-Jürgen: Kleine Geschichte des Hörspiels. Konstanz: UVK, 2003.
Meißner, Jochen/Uwe Krzewina (Hg.): Hörspiel ist schön!: Beiträge aus sechs Jahren Hörspielsymposion am Nordkolleg Norderstedt. 2. Aufl. Rendsburg: Books on Demand, 2009.

37

佐藤卓巳『現代メディア史』，岩波書店，1998年。

エーリヒ・シュトラスナー『ドイツ新聞学事始――新聞ジャーナリズムの歴史と課題』，大友展也訳，

三元社，2002年。

ユルゲン・ハーバーマス『公共性の構造転換——市民社会の一カテゴリーについての探究（第２版）』，細谷貞雄・山田正行訳，未來社，1994年。

38

谷川道子・秋葉裕一編集『演劇インタラクティヴ——日本×ドイツ』，早稲田大学出版部，2010年。

寺尾格『ウィーン演劇あるいはブルク劇場』，論創社，2012年。

新野守広『演劇都市ベルリン』，れんが書房新社，2005年。

平田栄一朗『ドラマトゥルク』，三元社，2010年。

39

中野雄『指揮者の役割——ヨーロッパ三大オーケストラ物語』，新潮社，2011年。

中野雄『ウィーン・フィル　音と響きの秘密』，文藝春秋，2002年。

饗庭孝男・伊藤哲夫・加藤雅彦・小宮正安・平田達治・西原稔『ウィーン——多民族文化のフーガ』，大修館書店，2010年。

ヘルベルト・ハフナー『ベルリン・フィル——あるオーケストラの自伝』，市原和子訳，春秋社，2009年。

ミーシャ・アスター『第三帝国のオーケストラ——ベルリン・フィルとナチスの影』，松永美穂・佐藤英訳，早川書房，2009年。

40

三光長治『ワーグナー』，平凡社，2013年。

吉田寛『ヴァーグナーのドイツ——超政治とナショナル・アイデンティティーの行方』，青弓社，2009年。

ジョフリー・スケルトン『バイロイト音楽祭の百年』，山崎敏光訳，音楽之友社，1976年。

ハンス=ヨアヒム・バウアー『ワーグナー王朝——舞台芸術の天才，その一族の権力と秘密』，吉田真・滝藤早苗訳，音楽之友社，2009年。

ブリギッテ・ハーマン『ヒトラーとバイロイト音楽祭——ヴィニフレート・ワーグナーの生涯』，鶴見真理訳・吉田真監修，アルファベータ，2010年。

41

野田努『ブラック・マシン・ミュージック——ディスコ，ハウス，デトロイト・テクノ』，河出書房新社，2001年。

ロラン・ガルニエ，ダヴィッド・ブラン＝ランペール／野田努監修『エレクトロショック』，アレックス・プラット訳，河出書房新社，2006年。

ウルフ・ポーシャルト『DJ カルチャー——ポップカルチャーの思想史』，原克訳，三元社，2004年。

Denk, Felix/Sven von Thülen: Der Klang der Familie. Berlin, Techno und die Wende. Berlin: Suhrkamp NOVA. 2012.

Rapp, Tobias: Lost and Sound. Berlin, Techno und der Easyjetset. Frankfurt a. M.: Suhrkamp Taschenbuch, 2009.

42

ミヒャエル・ハーニッシュ　『ドイツ映画の誕生』，平井正監訳，高科書店，1995年。

Cowie, Peter: The Berlinale The Festival. Berlin, Bertz + Fischer, 2010.
Jakobsen, Wolfgang: 50 Years Berlinale. Internationale Festspiele Berlin. Berlin: Nicolai Berlin, 2000.
de Valck, Marijke: Film Festivals. From European Geopolitics to Global Cinephilia. Amsterdam: Amsterdam University Press, 2007.

43

J. L. ハイルブロン編『現代科学史大百科事典』，太田次郎他監修，久村典子翻訳，朝倉書店，2014年。
潮木守一『ドイツ近代科学を支えた官僚――影の文部大臣アルトホーフ』，中央公論社（中公新書），1993年。

古川安『科学の社会史――ルネサンスから20世紀まで』，南窓社，1989年。

宮下晋吉『模倣から「科学大国」へ――19世紀ドイツにおける科学と技術の社会史』，世界思想社，2008年。

vom Brocke, Bernhard/Hubert Laitko (Hg.): Die Kaiser-Wilhelm-/Max-Planck-Gesellschaft und ihre Institute. Studien zu ihrer Geschichte. [1] Das Harnack-Prinzip. Berlin, 1996.

44

Kimpel, Harald: documenta emotional. Erinnerungen an die Weltkunstausstellungen. Marburg: Jonas, 2011.
Schwarze, Dirk: Meilensteine: Die dokumenta 1 bis 13. Kunstwerk und Künstler. Berlin/Kassel: Siebenhaar, 2012.
Bodenmann-Ritter, Clara: Joseph Beuys. Jeder Mensch ein Künstler. Gespräche auf der documenta 5/1972. Frankfurt a. M./Berlin: Ullstein TB, 1991 (3.Auflage).
ハイナー・シュタッヘルハウス『評伝ヨーゼフ・ボイス』，山本和弘訳，美術出版社，1994年（絶版）。
水戸芸術館現代美術センター編『BEUYS IN JAPAN ヨーゼフ・ボイス――よみがえる革命』，フィルム・アート社，2010年。

コラム5

川西美沙『ドイツ　おもちゃの国の物語』，東京書籍，1996年。

ヴァルター・ベンヤミン『子どものための文化史』，小寺昭次郎・野村修訳，平凡社ライブラリー，2008年。

▒ 第6章

45

遠藤紀勝・大塚光子『クリスマス小辞典』，社会思想社，1989年。

オスカー・クルマン『クリスマスの起源』，土岐健治・湯川郁子訳，教文館，2006年。

クラウス・クラハト，克美・タテノクラハト『クリスマス――どうやって日本に定着したか』，角川書店，1997年。

46

トーマス・ブルスィヒ『ピッチサイドの男』，粂川麻里生訳，三修社，2002年。

ウルリッヒ・ヘッセ・リヒテンベルガー『ブンデスリーガ』，秋吉香代子訳，バジリコ，2005年。

明石真和『栄光のドイツサッカー物語』，大修館書店，2006年。

ゲールハルト・フィッシャー，ウルリッヒ・リントナー『ナチス第三帝国とサッカー――ヒトラーの下でピッチに立った選手たちの運命』，田村光彰・片岡律子・岡本亮子・藤井雅人訳，現代書館，2006年。

トーマス・ブルスィヒ『サッカー審判員フェルティヒ氏の嘆き』，三修社，2012年。

瀬田元吾『頑張る時はいつも今――ドイツ・ブンデスリーガ「日本人フロント」の挑戦』，双葉社，2013年。

クリストフ・ブロイアー，黒須充『ドイツに学ぶ地方自治体のスポーツ政策とクラブ』，創文企画，2014年。

Stolpe, Daniel: 50 Jahre Bundesliga. Die Geschichte-Die Legenden - Die Bilder. Stuttgart: Pietsch, 2013.

47

ヴォルフガング・ザックス『自動車への愛――二十世紀の願望の歴史』，土合文夫・福本義憲訳，藤原書店，1995年。

フリードリヒ・キットラー「アウトバーン」，三本松倫代訳（『10＋1』15号，Lixil 出版，1998年所収），Kittler, Friedrich: AUTO BAHNEN. In: Wolfgang Storch (Hg.): Explosion of a memory Heiner Müller DDR. Ein Arbeitsbuch. Berlin: Verlag Edition Hentrich, 1988.

Brilli, Attilio: Das rasende Leben. Die Anfänge des Reisens mit dem Automobil. Aus dem Italienischen von Annette Kopetzki. Berlin: Verlag Klaus Wagenbach, 1999.

Vosselman, Arend: Reichsautobahn. Schönheit-Natur-Technik. Kiel: ARNDT-Verlag, 2005.

48

Jütte, Robert: Geschichte der Alternativen Medizin. Von der Volksmedizin zu den unkonventionellen Therapien von heute. München: C. H. Beck, 1996.

Kerbs, Diethart/Jürgen Reulecke (Hg.): Handbuch der deutschen Reformbewegungen 1880-1933. Stuttgart: Peter Hammer, 1998.

Wedemeyer-Kolwe, Bernd: Der neue Mensch. Körperkultur im Kaiserreich und in der Weimarer Republik. Würzburg: Königshausen & Neumann, 2004.

Heyll, Uwe: Wasser, Fasten, Luft und Licht: die Geschichte der Naturheilkunde in Deutschland, Frankfurt a. M.: Campus, 2006.

ハインリヒ・シッペルゲス『ビンゲンのヒルデガルト――中世女性神秘家の生涯と思想』，熊田陽一郎・戸口日出夫訳，教文館，2002年。

服部伸『ドイツ「素人医師」団――人に優しい西洋民間療法』，講談社選書メチエ，1997年。

服部伸『近代医学の光と影』（世界史リブレット），山川出版社，2004年。

竹中亨『帰依する世紀末』，ミネルヴァ書房，2004年。

49

藤原辰史『ナチス・ドイツの有機農業――「自然との共生」が生んだ「民族の絶滅」』（新装版），柏書房，2012年。

ヨースト・ヘルマント『森なしには生きられない――ヨーロッパ・自然美とエコロジーの文化史』，

山縣光晶訳，築地書館，1999年。

大阪・神戸ドイツ連邦共和国総領事館「環境技術から市民のくらしまで　環境先進国　ドイツ」（http://www.eureka.tu.chiba-u.ac.jp/study/enen/germany/germany.pdf，2014年８月19日閲覧）。

50

穂鷹知美『都市と緑——近代ドイツの緑化文化』，山川出版社，2004年。
Leppert, Stefan: Paradies mit Laube. Das Buch über Deutschlands Schrebergärten. München: Deutsche Verlags-Anstalt, 2009.
Warnecke, Peter: Laube Liebe Hoffnung. Kleingartengeschichte. Berlin: W. Wächter, 2001.
ドイツ菜園愛好者連邦連盟 HP　http://www.kleingarten-bund.de

51

インゲボルク・ヴェーバー＝ケラーマン『子ども部屋』，田尻三千夫訳，白水社，1996年。

相馬保夫『ドイツの労働者住宅』，山川出版社，2006年。

前川道介『愉しいビーダーマイヤー』，国書刊行会，1993年。

Fuhrmann, Bernd/Wencke Meteling/Barbara Rajkay/Matthias Weipert: Geschichte des Wohnens. Vom Mittelalter bis heute. Darmstadt: WBG, 2008.

Liebscher, Robert: Wohnen für alle. Eine Kulturgeschichte des Plattenbaus. Berlin: Vergangenheitsverlag, 2009.

52

カール・グルーバー『ドイツの都市造形史』，宮本正行訳，西村書店，1999年。

カミロ・ジッテ『広場の造形』，大石敏雄訳，鹿島出版会，1983年。

永松栄『ドイツ中世の都市造形——現代に生きる都市空間探訪』，彰国社，1996年。

Fischer, Joachim (Hg.): Potsdamer Platz. Soziologische Theorien zu einem Ort der Moderne. München: W. Fink, 2004.

53

南直人『世界の食文化18　ドイツ』，農山漁村文化協会，2003年。

マッシモ・モンタナーリ『ヨーロッパの食文化』，山辺規子・城戸照子訳，平凡社，1999年。

54

森貴史・藤代幸一『ビールを〈読む〉——ドイツの文化史と都市史のはざまで』，法政大学出版局，2013年。

村上満『ビール世界史紀行——ビール通のための15章』，筑摩書房，2010年。

木村麻紀『ドイツビール——おいしさの原点』，学芸文芸社，2006年。

長尾伸『ドイツ——ビールへの旅』，郁文堂，2003年。

長尾伸『またまたドイツ——ビールへの旅』，郁文堂，2006年。

北原博・森貴史『十八世紀ドイツビールの博物誌——完全なるビール醸造家』，関西大学出版部，2005年。

ヤン・ヒレスハイム『ビールを楽しむドイツ語』，金子みゆき訳，三修社，2009年。

Verhoef, Berry: Illustrierte Bier Enzyklopädie. Eggolsheim: Edition DÖRFLER im NEBEL VERLAG GmbH, 2006.

Handbuch Bieve. Köln: KOMET Verlag GmbH. 2009.
Die Bierkarte, KALIMEDIA Der Verlag für BESONDERE, Karten.
55
ゲーテ『イタリア紀行』(上・中・下), 相良守峯訳, 岩波文庫, 1960年。
岡田温司『グランドツアー——18世紀イタリアへの旅』, 岩波新書, 2010年。
特集〈ドイツ文学とイタリア〉(日本独文学会編『ドイツ文学』第89号, 1992年)。
Lange, Wolfgang (Hg.): Deutsche Italomanie in Kunst, Wissenschaft und Politik. München: W. Fink, 2000.
Oesterle, Günter (Hg.): Italien in Aneignng und Widerspruch. Tübingen: M. Niemeyer, 1996.
コラム6
Krauß, Irene: Chronik bildschöner Backwerke. Stuttgart: Matthaes Verlag, 1999.